GRAVITARE

关 怀 现 实， 沟 通 学 术 与 大 众

长辈的故事

熊景明 著

SPM 南方传媒
广东人民出版社
· 广州 ·

图书在版编目（CIP）数据

长辈的故事 / 熊景明著. -- 广州 : 广东人民出版社,
2025. 1. — (万有引力书系). -- ISBN 978-7-218-17949-0

Ⅰ. I25

中国国家版本馆 CIP 数据核字第 2024GC0973 号

ZHANGBEI DE GUSHI

长辈的故事

熊景明 著

出 版 人：肖风华

书系主编：施 勇 钱 丰
责任编辑：黄炜芝
组稿编辑：向继东
特约编辑：古海阳
营销编辑：常同同 龚文豪 云 子
责任技编：吴彦斌
封面题字：李俊昌

出版发行：广东人民出版社
地 址：广州市越秀区大沙头四马路10号（邮政编码：510199）
电 话：（020）85716809（总编室）
传 真：（020）83289585
网 址：http://www.gdpph.com
印 刷：广州市岭美文化科技有限公司
开 本：890毫米 × 1240毫米 1/32
印 张：13.75 **字 数**：300千字
版 次：2025年1月第1版
印 次：2025年1月第1次印刷
定 价：88.00元

售书热线：020-87716172

目 录

第三部　人与时代

序一：梦萦云之南

陈方正（香港中文大学物理系名誉教授、中国文化研究所原所长）

云南，从三岁多开始，便觉得是个遥远、神秘的地方，不是因为爸爸把我抱在膝盖上讲七擒孟获，而是因为姊姊。她在西南联大上学，二年级暑假回重庆探亲。那时我们住在歌乐山上孤零零的茅庐中，她的出现犹如旋风，带来了无穷欢乐和新鲜事物，其中最震撼的，便是几张石林照片。在一两寸见方的黑白画面上，那无数犹如刀削斧劈般大大小小的石柱、石屏风森然矗立，四方八面延伸到地平远处。我看得目瞪口呆，生出前所未有的奇异怪诞之感，这虽然随着岁月逐渐淡化，却始终未曾完全忘怀，直至将近半个世纪之后。那时我们已经定居香港多年，姊姊刚做完癌症化疗，我提议陪她重游当年求学之地，她高兴地答应了。于是我们去昆明，找到了她当年的宿舍、上课经过的斜街、买小吃的亭子、她念念不忘的西山龙门，以及山下曾经借住的寺院，又找到了熊景明特地介绍的在翠湖西北边上的小饭店，依照她的指示，尝到鲜美的鸡枞菌、猴头菌和牛肝菌。当然，也怀着兴奋和期待去石林。不料却大失所望，因为摊贩喧嚷混杂，莫名其妙的

“绿化”更完全破坏了它的嶙峋风貌和那令人震撼的荒凉空寂。

景明在1970年代末从昆明移居到香港，虽然人生路不熟，却凭着信心和头脑，在“大学服务中心”找到职位，1988年香港中文大学接收了这个中心。其时她已经转到大学的政治学系工作，又在人类学系取得硕士学位，所以顺理成章，成为了这个中心的实际负责人，自此以极大的热情投入工作，把它发展得生气勃勃，声名鹊起。我曾经在秘书处工作，故此参与中文大学接收中心的决策，因而认识景明。十年后，由于刘青峰和金观涛的提议，我们同到泰国布吉岛度假，一起消磨了几天轻松愉快的时光，从而相熟。景明是个非常活跃、自信、活力充沛的人，对工作、帮忙朋友、保护中大校园、推动中国扶贫，还有宣扬云南的山水、人情、饮食乃至宜人气候，以及邀请大家到她美丽的故乡去体验生活等，无不充满热情。我经常取笑她大概是少数民族后裔，故此才会如此天真乐观，为一花一鸟、一草一木、浮云晚霞、海上明月而兴奋莫名，忘形惊呼，但我自己也往往受到她的感染和号召。

在20世纪末的金秋，我组织了一大帮朋友去游览昆明、大理和丽江，望苍山，游洱海，上云杉坪，远眺玉龙雪山，欣赏宣科先生的纳西古乐，还见到我自己落籍昆明多年的远房侄儿，以及景明的老朋友——一辈子献身于生物绘画的曾孝濂先生。九年后云南省科技厅为庆祝西南联大成立七十周年举办“科学大讲堂”，景明撺掇我帮忙策划推动，然后请君入瓮，我自己也受邀去讲科学史问题，由是得以顺便游览抚仙湖、弥勒的云南红酒庄、西双版纳和那里宁静幽深的国家热带植物园。但最快意的，则是翌年8月景明为我和一些朋友安排的怒江之行。在她和当地一位采药师的带领下，我们一行六人从大理驱车六库，然后沿怒江北上，经虎跳峡、福贡、石月亮，夜宿贡山，翌日更深入丙中洛，通过高数百米的夹江石门，直奔隐藏在高山深谷老林之中、几乎与世隔绝的秋那桶，这才尽兴而返。此行风驰电逝，蹑景追飞，十分写意。现代交通带来无限方便，却也完全改变了时空感觉，古人"五月渡泸，深入不毛"的悲壮意境因而无从体会，只能够从想像中追寻了。

相熟以后，经常听景明提起家族和一些朋友的往事，也陆续看到她写下的回忆文章，这才恍然，她的云南不仅仅是天气、地理和风景，还有说不尽的人情世故、人物记忆、历史沧桑——加上她自己的观察、判断、不时透闪的幽默和猝不及防的调侃。也就终于发现，她其实有个显赫兴旺、走在时代前端的昆明大家族，享受过如诗如画的幸福童年。然后，像无数她那一代的中国人一样，耳闻目击诸多亲戚朋友突如其来的厄运流离，自己则在困顿艰苦、像是毫无希望的环境中挣扎成长，最后犹如从噩梦中惊醒，迎接意想不到的清晨和阳光。

这书不算长，但读起来要费点力气，因为它是由好多位不同辈分、身份、性格、际遇的人物和无数大小故事交织而成，人与人、人与事、事与事之间的关系错综复杂，非前后左右一再翻查对比，难以弄清来龙去脉。由此我们自然会感到它有《红楼梦》和景明熟悉的《战争与和平》《安娜·卡列尼娜》等文学巨著的影子。然而不然：它是具体家族生命的如实记录，虽然以作者本人为中心，背后却没有任何预设、哲学、立场，例如王国维所谓宝玉的解脱之道，或者卡列尼娜所面对的爱情与社会体制之间的不可调和矛盾，倘若有之，大概也就是对那牺牲于时代巨轮下的无数有识有为之士——例如她那位潇洒的外公、郁郁不得志的祖父，以及阴差阳错落得终生坎坷的干爹黄湛等——的深深喟叹吧。所以对此书的整体印象，毋宁说更近于收揽众生百相的《清明上河图》和老彼得·勃鲁盖尔惟妙惟肖的乡村景象绘画，甚至巴尔扎克为了忠实记录、解剖整个19世纪法国社会而写下的《人间喜剧》——两者规模自然不可同日而语，但背后理念却显然相通。为什么景明的这部家族史竟然有法国文学写实主义的影子呢？那恐怕并非偶然：她经历过正规社会科学训练，又长期负责当代中国研究的资料搜集、分类、整合和顾问工作，不自觉地养成客观精神和分析习惯，这书的基本格调大概就是由此形成的吧。

然而，人非木石，孰能无情！所以毫不奇怪，像所有自传一样，书中也同样充满了童年的喜乐、成长的艰辛、初恋的痛苦，以及众多家族成员的悲欢离合、生老病死。与许多类似作品大异其趣，与景明平素作风也截然不同的是，它的笔触语调总是那么安静平和，永远带着反省和矜持，无论兴高采烈、伤心掉泪，或者痛恨入骨，都只是用淡淡一句自嘲、低低一声叹息，最多小小一根倒刺来表达。它不如古人温柔敦厚，不像鲁迅严苛冷峻，更没有巴金的汹涌澎湃、一泻千里。如此节制而又不失自家机杼的风格在国人文章中实不多见，却和西方某些作家刻意散淡低调的作风若合符节。所以景明表面上像少数民族般天真烂漫，其实像许多她那一代人一样，性格也是糅合了中国、西方、传统、现代等许多不同元素，千锤百炼而成。这些后天因素决定了她的笔触，却掩盖不了她快乐冲动的天性，那在日常生活中一有机会就会自然流露出来。

但对许多读者来说，这书最重要，也最能够打动人的，恐怕还是它里面那些具体事实。像景明的曾祖父、与孙中山同年出生的熊廷权：他是清末民初一位正直且有才略、胆色和远见的地方官，不但进西藏协同平定叛乱，在腾冲和英国人折冲樽俎，更倾力于子女教育，送他们多人出国留学，培养出其后两代十数位在云南地方和国共两党任职的才俊。这无疑是在戊戌变法和五四运动之间，一位偏远省份的士大夫如何转型为现代知识分子之最佳写照。至于他四女熊韵篘，也就是景明四姑奶奶的传奇一生，则可以视为中国现代巨变大漩涡中无数知识分子命运的典型。她考入北京女师大，卷进那场由于鲁迅痛骂杨荫榆而出名的学潮，被迫逃往南京投奔国民党中央党部，由是因祸得福，嫁了后来考到公费留美从而成为外交官的青年才俊，却在 1937 年独自返回昆明赴国难，积极办学，参与党务，抗战胜利后更当选“国大代表”。昆明解放时她选择留下，最后郁郁而终。

到再下一代，许多人物的命运就各不相同了，这大多是由于性格和际遇造成。像四姑奶奶的大女儿香姑姑之不如意是因为健康和择偶不佳，小女儿美姑姑之幸福则来自她的过人才华和乐天爽朗。至于景明本家的上一代也是人人命途殊异：大姑姑为爱情私奔；二姑姑其貌不扬，际遇一般，却坚强地活下来，还能够周全照顾侄甥辈；三姑姑心高气傲，风流自赏，潦倒中以阿芙蓉混酒自终；小叔叔酷爱山林，“文革”中不幸被卷入武斗，选择在林中上吊；老叔叔最有才，参透了“远害朝看麋鹿游”之理，自甘到甘肃的偏远山区当兽医，暮年方得还乡。这样数来，老大亦即景明的父亲熊蕴石当算是福分不薄。他生母早逝，脾气倔强，自幼失宠于老父，却凭意志和毅力成为工程师，抗战时建筑滇缅公路报效国家，新中国成立后管理自来水厂服务人民，虽然爱妻长年卧病，自己在“文革”中受屈，仍然事业家庭两不失。比起在北大荒受折磨大半辈子才拾得性命归来的至交黄湛，可谓天渊之别了。景明的母亲出身于和乐大家庭，自幼聪慧开朗，中年缠绵病榻近二十载而不失欢乐达观和幽默，能够绾合一家上下和妯娌邻舍。所以，读过本书第一部，我们也就可以大致明白，景明的乐天性格包括她对健康近乎痴迷的关注，到底是从哪里得来的了。

历史的迷人之处在于它无穷的纷繁细节，那使人惊愕入迷；但更在于它所载事实之无可抗拒地流逝以至消失，那使人慨叹也无奈。是的，一切悲欢离合、风雷激荡都抵挡不了时间的推移，而过去的绝对无法重现，只能够存在记忆之中，此史书与回忆录之所以可贵。改革开放之后，春回大地。中国开始走向富裕繁荣，但传统中国在20世纪初仍然遗留的许多美好面相，也被时代席卷。我心目中那个嶙峋荒凉、森然矗立的石林，恐怕只会留存在几张小小黑白照片之中了；荒野的怒江已经筑起水坝，修起高速公路，我所见过的丙中洛和秋那桶，是否还能够像瑞士高山上那些小村落般留存下来，也不无疑问。当然，由昆安巷佚园、塘子巷涤园、车家壁默园、抚仙湖等所构成的那个魔幻世界，更早已经消失得无影无踪，只剩下这本小书为它们作见证了。为此，我们应该深深感谢景明。

2021年暮春于用庐

序二：小家事，大历史

林超民（云南大学原副校长、历史系教授）

1978年9月，考上中国民族史专业的研究生，我从西双版纳的勐海县回到离开十年整的云南大学，师从方国瑜教授研修。

学习时，我以《新纂云南通志》中的《边裔考》向国瑜师请教。

国瑜师说，《边裔考》为熊廷权撰写，基本上采用清光绪《续云南通志》的资料编成，未能全面记述邻国的历史与现状。国瑜师认为云南历史与缅甸、越南、泰国有密切关系，他收集整理有关缅甸、越南、泰国以及柬埔寨、马来亚、印尼、菲律宾诸国的资料，要重新编写《边裔考》，取代熊廷权的稿子。云南通志馆第三任馆长赵式铭认为熊廷权长期担任边地官员，有丰富的边疆治理经验，熟悉周边国家情况，否定了国瑜师的建议，坚持采用熊廷权的稿子。

1931年2月新纂云南通志筹备处成立，熊廷权担任顾问。当年9月通志馆正式成立，熊廷权被省主席礼聘为编纂。

国瑜师是新纂云南通志馆第三期（1938—1941）的编审，审订时（1943—1944）被聘为审定委员。国瑜师是丽江人，他告诉我，民国丽江第一任县长就是熊廷权。熊廷权为民效力，恪尽职守，政声卓著，有碑载道。其才华横溢，为袁嘉谷、李根源、周钟岳、赵式铭老辈学者赞誉。

熊廷权是景明的曾祖父。她说曾祖父是大家族的“灵魂人物”。其实，在民国时的云南学界，熊廷权也是一位引领风骚的卓然大家。

民国初年，唐继尧主政云南，他是“联省自治”的倡导者、推行者。他在云南推行省县两级行政制，于1923年创办自治讲习所，选任具有自治学识经验者，组织制定自治条例。召集有识之士集中在自治讲习所，编写《云南全省地方自治所讲义》十种。熊廷权的儿子，也就是景明的祖父熊光琦编写其中第三种：《云南全省暂行县制释义》。云南大学历史系2013级的硕士研究生段玉蓉在周立英副教授的指导下，以熊光琦这本书为中心，将熊光琦的生平资料搜罗殆尽，撰写《小县长　大追求——熊光琦县区自治的理想与边地国防建设的计划》的硕士论文。这篇论文实事求是地论述了民国时期云南省县自治的历史过程与熊光琦对云南省县自治做出的重大贡献。评审专家和论文答辩委员会的委员一致认为论文对熊光琦的评价实事求是，平允恰当，是研究民国云南自治的创造性成果。

联省自治、省县自治是民国云南地方当权派的追求。他们希望通过自治，提高民智、健全法制、发展经济、安定社会、兴滇富民。抗日战争期间，云南接纳了从内地迁来的大学、机关、企业、商户。保持相对自治的云南，为从沦陷区来的难民，提供了人身自由、言论自由、出版自由、结社自由、集会自由、信仰自由的环境。昆明获得“民主堡垒”的美称，独裁专制的政府容不得自治的云南。1945 年 8 月 15 日，日本宣布无条件投降，抗日战争取得胜利。8 月底，卢汉率领滇军进入越南接受日军投降。不久，滇军被派到东北打共产党。10 月 3 日，杜聿明在昆明发动政变，蒋介石下令免去龙云本兼各职，调任军事委员会军事参议院院长，命卢汉任云南省政府主席。1945 年 12 月 1 日，发生震惊中外的“一二·一”事件。1946 年 7 月 11 日民主人士李公朴在昆明大兴坡被暗杀，7 月 15 日西南联大教授闻一多在昆明西仓坡被暗杀。李公朴、闻一多惨案激起全国人民愤怒。西方民主国家亦对专制独裁政权表示极大不满。1946 年 5 月 30 日，滇军一八四师少将师长潘朔端率部在东北海城起义，开国民党军兵团起义的先例，为蒋军在东北失败敲响丧钟。1948 年 10 月，曾泽生将军率领滇军六十军在长春起义，为国民党整军反正投向光明的典范，为中国人民解放军夺取辽沈战役的全面胜利铺平道路。1949 年 12 月 9 日，卢汉在昆明宣布起义，成为捣毁蒋家王朝的最后一击。蒋介石固守西南顽抗的计划破灭，云南自治的梦想与蒋家王朝的独裁同归于尽。

这段风雷激荡、惊心动魄的历史既是长辈故事的社会背景，又是长辈故事演变的动因。从长辈故事，我们看到云南社会的变迁。一个人的经历，一个家族的兴衰，就是社会演变的缩影。阅读长辈的故事，我们对时代风云、社会变迁不仅有更加真切、更加感性的认识，而且有更加深刻、更加理智的体悟。

在腾冲长大的我，在进入云南大学历史系之前对腾冲的历史一无所知。无论中国史还是世界史，无论古代史还是近现代史，中学历史课都是用国家统编教材。就是大学历史系的教材，两门通史也是教育部统编的，我们的教授、讲师大多按照教育部的教学大纲授课。我们知道国内外的重大历史事件和重要历史人物，但对云南地方历史却知之甚少，更不要说小小的腾冲城。直到我师从方国瑜研修云南地方史才开始逐渐了解。读长辈的故事，使我们对家乡的历史有更多的认识，弥补了教科书的不足。

景明的曾祖父熊廷权 1919 年担任腾越道道尹、腾越海关监督。民国初年，云南实行省县两级的行政体制。在实行过程中，省政府对县的管理力有未逮，于是加设省府的派出机构“道”管理县。腾越道管辖半个云南省二十九个县以及分布在滇西边地的五十余个土司，地广民多，位高权重。可是熊廷权举重若轻，胜任愉快。尤其难得的是秉公办事，清正廉洁。过生日，贺寿的礼品全部退回。“年方九岁的七小姐，不情愿地取下腕上晶莹剔透的玉手镯。”读到这里，不由得肃然起敬。想到曾任云南大学校长的吴松到保山市任市长，收取不法商人价值一百五十八万元的翡翠手镯。两相对比，立见高下。那时的官吏严于自律，忠于职守，奉公正己，勤政为民，令人景仰。

读景明《长辈的故事》自然联想到自己的长辈。景明的外公苏涤新在晚清官费留学日本，参加同盟会。我的祖父林春华也是晚清科考举人，公派到日本留学，与李根源一起创建同盟会云南分会，并担任《云南》杂志的主笔，想来应该和苏涤新有交往。归国后，祖父积极参加推翻清政府的革命斗争，在辛亥革命中有所贡献。熊廷权是民国首任丽江县县长，我祖父则是民国首任景东县县长。他带兵剿灭地方豪强苏三阿，为民除害，当地民众立碑赞颂。景明的祖父熊光琦也担任过景东县县长，想必对他的前任会有了解。祖父那一代读书人在社会大变革中，与时俱进，他们的生命史可歌可泣。将他们的故事写下来，不仅仅是对他们的纪念，更是对后人的激励。

景明的父亲和干爹黄湛参加滇缅公路的修筑。滇缅公路的修筑是云南各族民众创造的世界交通史奇迹，由于大多数青壮年男人都奔赴抗日前线，修路的主要是妇女、儿童和老人。公路在 1937 年 12 月动工，经九个月艰苦奋斗提前竣工通车，当时被称为“妇幼路”。参加筑路的工人约二十万人，工程技术人员约二百人，景明的父亲和黄湛就是二百个工程技术人员之一。这条路被称为“血路”，因为几乎每一公里都要至少付出一条生命的代价。历史书上用一连串的数字说明这条“血路”修筑的艰难和在抗日战争的巨大作用。景明的书则用生动有趣的文字讲述父亲与干爹等年轻的中国工程技术人员独立设计功果桥、惠通桥等全部桥梁的智慧，以及用竹竿一尺一尺丈量道路的艰辛。滇缅公路被称为抗日战争的“生命线”。1942 年 5 月 10 日，日军占领腾龙地区后，公路中断。1945 年 1 月中国远征军与驻印军歼灭滇西缅北日军，在芒友胜利会师。这是自甲午战争以来，中国军民第一次全歼外国侵略军的伟大胜利，拉开中国抗日战争胜利的序幕。滇缅公路重新通车。蒋介石为安慰被他赶走的史迪威将军，也为讨好美国政府，争得美援，将这条路命名为“史迪威公路”。这就掩盖了云南民众和工程技术人员修筑这条道路的巨大贡献，也抹杀了中国远征军为打通滇缅公路做出的牺牲。

云南是祖国的西南边疆，但不是遥远的蛮荒之地。晚清民初，云南得风气之先，走在对外开放的前列，“走夷方”带来了财富，也带来文明、带来科技、带来思想。清朝末年，为富国强兵，云南派出士子到东瀛、西洋求学。这些海外求学的青年人回到云南，成为辛亥革命的先锋。他们在云南首举义旗，打响维护共和的第一枪，以西南一隅，震撼全国，惊动天下。中国第一水力发电厂在昆明海口建成，全国第二个飞机场在昆明巫家坝启用，中国第二个城市自来水厂在翠湖为全城提供清新可口的“机器水”。云南创办的航空学校培养了中国第一批天之骄子，其中有韩国的“航空祖母”权基玉。东陆大学是中国创建的第一批现代大学。首任校长董泽1907年入省府贡院，第二年考取留日公费生，在东京同文书院深造，加入孙中山创建的同盟会。回国后参加辛亥革命，革命胜利后赴美深造，获硕士学位。在他的努力下，1922年12月8日东陆大学成立。

景明的外公苏涤新是云南第一代留日学生。他与同时代的留学生不负众望，为云南、为国家做出了无愧时代的贡献。他的三子，也就是景明的三舅苏尔敬，在抗日烽火中以第一名的成绩毕业于云南省政府出资与西南联大合办的留美预备班。正如景明所说，云南留美预备班是中国教育史上难得一现的昙花。

昙花绽放需要优良的环境、肥沃的土壤。相继主政云南的唐继尧和龙云都十分重视教育，尤其是高等教育。1928年，省政府主席龙云将云南省的卷烟特捐全部作为省教育专款，若有不敷，由财政厅如数拨足。所有教育经费悉数由教育机关管理，实行教育会计独立。抗日战争期间，云南省教育经费开支仅次于国防经费，位列第二。由于云南省重视教育与经费充裕，在整体安排教育事业经费、推进义务教育、发展边地小学和简易师范、加强省立中学、建设大学的同时，可以选拔优秀人才赴美国留学。

《梅贻琦西南联大日记》记录了梅贻琦与云南省经济委员会主任缪云台、教育厅厅长龚自知商谈留美预备班事宜达十三次之多。如，1942 年 11 月 19 日星期四，梅贻琦校长邀约潘光旦等到缪云台家，与缪云台、龚自知商谈留美预备班事。1942 年 12 月 21 日星期天，梅贻琦与潘光旦、沈履（清华大学秘书长、西南联大总务长）、金龙章（耀龙电灯公司总经理兼总工程师）等再次商谈留美预备班事，决定 1 月 4 日开班，缪云台为班主任，沈履、金龙章为副主任。1943 年 1 月 30 日星期六，下午三点云南留美预备班举行开幕典礼。缪主任报告后，龙（云）主席有训词。

1945 年 6 月，金龙章护送三十九名留学生假道印度加尔各答转孟买，乘船在海上航行约两个月，于 8 月 2 日到达美国纽约，分别进入麻省理工学院、康奈尔大学、密歇根大学、芝加哥大学、俄亥俄州立大学等名校深造。他们中除少数人继续在美攻读或实习外，大多数人返回祖国，回到昆明的有九人，到外省的有二十余人。他们大多为共和国做出重大贡献，如：中国贵金属的开拓者、奠基人谭庆麟，他在 1962 年组建昆明贵金属研究所；四川农业大学校长杨凤；化工自动化教育的开拓者、浙江大学副校长周春辉；等等。

方国瑜的侄子方宝贤与景明的三舅苏尔敬未能返回祖国，但他们报国的拳拳之忱始终炽热。一有机会，就慷慨输将。方宝贤于 1972 年回昆明，他主动到云南大学讲学，从此每年带两名云南大学物理系的青年教师到他所在的哈佛大学航天实验室进修。

方宝贤对云南高等教育、科技进步十分关心，不过也有些担忧。他对我说，回到云南大学，校长对他讲教学改革的成就：一是实行学分制；二是建立学院，实行校院系三级管理。他说，这两件事早在20世纪三四十年代中国大学就实行了。大学要像龙云时代经费独立、办学独立、教师独立才有希望。

长辈的故事，有曾祖父、祖父、父母、叔伯、姑姑、姨妈、干爹、友人等，每一个故事都生动感人。他们的故事是时代的缩影，他们的故事是历史的记忆。透过他们的故事，我们对近百年的云南历史、对中国的历史有更加感性、更加深刻、更加理智的认知。

景明说，1958年读中学时，举国“大炼钢铁”，他们连夜从昆明城步行四十多公里到安宁，去矿山敲铁矿。那时我在腾冲一中读书，在距城二十多公里的缅箐山间挑铁矿。一天晚饭后紧急集合，所有学生挑着铺盖行李和劳动工具，翻山越岭转移到滇滩铁矿。途中在荒山野岭天降瓢泼大雨，无处躲避，个个淋得浑身湿透，还要坚持“行军”。走了一夜，天快亮时到达矿山，倒头睡到中午。吃过午饭就投入紧张、艰苦的劳作。1960年元旦，我们高中生被政府调派去修筑腾冲到盈江县的公路。也是晚饭后挑着行李和劳动工具从腾冲县城步行四十多公里到梁河县，走了一夜到梁河县中学，在教室的地上睡到中午，吃过午饭后步行到梁河县与盈江县交界的一座名叫风口山的大山上，动手砍树，搭建窝棚，露宿在荒山野岭。一个班的学生负责在大山上用锄头挖出一公里的公路，苦干二十多天，直到全线通车，我们才得以回到学校上课。

景明说，困难时期她的舅舅请在香港的朋友杨正光买食品寄回来。杨正光是我的表叔，杨正光的表弟谢熔是我的舅舅。舅舅每个月从香港给我们寄猪油来，侨居缅甸的姑父寄米面来，我们一家才没有因饥荒饿出病来。

景明与我同在 1962 年 9 月进入云南大学读书。她在外语系，我在历史系。

1962 年国家为应对困难与危机，大学招生比“大跃进”时期缩减一半多。当年招生坚持“宁缺毋滥”的原则，云南大学八个系，仅招生 486 人，为 1960 年招生 1173 人的 41.43%。那时女生人数很少，不到五分之一。景明在女生中姣好出众，能歌善舞，引人注目。

景明说，她在“文革”初期因学习好被批判。我也是被当作“修正主义的黑苗子”被无情斗争，还被抓到台上和“反动学术权威”“走资派”低头弯腰站在一起“陪斗”。

读到《孤雁南飞》，我立刻想到田伯母的儿子小哥哥，他是我们历史系 1978 级的一位杰出同学。他在 1977 年高考时是云南省文科第一名，英语第一名，因家庭出身问题未被录取。第二年又是第一名。他的第一志愿是外语系英语专业，可是外语系没有录取他。历史系主任张德光教授爱惜人才，将外语系退出的学生报名档案收到历史系来。他入学后在历史系读书。当时全校学生都学英语，可是英语教师不够，他被公共外语部请去教授英语课。小哥哥后来留学美国，成为当代重要的人类学家。在“文革”闹腾最凶的岁月，小哥哥和景明以及两位男生，在一起安静地自学。他们朗读古文、背诵唐诗、吟咏宋词、阅览中外经典名著、学习英语、游走山水，被称为“春城四贤”。“春城四贤”中年龄最大的李先生，1981 年被云南民族学院院长马曜教授请去担任研究生的英语教师。我慕名去听过他的英语课，获益良多。他后来到英国广播公司（BBC）工作。另一位贤人到美国行医，成为国际认可的针灸名家。“春城四贤”是特定时代不随大流、独立特行、自我奋斗的年轻人，他们的故事是十分感人的励志故事。

社会到处都有被遗忘的角落，被遗忘的角落藏着民族的历史。景明像一位不辞辛劳的考古工作者，踏遍青山，越过荒野，将被遗忘的角落藏着的历史发掘出来，让我们从中获得有益的借鉴和深刻的启迪。

景明讲的故事，我们也经历过，自然引起共同的心声。

景明讲的故事，是我们一代人的集体记忆。

景明讲的是家族的小故事，反映的是民族的大历史。

景明说，记忆像筛子，很多细节都被漏掉。但是，藏在心底的记忆大多是刻骨铭心的经历，终生不忘。这些记忆真实、真切、可靠、可信。事实上，我们的历史书是一张孔洞疏阔的网，大大的网眼漏掉不少人物与事件，漏掉许许多多细节与情景。

景明讲的故事，格外真实，也就格外珍贵。

俄国著名历史学家克柳切夫斯基说过：“如果丧失对历史的记忆，我们的心灵就会在黑暗中迷失。”重温长辈的故事，就是为了不要丧失历史的记忆，不要让我们的心灵在黑暗中迷失。

对于一个要发展进步的民族，历史不容遗忘，历史的真相不容歪曲，历史的面貌不容模糊。

记住历史，是每一个有良知的人义不容辞的责任。景明为我们树立了榜样。

十多年前，景明的《家在云之南》甫一出版就引起轰动，一到坊间，即刻售罄。因为故事真实感人，激起广大读者的强烈共鸣。

现在，景明的《长辈的故事》用朴实的语言、清晰的脉络、平静的叙述，给我们讲述先辈的经历，让我们不忘来时的道路。只有不忘来时路，我们才不会倒退；只有不忘来时路，我们才能开拓新路，做出超越前人的业绩。

这本书用真心写成。因此读来贴心、动心、暖心。

作者自序

熊景明

2007 年退休后，我在香港中文大学中国研究服务中心主持“民间历史档案库”项目，收集回忆录、口述史类的图书，并宣导家史及回忆录写作。从何入手？很简单，阅读出色的回忆录。首推台湾作家王鼎钧先生的回忆录四部曲，从内容到文字堪称范本。2017 年终于在纽约见到鼎公，人如其文，幽默而谈吐不凡。他递给我《家在云之南》，我当时的反应是他很环保，书读罢可转给其他人。翻开批满评语的书页，我怔住了，像是捧着今生得到的一项大奖。溢美之词虽不敢当，却由衷感激能借着我对父母及亲友的回忆，和鼎公，也和无数认识与不认识的读者成为知音。

历尽风霜的中国人，往往有记录往事的冲动和责任感。历史感和社会责任外，写下离我们而去的亲友，即便不出版，不流传于世，也能让他们存活在家族记忆之中。有机会分享家史写作心得时，我常说：留下长辈的故事，比留下他们的骨灰更有意义。写完父母，接着写从曾祖父到众位姨妈、干爹……好像是“请君入瓮”。

本书所写的长辈，大多极为平凡。记录他们的言行，回想他们的作为，思索他们的人生，却让我看到各人的不寻常之处。收留孤儿的二姑姑，饱读诗书的“车衣女工”田伯母，处变不惊的大姨妈，看来均无甚建树，却具备难能可贵的品格，而她们自己和周围的人视之为理所当然。

个人遭遇和处境受到所处时代的左右，时局与社会因为制度、经济、科技等因素，许多时候变得眼花缭乱，乃至不堪，唯有文化恒久而贯穿始终。文化也在变，不过变得慢，甚至慢得不易察觉。近一百五十年前，曾祖父四岁时，每晚睡前母亲要他背唐诗，和今天的母亲差不多。曾祖父的父亲年轻时，贼人入户盗窃，两兄弟拼命保护的是母亲的寿衣，今日已无法理解。

书中的长辈每人历经动荡，革命、抗战、内战，之后是不平静的和平年代，谱写出悲欢离合的曲折人生故事。其中，干爹黄湛的经历最为传奇，也最感人。即便被打入“十八层地狱”，他依然追求生命的意义，体现自己的人生价值。这些长辈用自己的行为彰显这个民族最可贵的气质，用自身遭遇的委屈告诉我们：前事不忘，后事之师。

近二十年来，回忆录、口述史写作蔚然成风。2006年，中国研究服务中心的“民间历史档案库”项目应时而生，林达负责编撰网刊，我协助建立档案。我们笑称自己为卖瓜的“王婆”，至今已经收集了六千余册回忆录、家族史、自传、日记、照片。民间的回忆文字记录个人经历，折射时代并为历史以及历史事件做注、作证，它不同于作为历史研究方法的“口述史”，对准某一历史事件或人物，不同于集合个人回忆呈现完整的一段历史之“公共史学”。例如，台湾“中研院”的口述史项目对许多历史人物进行访谈，包括齐邦媛父亲的《齐世英口述自传》，我看完后才知道这本“自传”完全摈除和政治无关的人和事，书中连他的女儿齐邦媛也不见影踪。

民间回忆录虽没有讲述完整的历史，却能够生动地再现历史场景。看过许多与科举制度有关的文字，待我写曾祖父考举人、进士的经历，才明白那是怎么回事。我上学时受到的教化，民国的官员叫旧官僚，骑在人民脖子上作威作福。探究几位长辈的经历才发现，跋涉千里到荒无人迹的瘴疠之地工作，不是一件轻松的事情。

阅读曾祖父、祖父和外公留下的大量文字，是学习近代史的过程。外公对政权交接时普通百姓感受的记载，还有他当时写给市政府的信件，都是史料。民间历史和作为历史学研究方法的“口述历史”之间没有严格的界限。中心的“民间历史档案库”按人物的出生年份排列，冀图呈现一段历史。例如，要知道1950年代初的小学教育，可以参考1937—1947年出生的三百零三位作者所写的回忆。这些书在书架上按年份排列在一起。

有那样的父母，生在那样的大家庭，我才能写出这些故事。我母亲常说，父母养其身，自己长其志。按现在的科学发现，个人的禀赋，甚至性格，都与血脉传承相关。我还“迷信”历来受到父母和长辈的在天之灵照看，故而能从事自己喜欢的工作，在中国研究服务中心发挥所长，参与建立当代中国研究最完善的馆藏；在这个中外学者交流的平台上如鱼得水，结识了那么多优秀的人，收获了那么多友谊。

我的家人住在昆明、上海，我却能感受他们的关照。晚间躺

1946年，全家福。

记得母亲用烧热的火钳替我烫头发；记得面对镜头，我（前排居中）尽可能睁大双眼；记得去正义路国际照相馆拍全家福的盛事……

下，想起外孙女，带着微笑入睡。除了身边的朋友，网络存知己，天涯若比邻。感谢陈方正、林超民这两位重量级的学者为本书写序。

写长辈的故事，时光倒流，令我变回胆小又好奇的傻丫头，成了跟着母亲唱歌、看外婆梳头裹脚、看二舅擦他的尖头皮鞋、跟八姨去值夜更的小女孩。我在大家的爱抚下长大，无以为报，唯有记下，唯有思念。

第一部　忆双亲

母亲和我

母亲苏尔端，1914—1973

那时我觉得母亲卧病，众人来探访是人情世故，很久后才悟出，大家喜欢来到她的床边是想对她倾诉，感受与她对坐时不可言传的轻松与宽慰。母亲不喜欢讲自己的病，却善于不经意地和对方一道走向他们心中最隐蔽的角落。

母亲入我梦

曾打算将有意思的梦境写下，一年半中只记了三个梦。一个和在美国念书的女儿有关，另外两个是追随我半生的，对亡母的哀恸。

1996年11月9日

似醒非醒的半夜、清晨。梦境依依，往事，故人，尽是些牵挂，似乎在嘲笑自以为洒脱的人生。昨夜梦见女儿寄来两幅照片，一幅是一群飞鸟，掠过灰蓝的天空；另一幅是仰卧在草地熟睡的女孩，是她的同学，等她去办墨西哥签证等得太久，瞌睡了。我笑起来，醒了。想着女儿办签证的真实故事，又笑着睡去。

1996年11月3日

梦中，我摊开双臂，抱着久病的妈妈，走在田野小路上，带她前往住在路端的八姨家。风景清晰得不像是梦。路的右边展开窄长的一条农田，其后是蓝色的一带水，再望过去可见山峰、白云、蓝天，恰似从雅典居看出去的景致，只是全与小路平行，整整齐齐地排列着。爸爸跟在后面，我们尽情呼吸清新空气，一路赞叹自然之美。

我心中后悔。妈妈在床上躺了这么多年，为什么没有早些抱她出来？我对她说："你现在身子很轻，我抱你一点也不吃力，我要多多抱你出来。"这时我看着脚下并不平坦的田埂，开始担心千万不能踩滑了，跌倒摔了妈妈可不得了。又想不如背她，也省些力。但背她会压迫她的心脏，还是抱着好。

走了很久很久，我很累，好像就快到八姨家了，突然感到妈妈抽动了一下，心里明白她的生命已离开了她。此时我好像是背着她，看不到她的脸，唤爸爸过来瞧。爸爸说："你妈睡着了。""是吗？"我多希望她真的只是睡过去了。我握住她垂落的手，觉得越来越冰冷。我同时也感到宽慰，因为她临去世前心境非常好，但是她走了。我痛哭，接着就醒了。

1997年10月10日（重阳节次日）

开初是在西方人的世界。我站在一间大礼堂外，透过玻璃墙看到里面长凳上坐满中年人，伴随音乐做出优雅的动作，台上有人指挥。多好的主意！我于是走进去加入游戏。主持人挑选“听众”去通过某种选拔测试，我第一个被挑中，跟随他走进一间房内，里面坐着许多评审员。主持人说“Nothing”，要我当场作歌并表演，于是我开口唱“No desk, no……no ham, nothing”。后来人散了，众人涌到街上。此刻环境已变，周围都是中国人，好像是在昆明。看见不少亲戚，我急急忙忙赶去与家人会合，他们都在另一处看演出，刚散场。妈妈也在，坐在家中那张藤椅上。我和景和弟于是抬着她回家。家搬了，我还从来未去过。抬着妈妈走了很久，经过一些奇奇怪怪、阴森灰暗的建筑，还路过一处岳飞庙，又沿铁路路轨前行。枕木距离很宽，十分难走。我问景和房子贴近火车路会不会很吵，他说火车经过时才吵。正说着，一列火车驶过，声音还可以接受。妈妈似乎睡着了，一言不发。终于到家了，有几级石阶，景和抬前，我在后。我说了句话，景和说妈妈听不到，因为妈妈已经死了，手脚早就凉了。我一摸，真的！我隔椅背抱着妈妈，一边哭一边大叫：“妈妈！妈妈！”于是醒来。

1973年母亲去世后，便想作文以悼亡母。每提笔，悲从中来，泪水先笔墨而下。而今女儿已成人，我的生命仿佛多了一个支点，给我勇气，踏入昔日的温情与苦悲。

母亲1914年出生，二十一岁结婚，育有三子一女。她小时候曾染白喉，几乎丧命，虽复原，心脏受损，四十二岁时便卧病不起，一躺十八载。母亲就像她那个时代无数的贤妻良母，一生毫无保留，心甘情愿地为家庭奉献自己；在永远温良、谦和、美丽的外表下，有惊人的顽强意志；恪守自己为人处世的原则，又能宽容地接受别人，有如罗曼·罗兰笔下一位平凡的妇人："能够用目光、举止和清明的心境在周围散布出恬静的、令人舒慰的气氛，活泼的生命。"

母亲的娘家

外公苏澄（字涤新）于光绪癸未年（1883）出生在云南贫困山区普洱县一个四世相传的银匠之家。年仅岁半，父殁，母亲守节并独自将他抚养成人。九岁入读私塾，后得益书法清秀，代缮公私文书，添充家用，昼夜攻读五经唐诗古文，皆能背诵。十八岁应县童子试，考八股文共十余场，每次均列前五名。后步行数日到景东县应学院岁科，列第一名。二十岁从故乡哀牢山步行到昆明，考入五华山高等学堂，作为一名高材生，被选派到日本留学。云南地方政府从晚清以来，开始谋求政治与行政的变革。明治维新后的日本乃效学的榜样，省政府派遣了近四百人到日本留学，主要学习政法、师范及军事。我的外公被派往早稻田大学学物理化学，从记载看，是唯一学基本科学的学生。1906年初，同盟会云南支部在日本成立，苏澄为第一批会员。他改别号"羊牧"，取苏武牧羊持汉节之意。

外公从日本回国后拒做清朝官员，打算在云南创办报纸。光复后才出掌县政，任厅职凡十余年，均与时尚政治格格不入，赋闲在家种花、作诗，最欣赏陆放翁。他留下《滌园明通草堂诗集》，多是对子女的训诲或闲话家常的记叙，也录下些那个时代知识分子的爱国情怀。1946 年的一首《忆游粤港》末段云：“居今而思昔，割让实难堪。金瓯已欠缺，收复宣无端。何日复故土，会见汉衣冠。”二舅少时贪睡，外公写一首讽刺诗贴在他房门口，“文革”时众人笑道，外公开“贴大字报”风气之先。

当初参加同盟会的抱负，从未得以施展，一生抱憾。共产党掌权，外公对其匡时济世的理念十分认同，欢欣鼓舞了一阵。六十八岁时，觉得老躯无用，于是用一瓶安眠药了结了自己的生命（见本书《云南第一代留日学生》）。

伴随云南留日青年的学监钱用中（号平阶）先生看中了两名后生，将一对爱女钱维英、钱维芬许配。外公苏滌新和同窗好友庾恩旸均未见过他们未来的终生配偶，双方父母为两对新人择同一吉时成婚。是日大雨倾盆，混乱中轿夫将姐姐送到原来该迎娶妹妹的外公家。这是传说还是当真，已不可考证。嫁入庾家的妹妹花容月貌，逃不掉红颜薄命的定数。丈夫庾恩旸后任云南军政厅厅长兼宪兵司令官，三十出头正辉煌时遇刺身亡。二姨外婆钱维芬一生的故事比小说还离奇感人。姐姐钱维英即我的外婆，她本分忠厚，善持家，和外公生下三男八女。排尔字辈，男的分别取名敏、敦、敬；女的则冠聪、端、庄、箴、昭、慧、娴、淑。外公对子女的期望尽在其中。我的母亲是次女，聪慧活泼，深得外公喜爱，并继承了外公的幽默。按苏家的家规，不可用仆人，

1933 年，母亲十九岁

1934 年元旦，母亲（右）出嫁前夕，与三姨、四姨合影

1935 年，母亲（右）和她的妹妹“四摩登”

姐妹轮流当值做家务。母亲和大姨同睡一张大床，这张床一直留下来，我还记得床漆成红色，床头雕着半个葫芦似的空花。早晨由后起床者整理床铺。母亲醒来，静观大姨的动静，看到对方打个哈欠、伸伸脚，便跃身坐起来说：“我先起！”

20 世纪 30 年代，在女孩子不可抛头露面的昆明，母亲十分热衷于刚刚时兴的歌舞表演，外婆训斥道：“一眼同，百眼同。看戏看一回还不够吗？”一次她随学校演出队出外表演，回家晚了，被罚不准吃饭，殊不知演出后已被招待过晚饭。母亲多年后对我讲到这个故事，仍流露出少年人心中的窃喜。

《天鹅》歌剧是她最盛大的参演，虽然扮的只是八个王子之一，没有独唱的份，但她可以从头至尾把整个歌剧吟唱下来。这也成了我小时候学会的第一组歌：“我们还有一个妹妹，她比我们都聪明。她有小凳，金子做成；她有图画，值千金。妹妹，妹妹，快来快来，大家一齐同欢欣。”“谢谢哥哥们，不要太高兴，莫要忘记了，后母心毒狠，她要打我们，还要骂我们，常想把我们，一齐赶出门。”我的小名叫“妹妹”，妈妈心中对歌剧中妹妹和天鹅哥哥们遭后母逼害的感受是如此真切。数十年后，她被疾病残酷折磨，医生宣布她最多只有三年生命，但是母亲一年又一年顽强地忍受，支持她苟活的信念是不能让她的四个子女受后母之苦，不可让“妹妹”被欺负。

那年昆明流行白喉症，患者凶多吉少，母亲和她的外婆同时染疾。令现代人不可思议的是，当时医治老人比救活小孩紧要。母亲不到十岁，病得奄奄一息。家人以为她已没救，又怕传染弟妹，于是将她抬出走廊（昆明人称“游春”）。医生抢救的对象是她外婆，用治老人的汤药渣再煨点水给她喝喝，聊胜于无。一日忽听她躺着哼起歌来了。“活了，活了！”大人连忙搬她进屋。白喉杆菌没有夺走她的命，却侵蚀了她的心脏，从此夺走她的健康。

我的外婆是云南省首间女子学校（昆华女子学校）的第一批中学毕业生。我见过她们的毕业照，每个女学生都梳着高高堆在头顶上的“东洋头”，面上厚厚的脂粉也十分东洋。从大姨妈到八姨都从昆华女中毕业，个个品学兼优，母亲从来未败落到第三名以下。大姨妈光彩照人，被封为校花；母亲则清秀细腻，惹人怜爱，大家戏称她作“病西施”。

为人妻母

母亲中学毕业后考入云南师范学院，读到二年级，为了陪外公去做县官便辍学了，其后嫁到熊家。熊家是官僚世家，生活方式、家庭关系与苏家大不相同。父亲是长房长孙，母亲变为“孙少奶奶”。有用人侍候的日子随战乱终结，母亲写字描花的纤纤细手拿起斧头劈煤块，洗衣做饭带孩子。她一样哼着京戏，做完一件又一件家务，尽妻子和慈母本分。家中收拾得干干净净，一家大小穿戴利利索索（昆明话叫“板板扎扎”）。每逢星期天，所有的床单、桌布都要换上新的，以迎接可能来到的客人。我小时候觉得这是理所当然的事，到母亲病倒、由我来当家时，这些礼节便一概免了。母亲躺在床上，每周仍要指挥我清洁家具，一套紫檀木的茶几、椅子是我的头号敌人。母亲要我把抹布缠在指尖上，伸进一个个雕花小孔去除尘。至今我也不明白在尘土飞扬的小城，母亲怎么可以令她的一双鞋随时保持光洁清爽。一位亲戚多年后看到我黏满泥巴的鞋，摇头笑道："你妈常说，委琐一顶帽，邋遢一双鞋，哈哈！"

不论做忙忙碌碌的家庭主妇，或是上班任会计，还是躺在床上当病人，母亲都穿戴整齐，头发、眉毛理得一丝不苟。除了去做客或去照相馆照全家福，母亲都不化妆。粉红色的梳妆台是她的嫁妆，印象中她从没有坐在镜前修饰面容。她美得圣洁而自然，无需打扮。看她年轻时的照片，令人诧异朴素无华的美何以随时代而消逝殆尽。

父母恋爱的细节不得而知。听亲戚说，他们彼此倾慕，再托媒人按正规程序求亲。父亲英俊潇洒，母亲美丽温柔，加之门当户对，算是美满姻缘。许多年后当我也到该嫁人的年龄，母亲忠告我说，对方喜欢你、对你体贴，比你喜欢他更重要（中国人说不出口那个"爱"字）。我猜她当初一定十分迷恋父亲，忽略了他的大少爷性格。我虽然记住母亲的教诲，却发现这一信条也不可取。母亲之所以那样以为，是因为她并未亲历过别样的婚姻。

母亲生下我的哥哥后，又生了两个男孩，都先后夭折。之后诞一女，皮肤似母亲，白里透红，家人称她"小苹果"。小女孩聪明乖巧，一岁多已能唱整首三民主义国歌，可是不到两岁时患痢疾死了。父母常叹道，要是那时有消炎片她便有救了。七年中相继失去三个孩子，对母亲的打击可想而知。战乱还未结束，生

1934年，初进熊家的长孙媳妇

1934年，被称为“笑长”的母亲（父亲摄）

1935年，父母结婚一周年

1936 年，大哥周岁，母亲将他装扮成女孩

1938 年，哥哥、母亲（中）和姑妈（父亲摄）

姑嫂之间天然的戒备之心仅次于婆媳，而母亲和姑妈则是一对“闺蜜”。见面有说不完的话，分开写长长的信。两人和而不同，各自的性格在这张照片中表露无遗。姑妈做了一辈子小学老师，母亲即便去工作，家庭子女也几乎是她的全部。夹在两人臂弯下的摩登串珠手袋，显然是姑妈从上海买来的。

下我后，母亲体弱没有奶水，也找不到奶妈。那时全家疏散住在祖父早年盖在乡下车家壁村的别墅里，母亲去附近彝族村寨买羊奶来喂我。我知道这一层，是因为尔后记事不听话时，外婆就笑骂我说："车家壁倮倮的羊奶喂大的蛮女。"

我出世不到三年，母亲生景泰。母亲的心脏很弱，生小孩都要先签名，因生产死亡须自己负责。到我七岁时，小弟景和出世，母亲怀孕时曾想过，等小孩生下送给她的好朋友—— 一位不育的表嫂。景和落地，美丽的婴儿引得医生、护士一阵轰动，母亲说幸好没答应送他出去。

听一位亲戚说母亲还小产过三次，她自己从未提及。医生早已警告过，生小孩对她来说十分危险，但母亲怀孕仍不少于十次。那个时代避孕不是件容易的事，担心怀孕的妇女，每个月都惶恐度日，害怕身体发出怀孕的信号。七个孩子存活四个，是那时正常的婴儿成活率。婴儿的死亡率和士兵的伤亡率一样，对于公众、研究者、政治家而言都不过是些数目字，而对每一对父母，尤其是母亲来说，失去孩子带来的撕心裂肺的痛楚，也将成为尾随他们一生一世的伤心回忆。

幼时印象中的母亲，终日操劳，却随时嘴里哼着京戏或什么歌，哄孩子睡觉，从躺下一直唱到完全睡熟。最常唱的是："风呀，你要轻轻地吹；鸟呀，你要轻轻地唱，我家小宝宝，就要睡着了。宝宝的眼睛像爸爸，宝宝的嘴巴像妈妈，宝宝的鼻子呀又像爸来又像妈。睡觉吧，妈妈的好宝宝，天明带你去玩耍，玩耍到你外婆家。"

此刻，妈妈的声音还清晰地响在耳旁，一定是妈妈在天上为我轻唱。

中学音乐课教唱贺绿汀的《游击队歌》，“我们都是神枪手……”老师唱了一遍，我就会了，好生奇怪，才想起这是妈妈哄弟弟睡的一首歌。歌曲明晰的节奏，伴着她的纤手轻轻地、一下下拍在孩子身上，没有一丝战斗气息。

战争，时局艰难，大家庭的风波是非，父亲不时发作的火爆脾气，种种困难，对我们几个躲在母亲羽翼下的孩子都不存在。米不够吃，掺着红薯洋芋，也好香、好香。我的大脚趾最不听话，老是把鞋尖顶个窟窿，妈妈替我补好，笑盈盈地告诉我说有“补新鞋”穿了。我穿着满院子跑，逢人就伸出脚来，叫人家欣赏我的补新鞋。大人说，弟弟出世后，我两岁多就是个乖极了的小姐姐。母亲没时间带我，教会我玩许多独立的游戏。其中一个是将一盒火柴撒满一地，让我用胖乎乎的手指一根根拾起来，排放到盒子里。妈妈有一只大漆皮箱，外面是黑的，里面是红的，装着她从嫁人时积攒的好衣服。丝衣罗衫只是做客时穿一下，全都保存得如新的一般。妈妈把它们一件一件都改作我的衣裙，从她手上抱着的小囡到后来上大学的闺女，都穿过母亲改制的新衣，令自己得意，让别人羡慕。我小时候整天憨吃憨睡、疯跑疯叫，除了患过一场猩红热，没有什么病痛。那时猩红热也很吓人。病快好了，我躺在床上，将两只脚高高抬起蹬在墙上，自己编了一支歌唱道：“我想吃红薯稀饭。”这一幕颇像母亲幼时熬过病危的情景。两个弟弟小时候身体弱，尤其景泰，妈妈显然操碎了心。景和出痧子，发高烧哭个不停，不能吹风，母亲抱着他，放下四方蚊帐，在床上不停转圈圈走。

天下的母亲大都为子女的小小不妥过分忧虑（包括我自己在内）。母亲自己身体不好，尤为我们的健康紧张，出一点小毛病，忍不住往坏处想。有一次我从花园里的秋千上跌下，弄痛了大拇指，哭着跑回家。母亲一看，我的手指根部肿了一大块，这还得了，赶紧带我去看医生。医生要我把另一只手伸出来，又让妈妈把她的双手伸出来，很容易就让我们明白，这一小块凸凸的是肌肉，人皆有之。

现代人已不容易理解那时带小孩操持家务的复杂和巨大的工夫。一日三餐生炉子点火，先得把木柴劈作小条条，架篝火似的架空，再把一条夹有松油的松柴（叫“明子”）点燃伸进去引火，然后把煤块一块块叠上去。这些技巧不是一天两天练得到家的。买来的煤一大块一大块，要用斧头劈碎。要火着、要火旺，需要不停扇火。竹编的骨架上裱糊薄棉纸做成的火扇，是损耗最快的厨房用具。扇火也是每个小孩最先学会的家务，等学会左右手都能控制火扇，就算到家了。被煤烟呛出眼泪，泪渍黏着烟灰弄个花脸在所难免。记得做弟弟吃的米粥，要先把米浸在水里一天，放在瓦钵里，一只手扶着钵边，另一只手握着也是瓦做的圆钵头，用力把米粒压碎，制成米浆。

鞋子则纯粹是工艺品制作。做鞋面先铺两层新布在外，旧布夹于其中，用稀稀的糨糊黏起来，叫“裱隔薄”。然后画样剪下，再用针线密密麻麻地在鞋尖、鞋跟侧等易磨损处一圈圈缝上。如母亲般手巧的妇女，则施展其心思与技巧，描绘出各式各样鞋头花。母亲为自己绣过一双紫红色缎子花鞋，白羊皮底，放在箱子里从未穿过，“文革”时怕被红卫兵说它是“四旧”，便连同几对高跟鞋一道扔了。做鞋底的工夫更是考人，几层新布上铺几十层旧布（旧衣服、旧床单无一样不被派上用场），中间夹一块“笋叶”，即包在竹笋外面的一层硬而厚的叶子，防水用。每块布事先按鞋底形状剪好，叠到三四厘米厚，“纳底”的伟大工程便可开始。粗粗的线穿在“大底针”上，先用锥子穿过布层打洞，针才能引线而过。

麻线如何弄出个细头穿进针眼，又是门手艺。上初中时，我旁边坐着个从乡下来的同学，课堂上她不愿将手闲着，于是高高拉起裤脚管，用大腿内侧做垫搓线头，散开麻线，渐进式抽麻丝，再搓结实。技巧之纯熟，常看得我目瞪口呆，顾不上听老师讲课。

傻丫头

为什么我一点点也没有遗传到母亲一丝不苟的风格？最强烈的对比是母亲漂亮的蝇头小楷和我那见不得人的“鬼画桃符”。父亲的书法比母亲差多了，他辩解道，写字得自遗传。因为他自小被严父逼迫练字无数，终不成体统，到晚年发现他的字和他从不练字的姐姐几乎一模一样，这便是明证。母亲则说她的字是练出来的。她的外公曾参与百日维新，败落后受慈禧审问，不过十七岁，只会讲“南蛮话”。据说慈禧不耐烦了，下令道：“这个小东西说些什么，听不懂，打发几两银子，让他滚回云南去算了。”这一节不知真假，但这位祖外公报效国家心切倒是真的。

他把自己的长篇宏图大略写下来，母亲则负责替他誊写，也得几个铜板做零用钱。经年累月，字也练到家了。母亲的字秀丽而有风骨，一如她的为人。她 1950 年代做会计时，开会的笔记本曾被同事借去作字帖。

我的字丑，也有一个与母亲有关的小故事。我读小学时，假期每天要写一篇小楷、一篇大楷。一放假我的心就野了，开学还早着呢。待到开学的日子屈指可数时，发现就算不吃不睡也做不完暑期作业。幸而家中会写字的女士不少，妈妈、外婆、伯娘都被动员起来，我的重要工作是督导她们，要把字写得像我一样歪歪扭扭，以防老师看出破绽。我的女儿在香港上培正小学时，我觉得小孩花一两小时做功课、没有游戏时间太不人道，自告奋勇替她抄书。待到二年级下学期，她便不时提醒我说：“妈妈，你可不可以用点心思写好一点？不然老师一看就知道不是我

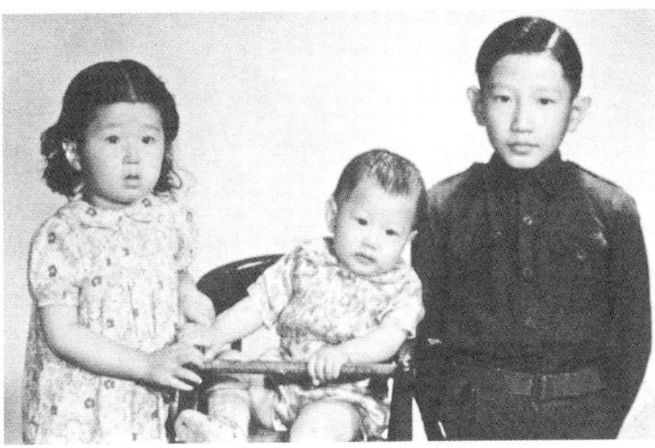

1946 年，大哥说我（左）太胖，长大后嫁不掉；我惭愧自己眼睛太小，每对镜头，尽量睁大眼

1938年9月28日，九架日本飞机在昆明投下炸弹，后方小城从此沦入战火之中。1941年12月28日，飞虎队来到，结束了昆明人“跑警报”的惊恐日子。在整理父亲摄影作品时，我才发现1939—1943年间，几乎没有留下什么照片。1944年，昆明的领空才回复平静，人们得以重新享受晴朗的天空，照片拍于此时。从上方一角的棕树（昆明人称之为“棕披树”），看得出照片拍于塘子巷外婆家。同一时期，母亲在这里拍了多张单人头像，放大存在相簿里。记得母亲说，照片是一位爱好摄影、显然也欣赏这位“模特”的人拍的，好像叫周慕新。他的风格与父亲不同，镜头仰视人物。母亲自然真诚的笑容永远那样。

1945年，昆明近郊车家壁默园（父亲摄）

1938年秋天，日机轰炸昆明，城里人开始每天“跑警报”，到郊外躲到田野中、树林里。有条件者在家里花园内挖“防空洞”，许多人后来干脆搬到乡下。默园就是为不方便“跑警报”的曾祖父修建的，1941年曾祖父去世，1942年我们一家搬来这里。这时母亲怀着我，当时昆明最好的医院、法国人办的会滇医院正好搬到同一村庄。我在这里出世，母亲去附近一个彝族村里买羊奶将我喂大。无论何时何地，在母亲的怀抱里，世界就是美好的。

1947 年，母亲和我，在三姑奶奶家后花园（父亲摄）

父亲将照片剪成圆形，贴在电话机中央的圆盘上。圆盘周围有十个圆孔，里面写着从 0 到 9 十个数字。指头伸到数目圆孔里，向顺时针方向转一圈，六位数电话号码转六圈，转动时发出声音，好像在呼唤对方。昆明是最早有家用电话的城市之一，普通人家里的电话从某个时候起消失了，直到 1980 年代中才恢复。如果不是这张照片，我不记得小时候家里有电话，父亲不是什么首长，只是个普通工程师。我那时四岁，记得照相的这天去姑奶奶家做客，母亲的衣服是春花色——昆明人对紫色的叫法。

写的了。”

很小很小的时候，我常常爬到妈妈的梳妆台上，跪在大圆镜面前，看自己胖乎乎的圆脸，有一点点自卑。哥哥常取笑我说胖姑娘嫁不掉。大人说我不是妈妈生的，是妈妈一天早上去倒垃圾，在垃圾堆里捡到的，我也相信。美丽的母亲怎么会生出一个难看的女儿来呢？我在脑子里形成一幅图，看见母亲去捡我的情景。不过倒不在乎，也不太清楚“嫁不掉”是什么意思，通常只是对着镜子里的小胖女孩做个鬼脸，又跑去玩我的了。长大些，曾对镜子拿妈妈的口红来涂一通，这大概是每个女孩故事中必然的插图。

有三个哥弟的独生女儿，很自然受父母宠爱，但我本人全无得宠的意识，反而很有自知之明，知道我是大家心目中的“傻丫头”。我的傻故事说不完、道不尽，例如五岁时爬上房顶去看小偷昨夜是如何潜入盗窃之类。极聪明的哥哥与弟弟，更显得这个迟迟不开窍的妹妹蠢钝。数十年后，我看到外公有诗形容六岁时的我“赋性敏慧，读书能背诵”，得意之情几分钟后就消失了，因为又见到外公形容哥哥是“天才过人”。

我的憨名在家族中众所皆知，就算后来在学校读书名列前茅也洗脱不了。这一点上个年代的人比今天更理智，尤其对中小学生，学校考试成绩未必是评价孩童的头等指标。

约莫五岁时，母亲替我织了一件深绿色的毛线外套，暖和又漂亮，穿上它像是丑小鸭披上夺目的羽衣。那时在院子里的童党中，我最小，人又笨，排名甚低。偶尔被头目派一点差使，都自觉荣光，勇往直前。这一天大家玩“煮饭饭”，昆明话叫“摆馒馒”。我们是办真的酒席，在地上用砖头围成灶，找个半边破铁镬来炒菜。唯一的问题是经费短缺，现成的材料如野荠菜、金雀花都取之不竭，但荤菜就费脑筋了。有人捐出全部财产—— 一毛钱，我被派去买肉。此刻回忆起来，我才醒悟到那些哥哥姐姐并非信任我而委以重任，恐怕他们都知道一毛钱买不到肉，或许是期望卖肉的大婶能施舍这个可怜虫。

当天我穿着讲究的新毛线外套，怎能激起旁人的怜悯心？捏着那一毛钱，从一个肉案走到另一个，挨一番番羞辱。在垂头丧气回家的路上，一个从未谋面的叔叔和蔼可亲地走过来招呼我："小妹妹，到哪里去？"（哦，他知道我的名字"妹妹"！）"毛衣真好看，是妈妈织的吧？"（还知毛衣是妈妈织的！）我把买肉不果的遭遇说给他听，私下盼望他送我一毛钱，就够去买一小块肉了。他提议送我回家，说带我抄近路。走到一条小巷里，他说有个什么婶婶住在附近，要我脱下毛线外套，他拿给人家看看，做样子，马上就折回来。毛衣交给他后，等了许久许久，都不见他的影子。我大声叫叔叔，也没人应。等着等着，心有点发慌，决定回家去叫妈妈来找他。妈妈听完我的报告，叹了一口气说："傻丫头，那是个骗子，他把你的毛衣骗走了。"我大哭，妈妈安慰我。这个故事又成了大家的笑话。那时家里不富裕，毛线是母亲省吃俭用买来的，但大人完全没有责怪我。我伤心了很久，为了失去的毛衣，为了我的愚蠢。前些年回昆明，我大笑着把女儿忘了考试的故事讲给家人听。大哥的外孙女婷婷正上小学，她大惑不解，找个机会悄悄问我："你为什么没有骂小姨？"我相信女儿将来也不会为无心之过责怪自己的儿女。父母对我的谅解惠及数代。

因为憨傻，反而多得些宽容，外婆老护着我说："吉人自有天相，憨人有憨福。"回顾上半生，才明白此话保佑了我一世。除了憨就是野，乱蹦乱跳爬树的标记是一对从不完整的膝盖，流血、化脓、结疤，周而复始。要是跌重了、吓哭了，大人会牵我去到现场，一面拍着我的胸口，一面高声替我把吓跑了的魂叫回来："妹妹、妹妹，三魂七魄回来喽，三魂七魄回来喽！"情况严重时，还要撒米泼酒。这一招其实对安抚小孩很有用，但今人已不信魂魄之说。有时玩到天黑，突然想起该回家、该挨骂了，知错已为时太晚。如果看到月亮，我就求它保佑我，今晚妈妈不要骂我，或者只轻轻骂几句，我觉得非常灵验。月亮从那个时候便成了我的好朋友，永远倾听我的诉说与祈求。

回忆只能告诉我们留在记忆筛网上的那些事，因为不见了筛子眼中漏下的东西，不能任由回忆去做决论。就我所忆，大人口中的我小时候又笨又傻又乖，有的方面很大胆，而有些事情上则极胆小。恐怕真实的形象没有这样可爱。我也记得常和景泰"钉钉如磨"，这是昆明话，表示互不相让。打架也是常事。

我上小学高班时，同院住着个五六岁的女孩，叫"小胖囡"。一天她在院子当中耍赖，又哭又跺脚。她母亲呵斥她道："你怎么了？！"她的脚跺得更响，一边哭一边说："我学熊姐姐！"要不是这个笑话传下来，我不会记得自己丑品的一面。此刻才想起来，逢人夸我乖，母亲就会说："你还没见她又哭又跺脚的样子呢！"

外婆家

每个星期天跟妈妈回外婆家，是童年生活中头等大事。整个星期都盼望周末到来，好去外婆家的大花园中玩耍，去吃好东西，去被外公外婆和众多的姨姨宠爱。七姨、八姨正是妙龄少女，五姨、六姨已到被人追求的年纪。母亲是众姐妹尊重喜爱的二姐，二姐的孩子也是大家爱屋及乌的对象。我不会走路时，大家争相来抱，我专拣七姨。七姨后来到美国去了，母亲想念七妹时，总学我幼时口吻说："我要七姨这么抱，我要七姨那么抱。"

印象中外婆家的花园大极了，前后三层。现在回想那个温暖大家庭，芳草碧树，恍如隔世。在童年欢乐与亲情之爱的点染下，好像在外婆家度过的周末都是阳光普照。门口的紫藤花一串串挂在花架上，沿墙根的美人蕉四季开花，果实内白白的小粒是我们玩"煮饭饭"必不可少的"鸡蛋"。昆明称美人蕉为"凤尾花"。"娘娘跟着皇帝走，你说是朵什么花？""我说是朵凤尾花。"酸木瓜花和石榴花虽然红得似火，却不似金凤花一样可以用来染指甲。爬在庭院墙头上的素馨四季飘香，优雅柔和的香味正衬合苏家的姐妹。摆在沿小路石礅上的瓷花盆里，高贵昂首的兰花是外公的宠物，不可随便去碰。沿后墙一排枣树满身荆棘，据说可防止盗贼翻墙。梨树、柿树、银杏被剪得齐齐整整的白腊条枝神秘地围住。缅桂（也称"白兰花"）开花的季节，外婆衣服的斜大襟扣子上总挂着两朵。一棵老观音柳的树桠是我在花园中的"雅座"，坐上去两只手扶住分杈的树干，身子尽量靠后，两只脚在空中乱荡，嘴里哼着自己编的歌，看白云在树顶上飘过，

1937 年，回娘家的母亲和她的妹妹，七姨、八姨、表妹

1945 年，六姨、七姨、八姨，在外婆家紫藤花架下

用它变化的形状去编织我的幻想。

外公在日本时吸收了许多新潮思想，不过那时文化人类学还没有面世，他不知道尊重本土文化才是时尚中的时尚，只一味嫌外婆迷信。家里不许供拜，七月半接祖的鬼节更不能容忍。外婆带着我们一群孩子搞“地下活动”，派外公最宠的明伟表弟去缠住他。众人先去洗澡间举行仪式，举着接祖的道具在花园绕一周。参加这类秘密活动的“阴谋感”最令我们过瘾。外公唯一庆祝的是每年二月廿二的花节。他用红纸做成一个个小灯笼，带领我们去到花园中，给一棵棵花、一株株树挂上。

花园里的蜡梅不如红梅、白梅般娇艳，但它黄色的小花气味芬芳隽久。蜂蜜水泡蜡梅花是外婆常年的润肤露。梳洗罢，抹在手上、面上，再用刷子沾一点“刨花水”，把头发弄得服服帖帖。不知道刨花是什么树的木屑片，一股清香味。我喜欢看外婆梳头，却怕看她裹脚，只有一次好奇心战胜了畏惧，看着她把长长的裹脚布一层层拉开，现出小脚。除大脚趾外，四个脚趾一排地被压倒贴在脚底板上，畸形得怕人。

外婆与她的同辈不兴化妆，却很重视额头要光洁，不生汗毛，把专司“扯头”的女人请到家中。这位“美容师”自己颜面光滑，一并做活招牌。她两只手拉住一条线两端会旋转的木梭子，转动细线，在额部上下来回，嗡嗡作响，把在规划线以下的头发、汗毛拔个精光。我被好奇心驱使，冒险伸手拉扯一下，大叫饶命。妇女为美而忍痛，古今中外亦然。

八姨和哥哥同岁，是孩子头，每周都发明不同的游戏。四姨家住前院，小我两岁的明莉表妹是我最亲密的玩伴。明莉上小学一年级时的作文《我的家庭》写道:“我家有六口人，奶奶、爸爸、妈妈、弟弟、表姐和我。”传为佳话。

外婆家饭菜清淡可口、别具一格，豆腐每餐必不可少。苏家的经典菜式我沿用至今。晚上，一群小孩都盼望迟归的二舅。他一定提着一包消夜，不是回饼，就是萨其马或重油蛋糕。我九岁那年已是回外婆家的尾声。有一回吃过一轮点心，明明看见还剩下一半，大人催我们去睡了，二舅悄悄问我:“你几岁？”“九岁。”“九岁以下的去睡觉！”二舅高声宣布。噢，我爱二舅。

大舅在军中任职，驻东北。三舅中学毕业后考取云南省公费留美生，1945年便远离家乡。外公的书桌一扇半圆推盖永远关着，我常常好奇地想推开看看。外公时时抿着嘴笑，可是有无上的威严，小孩可不敢乱动他的东西。书桌盖顶上一边摆着大舅、外公、二表姨在南京时的合照。二表姨原是复旦的校花，因为在省政府任过科长，附带有过的军衔，1950年代被送去劳改。另一张照片上是在麻省理工学院念书的三舅，灿烂的笑容照亮了外公的书房。三个舅舅那时都英俊得像电影明星，姨妈们个个端庄秀丽。母亲教我唱一首歌，一唱便记熟。对我，这首歌永远牵连着对塘子巷外婆家的回忆:“我的家庭真可爱，清洁、美丽又安康；兄弟姐妹多和睦，父亲母亲都健康。虽然没有大厅堂，冬天温暖夏天凉；虽然没有好花园，月季玫瑰常飘香。家啊，家啊，可爱的家……”伴着音乐的是每次我们去按外婆家门口的门铃，应门的惊叫“二姐回来了”，接着一片叽叽喳喳，俏丽的姨姨一个个赶过来，衣裙窸窣。

1948年，大舅、舅妈从东北回乡，为这和谐、温馨、欢愉的大家庭生活带来闭幕前的高潮。大舅此时已脱下军装，却未脱年轻军官的潇洒和气派。大舅妈是日本人，身材高挑，说话轻言细语。她笑起来撮着口，不似我们昆明女子张口大笑。长女慧中还在襁褓中，粉红的小圆脸藏在粉红的绒帽里，立即成为所有人的掌上明珠。大舅年少离家，乡音已改，说纯正的国语，加上他们三人的穿着举止，就像是从电影里走出来的人物，令我们小孩感到好奇又敬畏。

日本媳妇从昆明婆婆和妯娌们那里学会许多新鲜手艺，包粽子、做香肠、腌咸菜。大舅妈至今还对当年与昆明家人相聚的一件件小事、几十位亲戚的音容笑貌记得十分清楚，因为一幕幕亲情故事曾在她脑中一遍遍重温。那时的中国烽火四起，大舅一家即将去国远走他乡。对可爱的家庭的赞颂“冬天温暖夏天凉”，也适用于政治气候。大舅走后，外公外婆不放心舅妈携婴儿出远门，让十五岁却十分聪明能干的七姨伴同，那时谁也料不到这一别竟成永诀。1997 年，几乎半个世纪后，舅妈、慧中、七姨结伴重返昆明。外公外婆早已安息，故园也找不到一丝痕迹。

一年一度，我们把裁缝师傅请到家中，在厅堂外走廊上搭起台子，替各人缝制一套新衣。每个姨姨都是清一色昆明大道生纱厂“阴丹士林布”浅蓝旗袍，外公外婆则灰色长衫。裁缝师傅成了苏家的老相识，外婆任他的助手，一边与他闲话家常。

在物尽其用的社会观念下，妇女贡献最大。从中药店“抓”来的药由薄纸包着，红白两间细细的棉线捆住。所有包装物品均不可丢弃。我能做的工作便是把棉线死结打开，婆婆将线一圈圈绕好，收在抽屉里待用；包药的纸，也要抖干净药屑，平平整整折起来。从淘米水到粪便、垃圾，没有一样是废物。

住在邻村的两兄弟，大张和小张，天天来外婆家收“米缸水”去喂猪，去厕所倒粪、倒垃圾，担回去做肥料。小张十分勤快，从不坐下歇会儿，打个招呼就走了。大张则总要到厨房来找人聊天，抽竹水烟筒。他胡子拉碴，眼睛随时笑得眯成一条缝。只要大人不撵我，我就坐在小凳上听他摆龙门阵。记得有一次他数落外婆：“老太太，洗完碗，瓷碗不能摞在土碗上，要不然往后你家姑娘找错婆家呢。”外婆不信他的一套，不晓得后来是否后悔过。现在我还记着大张的教诲，碗柜里不同花色的碗一定要分别摆放。妈妈说小张不仅勤快，又省吃俭用，攒钱买了地，后来被划为富农分子，地被没收了，在村里也抬不起头来。大张当贫农，倒分了块好田，还在农会里当了个什么。到外婆家坐人力车（昆明人称“黄包车”），妈妈一路自言自语，我只听得出她的“……八妹……爸说……”。后来我当了少年先锋队队员，戴着红领巾，耻于压迫人力车夫，任凭妈妈怎么劝也不肯坐车。妈妈带着弟弟在车上，我在侧边小跑，一路跟到外婆家。生活中从此掺上政治，外婆家的欢聚也快散场了。外公自杀的早上，二舅慌慌张张来到我家，对妈妈说：“爸不在了。”“不在了？到哪里去了？快去找呀！”“爸过世了。”妈妈像条棍子似的应声倒下去。

外公找不回来了，童年最欢乐的时光和那个时代也都一去不复返了。

病人的孩子早当家

1952年，母亲去会计学校读了半年，拿了证书，到昆明市卫生局第三门诊部做会计，后来又兼筹划第四门诊部会计业务。病倒后，她一人的工作由三个会计来接任，此时她的单位才知道这位前任会计的价值。而对她来讲，代价实在太大。母亲看起来温良谦让，实际上极为好强。她引以为荣的是做会计的三年中，每年年终核查没有错过一分钱。她去上班后不久，我们便习惯母亲不回家吃饭。待到天黑了她回到家，用开水泡冷饭，再嚼一小口红糖佐餐，几乎晚晚如此。她一生照料旁人，却无人照顾她。父亲是粗心大意的丈夫，我们是那样的不懂事。

1950年代的中国大地，革命烈火余热未散，上班、政治学习，军事化般严谨。母亲过量的工作、过度的责任心，使她羸弱的心脏吃不消，几次在办公室里晕倒。告病假要医生开假条，她的上司恰好是心脏病专家，也是一名尽一切可能表现自己的左派。一次母亲晕倒，苏醒过来后，这名主任医生说："现在是政治学习时间，你不舒服，可以躺在门诊床上听着。"以母亲的性格，不到万不得已也不会去求他开一日半日病假。求到这位主任，他总以拒绝为始念。他曾对母亲说："你的心脏没有大问题，包在我身上。"

大问题出现了。母亲被送到医院去抢救，医生告诉她本人和家属，她的心脏最多可支撑两三年。自我幼年记事起，母亲的病始终像梦魇一样压在我心上。记得第一次她在饭桌上晕倒时，我大概只有四岁，吓得魂不附体。母亲病发作时，本来白皙的脸更无一丝血色。早晨我会轻手轻脚地走到她床边，担心她已经没有呼吸的恐惧慑住我的心。我定定地看着她，知道母亲早上醒来，总有一颗眼泪从她的眼角流出，看到这粒晨泪，我便心安了。

记得上初中一年级时，一天晚上和同学们在校园里玩追人，大笑大叫之际，突然有一种异样的感觉从手指尖升起，我觉得一定是妈妈发病了，立刻跑回家。母亲好端端的，但是那时的感觉不时浮现，追随我一生。直到如今，母亲去世已二十多年，我仍然会梦见自己正在兴高采烈地玩着，突然想起妈妈还躺在床上，忘了给她弄吃的，于是心忧、自责，急急慌慌跑回家。

最大的震撼发生在我十二岁时，妈妈病发住进医院。那天黄昏，医院的信差来敲门，送来病危通知单。父亲看罢，一言不发递给我，上面一个个令人惊恐的字立刻使我产生生理效应。我开始全身颤抖，不可抑制片刻，一直这样抖着跟随爸爸去到医院。医生护士正在抢救，妈妈戴着氧气口罩。她侧过脸来看着我，目不转睛，我知道她对我说："妹妹，不要怕，我不会死。"

母亲没有死。之后又熬过许许多多次病危抢救，但是从此她就被困在病床上，受尽疾病煎熬，躺了十八个春秋。我的童年在十一岁那一年便结束，自此担起买菜、做饭、洗衣、管家用钱和许多原来由母亲承担的家务。当然还有照料终年病卧的母亲，同时维持在学校考第一名的虚荣。爸爸一如既往忙于公事，大哥景辉在外省，景泰九岁，景和五岁，他们也都一下懂事了。同时，我从母亲那里秉承的不泯童心，大概终生都不会离开我。写到这一页，眼泪没有停过。但是，我要讲的并不是一个完全凄凉的故事。

1940 年，母亲梳着漂亮的电烫卷发

“文革”中许多此类属于“四旧”的照片，都被销毁了。我将照片上的头发剪去。

1953 年，母亲工作证照片

约 1948 年，看来母亲刚晾完被子（父亲摄）

1952 年，时代的变革反映在人们的衣着装扮上。母亲穿着蓝布旗袍，这本是她每日的样子。我的裙子、弟弟的工装裤，都是母亲亲手缝制

1954 年，全家福

哥哥从昆明工校毕业，分配到东北辽宁省青城子铅矿工作，离家前合影。穿戴整齐到照相馆拍全家福，曾经是许多家庭的一种仪式。这是全家最后一次去照相馆拍全家福，大哥离家五年后才回昆明探亲，那时母亲已经卧病不起。

和心灵手巧的母亲相反，我笨手笨脚，不会做也最怕做家务。母亲常责备我说："叫你做事，口水都说干了你还不动，不如我自己做。"分给我的职责例如拖地板、擦窗户，虽老大不情愿，还是要动手。母亲病倒后，一下子改变了我整个的生活。除了可以指挥小我两岁的景泰帮帮忙，所有家务都成了我的职责。奇怪的是我没有一丝一毫自怜或怨艾，反而一天天受大小"成就"鼓舞，慢慢发觉自己不完全是一个傻丫头而变得自信了。

记得第一次洗大盆的衣服，坐在井边花了一个下午，将衣服擦上肥皂，在木头搓板上搓呀擦呀，再从井中一桶桶汲水，一遍遍洗去皂迹。然后，把爸爸、我、两个弟弟一周换下来的衣服洗干净，晾在横穿天井的铁丝上。我一一数点，每一只袜子也算一件，一共洗了十八件。虽然手指被搓板的木棱损伤，又红又痛，但那个星期天下午的自豪感，永志难忘。

"憨丫头""野丫头"在某些方面又是"小胆胆"，许多稀松平常的事是我的禁区。我不敢擦火柴，不敢打蛋壳。每天生火做饭，要等景泰来替我擦火柴，点燃"明子"。我会做的饭菜实在有限，蛋炒饭是仅有的几招之一。有时等不来景泰，我抓着圆圆滑滑的鸡蛋，鼓足勇气，闭上眼睛，向碗边敲去，总觉得它将会爆破开来，蛋黄蛋白四射。当然这样的事没有发生，我慢慢也敢直视全过程，避免因闭目造成的流失。失职的事经常发生，例如在院子里和小朋友玩跳格子（昆明话叫"跳海牌"），到天黑了才想起来还没有去生火烧晚饭。有时煮着饭看小说，焦味充鼻时已不可挽救。米饭不可糟蹋，焦锅巴也必须吃下去。一次又发生焦饭事故，我把两个弟弟叫过来，在锅巴上撒点盐，告诉他们大家一起吃，吃完有“最高的奖赏”。待弟弟索赏时，我大笑着念出正在上映的一部苏联电影的名字：“《最高的奖赏》是人民的信任。”

那时我们住在父亲任职的昆明市建设局宿舍。那原是一名国民党军长的官邸，在金汁河旁。一幢两层楼的主房和侧边一排平房里，住了九家人。院子里一大丛竹子，几株桂花，沿墙爬满蔷薇。门前淌过小溪，溪对面和隔壁，花农的园圃围在茉莉、蔷薇形成的篱笆内。母亲病倒的头两年住在医院，父亲许多时候出差在外，留在家里时也是早出晚归。院子里的各位伯娘婶婶都有了发挥她们同情与教导的对象，她们教会我做菜、腌肉、做咸菜，告诉我什么东西去哪里买。我曾把爸爸收藏的上好酒拿去腌肉，又添了一个“妹妹的憨故事”。

院子里有位北方大嫂，小孩叫她“普妈妈”。她的山西乡下话我能猜得出三成。一天我和景泰在擦窗户，她走过来对我们说：“呢亚无瓜，阿瓜吧啦啦。”“好。谢谢您。”我们礼貌地笑着朝她点点头。“呢亚无瓜，阿瓜吧啦啦。”“好。谢谢您。”“我梭拉瓜，你们梯无拉瓜？”“好。谢谢您。”这回可把她逗乐了。原来她是问：“我讲的话，你们听不懂吧？”后来我慢慢习惯了她的口音，跟她学会发面蒸馒头，虽然成功率大概只有百分之五十。

我隔天去医院探望母亲。医院有严格的探访时间，记得那个中秋我带了月饼赶到医院，时间已过，不准进入。我坐在门房对面的长凳上，哭个不停。一位医生路过，说情让我进去。我每次去探望妈妈，她都拿出一点医院供病人吃的好东西给我吃，说是她吃不完剩下的，但我相信是她省下的。看妈妈的主要任务是替她擦洗身体，她一日比一日瘦，我的心也一日日沉下去。大概过了半年，一天正在为妈妈洗脚时，我晕倒了。父母决定让我休学一年，家里也请了个人来帮忙。我五岁上小学，比同学们都小一两岁，停一年也没有什么，何况那学期我最倾心的一个男同学刚刚转学到北京，走进教室令我心灰意冷。

大约一年半后，母亲的病危期过去，回家来养病。为怕她病发来不及抢救，放了一个巨大的氧气罐在床底下。我们三姐弟先后都学会替妈妈打针。第一次用针头对着瘦骨嶙峋的妈妈扎下去，令我胆战心惊。那时我们相信打针是必需的，每隔一晚都要注射一次。年复一年，妈妈臀上的肉都硬结了，钢针常被顶曲还扎不进去。到最后几年要从手臂静脉注射针水，这已超出我的能力范围，那时景和已长大，由他任最高一档的家庭“护士”。

侍候病人的常规事首先是做吃的。妈妈一点也不挑剔，我每晚用牛奶和米粉煮“奶糕”给她吃。我千百遍地问过她：“好吃吗？”母亲不厌其烦地回答我说：“完成任务。”逢周末早上去排队买肉或别的供应品，不只为妈妈，也买全家的食物，买大部分东西都要排队。找医生来家看妈妈，去买药，煨中药，都不觉得是苦差。最麻烦的是每天大小便要端到公共厕所去倒，途中穿过宿舍大院、球场，倒完得洗刷容器。这是十八个三百六十五天中必须做的一件不想做的事。我去上大学的几年、下乡的四年半，主要都是景和弟弟做。替妈妈洗澡，弟弟则不能代劳。我在大学是文工团的舞蹈队队长，但从来不会跳社交舞。星期六一下课我就赶回家，替母亲洗澡，还有一大堆家务等着我去做。我从不觉得有所失，每周末都盼望回家。坐一截公车，再走半个多小时，脚步总是越走越快。

报考大学时有人劝我学医，我想都不会去想。连和医疗沾边些的营生，对十二岁女孩来说也很可怖。那时人们相信胎盘滋补，我先去找医生开证明，然后去产房拎回一个血淋淋的胎盘，在水龙头下一遍一遍冲洗，觉得就要晕过去了。我自然不会告诉妈妈我害怕，也不会告诉她每次替她打针我是如何心跳加速。

母亲初时还可以在房中走动，记得她曾用一件蓝花绸旗袍改制成我的衬衫。其后再因病危住进医院，两度出院，直到 1973 年去世，十几年间最多能在精神好时站起来扶着家具走几步。她说自己连劳改犯人都羡慕，因为他们还没有失去走走路的自由。有一次全家人去看电影，照例妈妈一人躺在家中。晚上归来走进家门，妈妈便笑着叫我们去看她的“战绩”：她不开灯，一晚在黑暗中打死了十多只蚊子。此时我已上大学，仿佛才第一次强烈感受到多年来她终日忍受的“监禁”是多么残酷。

妇道人家

“久病床前无孝子”，久病的母亲却从未令我们厌烦。家中躺着病人，也并没有令我们终日愁眉不展。十八年中，除了因为政治带来的阴云遮住阳光的日子，除了妈妈病痛发作时痛苦呻哼的日夜，快乐和欢笑仍是家庭生活的主调。母亲和我大概都因为 DNA 的缘故，笑神经特别发达，够资格被称为“大笑姑婆”。

别人听起来不怎么好笑的事，可以令我们笑个不停。她的一个同事是军官太太，最热衷向人炫耀其“上等生活”。一天她赴宴回来，报告说菜式如何讲究，“头道菜是冰糖”。“什么？”她重重的外省口音，令我们把“拼盘”误听为“冰糖”。我那天正好去看妈妈，这位阿姨转身走开，我们两母女笑得人仰马翻，坐公车回家一路还笑不饱，推开房门再倒在床上大笑。

母亲模仿方言的本事很绝妙，来客若操云南某县方言，客人离去，母亲可以惟妙惟肖将客人的腔调再带回来，令众人捧腹。她的心脏太虚弱，要防止自己笑得透不过气来，这常常是个难题。有一次过新年，楼下大礼堂有公司职工业余歌舞表演。母亲已多年没有出房门，忘了是谁出的主意，我们用一张藤椅把妈妈抬下三层楼去看演出，报幕的是名玉溪姑娘，晚上回来妈妈笑得直淌眼泪。有一个杂耍节目叫“两个小伙子摔跤”，用玉溪方言念出来，听起来像是“两个小伙子睡觉”，妈妈模仿得活灵活现，笑到气喘。全家人都一边笑一边互相警告：不能笑了，不能笑了。担心她的心脏病发作。

我小时候会无端端地觉得许多人的举止都很可笑。笑也有带来焦虑的时候。每个星期六学校“过队日”，少先队员先要举行仪式，唱队歌：“我们新中国的儿童，我们新少年的先锋，团结起来继（停顿）承着我们的父兄……”学歌词时我一定没有专心，而且郭沫若文绉绉的词，对八九岁小孩来说也太深奥。我一直不明白歌词的意思，以为是“撑着我们的腹胸”，大概是教小孩不应吃撑了，故每次唱到这一句，就要使劲全力忍住不要笑出声来，忍得很辛苦。

母亲从医院回家养病，稍一动便心慌气喘，每天要服用减缓心跳的药“毛地黄”。她大部分时间必须躺着，九岁的景泰自己画图设计，动手用木条、亚麻布替妈妈做了一张躺椅。那时一切令人舒服的家具都不生产，国家还很穷，况且无产阶级革命者不屑于这种奢侈。床褥都是棉絮，无论垫多少层也令几乎二十四小时躺在上面、瘦得皮包骨的妈妈背痛。

有一天，母亲的好朋友伯娘赶来报告，昆明著名的大德药房老板家有一张席梦思大床要卖。我立即跟伯娘去到人家家里。这张床又大又舒适，床头的柜子用滑动梭门开关，一看便知是天赐良机。床要卖一百六十元。我跑回家来，爸爸那时出差在外，弟弟刚刚学会踩单车“鸡心”（小孩不够高，坐不到车座上，立在单车一侧，把脚从下面伸过去踩另一边的踏板），我则连车也不会骑。于是景泰推着单车，我们一起去拍卖行，把家中唯一可卖钱的单车卖了一百二十元，忘了又向谁借到四十元，急匆匆去付款把席梦思大床买回家。旁观者眼中，两个小孩走在街上，推着他们心爱的单车去卖钱，场景可悲。其实我和景泰一心只想着妈妈这回可以舒舒服服地躺着了，兴奋不已。

母亲躺在这张大床上直到去世。我们曾数次搬家，就连“文革”时被逼迁、全家挤在一间房里，这张床和躺在上面的母亲始终是全家的中心。我每天放学回来，书包一摔，就跳上床去躺在母亲身边，彼此交换新闻。亲戚朋友来访，男的坐在床边椅子上，女的坐到床上。亲近的女客都爱脱了鞋，靠在床上与母亲聊天，也有的困了就躺在母亲身边打个盹。父亲笑说母亲是名副其实的“秀才不出门，能知天下事”。从亲友、邻居到子女们的同学，家家的琐事母亲都知道。经常让我吃惊的是她比我还清楚我的同学的家事。有一回她问我同学的两个下乡的弟弟回城没有，这个同学上次来我们家是两三年前的事了，真奇怪她会记得。

那个年代知识分子热衷谈论天下大事，动不动指点江山、激扬文字。母亲的关怀在她身边，在于她接触过的每一个人的喜怒哀乐。我们家客来客往不断，母亲说“山潮水潮不如人来潮”。那时我觉得母亲卧病，众人来探访是人情世故，很久后才悟出，大家喜欢来到她的床边是想对她倾诉，感受与她对坐时不可言传的轻松与宽慰。母亲不喜欢讲自己的病，却善于不经意地和对方一道走向他们心中最隐蔽的角落。我和弟弟的好朋友都成了母亲的朋友。我们不在昆明的时候，我们的朋友也成了家中常客。没有客人的晚上，母亲会说：“今天晚上好静哟！”她去世前几年精神已很差，讲话上气不接下气，但访客依旧。看望母亲的访客中，有的令我觉得奇奇怪怪。她的一位朋友李家瑛患精神分裂症，母亲是前者尚肯见面的极少数人之一。这位阿姨虽然也面带笑容，但表情高深莫测，样子像混血儿。我见过她年轻时的照片，一位颇有气质的美人。她来我们家后，视我们小孩如无物，只和母亲一人说话，不停地用一把特制的钳子夹松子，取出松仁。母亲说她这是为了稳定情绪。李家瑛十六岁便到延安参加革命，小姑娘在延安长成大姑娘，至于后来怎么疯了就不知道了。李家瑛回到昆明时还是“白色恐怖”抓共产党坐牢的时代，她病发时会半夜爬到房顶上高呼“共产党万岁”，她哥哥及我父亲等人只好把她绑起来，送去乡下藏起来。

织毛衣，做针线，替我们补衣服，母亲一年到头都有做不完的活计。母亲织毛衣，每一针都须绝对平整、匀称，稍不如意便拆了重来。她用手缝出的针脚，和机器轧的分不出两样。这些普通女性精致的手工堪与艺术作品相比，匆匆忙忙的现代人已失去了这份情趣。巧心巧手的巧妇一针一线织出她们的心思与爱意。

白天精神好一点时，母亲便写信。给大哥的信是她写得最多的，“辉儿……”密密麻麻几页。我的姑妈、大姨、三姨、五姨都在外县或外省，母亲代表昆明的家人负责与她们通讯。与三姨来往的信最长，动辄七八页，妈妈自己戏称之为“短篇小说”。大舅、三舅、七姨在国外，1973 年前音讯不通，母亲对他们的思念不曾间断，常在心中与之对谈。亲友都说，你妈是你们家的“箍桶索”。当年的木桶是用一块块木板围成，上下两道“箍桶索”箍住，索子一断，木板便散开。母亲去世后，我才慢慢理解她维系家庭的作用，可惜她的角色已无人可取代。

外婆、妈妈和千万优秀的中外妇女一样，不追求蝇头微利、蜗角虚名。她们视人生的价值在于有用、有助于穿过人世间有缘相逢的人。母亲生病住院时，外婆曾到我家来住了几个月。说不清何故，她突然成了同院男孩海光的义务家庭教师。也许我们姐弟善于考试拿高分，外婆把她督导小孩的热忱转向老是在及格线上挣扎的海光身上。外婆对他的关心胜过他忙于工作的父母，天天检查他的功课，让他背书。海光和景泰同岁，是我们的小跟班，约他玩没有不应的。一次和我玩跳格子，竟然不记得去考试，要外婆代他写信向老师求情。海光每被外婆教导功课，都乖乖地听着，一副知罪告饶的模样后面藏着忍住笑的顽皮。海光后来当了军人，表现很好，被提升为军官。可怜的海光，当年那些没完没了的考试，除了给他带来无穷的烦恼，蹂躏一个小男孩的自尊与自信之外，有何用处？希望一个善良的邻家婆婆的关怀，曾在他心中种下温情的种子。

1940 年代末政权交替前夕，经济十分不景气。据说父亲拿到工资后要立即去买米，不然钱可能会因通货膨胀而变成废纸。我记得邻居叔叔教我们用崭新的钞票折纸扇子、纸帽子。小孩子对贫困的认识很模糊，我们一样从早到晚在外面玩。如今印象深刻的是一位弓腰驼背的老婆婆，背着个筐来我们家前面网球场边捡落叶。她一来，母亲总招呼她进家去，拿些洋芋给她。当时洋芋是我们的一半食粮。母亲的好施从未间断，她自己十分节省，常常念叨要“宽以待人，严以待己”，她对宽严的理解显然超过字面原先的含义。“省嘴待客”也是母亲同辈中许多人待人接物的风格。

母亲病倒后我成了她的亲善大使，主要出访的是母亲的舅舅家，不时送去我们姐弟的旧衣服或几块钱。我的大学同学很多是从小县城来的，过年过节，母亲吩咐我约他们来家里吃饭。有个同学冬天穿着单薄，我问母亲把自己的新毛衣借给她穿好不好，母亲说“当然”。在美国的三舅信奉基督，身体力行，关怀世人，对昆明众多兄弟姐妹尽力照应。他寄钱来给母亲买针药，每收到汇款，母亲都分作八份，平均送给各家。

1949 年以前，家道时好时坏。母亲持家的原则是量入为出，“蛇有多粗，洞有多大”。后来父亲的工资一直是家庭收入的唯一来源，直到大哥开始上班。大哥每月寄回 20 元，将近他工资的一半。母亲每月都记家用账，秀丽齐整的字清清楚楚记下一笔笔费用。母亲住院的时候由我记账，则是乱账一盘。她病倒后不肯为自己添置新衣，去世后我找不到一件像样的衣服做她的寿衣。她有一条棉裤，里里外外打了几十个补丁。每逢想起她一生为儿为女自己省吃俭用，想到这一条百衲裤，我心痛不已。

我的母亲和大多数母亲无异，对子女的饱暖过于操心。我总是摆脱不了母亲的唠叨，我曾对她说："我伤风感冒不是害怕头痛发热，而是怕你不停地抱怨。"我在努力不重蹈母亲的覆辙，不做唠叨的母亲，但人的天性难移。

外婆晚年身体日渐衰弱，母亲住院时，外婆久久才来探望一次，扶着拐杖，蹒跚地走进病房。外婆中风前最后一次来探望妈妈，两人已很久没见面，母女俩从来都有道不完的家常，这一回却只是相互定定地望着，勉强交换一言半语。大概知道这已是永别前的见面，强忍悲痛，尽量把对方的样子深深印入脑中。

外婆病后住在四姨家，不久便过世了。大家都不敢把噩耗告诉母亲，怕她的心脏受不了。每个星期天妈妈照样打发我去看望外婆。上天无路，我通常去新华书店看书，或去看一场电影，把买给外婆的糕饼带回家与弟弟们分享。过了大半年，有一天景泰将外婆的绒帽戴在头上玩，母亲见了顿时脸色变白，问我们道："婆婆是不是已经去世？你们不用骗我了。"

站在父亲的角度，妻子四十二岁起卧病在床，父亲始终对她忠心不二；努力工作，担负着养家的职责；勤奋自强，敬业且能干，给儿女做出表率。但为母亲着想，父亲不是个挑剔的男人，也非体贴的丈夫，心情不好时，无端端大发雷霆。雨过天晴，他自己无事一般，母亲则心中耿耿，时时暗自垂泪。

1957年，在“反右”运动中，父亲没有被划为右派分子，只被定为“有右派言论”者。此时他是昆明市政建设公司的总工程师兼副经理，政治上不受信任，业务上要全盘负责，公司上千人，他承受的压力可想而知。如果妈妈知道男人对妻子儿女发脾气解压的心理学解释，恐怕就不会那么难过了。有一回妈妈被爸爸伤透了心，几乎半年不与父亲说话，其后写了一封很长的信，要我拿去递给爸爸，字字是泪。不知父亲作何感想。

替母亲“扳本”

碰到引我入胜的书，我常拿给母亲看。她读罢《居里夫人传》，最津津乐道的是居里夫人曾跳了一整夜舞，磨穿一双鞋底，以此教训我不可只劳而无娱。另一个母亲喜欢引用的例子，是不愿片刻休息的俄国作家莱蒙托夫。友人评论他道：此人似乎知道他的有生之年将何其短暂，是故一分一秒都不愿虚度。母亲警告我说：“看你一双手抓十条鳝鱼，一分钟也不歇，我怕你也是在赶命。”

母亲的话其实包含着许多朴素的真理，但我听不进去，只相信学校里教的、书本上说的，从小母亲就笑我“将老师的话当圣旨”。我念中学、大学的时代，认为虚度光阴相当于犯罪，“少壮不努力，老大徒伤悲”。云南大学坐落在翠湖公园边，我上大学的五年中，只有一次“三八”妇女节和同学一道去公园玩过。放寒暑假时，第一天的重要任务便是定一个严格的作息时间表，虽然做不到，但从不敢“放纵”自己去消闲。其实那时乱七八糟看了许多书，不求甚解，如鲁迅形容的，让各国马队在头脑中踏上一遍，得益甚少，唯一的收获大概是多少训练出一点自制与自律。

母亲失去健康，体会到人生没有什么比此更可贵。她最不喜欢我晚间准备考试不按时睡觉。“一百分有什么用？”“考第一名为什么？”是她常挂在嘴边的话。

母亲极少板起面孔斥责我，我不依规劝时，她也只是叹气。我有个同学代济敏，是温良恭俭让的化身。我们曾一道在乡下同住半年，例如我说：“代济敏，我们去厕所好吗？”（厕所在村子另一头）“好的。”“还是不去了吧？”“好的。”“我又想去了。”“好的。”我回来告诉妈妈，不如我们学代济敏一般彼此千依百顺。晚间我看书过了钟点，妈妈说：“妹妹，关灯睡觉！”

“好的。妈妈，我再看一下可不可以？”

“好的。你看一会儿就睡吧！”

“好的。我还要再看一阵。”

结果还是学不成，两人大笑一通。母亲在和我闲话家常时，常把她为人处世的信条挂在嘴边，例如“己所不欲，勿施于人”“吃得亏，在一堆”“良言一句三冬暖”“与人为善”。当然影响她的子女的不只是她说了什么，而是她一生实践了这些信念。

母亲认为讲谎话是小孩子最大的罪过。我今生记得被罚过一次就因讲谎话，遭母亲重重的训斥，被关到后花园中。那时我四五岁，坐在草地上哭饱、哭够后，走到住在后门的表姨婆家。

1955 年，母亲因心力衰竭住进医院，两年后出院，在家卧床至 1973 年去世（父亲摄）

老人家拿出零食来招待我这个小可怜，并牵我回家向母亲赔罪。讲一点于他人无害的假话是不是优点，我不敢说，但确实因为开不了口编诳话，后来带给我许多麻烦。到上大学以及工作、参加政治学习小组讨论，听旁人不费吹灰之力编大话，我自惭无能，如坐针毡。

我并非从未讲过谎话，有两次经验至今记忆犹新。我的干爹黄湛有个弟弟，我们叫他八叔，一表人才，倾倒众小姐，我的表姨是其中之一。我也喜欢八叔，当然没有性别的含义，主要因为听见他对妈妈说："嫂嫂，小孩子喜欢吃什么，就表示他们的身体需要什么。"太美了！虽然妈妈没听进去，我倒爱上这条理论，信奉至今，自己的孩子也沾光不少。八叔说他未来媳妇的标准便是我母亲。为了实践理想，他开始去追求六姨。表姨和我们同院

1967年，坐在房间里的母亲

住，每星期我从外婆家回来，她就叫我去到她房中，先酬劳一点好吃的，接着就问我有没有听见八叔对六姨说什么。小孩子哪里听得到别人的情话？但一周复一周，次次被她款待而无所回报，无功受禄的愧怍令我难以忍受，于是对她说：“我听见八叔说要买一支领针送六姨，问她喜欢什么样的。”永远不要派小孩去打探有关你意中人的情报，连最诚实的小孩也不可靠。

关于另一次难忘的经历，我连当时的场景、教室的桌椅、老师的表情都不会忘记。那年我八岁，虚岁已九岁。老师要我报岁数时我弄不清虚实，就报了九岁，被选为班上十个红领巾之一。参加了庄严的入队仪式，才知道实岁九岁才够资格，这一个无心

1967 年，母亲和我

母亲此时已经卧床十一年，照相这天强打精神坐起来。墙上贴着不止一张毛主席语录，这是给可能闯进来抄家的造反派看的“护身符”。一年之后，父亲这个“反动学术权威”被关进“牛棚”。大学一到四年级学生被送往军垦农场，我和大弟弟都在此列。在我离家之前，父亲拿出久久未用的相机，支上脚架，自拍了一张“全家福”，替母亲和我也拍了一张。

之过很令我担心。不久少先队开会，要轮流讲自己戴上红领巾有什么进步。别人讲什么我一概听不见，只忙于脑中上下求索，去求证红领巾除了让我觉得比没有入队的人光荣外还有什么。轮到我时，不知哪里来的勇气让我编造说：“妈妈叫我洗碗，我不肯洗，低下头看见红领巾，觉得自己是少先队员，应帮妈妈做事，我就去洗碗了。”教育令儿童失去真诚的，这仅是一例。

母亲和我其实有许多性格迥异之处，有时代的分别，也有女儿对母亲性格的异化。母亲是纤纤作细步的斯文女子，我是大跑大跳的野丫头。有一次我翻出妈妈的一件旗袍穿上，非常合身。高兴地跑到她房间让她看看，急匆匆跨出几步便听到“嚓”一声，旗袍衩口被我的大动作撕开。我们曾住在宿舍的三楼，沿长长的外走廊上住有十家人，妈妈说我上楼她一定听得出来，因为我从来是跑上来而不是走上来。此刻想起来，也想到终日躺在床上的妈妈，静听着户外动静，盼望儿女归来。

妈妈太多忧虑与牵挂，不时悔不当初这般那般，事事必求做到最好。大概为了安慰她，“不怕”两字变成我的口头禅。尤其“文革”当中，她听见我一天不知说多少遍“不怕”，连我自己也觉得好笑。人的性格几乎是不能开导的。托尔斯泰说“疾病和后悔是人生的两大痛苦”，母亲受够痛苦的一生，随时提醒我要避开这两个讨命鬼。母亲和我最相似的是我们固执于自己的行为准则，不愿违心去屈从，但又不与人怒目相对，尽量维持和谐。父亲说：“你和你妈一样，不肯做的事就‘软顶着’。”

母亲常说“父母养其身，自己长其志”，她很清楚所处的时代给女人带来的局限，生了大哥后就一直说要生个女儿“扳扳本”，意思是争口气。我生下来，脸上一大块胎记，又憨傻十足，母亲的愿望传为笑谈。大人笑我傻时就说：“你妈说要生女儿替她扳本呢！”稍后长大，也算渐渐不太难看了，逢人曲意讨欢心说她的女儿好看时，母亲就添一句：“她皮肤一点不好。”我有时插嘴道：“‘父母长其身’，不关我的事。”但还是觉得很尴尬。

日前翻大学时的日记，不止一处说要努力，要为母亲争气。好生奇怪，原来求学时代上进的根源不是共产主义理想，不是当时受的英雄教育，而是我母亲。“自己长其志”也不尽然，我仅有的一点好德性都来自父母，尤其是母亲。

忧患岁月

除了那些勇敢、大无畏者，人凡经历太深的苦难，都不愿再看悲情文学、电影；更不愿去细细咀嚼、孜孜回顾以往，触动内心深处凄惨的一角。但如果我完全避开令人心酸的记忆，跳过十八年来母亲和她的家人沉痛的付出，这篇记述就太不真实了。

母亲生性多愁善感。我常取笑她说，如果十件事中有九件值得高兴，你一定不去想它们，而只心忧于令你不开心的一桩。不幸母亲生逢忧患不停的年月。她病倒后两年多，“大跃进”开始了，大家正常的生活秩序完全被打乱。学校里取消星期日，晚上一定要进学校上晚自习。我有许多家务和照料母亲的杂事，母亲说我忙得“小头发不沾身”，形容忙得跑来跑去，头发都飘了起来。母亲心中为她的病身拖累儿女十分不安，又替我们的身体担心。

发烧一样的社会，体温越升越高，学校也不上课了。学生们连夜“行军”去附近安宁县“大炼钢铁”。我一生没有走过这么远的路，何况还背着行李。走到下半夜，很多时候在半睡半醒的状态，机械而极不舒服地磕磕绊绊。最不堪的时刻是前面看见灯光点点，以为有救了，走到面前才发现原来只是路过的又一个村庄。眼泪自行淌下，同时也惭于自己经不起考验。好些天以后，和一帮女生在一起干活，我坦白说“行军”的那夜我哭了，每个人都附和说“我也哭了”，才令我释然许多。在安宁县住了一个多月，接到母亲的来信，这是我第一次离家，也是第一次接母亲的信。母亲在信上说，现在由景和每天替她倒痰盂（即母亲的大小便）。我想象着小小的弟弟捧着痰盂走下三楼、穿过大院的样子，止不住心中的酸楚，于是大哭起来，哭了许久，哭得两手发麻。现在我知道哭久了身体的反应是怎么样的。我小时候常常哭，多半是和景泰打架或有小小伤心事，我喜欢靠在折成正方形的被子上哭，哭着哭着就睡着了，那种感觉真舒服。这一回却是少年人痛惜弟弟、挂念妈妈的眼泪。

我们每天劳动六小时，睡四小时，再劳动六小时，再睡四小时。十多岁的中学生每天做用铁锤将石块打碎的粗重活，很苦很累。大概又因为睡不够，随时想哭。一天在河边洗脚，有个同学说听大人讲大脚趾长的妈先死，二脚趾长的爸先死。我看看自己长长的大脚趾，想到躺在床上的母亲，便哭了起来。七八个女生，有的想起将先去世的妈，有的为会早走的爸而伤心，大家一起坐下，失声痛哭。

“大跃进”之后，便是中国农村的困难时期，城里人每月每人供应一定数量的米、老蚕豆、菜油，不够吃，也饿不死。舅舅托香港友人杨正光先生定期寄猪油罐头给在昆明的亲戚，像是救命甘露。除了整天觉得嘴馋，缺少食物倒不是太难担待。隔壁住着宋伯伯一家，每个星期日天未亮就全家动员起身去排队买些吃的。我们家的人睡完懒觉起来，一人捧着一本小说“充饥”。母亲最易进入角色，悲惨的书她的心脏受不了，普普通通的一点悲欢离合都会让她眼泪汪汪，伤感数日。

后来，营养不良导致的水肿病也在城市人中出现了。医生来学校检查，发现两例：校长和我。检查的办法极简单，用大拇指对着肿胀的脚背按下去，一个坑久久不平复的，便是患者。其实脚背肿得亮光光的，检查已是多余。我们被收容到临时用护士学校改建的医院里，主要的药品除维生素丸外，还有人造肉，干香干香，不知如何造出来的；糠麸饼加了一点糖，不易下咽，仍觉得美味；小球藻饮料令我反胃，就像叫你喝下绿阴阴的一杯脏水。吃饭时煮黄豆任取。我吃饱黄豆，把糠麸饼省下来，每晚偷跑出去，拿回家给两个弟弟享用。医院就在家附近，倒也方便。那时正值期中考，因水肿病住医院不需要考试，正中下怀。不过那学期班里来了个北京转来的新生，是我的竞争对手。不参加考试也失去和他一争高低的机会，忧喜参半。

历来对子女健康忧心忡忡的母亲，为我的病何等心焦。儿女有病有痛、有艾有怨，都去母亲那里寻求呵护与抚慰。而母亲为儿女的担忧，所受的煎熬却是我当年体会不到的。

十八年中该记的事实在太多太多，令人难忘的大事之一是我考大学，在三百多名毕业生中名列前茅，却因政治原因不被录取。我只知道哭，母亲不停地劝我：“妹妹，怨命喽！”我没有看见妈妈掉泪，一定是她等我睡着才允许自己替爱女伤心。第二年政治风向改变，我考入云南大学。当时一心要报考清华、北大的物理系，事后想到也许是命中注定，要我留在昆明上学，要不然母亲恐怕等不到我大学毕业了。

“文革”开始后，爸爸首先被关到“牛棚”，景泰也不在家，我下乡后就只剩母亲和十七岁的景和了。当时母亲的病已很重，肝脏开始硬化。母亲不时拍拍她因腹水胀大的肚子，笑着说：“看我像不像怀孕五个月了？”

1967年，大学生被送到乡下的军垦农场接受“再教育”。那时根本不知道何时再能回家，回家时母亲是否健在。我出发的前一晚，和母亲调头睡在她的大床上。母亲以为我睡熟了，紧紧抱着我的脚，我怕她知道我还醒着，一动也不敢动，直到天明。我们在军垦农场田里做活受严格管制，不准回家探亲，我和母亲每周彼此交换一封信，大家都报喜不报忧。约一年后，我实在太挂念母亲。似乎受到了什么启示，我一连两天不吃饭，第三个早晨晕倒在床边。管我们的军官准我去县城看病。站在货车车厢上，风迎面吹来，我体会到非一般的自由。到县医院，我哀求医生助我回昆明去看母亲，他通情达理地给了我一周的假。我立即坐火车赶回家，妈妈见我瘦得变了样，自然心酸，我还是那句老话——“不怕”。

那年母亲见到我初恋的男友，欣慰不已。一切都符合母亲的愿望，母亲最欣赏他对我十分体贴。母亲甚至说梦中见过我男友，知道我将遇见如他一般的人。欢乐不久变成忧愁，他的家人为了他的事业与政治前途，不同意他去娶一个“社会关系复杂”的女子。我们苦苦挣扎，还是以分手告终。我怕母亲伤心，不愿对她道明真相，只装作一切如旧。几个月后一个静静的下午，母亲对我说：“你从不喝酒，那天喝了许多，我知道你们分手了。”之后，她补充了对我说过无数次的那句话:“心有天高，命如纸薄。妹妹，怨命喽！”这以后，母亲从未对我提过男朋友、婚嫁这类事。到母亲去世前，我已经三十岁，应了我三岁时大人取笑我的话：“嫁不掉”。亲戚、朋友都替我发愁，或热心张罗介绍男友，但母亲从来连一句暗示的话也不说。我和她处境两样，却一样心寒。

1971年我离开军垦农场，被分配到澄江中学教书，此时母亲的病已相当严重，迟迟不成熟的我，也才开始懂得要多些体贴母亲。学校离昆明六十公里，离县城五公里。每星期五晚上或星期六我便站到校门的公路上，提着一篮子鸡蛋和别的土产，“堵”顺风货车回昆明。那个时代真安全，或者我的运气太好，从来没出过什么事。当然，不是每个司机都会好心停下来。如果他们看得见我含着的眼泪，听得见母女彼此的呼唤声，一定会停车的。可惜不是。经常是一辆辆车驶过，一次次失望。有时等到天黑定了，只有回去，第二天清晨再出来碰运气。我最清楚早晨的阳光是怎样把路边茉莉花上的露水一点点吸干，稻田里的霜花如何化成水。“要是这个星期回不成家，谁替妈妈洗澡？”

生命的最后几年，母亲受的罪会令一般人只求摆脱躯壳，永远解脱。但是母亲有一个要活下去的重要动机：我和景泰都在县城工作，在昆明病重的她是我们有可能获准返回故乡的唯一理由。

多年病卧，她全身的骨骼、肌肉都开始疼痛，病的发作也更频密。夜深人静，她的哼吟令我揪心。十八年来我习惯用一个方法去乞求她减少痛苦。当她每哼一声，我就一边开始数数“一、二、三、四……”哼第二声又从头数起，一边求上苍让她每次哼吟的间隔拉长，让她的痛苦渐渐缩短，可以安睡。我也不停地搓她的小腿，捏她仅有的一点点肌肉，徒劳地希望缓解她的痛楚。我和两个弟弟被邻居用来作孝顺的榜样，以教育他们的孩子。不要以为我是标准的孝女，当年我体会不到母亲对我的需要百倍于那些要求“积极”的活动对我的感召，失去了许多可以陪伴她的时光，令我终生后悔。

也有可资记录的快乐事件。大哥娶得贤妻，带儿女回来探亲，母亲一下病除了一半，人也精神了。他们虽走了，天伦之乐的回忆仍伴随母亲，久久不散。1971 年，我们被父亲的单位赶出了宿舍，全家挤到一间借来的房间里。几张床和一张桌子勉强塞了进去，其余家具寄放到亲友家中。这一年姑妈、姑爹从上海来探亲，令母亲大喜过望。所有人睡在一间房里，对久别的亲人何尝不好？姑妈与妈妈很有缘，那个时代关山阻隔，相见何其难矣，她们上次见面已是 1940 年代初我尚未出世之时，姑妈、姑爹逃难回昆明。日本飞机轰炸，有时一天有几次空袭警报，大家要疏散到郊外，称“跑警报”。母亲心脏不好跑不得，姑妈懒动弹，父亲是天生的乐观主义者，大概认为昆明炸平了，炮弹也落不到他们头上。别人应警报声撤离，两对年轻夫妇在空城中玩牌作乐，很是开心。姑妈细腰丰臀，她那曲线夸张的旗袍晾在院子里，母亲在上面贴张字条道“要看大屁股的这里来”，不料这句话尔后“报应”在她女儿身上。

不能不信命运与人生的巧合。1973 年，母亲两大心愿了却了。春天，三舅从美国回来探亲，苏家十一姐弟（除了在中国台湾的大舅和在美国的七姨）二十八年来首次团聚。同年端午恰逢

1962 年，大哥婚后第一次从山西回来探亲，带来新的家庭成员：嫂嫂和两岁的小华。母亲勉强坐起来。墙上挂着父亲的网球拍，已经积满灰尘。清一色服装的少女，用长长头发编织美的感受

母亲的生日，我们邀约了许多亲友同庆。晚饭后我弹三弦为妈妈唱歌，还和她合唱《我的家庭》。多年来首次的欢喜聚会也成了告别仪式。7 月，我调回昆明，妈妈坐起来连声说“终于盼到这一天了，终于盼到了”，她心里大概也轻松地说“我终于可以走了”。1973 年 11 月 11 日，住在我们家的三奶替妈妈煮了酸辣馄饨。我上楼去母亲房中收碗筷，她模仿前些年回来探我们的三岁侄子

1966 年，为躲避武斗，大哥一家从山西回到昆明

的语气，用东北话说："可好吃，可好吃，太好吃了。"不一会儿，二舅来看望她，见她已昏迷。几句欢快的戏语，是母亲一生最后的话。

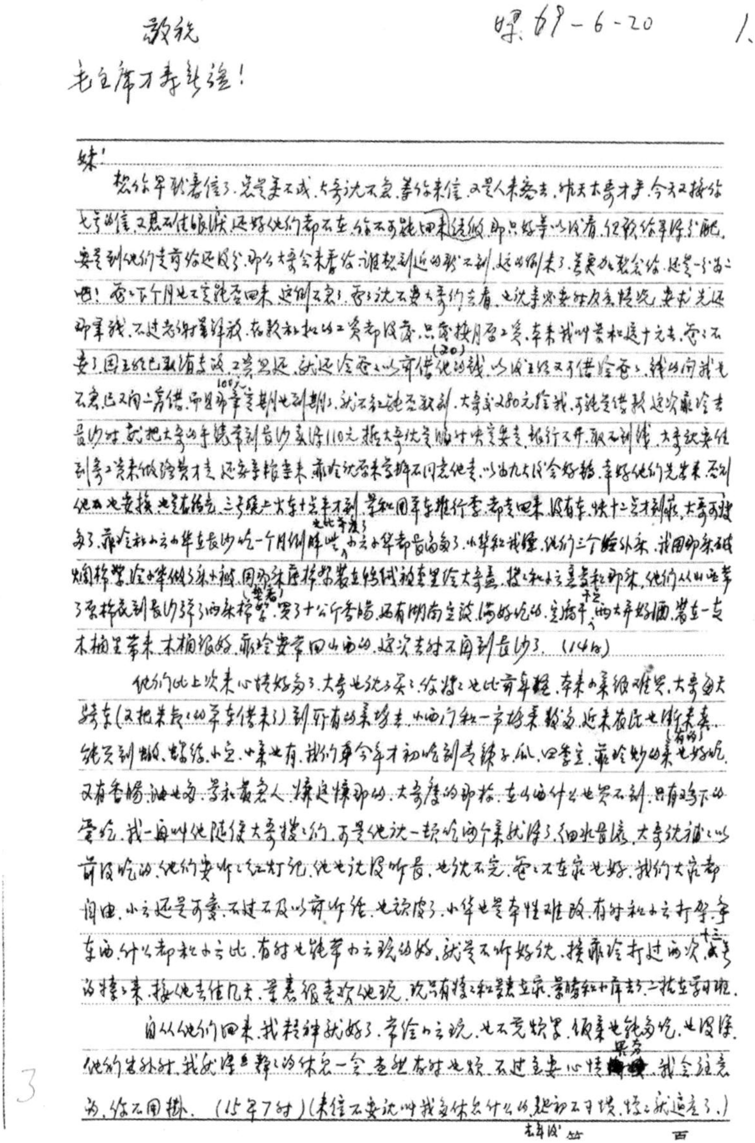
敬祝

毛主席万寿无疆！

69-6-20 1、

妹！

“文革”中，母亲给我的信

父亲的一生

父亲熊蕴石，1913—1996

对父亲这样一辈子奉献给社会主义建设的知识分子来说，爱国爱家是他们的最高价值和生命意义所在。

从小就知道，因曾祖父和祖父都在旧社会做过官，父亲出身旧官僚家庭，故而他虽工作出色，年年带回家一朵纸扎的劳动模范大红花，却不能入党，他的职位也就永远带个“副”字。我庆幸父亲在旧社会只是个工程师，我们的家庭出身就是“职员”。虽然当不成根红苗正的无产阶级革命事业接班人，但亦不至于低人一等。至于旧官僚的先辈到底做了些什么，我茫然不知。直到1990年代末父亲去世，为写点纪念文字，才按照父亲生前提供的线索，在云南省图书馆找到曾祖父的文集《唾玉堂全集》（共四卷六十八篇），再到网上搜寻，多少知道了一点关于曾祖父母的事（见本书《跨越千年巨变的一生》）。

不肖长孙

父亲1913年6月在昆明出世时，曾祖父在丽江任知府，此时的昆明人口仅七万。长房长孙诞生的喜庆却被愁云笼罩。产妇高烧不退，熬了十四个日夜，永远闭上了双眼。这位美丽贤淑的少妇通晓琴棋书画，又和丈夫恩爱有加，于是祖父视新生婴儿为克死妻子的孽种，父与子一生疏离。失去母亲、也失去父亲关爱的"孤儿"幸而得到曾祖母的宠爱，"躬亲教养，爱怜备至，寒燠饥饱，随时问视"。

熊家大宅在昆明昆安巷，曾祖父名之为"佚园"。传统的两层外走廊木式建筑，精致的木雕栏杆，两院进深，前后花园中花木扶疏，小径两侧花台上盆花四季交替开，笔直的棕榈、梧桐供年轻的姑嫂依背留倩影。宅院幸而摄入父亲的镜头，为我们留下旧时家园的大概模样。曾祖母吃斋念佛，信仰日深。四十岁不到，生下两男一女后，亲自到贵州毕节去物色了一位年轻但不貌美的女子，替己行为人妻的职责，自己则躲进阁楼经室，在木鱼声中度日月。"姨奶"不负众望，一连生下三男四女，大宅中人丁兴旺，这位出身卑微的贵州妇女亦因多子而贵，渐渐成为家族中的实权人物。

长孙活泼机灵，赢得阖家老少的欢心。晚饭后，十多位长辈聚集在堂屋中，看他表演唱歌："小青蛙，呱呱呱……"犹如他这辈子的作风，玩耍在内的任何事，都全力以赴。有一回，他扯大嗓门，学小青蛙瞪大双眼，结果用力过度，眼血管都挣裂了。又一回，小孙子的憨劲儿令祖母大笑不止，后者下巴松脱，请得医生来，用一把木饭勺兜住，嘎啦一声托回原位。他每天放学回来，不待放下书包，先到楼上祖母的经楼请安，得些爱抚，得点零食，然后楼上楼下，到一个个长辈屋里报到，末了，还需去长他两岁的姐姐房里说一声：“富敷，我回来了。”

曾祖母不识字，却甚迷章回小说，一遍又一遍，让读小学的孙子为她诵读那些悲欢离合。有时，她听着听着瞌睡来了，眼睛半闭，头点点。调皮的小孙儿便有板有眼地大声道：“念到这里，念书的口也干了，肚子也饿了，没有力气再念下去了。”祖母于是给他一枚钱作赏。淘气、打架乃家常便饭，闯了祸总有祖母护着。传宗接代为本的时代，太太过世，不由得你是否心甘情愿，须尽快迎娶。难忘娇妻的祖父拖了三年，执不过父意，再婚。父亲与祖父本来就隔膜，与后母更是无缘。严厉的父亲，过度宠爱的祖母，境况大概像今天的某些独生子女。母亲尔后将父亲任性的“大少爷”脾气，归咎于他儿时的处境。

父亲讲起小时候，尽是些有趣的故事，后来读到他写的自传，才知道他的童年并不愉快。备受宠爱的幼童时代何其短暂。他极聪明，但生性不受约束，讨厌学校无休无止的背诵。上小学时书念不好，害怕回家受严父责问、处罚，常常跷课。表面天不怕、地不怕的男孩，内心充满恐惧，不但怕父亲、怕继母、怕祖父，也怕那时家中权势愈重、贵州来的姨祖母。祖父在五兄弟五姐妹中排行第一，也许不曾从失去爱人的悲痛中恢复过来，几乎不露笑容。

小学最后一年，小男孩不得不委屈自己去用功，1926 年考入昆明一所很好的学校——成德中学。祖父以为他从此学会上进，谁知他随即返本还原，一学期后因成绩不及格被除名。从那时到如今，孩子背负着的都是家长重重的面子。在明争暗斗的大家族中，祖父更为厌恶这个扫他颜面的孽子。除了疼爱他的祖母，父亲觉得家里尽是陌生人。

1927 年，父亲十四岁那年，祖父出任云南富滇银行上海分行行长，携父亲同往上海。父亲考入复旦附中就读。半年后，不知何故，祖父回云南，将他托给在上海做官的三祖父看管。他们夫妇待侄子如下人，家里大宴宾客，吩咐父亲在厨房里和用人吃饭。每次父亲去拿月份钱，都像是找他们乞讨。秉性倔强的父亲受不了这个气，两年后私自逃离上海。他在自传中写道：

> 1929 年底，三叔看到报上的广告卖便宜大衣，给了我十块钱去买，我按地址找不到，第二个星期天就不敢到他家去。第三个星期天，当他发觉我还未买到大衣，钱又不够数了，打了我几个耳光，并说决定将我送回云南。我当时不敢回家，并非怕父亲的责备，而是无颜见家里唯一体贴我、对我期望高的祖母，便下决心逃走，向父亲的一个朋友谎称学校要交费，借了十五块，也不敢回学校拿被盖，买船票逃往南昌找我生母的弟弟，想托他找工作，以后再设法上学。到九江时正下大雪，警察局清查共产党很严，见我是十五六岁的异乡少年，又无行李，抓去关了两天，问了几次话也就放了。后来找到舅舅，他正失业，家里很穷，无力帮助我找工作。他暗地里拍电报告诉昆明家人我在他处。在南昌住了三个月后，我的三姑母写信给我，假称祖母病危，在梦中都念我，劝我速归，并汇了六十元给我做路费。回家后父亲对我

更为冷漠，姨祖母不准我与同龄的五叔、六叔玩，我是逃跑过的坏孩子，会教坏他们。只有慈祥的祖母对我问寒问暖，使我再生不出逃跑的念头。

那时没有任何交通工具可以直接从陆路回昆明。离家出走的十六岁少年只身乘海船到香港，辗转越南，再过境返回云南。

大家庭里的国共两党

随科举制废除，学而优则仕、官僚制度吸纳精英的时代也成为历史。曾祖父这位最后的进士也已接受社会变革的思潮，认为民主共和是国家的希望。他的儿孙中，颇有几位秉承他对国家社稷的关心，虽然对政党政治几近无知，对新近成立的国民党、共产党的纲领和主张的认识不过来自几本小册子，然而被先受感染的朋友影响，便带着满腔热忱宣誓入党了。精忠报国的古训，和救国救民的理念没什么重大区别。社会上问题重重，官僚腐败黑暗，稍有良知、读过一点书的人，哪怕地处边远的云南，机缘巧合的话，都可能因为心中有个“大我”而卷入政治。年轻人动机就更天真，凑热闹，随大流，好玩。祖父正好有一位好朋友是云南共产党的创党党员，经他介绍，认识并加入共产党。云南省第一次党代会就在昆安巷熊宅中举行。

曾祖父深信教育兴邦，倾家产将两个儿子分别送到德国、法国留学。四女儿北京高等女子师范毕业后，也考取中央官费，到美国斯坦福大学留学。三子在德国柏林大学时，开始对政治感兴趣，出任欧洲中国留学生会会长。几个中国学生得知日内瓦大会中国没有派代表参加，激愤地打电报质问中央政府。年轻的留学生从此恋上政治，回国后成了国民政府中的少壮派。此时这位三祖父在上海任中华通讯社社长。革命的义气并不能改变人的劣根性，少年得志的留德学生，好大而自满。这一辈中，他卷入党派最深。但他的党迫害他的好朋友、抗日志士杨杰将军时，他毫不犹豫地冒险相助。后来，他的儿子娶了杨杰的女儿为妻，此是后话。

有意思的是，家族中最讲究家长威严的祖父成为了共产党员，而几位温良的女性却受到国民党的感召。更有甚者，大姑姑爱上了从上海来招募党员的小白脸。根据她数十年后的“交代”，她唯一参与过的组织活动是参加了一次国民党的赈灾演出。在边城的精英看来，两个党都旨在唤起民众，令国家走向光明；加入哪一边，大概看你碰巧遇到哪个来自某党、带着使命、有感染力的党员。

谁也未能预见，既经结党，很自然就会党同伐异。两党的斗争在大家庭中越演越烈，本来就惯于以家长威严压众的祖父，此时要胁这些国民党女党员退党，否则与她们脱离关系。另一方有国民革命的真理做后盾，绝不示弱，在院子里梧桐树干上贴大字报，指祖父封建顽固，干涉信仰自由、婚姻自由。美貌的大姑姑此时自然分不出究竟是爱国民党，还是爱某位党员，义无反顾跟未婚夫远走上海。但她从未摆脱对父亲的歉疚，1950年代初，祖父家中拮据，她每月汇钱帮补。祖父入狱，在狱中病逝，她悲不可遏。此时，她的儿子已是一位接受红色革命思想的少年，看到母亲同情反动旧官僚的祖父，极为不快。此中摩擦，一代又一代。

20世纪20年代末始，党派斗争闹到了小城里学校中。本来就唯恐天下无事的中学生，纷纷起来凑热闹。因家中两党并存，学校里两派都将父亲视为对立面的同党，令他日子很不好过。龙云政府后来投靠国民党，开始大举清除共产党员。祖父的好友兼同志有的下狱，有的遇害。祖父靠曾祖父在云南的地位，得以逃离昆明，远赴上海。曾祖母担心父亲因为是共产党员之子被欺压，要求祖父带他同去。按父亲在自传里的说法，他是以大少爷兼仆人的身份与祖父同行。一路上祖父坐二等舱，父亲坐统舱；住旅馆时，父亲睡地板。可以想见这位十五岁的少年心中积下多少怨恨。奇怪的是，祖父此时对父亲的教诲，却令他牢记终身："政客只是一张嘴……你以后应该学点实实在在的东西，才可以万事不求人。"因为自幼看到家中人因参加不同党派反目，也看到党派之争的残酷，所以父亲一生对政治颇有戒心。

边城青年

父亲1929年考入昆明新建的工业学校，三年后毕业。这些朝气勃勃的少年，没有为革命抛头颅、洒热血的慷慨激昂，不过以青春的热忱、不受约束的好奇去拥抱新思维、新事物。胡适与钱穆争论的声音飘不到边远的小城，他们不去思考中国走向哪

1932 年，父亲十九岁

约 1935 年，父亲和姑妈

约 1930 年，三位好友

里，到底应该全盘西化还是洋为中用等严肃的问题。在他们看来，西方的东西新鲜而不怪异，引人入胜的西方小说中的是非观、好人坏人的标准和传统中国没什么不同。对包办婚姻等旧礼教的批评早在他们的父亲一代就有共识，连祖父也无异议。两个世界的差异在于中国落后，农村尤甚。

1930 年代，西风东渐，昆明的年轻人急不可待地脱下长衫，换上西装，捧起翻译小说，听留声机，拉小提琴。一个崭新的世界从书本中、银幕上跳出来，带着不可抗拒的吸引力，将这一代人拉上驶向现代化生活的大船。

生性好奇、喜冒险的年轻人，在工业时代新发明、新玩意传来中国的 1930 年代，可谓生逢其时。摩托车首次在昆明出现，父亲即去买了一部。他问车行的人哪是油门、哪是刹车，就骑着摩托车回家了。吉普车买来，他几天内学会，会了就开快车。他妹妹、表弟妹多年后回忆搭乘他的座驾的惊险经历，都大笑不止。二姑姑有一次被撞得鼻青脸肿，幸而昆明那时街上没有什么行人，未酿成车祸。几十年后父亲担任昆明市政工程公司的副经理时，他的司机姓杨，开快车出名。父亲不无骄傲地说："他开车就像我当年，"并补上一句，"那时路上没有什么人呀！"

电灯、电报、电话、无线电……一桩一件的现代魔术，让老一辈目瞪口呆，年轻人心花怒放。从来一本正经的祖父穿着缎子长衫出席晚宴，钮扣是一粒粒微型灯，电池藏在口袋里，他伸手进去，不动声色地按动开关，钮扣一闪一闪，出尽风头。父亲对无线电着迷到茶不思、饭不想的地步，自己动手绕变压器，安装过大大小小的收音机。这一爱好延续到半导体出现之前、还用电子管收音机的年代。我童年时代对父亲的回忆，伴随着家里叽叽嘎嘎调频的电波声。西洋音乐冲进来，时代青年“如听仙乐耳暂明”。操练了一年半载，小提琴刚成曲调，父亲便和几个朋友组成“洋吹鼓手”队，为婚礼伴奏，起码混顿好饭吃，甚至赚点外快。1940 年代初，父亲的挚友、当时和他一道参加滇缅公路的勘察的黄湛记道：

> 我们组成一支中西合璧的乐队，每当风清月明之夜，就在阳台上演奏起来，有中国的《汉宫秋月》《昭君出塞》《二泉映月》，也有西洋的《小夜曲》《安慰》《圣母颂》《圣善夜》等曲子。初初节拍不齐，经熊大哥调教一番，备觉动听。有一天晚上，我们连奏了许多哀怨的中外曲子，半小时过去，才发现大门外树荫下竟然有上百男女老少，全神贯注地听。

父亲这辈子最美好的回忆之一，便是和几个爱好西洋音乐的朋友，带着刚面世的留声机，月夜泛舟翠湖。他的叙述中，翠湖门口一溜卖莲藕的小贩，多是妙龄少女，竹篮里新鲜雪白的莲藕，小小的菜油灯风中摇曳……如诗如画。1930 年，这群伙伴中的一位，大家称他“聂三哥”的，到上海加入左派歌剧社，后来谱写的一支电影插曲被选定为国歌，他就是后来被封为“人民音乐家”的聂耳。聂耳在昆明西山的墓搬迁之前，有一段碑文写道，聂耳和年轻的朋友们常常在滇池游泳，在湖边谈托尔斯泰。

每次和父亲到西山，他都带我们去聂耳墓，缅怀他的朋友和青春岁月。

摄影是父亲的另一爱好，他为我们留下20世纪三四十年代大家庭中各人的真容笑貌和那时的生活场景。记得小时候父亲书桌的玻璃板下，压着一张老年农妇的照片，衣着褴褛，背负着高过头的柴禾，靠在路边休息，一脸悲戚。父亲有一整套暗房设备，放大机是自己制作的。他常有许多异想天开的主意，例如自己制造汽水，或者改装引擎之类。除了至爱的无线电、音乐，还有网球、骑马、打猎、象棋、围棋，有的爱一阵，有的迷一世，都不算精通。母亲最津津乐道的故事是爸爸带大哥去打猎，瞄准树上一只“斑鸠”，一枪打中，欢欢喜喜跑过去取猎物，发现应声而下的原来是一只破草鞋。父亲说他曾经一发子弹打下三只鸟，我们都认为是他吹牛，他去世后，我读到黄湛的记载：

> 他精于射击，天亮起床后常一人出猎，只带一粒子弹，总是弹无虚发，不管斑鸠、野鸡，总会带回一只供午餐用。我也有支同样的德国造七九步枪，那是父亲挑选的，偏差极少。我不服气，也只带一发子弹出去，利用鸟类谈情说爱的机会接近目标，在准星中出现目标重合的瞬间开枪，常可以一石二鸟。这个窍门被他发现，他耐心等待，恰好碰到第三者来插足，让他创下一弹三中的纪录。我弗如也。

修建滇缅公路

这些组乐队、打猎的年轻人并非纨绔子弟，他们离北京、南京很远很远，对政治没多少兴趣，居彩云之南，一方面努力谋生求存，另一方面找寻和追求生活中的乐趣。云南大学于 1923 年成立，常有人误认云大 1938 年改为国立后第一任校长熊庆来和我们是本家，其实不同祖宗。父亲也与云南大学无缘，虽然家境颇宽裕，祖父却拒绝供他升读大学。1933 年工校毕业后，父亲实际上的唯一亲人、哺育他长大的曾祖母去世，父亲在感情上从此离开了家庭。二十岁他开始做第一份工作，在云南省公路经费委员会滇东马过河桥工程处任监工员。父亲天生对技术兴趣浓厚，做事极为卖力，上司对他很赏识，每次调职，都让这位年轻的技术员跟随。父亲成家后，为了较高的俸禄曾到石屏县和建水县任过几年中学老师，但命运总是将他再拉回风餐露宿的公路勘探和修建上。1936 年，这位二十三岁的技术员被委派为开远至个旧段的段长，因工作表现出色，很快就升任股长。上司越是表扬器重，他越是卖命，虽然兼差不兼薪，却废寝忘食地工作，从此得了严重的胃病。母亲常说父亲是受褒不受贬，爱听好话，喜欢人家“顺毛抚摸”。也许小时候在学校常被先生骂的坏孩子，更容易为好言打动。

1940 年初，日本入侵越南、菲律宾，滇缅公路、滇缅铁路的抢修迫切如军令。父亲负责施工的滇缅铁路 24 分段位于岚烟瘴气之地，人烟罕见，气候炎热。多年野外作业，下雨令周身湿透，打雷让人担惊受怕，许多经历都伴随着好玩的故事，而非什

1940 年，公路勘探工程师的父亲

么丰功伟绩。多年后，风雨交加的夜晚常令他想到当年大雨瓢泼、在泥泞中步行、天黑下来扎帐篷的日子，现在风雨无忧地安坐家中，幸福感油然而生。

为了准确无误地知道昆明到开远县的里程，黄湛和父亲组了一队民工，手持竹竿，从昆明东站一竿竿量到数百公里外的开远。如此大胆而艰辛的壮举，在黄湛的回忆中轻描淡写地带过。他们记忆最深的反而是趣事一桩：吉普车的电瓶被石头碰碎，只好搭便车到开远，向美军求援，借来蓄电池，回程中被美国宪兵当成偷车贼，不由分说戴上手铐，关押起来。这些二十多岁、乐观开朗、富于冒险精神的技术人员，面临工作的挑战如同游戏，全情投入，不服输。

如今网上可看到有关滇缅公路如何在抗日战争中担负着中国抗日战场全部战备物资，以及大后方的经济供应，是“中华民族的生存的一条不折不扣的生命线”，等等。据当年滇缅公路管理局局长谭伯英回忆：当时仅有的测量工具是普通的酒精水准仪。由于时间紧迫，勘测人员白天工作完后晚上加班，常常在老百姓的茅舍里、在菜油灯微弱的光线下完成勘测南中国两条交通干线的测绘图。我们不曾从父亲口中听到这类豪言壮语。父亲的公路踏勘生涯，无非是各种惊险遭遇，包括土匪、豺狼、奇风异俗等。崇山峻岭中的探险故事曾经伴随我们度过许多精彩的晚间，讲完一个我们还缠着要他再讲。到 1990 年代，黄湛撰文回忆当年，值得一提的都是有趣的故事。谈到 1942 年抢修元谋县至龙街的公路，只带了一句“因军运需要”。直到他俩已经年迈，追忆往事，仍然只是津津乐道各种巧遇、奇事。例如他们征集各县民工时，某县以大烟抵数，让父亲和黄湛发了意外之财三千大洋。后来县长邀约他们去参观外国传教士办的麻风病院，这些离乡背井、抛弃舒适安逸的日子、冒生命危险来穷乡僻壤救助病人的传教士，令父亲大为感动，于是全数捐出了他的“不义之财”。

1956 年，共产党有意吸收一批有贡献的专业技术人员加入。父亲工作表现突出，在单位里颇有威望，但旧官僚的出身，令他先天不足。党组织也曾对他有意，至今他留下的一份自传，是应昆明市委组织部要求而写的。即便在为入党申请而写的自传中，他也没有将自己年轻时冒着各种各样危险、历尽艰难的公路修建工作和伟大的抗日战争联系起来。反而，他带着反省和批判，揭露了当时公路局的弊端，例如承包工程、验收公路得请吃饭、走后门；卖力而有功的技术人员不得重用，有社会背景的人则可以青云直上。

成家

昆安巷大宅中，各房的孙辈陆陆续续出世。长者的呵斥、孩童的笑闹在游廊上、花园里回响不绝。眼睛鼓鼓的“小青蛙”此时已变作王子，被他的同辈称为“大哥哥”。表兄弟妹把这一表人才、又精通“十八般武艺”的大哥当作偶像，尾巴似的跟出跟进。大哥哥发明的游戏层出不穷，春天，蚕豆熟了，他带领众弟妹以及和他年龄相仿的叔叔、姑姑们组成“叫花子旅行团”，带着米，背着锅，外出旅游，一路从农田里偷蚕豆，煮豆焖饭吃。大宅里一伙“大孩子”热闹非凡，他妹妹（属羊的二姑姑）有一次跟他父亲去上任，父亲做县官，“二小姐”丰收而归，一伙人怂恿着要她请客。她年龄最小，父亲提议众人称她“孃孃”，他们在昆明绕一圈，看见餐馆就进去吃，乐了一天。一伙年轻人通吃市内食肆的1930年代初，昆明人口十余万。

家族中长辈对这位长孙不抱多大期待，“读了《西游记》，到老不争气；读了《红楼梦》，到老不中用”，沉迷西洋玩意，玩物丧志，家中长幼多喜欢他，但不看好他。而父亲好强任性，与祖父神离貌也不合，工校毕业后，无论有无收入，都不向祖父伸手，宁可向朋友借贷。直到1950年代，被现实和政治一再教训后，他仍然认为交朋友、讲义气乃至高价值。

很奇怪，巴金的《家》《春》《秋》时代，上自京城，下到巴蜀，父母之命当道之时，昆明已经自由恋爱成风。媒人尚未失业，却退居二线。女有情，男有意，双方心中有数，才请媒人出面。为有地位的人家做大媒的，通常是有头有面的人物。父亲和母亲年轻时是城中的俊男美女，彼时社会上虽非男女授受不亲，可仍旧有别，学校分男校、女校。抗战掀起的社会运动，给了淑女抛头露面、少年君子好逑的机会。母亲参加为抗战募捐的义演，在《天鹅》歌剧中反串饰演最小的王子哥哥。就读工业学校的父亲，男扮女装表演搞笑非凡的“三只蝴蝶”。结果“小天鹅”与“小蝴蝶”彼此相上了。多年后母亲躺在病床上，回忆起父亲着花裙、舞动纸翅膀的滑稽样子，仍笑得捂住肚子。

我的外公苏澄（1883—1951），号涤新，是云南第一批“公派留学生”，毕业于日本早稻田大学。母亲的外公钱用中（1864—1944）十六岁在云南考中秀才第一名，1891 年中举人，赴京考进士不第，却结识了康、梁，参与变法维新。后来到日本考察，一生经历许多惊涛骇浪。1911 年在昆明创办省师范学校（后改为昆华女中），他的两个女儿是他示范维新的教材，是昆明第一届女子高中毕业生，后又行“集体结婚”，废嫁妆及婚礼铺张，在 20 世纪初的小城中颇为轰动。母亲的外公提倡开民智，反对传统的愚民政策，创办了《云南日报》，著有《思诚斋文抄》《中国社会总改造》《我之国民改造观》等书。尽管两家都属革新派，但八字仍需配，门当户对更理想，双方家长均为此美满良缘十分高兴。

母亲家十一个兄弟姐妹，妈妈是我外公外婆最心爱的女儿，父亲也深得我外公外婆的信任和宠爱。托尔斯泰的《战争与和平》中描写娜塔莎家中大家庭的气氛，活像我记忆中的外婆家。母亲从小体弱，但聪慧活泼，无端端会笑个够。姐姐妹妹亲密无间，父慈母爱。熊家则长尊幼卑，庶出嫡出的各房之间是非不断。

加之父亲从来与祖父疏离，很自然就融入岳父母家。父亲幽默善谈，颇受母亲的姐妹们欢迎。父亲的见解、判断很受他的岳父赏识。1951年外公自杀之前曾传话要他去一趟，他因故没能及时去，终身引以为恨。

父母1934年完婚。美丽、贤淑、端庄的母亲进了熊家，谦和有礼，浅笑盈盈。很快，老少上下，连用人都喜欢上她。第二年我的大哥出世，完成老爷爷四世同堂的夙愿。父亲勘测公路，常年在外。岂料两年后，1937年全面抗战爆发，不仅父亲返回昆明，上海姑妈一家、美国四姑奶奶携儿带女，都回到昆安巷。平时不见面，枪响大团圆。“大哥哥”这位领袖人物虽已为人父，童心依然。佚园里孩子们欢快的气氛洋溢在他那时拍下的一张张照片上。母亲和第一次见面的姑妈，立刻成了形影不离的好朋友。母亲身体弱，不能“跑警报”。轰炸机隆隆，爆炸声此起彼伏，两对年轻夫妇安坐家中打麻将，炒鸡蛋饭吃，讲笑话。父亲说在工业学校读书时，有个同学姓莫，天生幽默诙谐，半夜下雨屋漏，他的被子被淋湿了，同学推醒他，他说“别吵”，假装睡着了。炸弹落地，四个年轻人假装听不见。

同样，父亲留下的照片、转述的故事，充满阳光和笑声，而我在他自传中惊诧地看到，被战争驱赶回乡的亲戚住在一起，重逢的喜悦过去之后，张罗众口之家油盐柴米引起的麻烦，很快扫走各家之主妇脸上的笑容，各个小家庭都需计较付出，为一点小事发泄自己吃亏的不满。打麻将排遣无所事事的时间，坐在麻将桌边倒也开心，过后向输钱的讨债难免伤和气。父亲从小对熊家没有多少感情依恋，此时更觉乌烟瘴气，也因为要养家口，没有在昆明多停留。滇缅公路抢修紧张如战事，他先后在不同的公路工程段任副段长、段长。我 1943 年出生，那时父亲在武定县公路段，一年后哥哥留在昆明读书，母亲带着我，随父亲住武定，后来引出一场惊险的事故。

一家之主

这对男才女貌、令人羡慕的恩爱夫妻新婚后离多聚少。母亲少女时期就得了心脏病，大家称她作“病西施”。但她极为好强，父亲不在，独自操劳家务，哺育儿女，心脏不堪负荷，不时晕倒。虽然医生建议她不要再生育，但怀孕仍然不可避免。1945 年景泰出世时，医生要家属签字，风险自负。当时父亲在外，由黄湛代签。尽管母亲体弱多病，但她是家中的光和热。她温柔善良，泽布接触她的所有人。1955 年，母亲四十二岁就因心脏极度衰弱，卧病不起。她的病榻有着魔术般的力量，令家人、亲友，甚至同学、邻居，都乐意到她床前来说心事，感受她的爱，感染她内心的安宁。

不知道是否上天的安排，父母的性格几乎截然相反。母亲的线条有多细，父亲的线条就有多粗。母亲从来不高声说话，父亲则不时大发脾气，用母亲的话说，父亲发起脾气来像“扯闪”（昆明话：闪电打雷）。不过他自己很快忘怀，顷刻雨过天晴；他发脾气的对象，尤其母亲，则会伤心很久。我刚刚学会走路时，一天在吃饭时哭闹，父亲拿起盛饭的锑勺扔过来，没打中我，摔断了勺柄。我一边哭，一边摇摇晃晃地走过去，捡起饭勺，朝他扔过去，当然也没打中。这把断柄锑勺仍用了许多年，故事随之传下来。

恐怕无论中外，每一代为父者都认为他们对妻子儿女的态度比上一代民主多了（世界看来正过渡到老一辈需要力争在家中的平等权）。只要他不发脾气的时候，父亲这位一家之主完全没有祖父那高高在上、故作的威严。无论在我们的六口之家或熊家、苏家两大家族的亲友中，女孩子，尤其是我这样傻傻的女孩，特别得宠。现在父母早已过世，我回想起来才感觉到，比起哥哥和两个弟弟，我似乎更得父母疼爱。兄妹们在无拘无束的环境中，在大人的怜爱中度过童年，我们整天在外面疯，和一大堆小孩，要么邻居，要么表兄弟姐妹一齐游戏、爬树、野跑，无端端大叫大笑。我们家有一套识字卡片，我最喜欢的一张是“哥哥跑，妹妹追，追不着，就退回”，因为画的就像是我和哥哥。记忆中我的膝盖头总是跌破、结疤，伤疤又碰开口，甚至化脓，从无完好的时候。父母叫我“疯丫头”；大人讲话，爱插嘴，也被称为“插巴丫头”。想来在父母年幼的时代，“插巴丫头”还不可能被容忍。

大哥自小品学兼优，无需父母操心，记得他被父亲骂过一回。他念小学时去郊外西山旅行，带回一根竹杖，上端一对笋头，他称之为“龙头拐杖”，得意非凡。一觉醒来，一支“龙角”被嘴馋的景泰啃吃掉了。大哥很伤心，反而被父亲大骂。他一边哭一边说：“我的手都刨出血来才挖到的。”我当时约四岁，也许是生平第一次目睹他人遭受不公平待遇，所以至今还记得清

1934 年，可能是父母结婚前

1937 年，大哥被装扮成女孩，拿着洋娃娃

1943 年，昆明黑龙潭公园（父亲支起三脚架自拍）

1938 年，昆明大观楼公园

2008 年夏天，我在昆明收到一个大件包裹，是胡杰寄来的一幅油画，题名“一个温暖的午后”。几年前他看到我父母和哥哥这张摄于 1938 年的照片，很有感觉，于是成画。香港中文大学的同事看到 1943 年的出游黑龙潭合影，问我说：“这是巴黎吗？”那一年，中国仍在战争中，这座边远小城里，中产的衣着打扮和当时的巴黎人没太大分别。衣着的品位是文化的一部分，文化的兴衰也表现在衣食住行之中。

清楚楚。

幼我两岁的景泰挨揍最多，男孩子中也最得父亲宠爱，他大概令父亲想到自己的童年，调皮、喜欢和人打架。上小学时他个子小小的，却已经在班上打出一片天地，赢得“大王”的称号。一旦院子里的小孩或学校老师告状，父亲不问青红皂白，先揍一顿。景泰属鸡，不服父亲打，歪着头，挺着脖子，憋住不哭。父亲叫他“歪冠鸡”。父亲有什么冒险的玩意，例如去后花园试枪、骑马，都叫上他。我胆小如鼠，总是远远地躲着。

两个弟弟稍长大，就自动地成为父亲这位无线电发烧友的忠实助手，三人乐此不疲，一有工夫就折腾电器，安装一台又一台收音机，替亲友修无线电。桌子上堆满五颜六色的电线、大小零件、电子管、没绕完的变压器。1940 年代，父亲喜欢到旧货市场物色美军留下的电器，当一个汽车用的小电扇在他的拨弄之下习习生风，我们都呼叫起来。昆明因为有上天赐予的“空调”，所以那时大家都没见过电风扇。小电扇主要具表演功能，尤其同学来家的时候。家庭作坊的另一项业务是洗印照片，将最小的一间房门窗蒙个严严实实，电灯泡用红玻璃纸包住。看着人影在显像液中渐渐浮现，感觉不知多么神奇。之前的准备功夫，配药水之类就只有弟弟们感兴趣盯着爸爸做了。春天，大概每年一次，他带我们去放风筝。父亲最喜欢的人物孙悟空，每年从城郊八大河边、蚕豆田田埂上冉冉上升，回到家在大衣橱顶上躺着，等待次年被兴高采烈的男孩拿下来，抹去尘土。

中秋是另一个全家出游的日子。母亲病倒之前，有一年中秋，全家人去了一次大观楼，父亲指给我们看月亮上的玉兔和桂树，我盯着初升的一轮淡黄色圆月，果真看到了。那几年短暂的温馨、家庭的和美留在几张国际照相馆拍的全家福上。我嫌自己的眼睛小，面对镜头时尽量睁大眼，所以每张像我都瞪着一双圆圆的小眼睛，越发显得憨傻。1955年，我十二岁，母亲病重住院，直到十八年后去世，都没有离开过病床；父亲越来越忙，常常出差，在昆明的日子，晚间不是政治学习就是开会讨论工作。从此，和父母一道赏月的节日变作令人伤感的回忆，嫦娥的家再不对我显现。

从小学到大学，同学们到家里来玩，都羡慕我们家平等的气氛。有一回，一个从专州来的大学同学到我家做客，她说当晚回去忍不住哭了一场，她从来不知道一家人可以这样融洽平等。那时母亲已经卧床多年。我说："哟，你没见我爹发火的时候！"一家人，除了妈妈，都喜欢辩论。昆明人叫"强干"，妈妈常说我们"强干白，强到晚，饿到黑"。有时饭桌上争个不休，放下碗筷，翻书寻找佐证。这般"没老没小"是少数家庭的风气，抑或表示昆明此时在西化路上先走一步，我也没有研究过。至少我外公家规定"吃不言，睡不语"，我们闷得受不了，就添碗饭走出去，一边走一边吃，这叫"吃游云饭"。听一个父亲是高干的同学说，他家从来要等父亲吃完饭，小孩才能上桌子，不可思议。

父亲吓得我最惨、令我对他印象最坏的事故发生在我四五岁时。父亲出门前在擦皮鞋，和妈妈争吵起来。他对着桌子猛踢一脚，把桌腿踢断了，东西哗哗啦啦跌了一地，妈妈哭了许久。后来听妈妈说父亲那时和他三妹、三妹夫交往密切，跟他们去抽鸦片，那一次是妈妈想要阻止他去而吵起来。母亲说共产党有一样好，就是禁了鸦片烟，不然父亲可能会上瘾。现在父亲已去世，不论我怎样替他开脱，也始终不能原谅他对妈妈发脾气。父亲大发雷霆，伤害了许多曾尊重他的人。事后看得出他也后悔，但仍然守着自己的尊严，不向人道歉。到他晚年，我开始明白他发脾气时不能自我控制，几乎是一种病态，才学会理解和同情他。将来的遗传学研究，也许可以发明一种药，让人有能力克服他们无谓的冲动。

每当我在亲友面前抱怨父亲脾气差，令母亲伤心时，他们都说：你父亲盛年之时你母亲就病倒了，他从来没有对你母亲不忠，十分难得。许多年后，我们才开始明白这些话的含义。作为一家的经济支柱，父亲极为尽责。他每月工作扣下一点烟钱和零花后，全数交给母亲；后来母亲生病，他从我十一岁时起就交给我。其实父亲的工资交给妈妈或我，都一样放进妈妈梳妆台不上锁的抽屉里，称为“钱抽屉”。若干年后，我有了工资，也一样放到同一个抽屉里。我上小学时，一天不知为什么很想要两毛钱，想得哭起来。妈妈问我为什么哭，我就是不说，只不停地哭，想着两毛钱，但绝不会想到去开钱抽屉。

我们并非富裕，但凡购置家电用品，总是领风气之先。早年是父亲自己组装收音机，后来买短波功能强的收音机；答录机、电视机一面世，父亲立即倾尽全部积蓄去买。多年后听到有亲戚说我们家子女成器，都是爸爸有远见，舍得投资这个机那个机，扩大孩子的视野，我们都觉得好笑，知道那明明是因为父亲本身是个钟爱玩具的大顽童。在父亲“文革”中写的检查里，我颇为惊奇地读到：

> 我认为社会主义不一定能持久，还是要走到修正主义道路，在这个思想指引下，我的女儿有一次对我说，她读了五年俄语，毕业后用不上，是白读了。我表面上对她说，就是敌国的文化也要学，只要学得好就会有用。实际上我心里在想，眼光应该放长些，事物总是不断变化的，可能有一天我国也“修”了，又和苏联好，就更有用了。我的二儿子自学英文，我也鼓励他好好地学，“文化大革命”期间，他们都在家里时，我特地找我的表妹借来一部英文打字机给他们学打字，他们都学会了。我还买了一部答录机，借来外语教学唱片，帮助他们校正发音。我这样热心地鼓励他们学外语，就是我对帝修反抱有幻想，对社会主义怀疑的铁证。

写回忆录的最大问题是记忆本身像筛子，并不可靠。我不记得父亲鼓励过我好好学习，不记得他对子女说教。不过“文革”中他教我古文，反复讲“使遂蚤得处囊中，乃颖脱而出，非特其末见而已”，令我印象深刻。

到 1950 年代中社会主义高潮掀起来后，晚饭后的故事会、春游、父子作坊等家庭活动都结束了。父亲这位劳动模范早出晚归，周末常常得加班。他像大多数传统的男人一样，认为管教小孩是母亲的事，在大公无私的政治环境中，孩子是祖国的花朵，由学校里的园丁负责栽培打理。父亲对我们的学业从不过问，连我们上到几年级也不知道。1953 年我十岁，上小学五年级，景泰上二年级，有人来调查户口，妈妈不在家，爸爸告诉来人我上初中，弟弟上四年级，我在一旁大叫起来纠正他。无论父亲或母亲，都不以为在学校的成绩好坏是什么大不了的事，除非留级。我因为虚荣心作怪，对分数看得很重，晚上温习功课过了睡觉的时间，父母就嘲笑说："一百分可以当饭吃吗？"父母从不过问我们在学校考第几名。

父母的教训我们大部分时候都听不入耳，妈妈说："没耳训，左耳进，右耳出。"而从父亲的收音机、唱机里流出来的优美动听的古典音乐却从小感染了我们。音乐成为全家的爱好，直到"文革"前，父亲每月发工资后就到近日楼外文书店二楼买苏联出的古典音乐唱片，我记得陪父亲去过几次。三元左右一张，好贵。到"文革"抄家时，父亲最紧张他的唱片，家里找不到安全的地方，就藏到表姨家的天花板上，而珍贵的家谱反而付之一炬，现在想起来还痛心。

在出国好像登陆月球那么遥不可及的1970年代初，父亲认定我将来会出去，对我说过不止一次："你将来出国，一定要去音乐厅，替我听一场交响乐。"我刚到香港时，收入虽低，但想到父亲的托付，便带女儿去听音乐，不期然也令她爱上古典音乐。2004年夏天，父亲去世八年多，我和朋友来到西班牙海滨小镇锡切斯，尾随动人的歌声，参加海边的音乐会。蓝天下，碧海之滨，细腻的白沙闪闪泛光，美丽的女歌手海蓝色的长裙随风飘摆，歌声注满水色天光，这一刻我突然想起父亲，止不住眼泪。

我很小很小的时候，父亲弹奏夏威夷吉他。戴上指甲套，坐着，吉他平放在腿上，"转轴拨弦三两声，未成曲调先有情"，充满异国情调的婉转乐声在小小的房间里回荡。吉他也好，小提琴也好，主人到了忙碌的中年，就束之高阁。父亲最后一次将尘封的小提琴拿出来，好像是母亲的生日，母亲在琴声中轻轻地吟唱："往日的爱情，早已消失，幸福的回忆，像梦一样留在我心里。"

父亲的宝盒

我小时候深信父亲有一个故事宝盒，藏于高山之巅，钥匙存在父亲的头脑中，不易搜寻。晚饭后我们就期待他找出钥匙来，打开宝盒，精彩的故事就像巴格达窃贼的神灯一样，先化为一股青烟，落下来变成故事。讲完一个故事，得等待父亲再去找钥匙，找不到，没办法，就乖乖地去睡觉了。他最为津津乐道的当年勘测公路时在深山老林里的种种奇遇，大多数都是和强盗、野兽有关，他和朋友则是故事中足智多谋的主角。景泰最爱听这类惊险传奇，可惜我完全忘了情节。

令我入迷而且至今不忘的，是充满神秘色彩的"真实"故事，或家族里的传说。例如父亲的一位什么女长辈，针线活做到无人能及，她训练出灵巧的手指功，一个夜晚可以逮十几个跳蚤，拔下一根长发将跳蚤拴起来，而且每一个跳蚤都被绑住左大腿！我后来将这个故事讲给同学听，他们都不信。

我们幼时，鬼故事盛行，下了课，大家围坐一圈，有人绘声绘色地转述从大人那里听来的鬼故事。通常，这些故事都是报告文学的形式，介乎经历与创作之间。天黑后，一伙小朋友走在一起，只要有人大呼“鬼来了”，众人立刻毛骨悚然，大叫狂奔。父亲讲的并非鬼故事，他特别交代和我们住在一起的奶奶——他的后母，不可以对我们讲鬼故事。他的理论是不听鬼故事就不怕鬼。我向来胆小，常躲开鬼故事的圈子，也真的不信鬼。1958年，我十五岁时，学校搞勤工俭学，我被派去做车工助手，上夜班。半夜三点多顺金汁河堤回家，漆黑一片，微弱的手电筒光照出高低不平的河堤，但我不觉得害怕。那时就想，多亏父亲从小不准我们听鬼故事。

父亲不信鬼，却相信生命的神秘性。他自己有过多次奇特的经历，例如走到某个从未到过的地方，突然觉得此情此景好生熟悉，甚至知道拐过前面山脊会看到什么情景，细细回想才知梦中见过。我也有同类经验，还有过好梦成真的经验。有两次我梦见远在省外的大哥回来，第二天就收到令我们欢欣雀跃的电报。爸爸戏称我为“梦二小姐”。

为了让老人延年益寿，生前就为他们选定棺木，置放家中，这是中国久远的传统。曾祖父的第二位夫人，贵州来的“姨奶”挑了上好的檀香木棺材，整层楼都闻得到悠悠的香气。她入土后数年，成年的儿女为金钱、为是非，有时吵得天翻地覆。不止一次，喧闹声中，突然有人道：“别吵，姨奶来了！”一股熟悉的檀香味飘进来，众人吓得屏气无声。

父亲说他的一位叔公，能预知自己的死辰。他身体好端端的，一天却急急出城，为自己选好坟地，安排后事，告诉家人说某月某日，太阳照到了窗框第几格，他的时辰便到。是日早，他起身后，并无异样，谁也不信他就要离世，他却平静地换上寿衣躺下。果真，当阳光照到命中注定的那一格窗框时，他便咽气了。1996年12月初，父亲给在香港的我打电话："我病了，不会好了。你回来，我有些事要交代。"语调平常得好像说他要到哪里去一趟似的，我立即想到那位叔祖的故事。

父亲的宝盒里也藏着现成的故事，他对《西游记》的情节了若指掌，我总觉得景泰就是孙悟空的化身，很猴精，随时带一根"金箍棒"伴身。待到我们长大，知道父亲的故事《黑奴吁天录》原来是《汤姆叔叔的小屋》，《块肉余生述》即《大卫·科伯菲尔》，笑得肚子痛。从母亲那里听来的歌谣都颇优雅，但父亲念的民谣通常滑稽幽默。母亲说他是"屁派"文学家："屁，屁，屁，乃五谷之气，不放你出来，你在肚里撞天撞地；放你出来，又受这些龟儿子的气。"

有一位姓解的学士，雨天滑倒在地，一群女学生路过，嗤嗤而笑，这位受辱的饱学之士立即吟诗一首报复："春雨贵如油，下得满街流，滑倒解学士，笑坏一群牛。"清明上坟，父亲触景生情，念他小时候听来的讽刺庸医的民谣："出得门来坟满坡，新坟更比老坟多；老坟是我爹医死，新坟都是我之过。"他说曾祖父当年上京赶考，千里迢迢，携鸭蛋一枚，每顿只舍得用细竹签挑出一丁点儿来佐餐，末了还剩下少许黏在蛋壳内，一不小心，被风吹走，于是吟诗一首。父亲只记得末了的两句："风吹鸭蛋壳，财去人安乐。"

我们自初中一年级起，古诗词就入选语文课本，朗朗上口，好像不费力便可背熟，考过试就忘记。"文革"时，忙得不可开交的父亲终于闲下来了，念古诗词消磨光阴，他对我逐句讲解白居易的《琵琶行》，让我开始领略古典文学之美、之细腻。从此，我开始对古典文学上瘾，把一首首诗背下来，在阶级斗争火热的年月，在乌烟瘴气的环境中，找一刻清静，踏进“枫叶荻花秋瑟瑟”的情景中，暂时忘却充斥四周的谎言和仇恨。

解放

父亲在自传中说：“自学校毕业，我的中心思想是好好做人做事，认真地学习技术，有了本领，并得到上级的信任，在生活上便可以日渐好过，所以有时工作虽难虽苦，不以为苦，我认为我是有光明前途的。”像他的无数同辈一样，这简单朴素的观念，左右了他的一生。他三十三岁时，十一年颠沛流离的公路修建生涯，终于告一段落。受与他志同道合、兴趣相投的朋友黄湛邀约，父亲参加了昆明自来水厂的创建。

那一年 12 月 9 日，云南省政府主席卢汉在电台向全省宣布云南起义，欢迎解放军到来。我们家那时住在黄湛家大宅内网球场边的一排平房里，共六间一排，父亲称其为“火车房”。大宅门对着云南忠烈祠，当时驻着政府的不知什么机构。我那年六岁，刚升上小学二年级，对云南解放一定比卢汉开心。还记得早上去上学，被守在忠烈祠门口、全副武装的卫兵挡了回去。想到明天老师问起来，我有钢枪般坚硬的理由缺席，莫名兴奋。收音机里卢汉的《告云南同胞书》一遍又一遍地播放。爸爸和黄湛不厌其烦守在收音机旁，就像谁要他们记熟背诵似的。

黄湛是父亲最好的朋友，母亲对父亲的一些朋友颇不以为然，对黄湛则极为信赖尊重，更何况他对母亲有救命之恩。黄湛在八十三岁时追忆和父亲的结识：

> 1929 年秋，我还只有十三岁零三个月，竟然在成德中学毕业了。当时招生的有新办的工业学校和东陆大学预科。那时应考的都比我大。工校出榜那天，我独自去看榜，不敢从正面看，心想考得取就不错了，所以从后面往前看。已经一半多了还不见我的名字，以为没希望了。因为榜高人小，只得往后退，不小心碰到一位漂亮的小伙子，正担心他怪罪我，他却笑着问我的名字，知道我怕考不取倒着看榜，他大笑道，你莫急，你考在十五名，只在我熊蕴石后一名。

为了见证他和父母的友谊，我在懵懵懂懂的童年做了黄湛的干女儿。回忆父亲时，黄湛常常浮现。自那年榜下相遇，他们两人的命运便交织在一起。出身显赫、聪明绝顶、事业心重的黄湛头三十三年如天之骄子。1916 年他出生时，其父黄毓成正率领护国军第四军挥师北上，讨伐袁世凯成功后，晋升为陆军上将。黄毓成早年留学日本，参加过孙中山的同盟会。他和共产党也有缘分，任云南讲武堂教官时，是一位杰出共产党人的恩师；他甚至参与策动了卢汉起义，投向共产党，后来曾冒险救了共产党派来云南的杨杰将军。国民党特务准备动手杀杨杰的当天，黄毓成遣两个儿子护送他逃到香港。黄湛开车送杨杰到机场，任机场警卫连连长的弟弟黄治掩护杨杰上了飞机。然而，杨杰后来仍未能躲过国民党特务的子弹。当初冒生命危险送他出境的两个年轻人，后来却进了监狱，一个被枪毙，另一个九死一生，毕生备受磨难。杨杰将军这位抗日英雄若地下有灵，会作何感想？这两个边城的青年，无非是遵从父命，帮助父亲的挚友脱险，命运的绳索和鞭子却不留情地将他们拴起来鞭打。黄湛一直认为如果杨杰不死，他们可得以申冤，因而只能怨命。真的吗？起码，后来黄湛免于一死，但纵然如此，他依旧出不了牢门。

城市供水和排水系统建立，是迈向现代化的重要一步，青年的黄湛意气风发，雄心勃勃，一个偶然的机会，接手筹备昆明自来水厂，当然地找他能干的好朋友——我的父亲加入。不知道哪一位有心人，将黄湛和父亲等人的贡献呈现给今天的市民，令人饮水思源。昆明自来水的历史展览明珠般点缀在翠湖公园内，现在还可看到。展出的照片上两个年轻英俊的厂长，命运各异。1940 年代末，厂里有了共产党地下组织，厂长黄湛那时曾兼任国民党的青年组织三青团的主任，但仍然保护和支持中共地下党的活动。大都市党派斗争的惊涛骇浪到边疆小城化为和风细雨。在昆明人眼中，两党并非不共戴天的敌人，谁没有亲戚朋友加入此党彼党？蒋介石令人失望，国民党的声望丧失，故而共产党的正当性大增。后来，黄湛戴上手铐时，还以为他历来以正义为大的作为，必当得到理解，这场误会很快能解除。当年中国诸多爱国人士，有如此念头的，不知其数。1966 年，我就读的云南大学和隔壁的昆明工学院，一夜之间成了敌人，我当时自作聪明地认为这场误会用不了多久就会过去，谁知反目成仇的日子拖了十年，甚至更久。巨轮滚动起来后，就别指望大小齿轮均长着眼睛。

解放军进城那天，昆明市民夹道欢迎，锣鼓喧天。父亲回家路上见兴高采烈的行人将帽子抛向高空，玩性发作，摘下自己头上的帽子，装进衣袋，乘乱将路边一位仁兄的帽子抓下来，高高抛出，扬长而去。这个三十岁出头、精力旺盛的工程师，将用一生去理解政治是不兴闹着玩的。

在“解放区的天是晴朗的天，解放区的人民好喜欢”“胜利的旗帜哗啦啦地飘”欢快的歌声响彻昆明大街小巷时，黄家一片阴霾。不久后，便传来了黄湛入狱的消息。

虽然父亲设法极力营救黄湛出狱，但有人从中挑唆，令黄家的人认为父亲为了夺取自来水厂厂长位置而出卖朋友。这场误会，加上“文革”间“外调”的另一场误会，将两个挚友分开了三十多年，到彼此年届七十才澄清真相。黄湛回忆道：“可惜的是，彼此年事已高，精力不足。虽有交往，但失去了往昔之亲切，我们曾两次出游，在大观楼见到滇池的臭水，均有不堪今昔之感。又曾到九龙池（原水厂所在地），只见机房尚存，水则早已枯干多时。触景生情，不禁悲从中来。”追悼故人时总是宽宏大量的，黄湛对父亲的回忆没有半句微言。1980年代两个好友再聚首时，我们那位从未学会体贴别人的父亲，不住地夸耀儿女的成就，这对六个子女都因自己失去人生机会的黄湛来说，情何以堪！

父亲在自传中说：

1949年12月9日昆明解放了，我对共产党毫无认识……我所担心的问题是在秩序尚未恢复的一段时期我家里的生活怎样过，我认为国民党要造桥修路搞自来水，共产党也要造桥修路搞自来水，我工作积极又有技术，总是有饭吃的。

父母都对解放喜多于忧。多年抗战已经令举国上下民不聊生；内战一年一年打下去，对老百姓而言，快点打完比啥都重要。1948—1949 年通货膨胀弄得人都要发疯了。八姨用金圆券折扇子、纸帽子，派给我们玩。昆明解放后，工资虽低，但货币稳定了。解放军军纪严明，笑容满面。曾有一次，一个解放军叔叔将我抱起来，放到网球裁判的高座上，我玩得很开心。解放军进驻隔壁忠烈祠，周末演戏，小孩子们一窝蜂地每场必到，只有四岁的景泰从无兴趣。我多少有点照料他的责任，有一回想拉他去，他坐在灶门前，将一截甘蔗放在火里烧："卖甘蔗的说，甘蔗梢梢（烧烧）最好吃。"歌剧《刘胡兰》不知道看了多少回。刘胡兰被处决的场景太残忍，看第二遍时，就知道什么时候该闭上眼睛。"一道道水来，一道道山，队伍出发要上前线……"第一次听到的西北民歌真挚动人的调子，令我喜爱至今。

祖父没田没地，退休后在城郊车家壁山坡上建屋自住，闲居乡间。1951 年 2 月，农会的人来找他，首先要他低下头，他不依，人家将他的头硬压下去，手一松开，这位早年的共产党员又倔强地昂起头来。农会给他定下"恶霸"的罪名，五花大绑，拖到农会组织的群众大会去斗了几次，斗完后关押起来，要家属拿钱去赔"剥削账"领人。祖父就这样不明不白地被送进大牢，几个月后因病释放回城就医，死在家中。父亲对祖父虽然感情不深，但依然十分伤心。

立业

父亲比黄湛和那时绝大多数中国的专业人士幸运。1950 年 1 月 11 日，自来水厂召开全厂职工大会，父亲被推选为厂长。他不负众望，在自来水厂做得很出色。1950 年代初，私营企业进行改造，父亲趁机为水厂网罗了一批技术人才，并将出色的部下派到上海学新技术。他对机械有天生的悟性，上任不久便改善了主供水泵，将供水量提高了三分之一，增建了快沥池，大大提高了水质。我记得父亲每次参加全国自来水水质评定会回来，都异常高兴，因为昆明的自来水质总名列前茅。很快，水厂扭转了长期亏损的局面。1953 年他被调到昆明市建设局，任工程计划科副科长，后来又被派到昆明市政建设公司，任总工程师兼副经理，“文革”后任昆明市房屋管理局副局长直到 1982 年，六十九岁退休。

父亲虽然只进过中等专业学校，钻研科学技术的热忱令他不断进步，在 1930 年代就自学考取工程师资格。因为不是党员，历任职位都是副职，但实际却负技术和业务上的全责。他几乎每年都被评选为市劳动模范，从 1955 年起被选为市人大代表。父亲珍惜地留着无数的奖状、代表证、聘书。

等爸爸回来吃饭是我们从小到大日常生活的一部分。爸爸总是不准时回家，尤其下午开会往往拖得很晚。我们常走到门口街边看着一辆辆单车流过，盼望街口转过来单车上熟悉的身影，久等不见人就开始数单车，心里定一个数目，自己给自己打赌，数到第一百辆爸爸一定出现。爸爸有一把长长的计算尺，我儿时的记忆中，他每天晚上都趴在书桌边，一大堆图纸摊在面前，计算尺推来推去。到我上中学，爸爸开始当领导，计算尺送给了弟弟。晚间、周末他的房间成了会议室，来找他的多是年轻的工程师，谈工作谈得非常投入。此刻我才想到，那时不议论时事政治（因为不可以），也不抱怨贪官污吏（因为不多），不谈后门（通常不敢开），甚至不谈保健养生（因不甚懂），那个时代，离我们远去了。1950 年代至 1960 年代父亲一直兼任昆明防洪指挥部负责人。每一年下大雨发洪水，他都日夜守在工地上，到危险过去，才回家来睡觉，常常一睡两天。他很为自己的“特殊本领”自豪，说可以把一星期觉集中起来睡。从我记事起到“文革”结束工作恢复正常，爸爸除了工作，还是工作。

1950 年，昆明自来水厂 001 号工作证上的父亲照片

他多年来的习惯是每天睡前一定回顾当天工作，考虑所做的决定有否不妥；早上醒来躺在床上便开始筹划一天要开的会、要见的人、要下的工地。据父亲的同事说，父亲最难得的是敢于排

众议，不屈服于上级的压力而支持正确意见。他在 1950 年代因为顶撞苏联专家，几乎惹祸，幸好他的上司够正派，保他过关。他大胆地支持年轻工程师的创举，他在位时，昆明自来水净化系统在全国领先。热火朝天建设社会主义的年代，父亲正好在昆明市建设局负责市政建设策划，当年云南省公路局第一个机械筑路工程队的副队长的经验和技能派上用场，他亲自动手改装了筑路机械。昆明市内道路几年之内大为改观，他被评选为市级机关优秀先进工作者。

他的贡献往往是由于创意和胆识。记得他说，一个领导，重要的不是你自己有多大本事，而是善用能者，开会时倾听各种见解，然后做出判断，最后拍板。固然，他也有不寻常的天赋。到六十多岁，他仍可以随手写出复杂的数学公式，记忆力令年轻的同事佩服得五体投地。母亲及我们做儿女的也看得到他“吃软不吃硬”的个性，这令父亲有时被阿谀奉承的小人包围，而且他太自信，难免主观。我有一次和他的下属、一位和我们家颇熟的工程师说起父亲的“坏话”，他说：“你爸爸有时脾气真够大，幸好事后他会冷静反省，嘴上不说，行动上尊重别人的意见。”当然，想到他的暴躁，我十分奇怪为什么他在单位有那么高的威望。他离开自来水厂多年，厂里的工程师、技术员还不时到家里来向他讨教。他在“文革”中的反省让我多少明白：

> 十七年来，我服务于昆明的城市建设，由于我资产阶级思想的指导，曾积极地推行了叛徒、内奸、工贼在城市建设上的反革命修正主义路线，是对人民犯了罪的。但主观上，

我还是想为社会主义做出贡献，十七年来，我参加了昆明市自来水从设计、施工、扩大供水、提高水质工作，城市建设的道路、下水道、水利的基本建设工作，筹组施工力量工作。

一个认识父亲的人，读了我对他的叙述，认为我写父亲偏重“走麦城”，忽略“过五关斩六将”。他特意从《昆明自来水厂志》抄下一段：“1968 年 7 月，熊蕴石、董文成、王永镖不顾武斗危险，由安宁步行到云南化工厂。得知该厂有三氯化铁后，几经周折，最后由军管会签章，破例从银行提取 1.2 万元现款，提回十余吨三氯化铁，作为净水的原料。”父亲在工作中不畏难，以为什么事通过努力都能办到的傻劲也传给了他的儿女。可是，像父亲一样兢兢业业、先公而后己的一代知识分子，大概已随 20 世纪一起成为历史。

限制、利用、改造

直到此时，翻看父亲 1956 年写的自传，“文革”时写的将近十万字的交代材料，在“文革”后写给市领导的信，才明白我们从来没有真正理解父亲。因为太骄傲、太男子汉，他将所有的委屈在妻儿面前藏起来，或化作脾气发泄。此外，妻子体弱，四十出头便卧病在床，子女尚幼，不是倾诉对象。经过各种运动的洗礼，为彼此的平安，亲友之间的言谈须慎之又慎。儿女眼中，父亲是事业成功的专家，虽然“文革”中受了罪，但与黄湛相比，他何其顺利。不似心地极为善良的母亲，父亲自我中心而不解人意，从未赢得我们由衷的敬佩。而今父亲墓木已拱，方知这终日劳碌的工程师，在一次又一次的挫败之下何等沮丧；这性格孤高的大男人，怎样在淫威下低头。

被选为厂长令父亲受宠若惊，以为从此可以一展抱负，但很快他就明白事情的复杂性。厂里的党支部1950年代初期尚未公开，依照地下党的规矩悄悄开会，而厂长实际上有职无权。当时实行低薪制，1949年底弟弟出世，家中拮据，原打算将他送给亲戚。想必上苍有知，婴儿落地，俊俏趣致，医生护士都争相来抱。当然，即便他长得不是那么好看，父母一旦抱在怀中，大概也不忍送走。母亲照例不能哺乳，请奶妈要钱，父亲四处奔走，得一位朋友相助，赠一百三十元（旧币一百三十万元）。此人和水厂曾经有生意来往，1951年底的“三反”运动中，父亲主动交代的这一笔额外收入，被定性为受贿。他虽想不通，但如果不认罪、不深刻检讨的话，罪加一等。连续几个月反复开会学习、批判，全厂大会上听“工人同志尖锐的批评”，然后等待组织发落。次年6月，在另一个相对小型的“思想建设”运动后，“三反”运动的处分总算宣布了，父亲被记了过。1952年6月，他调任建设局工程科副科长不久，又宣布他的“三反”记过处分因工作努力而取消。

“三反”“五反”后，肃反运动又开始了：

1955年7月机关内开展了肃反运动，在听了薛副市长报告后，我产生了两种思想。一种认为是我在旧社会历史时间较长，社会关系复杂，出身不好，假若这运动也像“三反”是提倡大胆怀疑，那么我也必是怀疑的对象了；另一种思想是听到报告中说到对每一个问题都要做结论，我认为这是搞清历史上一切问题的机会。

肃反和“三反”运动一样，须人人过关。父亲又挖空心思地交代了他的历史问题。最严重的历史问题是1948年被祖父的一个朋友动员“加入”了一个什么“新民主党”，过程听起来颇像电影上看到的动员年轻人加入地下党的故事：

我还在幼年时，父亲有个朋友叫黄某石，广东人。1948年他又来昆明找父亲，和我谈过几次，问我对政府的看法和对自己前途的看法。我发了满腹牢骚，认为有钱有势的人什么都好，而我们靠自己力量找饭吃的便永久受气和困难。有一次他对我说，蒋介石政府即将垮台，你虽是做技术工作的，但应当加入政治活动。他们有一个新民主党，目的是救国图强。他约几个有作为的青年人一道加入，这样以后才会有前途。我虽然没有加入过任何政党，对政治也不感兴趣，但他是父亲的朋友，态度恳切，感到盛情难却，就答应了，还约了几个朋友。然后填表，他带我们几个人到一间房子里，举起一只手宣誓，当时态度很严肃，我心里反而觉得有些可笑。

不久，父亲发觉这位父执其实是想利用年轻技术人员替他赚钱，就“自动脱党”了，“新民主党到底是进步组织还是反动政党，也许谁也弄不清楚”。不过，肃反运动开始的年代，父亲对一个政党进步与否，还是有清晰的觉悟的。父亲的这点觉悟，得益于他五年来每天参加的政治学习、每周听的政治报告，尤其是刚刚解放时的思想大扫除。1950 年 11 月到次年 2 月，父亲到为他这类人设的革命大学学习。他在学习期间被评为模范，以全班第一名的成绩毕业。

通过在革命大学短时间的学习，父亲已能熟练地掌握革命的话语体系：一切正面的、光明的东西，都产生于新中国成立后；一切黑暗和丑恶，都因为党和领袖的光辉没有照到。父亲当了厂长，工作卖力，成效立刻显现。此时，他会反省个人英雄主义，认识到成绩主要源于党的支持和群众的力量。同时，一刻不能忘记，自己是旧社会过来的技术人员，正因为党和人民对自己的宽大，才给了他这个为人民服务的机会。当时，他不过是一个三十多岁的工程师。我时常想，他真的被改造了吗？父亲为入党写的自传为什么最终没有交上去，而是和他的重要文件一起锁在抽屉里，至今不得而知。

父亲每年获评劳动模范的奖品，毫无例外是一本硬皮笔记本，正好用来为每周市级机关领导的报告以及各种政治学习会做笔记。本子大多是红色，扉页上有毛泽东的头像。1990 年代，父亲将记得满满的十多本笔记烧了。看着耗尽无数年华的文字化为灰烬，不知他作何感想。母亲 1950 年代初任昆明市卫生局第四门诊部的会计，也算公务员，她的一本政治学习笔记却保存下来了，她的钢笔字工整而秀丽，笔记本曾被她的同事借去做帖。整本笔记密密麻麻记录了首长的讲话，从国际到国内，从北京到云南，从昆明到卫生局，再到她就职的单位，越是与她的工作无关的事，记得越详尽。不知情的话，还以为母亲入了中央党校。

开篇是1953年3月6日丁副市长的报告：“新中国革命的动力和领导”。3月12日、20日，4月2日，共分三讲，传达中央关于斯大林逝世的报告。每讲都有好几个大题目，之下再分小题目。且引第一讲第四点：

> 斯大林逝世后，国际形势会不会受到影响？
>
> 斯大林逝世是劳动人民的大不幸，敌人要趁这个机会破坏，但肯定不会实现。
>
> 中苏友谊是牢不可破的，以高度警惕性的精神，化悲痛为力量，提高政治觉悟。
>
> 斯大林逝世，毛主席的责任加大，不应该只是毛主席一人的责任，而是每一个人的责任加大，必须努力工作，弥补损失。
>
> 斯大林是全世界革命的领导，中国的解放是和斯大林分不开，给中国帮助很大，并指出中国的革命是武装的革命，在理论上，物质上，经济上，技术上，都给了极大的助力，斯大林的逝世是不可用言语形容的悲痛。
>
> 苏联医学发达，为什么斯大林还会逝世？苏联科学进步是可以延长人的寿命，但不是长生不死药。

总之，那些看来应当是国家领导人关心的问题，小小的一个门诊部会计都必须记取和思考。例如国家为什么要工业化，如何对资本主义工商业进行改造。具体到：“为什么要实行粮食计划供应？实行粮食计划供应与国家总路线存在什么关系？在实行粮食计划供应中，我们的任务是什么？”这些对父亲这样从不过问政治的工程师、母亲这般贤妻良母如此遥远而陌生的课题，必须每周三个晚上、周六整天去认真学习，绞尽脑汁在小组会上发言，表示附和。笔记记到 1954 年 6 月 23 日。本子是 1953 年昆明市建设局工会“赠给积极筹组庆祝 1953 年元旦的熊蕴石同志”的。调皮的母亲在人家正儿八经的毛笔题字下，写上“苏尔端揩油”。

做报告的首长一开口滔滔不绝几个小时，大礼堂还没建好的初初几年，听众往往席地而坐，或者自带小板凳。体弱的母亲地上坐不住，景泰为她做了一个可折叠的小凳。我们在新中国长大，见识有限，自然地相信学校和社会灌输的教条。而那样聪颖而诙谐的父母，在旧社会生活了三十多年，究竟又是怎么想的呢？无论如何，我对 1950 年代初的记忆是充满阳光的。也许，就是那明天会晴朗的“天气预报”让苦苦盼望天晴的中国人跟着历史的指挥棒转。此外，战争的硝烟过后，日子一天天松活起来。父亲因为是高级知识分子，母亲因为有病，都可以享受“中灶”待遇，我们也沾光。过年食堂聚餐，一万元（就是改币制后的一元）一位，全家兴高采烈地步行到市政府大食堂，一道海参面包汤是我今生记忆中最鲜美的汤菜。

父亲因为与祖父不和，十九岁从云南工业学校毕业后就自立，直到结婚，常常为生计而奔波，有时得借贷度日。新中国成立后，无论如何，生活日渐安定。父亲的工资从每月八十多元一直增加到“文革”前一百八十元，当时已算高工资。这些经济基础，想来也是他接受新社会的原因。

总工程师

1961年我高中毕业，一些课令我头疼，但数理化则感到轻松有趣。我喜欢民族舞蹈，爱看话剧，省话剧团的戏码从未错过，但是考艺术院校缺乏天分，还是规规矩矩报考普通大学。从考场出来，标准答案就贴在墙上，不出意料，我数理化三科几乎全对。得意的白日梦并非完美。我可以到北京上大学，但卧床的母亲怎么办？我一走，她还能活多久？结果出乎意料，我既没有收到任何录取通知，也没有收到不录取通知，当然也就没有了上任何一所大学的可能。连我的中学校长都难以掩饰他的气愤和失望，这

1958年，忙忙碌碌的父亲难得抽出时间和我、景和弟，去家附近的运动场

一年几个最优秀的学生都因家庭的政治问题没有被录取，我也在内。卧病的母亲恨不得能爬起来去讨个公道，无论她怎样求父亲，他都不肯去找认识的市委领导询问。许多年后，我才知道父亲在反右运动中有右派言论，受到当时的上司保护，没公开划为右派，只将这笔账记到他的人事档案中。他一向大胆直言，能免于戴上那顶可怕的帽子，我们一家多年可以衣食无忧，实属万幸。他的妻子儿女并不知道他的苦衷。

对父亲来说，难处不仅来自家庭层面，还来自业务上的实际操作。作为被限制利用的旧人员，他上面还有完全不懂业务又必须装作能够领导业务的上司。从 1956 年他开始任总工程师以来，我印象中只有一位党委书记耿伯伯对父亲友善而坦诚，对他非常之尊重。耿伯伯是云南人，老地下党员。我们两家同院住，关系极好。后来，耿伯伯的女儿，每天跟景和手牵手去幼儿园的四岁小俏囡，不幸在大门前的小河沟内淹死了。那天是我生平第一次看到爸爸掉眼泪。

自从耿伯伯调走后，父亲退休前遇到的历任上司，显然都是因为他们的政治背景而坐上位子的。父亲在家里不提工作中不顺心的事，只是脾气越来越大。我现在看到他 1980 年任昆明市房屋管理局副局长兼总工程师时，给分管城市建设的市委书记写的一封信，才了解他的沮丧与愤懑。事由是一位房管局的领导在电影上看到罗马尼亚在五天内吊装了一栋五层大楼，决定在昆明用同样的方式建楼房。为了让这位领导打消这异想天开的方案，父亲到北京找国家建委科技局，又到当时建房技术领先的天津房管局调研，半个月后他终于取得足够的理据证明此路不通。他回来后要求给一天的时间来汇报，最后上司只给了他二十分钟：

> ××同志：
>
> 1976年10月“四人帮”垮台，我认为可以放手大干了，几年来的工作，在房管局技术力量十分薄弱的情况下，能为党为人民做出一点成绩，我是十分高兴的。经过“文化大革命”的锻炼和考验，我在政治上已经不是那么天真烂漫了！出于爱国主义思想，对不符合党和人民利益的事，我是不愿意屈从的。我努力想把本职工作做好，开始阻力重重。

这样的投诉信在1980年代以前会被定性为对党不满，甚至向党进攻，大概写都不敢写；作为大公司的技术总负责人，他可是经历了一辈子各种挫折和“重重阻力”。他在信中提到的爱国主义思想，和那些为了应景而随便说出口的高调不一样。1970年代“文革”后期，“四人帮”仍把持着权力，如梦方醒的年轻人，对国家前途感到困惑迷茫。有一次饭桌上我和景泰、景和一方，跟父亲争论起来，他为我们“不爱国”大为生气，像往常一样应用父亲骂儿女的权威大声道：“那你们都去跳大观楼好了！”几年后白桦的《苦恋》出来了，影片的名言只不过表达了那个历史时期许多普通中国人的悲哀。对父亲这样一辈子奉献给社会主义建设的知识分子来说，爱国爱家是他们的最高价值和生命意义所在。

动荡岁月

“文革”开始，父亲作为“反动技术权威”，被揪斗了几次。那时造反派的头是一位极为佩服他的年轻工程师，并没太为难他。父亲此时更大的担忧是如何保障昆明市的自来水供应：

> 在“文化大革命”期间，机关工作不正常，我始终围绕坚持使昆明不至断水这一工作，没有离开过工作岗位。在武斗严重时停了电，我协助自来水公司在二水厂搞无电自流供水。在小坝地区严重武斗时，少数人不愿坚持工作，我冒险绕山路到二水厂做说服工作。安宁武斗时净水药剂中断时，我会同自来水公司部分同志冒险到安宁组织供应。

我们家因为母亲这磁力人物，来探访她的亲友常年不断。“文革”开始，不用上班，从前连晚上也不在家的父亲，白天都闲下来了，两位姨父和二舅成为常客，我也不用上学，负责替大家做饭，他们正好四人凑一桌桥牌。我的六姨父也是一位工程师，博闻强记，对历史掌故如数家珍。他成了大家的启蒙老师，将一个个历史故事和当今政局比对，点评其时神台上的人物。突然之间，贴在每人口上的封条破了，卡在脑袋的框框裂开了，我们变成会思考和怀疑的人。

能够说出从前亲人之间都不能吐露的真言痛快之至。父亲讲了一个令我们大吃一惊的故事，他曾经见过那时炙手可热的江青！当然他见到的是女演员蓝苹。1937 年，父亲工校时的同学，当时高大英俊的国民党军官王兆仁，带了女朋友蓝苹到云南。

“我们一同到旅馆去看蓝苹，她为了与我们见面，还在里面换衣服，打扮很长时间，出来时穿一件黑色起花的丝质旗袍，我们还请她唱了一支抗日歌曲。”

父亲说：“若蓝苹就是江青，真是中国人民的大不幸。”

在当时的历史条件下，父亲注定要为这样的言论付出代价。不久后，父亲被送到“五七”干校的“牛棚”中改造。

无论从精神上或身体上，在小哨的“五七”干校的两年，是父亲和与他同代的知识分子最深刻的经历。到干校时父亲已经快六十岁了，幸而他一贯喜欢体育运动，除了一辈子被胃病困扰外，体质还算好，每天做八小时以上苦工还可以挺住。最重的活是从卡车上卸下五十公斤一袋的米，背到食堂。父亲一贯好强逞能，咬紧牙关在牛棚里做牛马活，后来引发坐骨神经痛。干校开恩让他回昆明医治，他躺在一辆大卡车的车厢里，被拉回昆明。弟弟去接他，看到他痛得蜷缩在敞开的车厢地板上，经过一路颠簸，面如土色。此时对他批斗得也差不多了，本来以为干校的劳改也就此结束，谁料病未痊愈，新的“检举材料”又到了，他再次被押回。

1969 年元月，父亲在小哨干校六连三班。简陋的住房挡雨不遮风，父亲用长满冻疮的手指握住笔，写他“在旧社会的简要历史情况交代”。这份交代须为新中国成立前各个时期的历史提供证明人，然后造反派就派人到全国各地调查对证。造反派远赴北大荒，找到黄湛。所谓新揭发的“历史反革命”证据就是造反派从数千里外找回来的。那个年代谁都向往到省外一趟，去东北必须经过伟大首都北京，更为诱人。父亲没想到造反派出美差不能空手而归，以为黄湛恩将仇报，被朋友背叛，受到的伤害甚于皮肉之苦。误会到十年后两人重逢时才澄清，但内心的裂痕不会在真相大白后完全愈合，人性就这么奇怪。

父亲将自己的许多文件，包括十多本笔记都销毁了，却留下完整的、“文革”中在牛棚里写成的七八万字交代。读罢，看得出这并非“认罪书”，而是他在屈辱之中试图为历史作证。

1968 年在校大学生到部队农场劳动锻炼，我去了弥勒县。次年景泰被分配到离家远得不能再远的孟连县，父亲在牛棚，家中留下上初中的景和照料母亲。一连串的磨难之下，母亲更加衰弱，出现心力衰竭、肝硬化，日夜受疼痛煎熬，但她顽强地撑住，因为一旦撒手，我和景泰就失去调回昆明的理由。1972 年，父亲恢复了工作。1973 年 6 月，父亲过六十岁的生日；8 月，我终于在离家五年后获准回昆明；10 月，母亲盼回来了阔别二十八年的三舅；11 月，母亲走了。

最大的动荡过后，开始“抓革命，促生产”，当时仍然是造反派当权，父亲这位城市建设和给排水专家被分配的工作是造房子：

> 我从 1972 年恢复工作后，当时分派在城建局，可是“四人帮”分子 ×××、××× 当道，叫我搞房管工作，您知道从解放后我一直是搞城建的工作，尤其是长期搞自来水，

1967年，“文革”第二年，我随全班同学被遣往弥勒某部队农场，景泰也将下乡，行前拍照。墙上的毛主席语录：“学习的敌人是自己的满足。要认真学习一点东西，必须从不自满开始。对自己‘学而不厌’，对人家‘诲人不倦’，我们应取这种态度。”

1968年，父亲和孙儿孙女

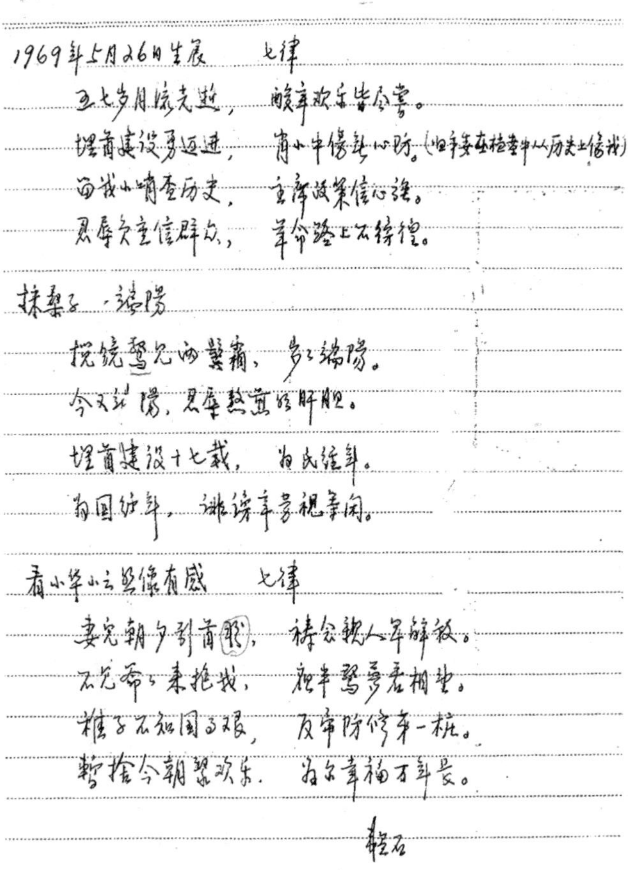
1969年5月26日生辰　七律
五七岁月流光逝，酸辛欢乐皆备尝。
埋首建设勇迈进，肖小中伤筑心防。（旧事要在检查中从历史上偷找）
留我小肖查历史，主席政策信心强。
忍辱负重信群众，革命路上不彷徨。

采桑子·斜阳
揽镜惊见两鬓霜，步步斜阳。
今又斜阳，忍辱熬煎坏肝脏。
埋首建设十七载，为民终年。
为国终年，谁谅辛劳视等闲。

看小华小云照像有感　七律
妻儿朝夕别首[illegible]，祷念亲人早解放。
不见爷爷来抱我，夜来惊梦吾相望。
稚子不知国多艰，反帝防修第一桩。
暂舍今朝聚欢乐，为尔幸福万年长。

韬石

母亲抄录的父亲在“文革”中写的诗

他们叫我搞房屋建设，我十分不满意。当时我曾想，再过两年便到退休年龄，便忍气吞声干下去。可是出于责任感，既然干了，便对工作发生好感。

习惯使然，平反后他工作十分卖力，我们又回到每天等待父亲回家吃饭的日子。

1975年，父亲每天总是最后一个回家。晚饭好了，我去门口等他，数门口经过的自行车。就在这个地方，翠湖南路21号门外路边

工作虽依然不顺心，但如父亲自己所言，这时他年过六十岁，“不那么天真烂漫了”，他又捡起对音乐和文学的爱好。我这时幸运地结识了几个好朋友，他们都比我博学、有见识，我跟着他们学英文、读古诗、探访城中遗老，或聚在我家看电视、听父亲的古典音乐唱片。父亲和我们同乐，几乎没有代沟。在异常沉闷的年月里，这些聚会赋予我们人生的喜悦，许多夜晚，沉醉在动

人的乐声之中，让我们暂时忘却各自的伤心事、民众的疾苦。父亲是我们中间年龄最长，也是最为忘情的一位。中秋夜，租一条船，泛舟滇池。大观楼一带，点点渔船，渔网在月光下优雅地扬开，轻轻落到水中，如诗如画。

父亲说我们是“叫化子养鹦鹉——苦中作乐”。批斗、武斗、牛棚虽然过去了，但国家与个人的出路仍旧处在迷雾之中。当时，柬埔寨的西哈努克亲王和他的法国太太成为中国影视双栖的“明星”，比起千篇一律的宣传片，他们俩四处访问的记录、美丽的亲王夫人非革命化的装扮，多少还有一点娱乐性。物质匮乏给每个人的生活都带来不便，绝大多数人的生活状况都相当于20世纪末的下岗工人。应该说更不如，每人每月只有一斤肉、一块豆腐的定量供应；好处是大家都很苗条，没听过减肥这回事，也没听说过脂肪肝，肝炎病倒极为普通。1950年代初生活水准恐怕也不比“文革”时好到哪里去，但当时人们有对美好未来憧憬的丰富的精神食粮，文化思想的多元是“文革”中不能想象的，从文言文脱胎来的白话文还没有被清洗为干巴巴的教条。

摘自外国通讯的《参考消息》是那时候唯一可读的东西；不胫而走的“小道消息”，也成了死气沉沉的日子中挑动神经的兴奋剂。任伯伯是我的同学的父亲，在电影公司做事。他是“小道消息”的灵通人士，和父亲一周起码见面一次，纵横时事，分析政局变化的蛛丝马迹。任伯伯送来内部放映的电影票，是家中大喜事。根据阿·托尔斯泰小说改编的《两姐妹》，普希金的长诗拍成的《奥涅金》，看得人回味无穷，连一部关于罗马尼亚的什么地下组织的电影，都让我们看得津津有味。

父亲的大功率收音机，为我们听《英语900句》提供了方便，每天晚上我们定时跟着电波中的一男一女牙牙学语，也为好奇心驱使，冒着“收听敌台”之大不韪，听听海外广播。1976年10月的一个晚上，在一片嗡嗡干扰噪音中，听到令人无比震惊的消息：“四人帮”倒台了！我们将声音开大，同时将一个半导体收音机拧到中央台新闻，放到地板上，以混淆楼下邻居的视听。父亲说当时的欢欣鼓舞，堪比十四年抗战胜利，只是彼时大张旗鼓的庆祝，如从梦魇中初醒，还让人将信将疑。

响珰珰一粒铜豌豆

1979年，邓小平时代拉开序幕，我们都乐观地认为从此国家将沿康庄大道走向未来。两年间，我和景泰都离开了家乡。父亲的工作并没有因为拨乱反正而顺当，反而更心灰意冷，但也做到六十九岁才退休。1985年，少小离家的大哥，终于得以从山西调回昆明，携同嫂嫂、三个儿女和父亲同住。父亲给我的每封信内容都不外乎他如何自我满足、大嫂如何对他照料周到。1988年，曾外孙女出世，而今的四世同堂，大家只是开玩笑地说说而已，和七十五年前佚园的四世同堂概念全非。

爸爸到了七十多岁，又再续他的摩托车之恋，不顾家人反对，买了一辆轻便摩托车，在昆明闹市风驰。有一回车坏了，他推去修理，修车人道：“这是什么世道，车坏了要自己的爷爷推来修！”七十三岁那年，他突然想到武夷山看看，母亲常形容他“说风就是雨”，念头一现，立刻就付诸行动。没人陪伴，独自出行，当时旅游诸多不便，他骄傲地告诉我们，如何从火车下爬过铁轨。我至今非常后悔，为什么没有多陪他去旅行。

到了晚年，读小说几乎是他最主要的消遣，幸而市图书馆就在家门口。他讲话很风趣，却从来懒得动笔写作。熊家上两代的故事精彩非凡，我一直劝父亲写回忆录，他都懒得写，连口述史也不耐烦去录。我在这篇东西里描写的熊家故事，是从父亲那里听来、残留在记忆中的一鳞半爪。父亲自己最喜爱的作品是关汉卿的散曲《一枝花·不伏老》：

> 我是个蒸不烂、煮不熟、捶不匾、炒不爆、响珰珰一粒铜豌豆，恁子弟每谁教你钻入他锄不断、斫不下、解不开、顿不脱、慢腾腾千层锦套头？我玩的是梁园月，饮的是东京酒，赏的是洛阳花，攀的是章台柳。我也会围棋、会蹴鞠、会打围、会插科、会歌舞、会吹弹、会咽作、会吟诗、会双陆。你便是落了我牙、歪了我嘴、瘸了我腿、折了我手，天赐与我这几般儿歹症候，尚兀自不肯休！则除是阎王亲自唤，神鬼自来勾。三魂归地府，七魄丧冥幽。天哪！那其间才不向烟花路儿上走！

他 1978 年小中风一次，1992 年再中风，幸而抢救及时，身体似乎没有留下后患，但脑部受损，性格逐渐改变。他一贯为人慷慨，对钱看得很淡，常说钱财是身外物，生不带来，死不带去。脑子受损后，父亲开始小心用钱，只有购买他这辈子所好的电器

1976年，昆明西山，为母亲上坟回来，父亲为多年来最开心的一桩事举杯

1979年，父亲和孙女小华

1981 年，父亲教外孙女说普通话

1994 年，父亲第一次去到他祖父民国初年任知府的丽江

例外。我告诉我的女儿，等到我很老很老的时候，要是有一天变得小气，请她体谅我，那是因为我脑细胞开始退化所致。

父亲要强、万事不求人的个性则始终如一。1996 年，他最后一次病倒，我回到家，睡在他隔壁，告诉他需要我时就叫醒我。我一夜不敢入睡，侧耳听着他的动静，听到他挣扎着起来的声音，过去问他是不是要开氧气，为什么不叫我，他一言不发。医生说他的心肺情况都不错，像这样患老年心肺病者，可以痊愈，再活些年。

然而，父亲意已决，知道即便苟活，以后的岁月也要依赖家人和医院，他一向说不肯做儿女的包袱，坚持不接受治疗。临走前备受痛苦，医生说很少见像他这样有勇气的人。我和他告别后回到香港的家中，跪在地上号啕大哭。我不乞求上苍让他残喘，只求让他平静地走到妈妈在的地方。他的肺或许可以复原，但他的脑细胞已坏了许多，无法摆脱精神上的痛苦。父亲用如此刚烈的方式结束了他傲岸不羁的一生，只有他做得到。

父亲活到八十三岁，据说在熊家是最高寿的一位。他一生遭逢战乱和社会动荡，到终于太平的 1980 年代，已年届退休，四个儿女中，三个相继离开了昆明。1996 年，我们搬到香港眺望海湾的居所，最大的愿望便是让父亲来这里过冬，享受美丽的海光山色。他已办好手续，计划动身，却病倒了。“树欲静而风不止，子欲养而亲不待。”何况我们有这等不寻常的母亲、父亲。

黄湛对我的父亲的追忆开头道：“我们交往近七十年，他干净利落地走了。这只有智勇双全的人才能办到。”黄湛比我的父亲晚走八年，黄湛棺木上放着自己的回忆录。写书时他只有 0.1

的视力，书里回忆了他那不想追忆却又不敢忘记的艰辛一生。他吃力地写下每一个字：“余在耄耋之年，勉强作此书，聊以告慰无数无辜之灵，并遗后世，知社会进步之艰难，上下求索之坎坷。”

2007 年 5 月，国务院总理温家宝在同济大学发表演讲时说：“一个民族有一些关注天空的人，他们才有希望；一个民族只是关心脚下的事情，那是没有未来的。”这句话让我联想到黄湛回忆他和我的父亲三十多岁时，忙于筹划昆明的自来水厂时的事。一天晚上，两人谈到十一点多，出门看见空中突然一亮，一颗红色飞行物快速划过星空。当时飞碟之说盛传，两人久久不能入睡，心系外太空。次晚，仍不能释怀：

> 我想起过去测量师在不同地区磁针会乱转，与所测的水平角相差很大。有一次磁针顶在玻璃上，它的力胜过自身的重力。只要我们能够将分散的磁力聚集，又用电场改变磁场的南北极，造成人为的“聚磁”和“拒磁”，必可获得较大动力。蕴石兄也提起他测量时发现的磁力作用。后来同学马荣标加入。又专门商谈过两次，最后决定由马供给各种永磁材料，我们做实验记录，目的是想造出地球上第一个飞碟。

将近四十年后，当年三个充满了幻想的人重聚，“大家都还记得，也坚信我们的想法，都感到此生已矣！但愿后继有人会实现这一伟大目标”。这一代曾经关注天空的年轻人，一生坎坷，他们失去了理想，失去了机会，中华民族失去了他们。

父亲的摄影作品

1934—1955

父亲在熊家排“在”字辈，原名熊在琨，这位大家庭里性格叛逆的长孙后来自行改名为熊蕴石。他从昆明工业学校土木工程专业毕业，1938 年参加滇缅公路的勘察和修建。其间关于他遇到土匪、野兽、暴雨、打猎、塌方等惊险故事，给我们童年的夜晚带来无穷想象。直到他去世后十多年我写《父亲的一生》，我才意识到他曾经参与一桩有历史意义的伟大工程。

父亲和我的干爹黄湛这些民国时代的昆明青年，在远离政治中心的边城出生长大，虽然父辈介入地方政治，但他们却是某种“纯粹”的年轻人，努力上进，争强好胜，贪玩，爱冒险。为了踏勘昆明到开远的道路，两人带着民工组成的测量队，翻山越岭用竹竿去一节节丈量。工作的艰辛化解在他们的好奇和好胜心里。因为教育，也因为抗战的经历，他们将爱国、报效国家当成天经地义的信念。

在 20 世纪二三十年代，现代中国迎来对外开放，提倡个性解放，新事物层出不穷。吉他、小提琴、打猎、骑马、摄影、吉普车、摩托车这些玩意从电影银幕走进生活，父亲统统没有错过。此时，君君臣臣父父子子的礼教束缚解脱了，年轻人不必事事听命于长辈，可以去开辟个人的天地，追寻自己的梦想。在众多的爱好中，摄影是父亲的至爱。除书中其他地方插入的父亲摄影作品之外，我还挑选出以下照片，加以说明。大部分照片摄于20世纪三四十年代，表达了文字无法解说的时代风貌、人物个性。照片按年份排列，年份为估数。

照片拍于1934年，昆安巷熊家大宅，父亲在这里长大。聪明、调皮、由祖母带大的少爷一样得遵守所有家规。每天放学回家放下书包之前，先到楼上楼下各人房中请安：爷爷，我回来了；爸爸，我回来了；二姑妈……一直到长他两岁的姐姐：富敷，我回来了。这一年他结婚了，在关系复杂、规矩多多的大家庭里，有了自己温暖舒适的小家庭。父亲在花园里为母亲留下了许多倩影，也有两人合影，只有这一张自拍的单人照。这位年轻人的衣着和今天相差无几，而神情和姿态却不大相同。

照片拍于1934年，昆安巷大宅的花园里。幸福的少妇笑容灿烂，或立于花丛，或斜依梧桐，一样优雅端庄，正如她的名字苏尔端。其时，恋爱自由、婚姻自主的风才吹进这古老的国家。两人在婚前彼此爱慕，仍需托媒人去说亲。进士头衔或地方官位阶都不算什么，外公最看中男家祖父出版过一本书，说明是书香门第，可将爱女托付。

母亲不单单是嫁给父亲，而是嫁到熊家。一道门里住了八九个小家庭，小孩成群，用人成队。长孙媳妇在众目睽睽之下，举手投足受人议论。母亲很快赢得上上下下的喜爱，众人也乐意见到不受管束的大少爷变规矩了。

政治曾经悄悄走进这香飘四季的熊家大院。1920年代中期，祖父加入共产党，熊道尹家正好是召开秘密会议的好地方。

四姑姑和小伙伴们被派去站岗放哨，无比刺激；晚年回忆起来，还很兴奋。大姑姑后来和上海来的宣传国民党的“小白脸”相恋，不敢与父亲直接冲突，伙同倾向国民党的四姑奶奶，在花园的梧桐树上贴宣传标语。

此时的婚嫁，和二十多年前外公外婆结婚时已经两样。外公1910年从日本早稻田大学毕业，满脑子新思想，同年9月结婚，在昆明举办“文明婚礼”，轰动一时。即便如此，外婆这一代女性，无法想象女人无需经历缠足的痛苦，无需一生跛足；也未曾幻想像她的女儿一样张口大笑，露出臂膀、小腿，足蹬凉鞋。外婆之前数十代，乃至上百代中国妇女遵从的规矩，到母亲这一代终于瓦解。我们这一代视男女平等为理所当然，更不曾料到，1950年代到1980年代初的三十年间，民国时代五花八门、色彩缤纷的衣着打扮被取缔，美和丑由政治定义。对历史而言，三十年只是一瞬间，但对经历者而言，可能已是半生。

照片拍于1934年，客人来探望母亲，父亲心血来潮，设计出这幅女子搭肩图，从左至右，依序为香姑姑、二姑姑、八姑奶奶、李家瑛、四姨妈、母亲。妇女可以露出手臂，不过十多年的事。我的外婆、奶奶一辈，从没穿过短袖衣服，笑不露齿，不可抛头露面。思想解放的女性可以走得很远。照片中的李家瑛才十六岁，不久追随她哥哥去了延安。她哥哥李家鼎、聂耳、我父亲、黄湛都是喜欢西洋音乐的好朋友。几年后，李家瑛精神分裂，被送回昆明。病发时，爬到房顶上高呼“共产党万岁”。我父亲和黄湛为避免朋友的这位妹子去坐大牢，很费了些功夫。李家鼎后来成了解放军总政文工团的一位领导。直到“文革”前，父亲每到北京出差，都去找他叙旧。母亲病卧在床后，李家瑛时常来探望，不停地用钳子夹松子，安定情绪。她不止一次试图自杀，“文革”中有一次挨批斗后跳河，被人发现时已经太迟。

照片拍于1935年。父亲1933年从昆明工业学校毕业，到公路局做道路勘探。对他而言，有机会跑野外和“探险”甚对胃口。结婚后得养家，接受了一份工资较高的职业，到石屏中学教化学。照片摄于当年的石屏中学化学实验室。西风东渐的时代，年轻教师穿着西裤，足蹬手工布鞋。父亲一辈子对新事物充满好奇，很早迷上摄影。只身在外自拍这张照片，新婚的妻子看到一定十分欣慰。不知道是否就在这个化学实验室里，父亲开始学习冲洗照片。2017年我去石屏和当地做文化保护的人交流，准备讲稿时才发现，民国时期我的祖父和外公都在石屏任过县长。母亲曾从昆明师范学院退学陪同外公前往，学会一口动听的石屏方言。

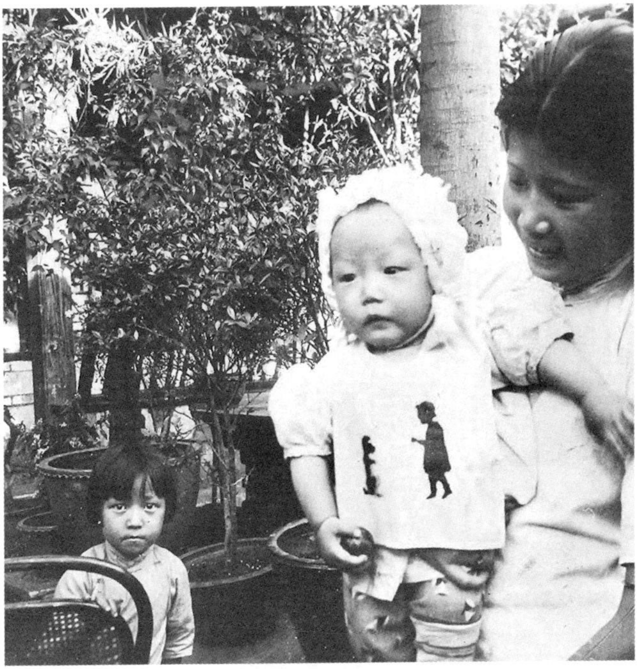

照片拍于1935年9月。母亲诞下男婴，成就了熊家的四世同堂。同一年，我的姑妈也生下一名男孩，他姓胡，对熊家的意义完全不同。四世同堂标志兴旺，是得到祖上保佑的象征。那时还无法判断胎儿性别，等生下来接生婆看清楚那个地方，才做出权威宣布。而我母亲另有所盼，一厢情愿地准备了些漂亮的女孩儿衣帽。哥哥一岁时，母亲将他打扮成女孩到照相馆去拍照，分送她的好朋友。这张将哥哥扮成女孩的照片，是在家中花园里拍的。父亲没准备就绪便按下快门，将看热闹的女孩也收到镜头里了。

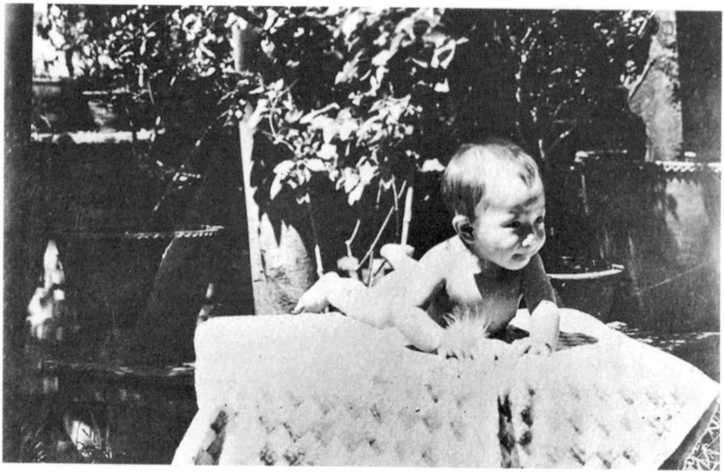

照片拍于1936年，为满周岁的儿子拍照显然经过一番摆布。其时，父亲二十三岁，母亲二十二岁。9月阳光下，这对年轻夫妇满心欢喜，从客厅搬来藤椅、方桌。那时父亲用的是玻璃底片，每一张都得小心翼翼地对待，不似今日用数码相机的父母，咔嚓咔嚓随意拍。哥哥很配合，看他的小手放的位置多么合适。等到1943年、1945年、1949年我们姐弟出世，国家处在动荡之中，便没有了和平时代的这份奢侈。

照片拍于1937年。父亲离开石屏，去到规模大得多、薪水高不少的建水中学。母亲和哥哥也来到这个文化气息浓厚的美丽小城。这天大概是二姑姑从昆明来探班，去游览著名的建水文庙。此处有六百多年历史的建筑群是建水的地标，外面的荷花池称为学海。二姑姑剪了今天都依然时髦的短发，母亲还是忍不住给哥哥买了女童凉鞋。照片是自拍的，大人留意镜头，小孩才不管呢。

父母1934年结婚，与这一代无数的小家庭一样，全面抗战爆发前的三四年是他们一生中难得的美好时光。这一时期父亲留下的摄影作品也最多。照片上透露出的温馨和优雅，后来被称为民国风。同代人，才华焕发的梁思成、林徽因夫妻一生中最好的年华，同样被抗战打断……

同一时期，四姑姑和小叔叔大约是学校放假，来玩。父亲往往不等每个人看着镜头，只在他觉得有趣的一刻按下快门，使得照片充满动感。一年后，滇缅公路动工，他短短的教书生涯便结束了。如果他生在计划经济的年代，到建水县教书就是扭在那里的一颗螺丝钉，一辈子将随着这所学校的机器转，别无选择。父亲后来被好友黄湛约去办自来水厂，1950 年代中转入市政建设，不负重任，直到退休。照片上的四姑姑长大后成了熊家唯一的“革命干部”。她中学时代受到地下党员老师的感召，加入共产党。高中未毕业，因为数学成绩优异被大学录取，上了没几天学，参加地下党到“山那边”打游击去了。1949 年后，这位高中生作为党内知识分子被派到省委宣传部工作，这颗革命的螺丝钉一生没有离开过这一岗位。“文革”后她观念变了，六十岁那天，将一封退休申请放到办公桌上，回家。她退休后享受高级干部的待遇。

照片拍于1937年，昆明大观楼。从左至右：大哥、母亲、姑妈、三姑姑、二姑姑。小男孩背对镜头，两名妇人眼光不离开他，两位妙龄女郎坐姿悠闲。乍暖还寒时候，手臂上挎着薄外套。人物占不到四分之一的画面，主体是春天，是吐出新芽的柳树、杨树。一幅温馨的大观楼游春图。

姑妈后来成为上海一家小学的校长。她的儿子，1935年出生的胡伯威是熊家的“天才儿童”，后来成了气象物理学家，写过回忆录《儿时“民国”》及《青春北大》。出奇的记忆力唤出的细节，使人仿佛回到昨天。三姑姑不仅貌美，且有一股冷艳气息，我们小孩都不敢和她接近。1950年代初，她在生命中遇到第一个考验前了断了今生。

照片拍于1937年底。平时不见面，枪响大团圆。四姑奶奶带着三个孩子从美国回到家乡，表哥随父母从上海回来。讲昆明话、上海话、英文的表亲，毫无障碍地玩到一起。我哥哥、表哥、表叔都属猪，三只小猪结为一伙。长大后，他们分别成为工程师、医生、物理学家，均有作为。本书《满园的菊花谢了》一章中，写了美姑姑（左三）和香姑姑（右四）长大后的故事。

想必父亲说了句什么把大家逗乐，同时果断按下快门，将他们童年的快乐时光定格在这张照片上。国破山河碎，国人为生计发愁的年代，大后方的这群儿童在享受悠长假期。满庭满园小孩子的欢声笑语，是大人在艰难岁月中最大的安慰。

照片拍于1938年。这个地点我很熟悉，是姑奶奶家后花园，我们后来也住到这里。照片比上一张多了三个人物，姑奶奶和她的两个女儿——周慕容、周慕昭。姑奶奶熊韵篁任女师附小校长多年，曾经是云南省天足运动中的风云人物，此时患了肺病，在家休养。大女儿洋气；小女儿美丽，长着一双会说话、能传情的大眼睛，1950年代在云南英语专科学校念书，被唤去陪首长跳舞，成了首长夫人。

照片的亮点是调皮的小叔叔，他不放过任何捉弄人的机会，此时用手指去捏表弟的脸蛋。他后来从地质学校毕业，不愿意在地质局坐办公室，要求调到地质勘查队在野外作业。“文革”中他成为造反派头头，后被批判，罪名是“反动技术权威”。一次批斗会后，他没有告别妻子和一对儿女，走进树林，再没有回来。

照片拍于1938年。记得父亲讲过，照片是当年父亲在某地踏勘公路时，母亲带着大哥去探班拍的。人工单杠左右的两位叔叔是测量队的同事。母亲依然替大哥戴上小手镯，穿上女孩的凉鞋；父亲则要训练他的力量了。大哥的儿时照片比我们都多，直到八年后我出世前他都是独子，在我们四姐弟中受到的关注最多，却没有被娇惯。

照片拍于1938年。大观楼似乎是每次家庭出游必到之处。比起昆明人郊游的另外三大景点——西山、金殿、黑龙潭，大观楼最容易前往，且与滇池相连，水天一片，令人心旷神怡。昆明城边，大观河畔有个小码头叫篆塘，从这里可坐船或乘马车去到五公里外的大观楼。小学时，每年春游多半去大观楼。靠船一侧坐，俯身水面，伸手拨弄河中摇曳的水草，多么惬意。走陆路，马车在弹石路上够颠簸一阵。五公里曾经那么遥远，看到白马庙的拱桥真高兴，终于行过大半程。

父亲是家中唯一会照相的人，有他出现的照片都是自拍。这次他失了水准，镜头位置偏向左边。早春，棉旗袍还未脱下，出游是谁的主意？多半是贪玩的父亲。小叔叔从不安分守己，爬到众人身后扮鬼扮马。

父亲书桌的玻璃板下面压着他最喜欢的照片，这是其中之一，拍于1938年他参加修建滇缅公路时。父亲珍惜这张照片的原因，想来不是因为它的构图和画面感，而是这几位同甘共苦的同事，是怀念当年在艰辛环境下工作结成的友谊。我也喜欢这张照片，因为母亲优美的姿态。

父亲说，每逢下雨天，安坐室内，他便有一种幸福感。这是多年在野外风餐露宿，勘察、修筑公路所修来。

照片拍于1938年，从左至右：姑妈、袁婉芝、母亲、另一位朋友以及大哥。袁的祖父袁嘉谷是云南唯一的状元，也是我曾祖父的好朋友。我记得这个名字是因为爸爸说："冤之，枉之，袁婉芝。"爸爸对大观楼的这座拱桥情有独钟，拍出了这张民国仕女图。摄影师的角度、构图都无可挑剔。

照片拍于1938年。有些照片令人联想翩翩，例如这一张：小男孩独自站在桥中央，四周空无一人。受到父亲的启发，我替女儿拍照时也想模仿模仿，发现要找到一个空旷无人的背景，没那么容易，大观楼一年四季人头涌涌。只能想，这么多人有闲暇和心情外出，毕竟是好事。

照片拍于1939年。这张四世同堂照片是父亲的得意之作。当中的老者为曾祖父熊廷权，手扶第三节拐杖的男孩是我哥哥。从左至右为母亲、二姑姑、七姑奶奶、伯威表哥、姑妈、八姑奶奶。战争将离家的子女驱赶回故乡，熊家在战火阴影下团聚。从少年时发奋考功名、中举人、中进士，到外乡做官，曾祖父劳碌的一生得以歇息，却心忧国事。

照片拍于大观楼假山前，后面的楼台对水一方悬挂着著名的长联：

五百里滇池奔来眼底，披襟岸帻，喜茫茫空阔无边。看东骧神骏，西翥灵仪，北走蜿蜒，南翔缟素，高人韵士，何妨选胜登临。趁蟹屿螺洲，梳裹就风鬟雾鬓；更苹天苇地，点缀些翠羽丹霞。莫辜负：四围香稻，万顷晴沙，九夏芙蓉，三春杨柳。

数千年往事注到心头，把酒凌虚，叹滚滚英雄谁在？想汉习楼船，唐标铁柱，宋挥玉斧，元跨革囊，伟烈丰功，费尽移山心力。尽珠帘画栋，卷不及暮雨朝云；便断碣残碑，都付与苍烟落照。只赢得：几杵疏钟，半江渔火，两行秋雁，一枕清霜。

这是他们那一代人的所思所虑。书写对联的赵藩是曾祖父的好友，两家曾指腹为婚。曾祖母腹中女儿、我的四姑奶奶，只做了几天的赵家媳妇。守寡后，父母并没有要求她作节女，反而送她出国留学。大概是云南首位入读斯坦福大学的女学生。拍照这天，她还在美国。

照片拍于1940年。为避日机轰炸，全家疏散到车家壁祖父家默园。我不敢问母亲襁褓中的婴儿是谁，估计是我那早逝的姐姐“小苹果”。母亲一直巴望生女儿，大哥之后，生了两个儿子都夭折了。终于如愿生了女儿，聪明美丽，不到两岁便会唱完整的《三民主义歌》，两岁时死于痢疾。父亲讲起来都会补充一句：“要是有盘尼西林就能医治了。”

哥哥比我大七岁，他和我之间，母亲生下的三个孩子都没有活下来，那是她一生的痛。母亲已经受惠于西方传来的新式接生法，之前婴儿存活率更低。读曾祖父写的长辈故事，父母双全在少数。科技进步对文明的贡献，超过制度。

1940年代，拍照是件奢侈的事，非专业摄影者极少将宝贵的胶片浪费在景物或陌生人那里。父亲却曾拍下令他深有感触的场景，例如一位老年农妇，背着比她高出一倍的木柴；还有“满面尘灰烟火色”，背着木炭入城售卖的农民。

“文革”时，父母担心这些照片会被作为“污蔑劳动人民”的证据，觉得反正不是家人的照片，不知道珍惜，烧了。这两张是仅存的风景照，无需赘言。

照片拍于1945年。1943年，母亲如愿生下另一个女儿。长相完全不能和她的姐姐相比，本人是也。母亲的闺蜜忍不住笑道：“你说要生女儿来扳本哟。”母亲对这个并不美丽的女儿的疼爱没有减少半分。从小学到大学，母亲从来不鼓励我争第一，只愿我健康快乐。她在病中读了我的偶像居里夫人传记后说：“你看人家还曾经整夜跳舞，跳破了一双鞋呢。”

照片拍于 1944 年。母亲穿的毛衣是她自己织的，在“兴无灭资”的红色年代，这样的装扮属于应当被“灭”的资产阶级。母亲卧病在床时，将她的毛衣拆了，用羊毛线替我织毛衣。毛线很细，很久很久才织得完一件。上大学时我住在学校，一天心血来潮，将母亲替我织的红黄两色的毛线背心拆了。母亲伤心地说：“这是我留给你的纪念啊。”每想到我的愚蠢和无情，痛心不已。

照片拍于1945年。前来昆明参加石龙坝水电站建设的德国工程师一家成了祖父在城郊车家壁默园的房客，我于是有了一个玩伴。父亲替我们拍的照片上，她总是很大方，我（右）总是一副傻乎乎的样子。我穿的衣服都是母亲手工制作的。我还记得小毛衣的颜色，不知道是想象还是真的。

看到林超民教授在本书序言中提及，近代云南在现代化进程中曾经独领风骚，建成国内第一个水电站，我才知道也应当感谢小伙伴的爸爸呢。

照片拍于 1951 年。外公突然决定结束自己的生命。听到噩耗，母亲随即昏厥倒地。这天是外公的葬礼，灵堂设在正厅，墙上挂着外公的放大照片，地面铺满松针。葬礼后照片依然挂在原来的地方，每次走过，我都觉得他在注视着我，不由加快脚步。

照片拍于1951年。照片上一群孩子中我最大，八岁。父亲拍照时只有我正儿八经地坐着，同时不负使命，一只手紧紧抓住要逃走的弟弟。显然，摄影者没有要求大家看着镜头，如此才能捕捉到各人天真自然的神态。看照片我才留意到，原来花园的小道也都铺满松针，怪不得我回想起外公的葬礼，伴随一股清香。

1955年，母亲因严重的心脏病住进医院，一住两年。我12岁，初中二年级，成为家中的“主妇”。父亲每月将工资交给我，我负责采买、洗衣做饭、带小弟弟，当然还要上学，还要考第一。母亲住院的两年中，我隔天去医院看她一次。医院吃得比家里好。母亲知道我来，会将当天的晚餐留下一点，放在一个雪花膏瓶里给我吃。当时我只有一个愿望，愿母亲好起来。确切地说，希望她活下去。

第二部　故乡亲人

儿多母累

外婆钱维英，1890—1956

我脑海中呈现的外婆形象，有一只猫尾随于后，就像玛丽的小羊，外婆走到哪里，这只老猫跟到哪里。如果它不在跟前，外婆只要一声“喵”，它立刻魔术般地出现。

外婆的父亲钱用中从日本留学回来，以办报和提倡女子教育为己任。他参与筹备的昆明第一所女子学校——云南省立昆华女子中学在1908年成立。理所当然，两个女儿进入这所以培养小学教师为目标的女校。外婆为该校第一批毕业生，高中部1926年才成立，故她应当是初中毕业。我见过外婆的毕业照（可惜找不到了），这些女生看起来已经二十来岁，一律梳着发髻高耸的东洋头。日本打扮是当时的潮流，似乎也暗示着她嫁给日本留学生的宿命。

接受中等教育的这一代妇女，位置依然在家里。外婆每两年生一个孩子，1910年到1936年之间，她不是在怀孕，就是在哺乳。

怀中抱一个，旁边还有两岁、四岁、六岁的哥哥姐姐。如何是好？外公将追求维新、破旧习俗的使命带到家庭中，要求家人身体力行，定下的家规之一是不请用人，难以想象外婆如何应付。

永远做不完的家务是当时每个妇女的天职，外公的诗文中有许多对外婆辛劳的感叹和感激。诗成，当然会给外婆看，所有的付出都得到回报了。

老妻病作

嗟予老矣退身藏，爱国忧民每自伤。
家政不修诸待理，偏劳老伴费心肠。
相夫教子著贤良，难得同甘共苦尝。
妇职无亏中馈主，老犹备膳补衣裳。
积劳成疾就医忙，扶病归来捡药方。
井臼亲操心不倦，支持弱体下厨房。
治家勤俭热心肠，力拙心余有主张。
过度操劳徒自苦，一生枉是为人忙。

有趣的是，夫妻之间信仰、观念抵触，而相处有道。外婆信佛教，家中却不能供佛，外婆忍了；外婆念佛，逢初一、十五吃斋，逢年过节供奉，外公忍了。外公不允许外婆对儿孙“传播迷信”，每年七月半祭祖，外婆只能秘密进行。孙辈被派上用场，由外公宠爱的一个小外孙充当“奸细”，去缠住他，我们则做外婆的群众，在洗手间临时设祭坛拜祭，之后手持香火，跟随外婆在花园“游行”，好玩又刺激。幽默感是两人关系的润滑剂，他们彼此的不满，多用嘲笑表达。除夕夜，外婆一定“守岁”，外公诗道：“堪笑老妻守旧传，每逢除夕不成眠。”

外公每年给外婆的“生日礼物”是一首诗。“旧制冬服破弊不堪，再着妻为改制，以作御寒之用，因书五字示之。”虽是借题发挥，也令人感叹，外婆操持家务，养育子女，那么多人的衣服鞋袜，怎么缝补得完?

年老身多病，体弱不禁寒。秋冬霜雪重，怯冷觉衣单。
启箱捡旧服，袭弊不能穿。夹衣质料薄，御寒保温难。
老妻为改制，补旧添新绵。布衣为初服，安用身着纨。
有子未为贫，衣食粗能完。优游以卒岁，饱暖一身安。
嗟彼无衣民，褴褛状可怜。饥寒日交迫，冻馁摧心肝。
路有冻死骨，古来人所叹。安得大裘被，展覆寒士欢。

外婆聊天的主要对象是每天来家中厕所“倒粪”的大张。他长着两撇小胡子，蹲在厨房门口，咕咚咕咚地抽水烟筒，看外婆忙活，一面笑眯眯地闲话。我记得听到他告诉外婆，土碗不能叠在瓷碗上，否则姑娘会嫁得门户不当对。有时来倒粪的是他的弟弟小张，干完活就走。大张懒，得过且过，家里穷，按照政策将他的政治身份定为贫农成分，做了农会主席。小张勤快，买田置地，成了富农。土改时田地被没收，还被斗。外婆说，她家运气太好了，父亲不喜欢吃老陈米，所以没有买田置地，否则一定成地主了。“佃户用谷子交租，多半交的是陈年旧谷子”，这是我童年时代上的一堂政治课，意思等到多年后才理解。

我脑海中呈现的外婆形象，有一只猫尾随于后，就像玛丽的小羊，外婆走到哪里，这只老猫跟到哪里。如果它不在跟前，外婆只要一声“喵”，它立刻魔术般地出现。那时昆明人无论贫富，饭桌上大抵都有一碟下饭菜，腌抗浪鱼。鱼来自澄江抚仙湖，似乎取之不尽。到21世纪，这些小鱼的鱼子被投放湖中的外来鱼吃掉，抗浪鱼几乎绝迹，卖到几千元一斤。外婆的老猫享有今日高级待遇，每餐有抗浪鱼拌饭。

用残忍的手段将自己亲生女儿的双脚致残的习俗——缠足，在中国历史上延续了六百多年，外婆是最后一代受难者。晚间洗脚，她将层层裹脚布打开，被压扁的四个脚趾紧贴在脚掌上，挤压骨肉而成的锥体，全然没有脚的样子，有点吓人。

我喜欢看外婆梳头。对镜梳妆，大概是外婆一天中唯一慢慢悠悠的辰光。用梳子沾点玻璃瓶里的刨花水（我始终没弄明白那卷卷的刨花是来自什么木头），一梳又一梳，将平滑得不能再平滑的头发挽成发髻，戴上帽子。外婆一年四季都戴着帽子（只有昆明人才做得到），为何要大费周章梳头呢？

下一步骤是在脸上抹雪花膏，外婆和妈妈用的都是双妹嚜牌。擦手则用自制的蜂蜜泡蜡梅花。“仪式”完毕，外婆捉住我的小手，给我涂一点。黏黏的、香香的，我很想舔舔。这双小手对外婆也有用。家里似乎经常都有人服用中药，外婆将包药的纸一张张展平，折好放在抽屉里备用。拴药包的红白相间的棉线交给外孙女，靠她的小指头解开线节、绕成小卷，也是有用之物。

小时候吃过最美味的饭菜是外婆所烹，过年她必定准备令人流涎的红烧肉、酥肉炖红萝卜等四个荤菜，盛在土锅里，从初一吃到初好儿，仪式一直持续到 1950 年代初期。她的八个女儿中，四人承传了外婆的烹饪手艺和兴趣。我母亲是其一，但她做的苏氏传家菜已达不到外婆的水准，传到我这里更走样，我不以为值得传给女儿了。母亲的兄弟姐妹，各人兴趣爱好、处世为人都不相同。外婆常道："一娘养九种，九种不像娘。"而今这代人也都一一走完人生路程，看他们各人留下的故事，的确如此。

1950 年代初鼓励生育，宣传苏联给生下十个儿女的妇女颁发"母亲英雄"证书。我立即想到外婆，养育十一个子女的外婆是怎么过来的，不可思议。那时对子女学业成绩，远不如今天这么看重，况且外婆的子女大部分是学霸，不那么擅长念书的两位姨妈，表现也在中等以上，无需父母操心。1950 年代中，外婆

1920 年，外婆与五个子女——大姨、母亲、二舅、三舅、六姨

1948 年，晚年的外婆坐在厅堂前，照片拍来寄给远行子女

曾来到我家住了大约一年。这位昆华女子中学第一届毕业生，终于有了学以致用的机会。

那时我们住在父亲单位的宿舍，唐家营 20 号，曾经是一位民国军官的官邸，此时五六家人同住。景和尚未入小学，景泰调皮捣蛋，成绩却不错，我初中二年级起，稳拿第一名。外婆得到的“学生”是同院住的男孩海光。小男孩的成绩在及格线上下，面临留级的危险。外婆很当回事，帮他追上同学。我记得他站在外婆面前，低着头背书的样子。学期末，他科科及格，成了院子里的大喜事。

我写过一篇《妈语录》，记录了二百多条从母亲那里听来的“格言”，从人生观到为人处事，从举止行为到穿衣吃饭，无所不包。母亲总是用“外婆说”作为开头，什么“吃得亏，在一堆”“心有天高，命如纸薄”“宁替烈汉牵马，不为温奴公当军师”“天不容跳蚤长大”，生动而言简意赅的表述，在我们心中播下文化的种子。这些充满哲理和智慧的箴言当然不是外婆发明的，她一定也是从她母亲那里听来的。外婆的母亲那一代中国女性都没有进过学堂，我们甚至不知道她姓甚名谁。那张 1928 年的全家福中，留下她老年的样子，看得到她那双小得不可思议的脚。

我小时候胖嘟嘟，傻乎乎。大家叫我憨丫头。外婆说，“憨人有憨福”。这是外婆对我一生的祝福。

归不得也

二姨外婆钱维芬，1893—1963

1920年代的中国，新思想和旧文化同时影响人们的举止行为。一方面……丈夫死去的女人必须守寡；另一方面，寡妇也可以抛头露面，出席社交场合……她结识了一位有共同兴趣、从江浙到昆明的富裕盐商，两人继而相好……寡妇名节关乎家庭的名声，突发事件引起的联想、猜测令当事人惶惶不可终日，远走他乡看来是唯一的选择……她几乎是出逃，从此和昆明家人断了联系……

外婆钱维英有一个妹妹钱维芬，生于1893年，比外婆小三岁。两姐妹同一天出阁，分别与两位日本留学归

拍于约1953年香港，二姨外婆

来的学生结婚，妹妹钱维芬嫁给庾恩旸。1918 年，时任滇军将领的庾恩旸遇刺身亡，二十五岁的二姨外婆带着两个女儿寡居庾府。1930 年代女儿相继嫁出去后，她与缪姓外省盐商结婚，移居香港，改名钱文琴，1963 年在香港去世。2012 年移灵昆明，安葬在滇池边金宝山墓园。

跨入 20 世纪的中国，上上下下改革呼声中，“资送学生出洋留学，系为培植师范，造就通才。方今急务，莫要于此”。曾外公钱用中 1904 年被云南省政府派往日本考察及留学时，已是一位四十岁的举人。这一年云南派出的留日学生有 144 位，据说他作为学监前往，已无法查证。留学生选择的条件为：心术端正、文理通明之士。回国后，庾恩旸说服了抱独身主义的苏澄，联袂向钱老先生的两位千金求婚；并开风气之先，在昆明举办新式婚礼，颇为轰动。

二十岁的庾恩旸进入日本陆军士官学校，和大多数留日的年轻人一样，受革命思潮感染，加入同盟会。回国后从讲武堂教官一路高升，历任云南军政厅厅长兼宪兵司令官、靖国第二军总司令官等职，1916 年授陆军中将。1911 年 10 月在云南回应武昌起义，参与云南重九起义。年轻英俊的将军在滇军中深孚众望。

1918 年初，年仅三十四岁的庾恩旸在贵州毕节被手下勤务兵刺死。死后孙中山为他题词“死为鬼雄”，葬于昆明金殿公园。依山而建的三层西式陵园，是我们小时候旅行常去之处，至今昆明不曾有过更为壮观的墓园。“文革”时，墓园遭红卫兵破坏。

暗杀作为政治倾轧、消灭对手的手段，那个时代屡见不鲜。庾恩旸被刺，引起的揣测都与政治有关，听舅舅说起过当时众人猜测的幕后凶手，皆属推断，并无证据。不料半个多世纪后，因为电视宫廷剧盛行的缘故吧，有人编故事，将庾被刺说成是情杀。二姨外婆成了主角，因姿色不凡，被唐继尧看中，做了他的情妇……编造故事者连她的名字都写错了。谣传不胫而走，内容越来越丰富，甚至贴上两张美艳妇人的照片，说成是庾恩旸的夫人钱 ××。瞎编乱造也被正式出版的云南野史采用。庾家一位后人写的家族史中，编了（或者抄来了）另一则故事。同样，作者连二姨外婆以及她女儿的名字都没弄清楚。

庾家为云南的大商家之一。庾恩旸的弟弟庾恩锡还短暂做过昆明市市长。1920 年代的中国，新思想和旧文化同时影响人们的举止行为。一方面，包办婚姻依然普遍，出嫁意味着终生归附男方家庭，丈夫死去的女人必须守寡；另一方面，寡妇也可以抛头露面，出席社交场合。在重视女子教育的父亲钱用中身边长大，二姨外婆喜好阅读。她结识了一位有共同兴趣、从江浙到昆明的富裕盐商，两人继而相好。听二舅讲过一个传奇故事：一天晚上，二姨外婆和这位缪先生分手后，坐人力车回家，小巷里突然冲出刺客对她当胸一枪。二姨外婆抱着缪先生送的一本精装书，正好挡住子弹。寡妇名节关乎家庭的名声，突发事件引起的联想、猜测令当事人惶惶不可终日，远走他乡看来是唯一的选择。

挣脱庾家媳妇的名分另嫁他人，在当时不是件容易的事。她几乎是出逃，从此和昆明家人断了联系，不通音讯，并改名钱文琴。直到 1940 年代末我大舅一家去到台湾，才和她联系上。同样流落异乡的侄子一家，成了她唯一的故乡亲人。在此之前的 1938 年，台湾一个五岁的小女孩跟随父母去她父亲上司家做客，对当天场景留下很深的印象。她长大后去美国留学，和我三舅结婚。无意中说起来，才知道小时候她见过的那位病恹恹的女主人，竟然是她丈夫的姨妈。这偶尔的机缘，证实 1930 年代二姨外婆已经再婚，身份是缪夫人。据说缪先生在上海另有家室，二姨外婆独自住在香港。

外公留下的诗稿中，有两首代外婆写给她远走香港的妹妹。妹妹寄衣服给姐姐，此生再也没有返回故乡，就连父亲钱用中先生去世，她也没能归来奔丧。

往岁归宁喜见君，十年远别一朝亲。
杯盘话旧怜分袖，还蜀匆匆又两春。
亲丧何故不归来，两地情怀益可哀。
思君时作还乡梦，会有东风送辇回。
骨肉情未忘，解衣相赠送。睹物因思人，还乡时作梦。
手足本无多，远离心所痛。今老更何求，归宁应有空。
何日君再来，月圆花好弄。秋扇各被捐，晚途谁与共。

当年自己性命堪忧，为了早日离开昆明，二姨外婆极力促成了女儿的婚姻。大女儿嫁了一位来昆明的北大学生，后来死于难产。小女儿经她做主，嫁给同是护国运动功臣的罗佩金将军的长子罗曙。二姨外婆得知小女儿亚华婚姻不幸，一辈子自责。二姨外婆病重时，见亚华一面乃唯一的心愿，她想方设法捎信给昆明的一位侄女，请后者帮忙。很巧，庾亚华正好在她家借住。不知何故，此人回话说，亚华表姐已经去世。失去最后一丝对人世的留念，二姨外婆很快走了。

庾亚华是我从小熟悉的二表娘。外公的书桌上有一张照片，是他 1940 年代到南京看望大舅和在金陵女大念书的二表娘时拍的。外公身后站立的俊男美女，皆可入画。二表娘后来转学复旦，据说是公认的校花。毕业后回云南，在省政府任职，升为科长。抗战期间，政府人员皆被授予军衔，她的职位等同少校，“文革”时作为“反动军官”被居民委员会“揪出来”，送去劳改。她的另一条罪名是“企图叛逃”。二表娘第一次结婚才十六岁，两次婚姻都以离婚收场。越往后，她对母亲思念越切，今生必须见到母亲的愿望几乎令她发疯。没有地址电话，只知道母亲在香港，二表娘不顾一切去罗湖闯关，被拘留押送回昆明。

劳改营离昆明不远，二舅每个月去看她，送点吃的和香烟。我随二舅去过一趟。她患子宫癌，劳改队认为癌症会传染，把她单独关在山上的一间小屋里。空荡荡的茅草房内，沿墙一排玻璃罐头瓶。她说每天早上担水回来，倒在这些瓶子里，可以用一天。“文革”后，她从劳改队释放出来，这位白发凌乱的老妇人身上，已看不出一丝当年艳压群芳的风采。她住在我八姨妈家楼下，苏家的房子里，这里一直是她的娘家，靠在美国的三舅每月汇款，她的生活才有了着落。我偶尔去看看她，找不到话说。她让我想起莫泊桑的《项链》，虽然她当年戴的珠宝首饰不是借来的……

1945—1985 年，四十年之间，多少家人彼此思念却无法相聚。二姨外婆和亚华表娘只是苦苦相思而不得相见的千千万万亲人中之一对母女。年年岁岁，日日夜夜，她们的啼哭未能哭倒高墙。

附：冥冥之中

1963年二姨外婆去世，大舅到香港办理后事，设灵于香港志莲净苑。1981年大舅在台湾去世，之后大概再没有人去拜祭过她。2012年春天，在美国的三舅突然有一个强烈的念头，要让姨妈的骨灰移葬家乡，托付住在台北的表弟俊中办理。志莲净苑1990年代大规模重建于新址，近半世纪前寄存的骨灰恐难寻觅，也无法找到当时的寺庙收据，不知道灵位设置是否逾期。一天，俊中表哥拿起二姨外婆遗照拂尘，看到贴在瓷像后面大舅写的一张字条，上面注明了灵位编号等信息，简直难以置信。

俊中立即联络志莲净苑，表示计划迁葬昆明。对方十分客气，但遗憾灵位资料已经找不到。俊中决定还是去一趟香港，亲自去寺庙的电脑里查找，最起码拍几张照片，算是对长者有所交代。而今已成为香港游客观光点的志莲净苑这天适逢法会，庙里一位法师协助他在电脑搜索，依然找不到二姨外婆的资料，他于是前往灵塔拍照。见到一位管理员坐在塔旁大树下休息，俊中对他说明来意，不料后者正巧负责资料管理，说有几个多年未曾打开过的资料柜，可以去看看。进到资料室，管理员从柜子里拿出几本封尘的记录簿。俊中从背包里拿出印有二姨外婆照片的瓷盘，递上姓名及当年的灵位编号，很快就找到对应的资料。此时一位法师接到管理员的报告，迅速来到灵塔，确认无误。二姨外婆的遗骨仿佛已经在这里等待着他。法师说，看来冥冥之中注定她要返回故乡。之后各种手续，包括到香港特区政府死亡登记处获取当年的火化证明，再到俊中和两位表妹将骨灰带回昆明下葬，都顺利到好似有人从中协助。

三舅在完成这桩遗愿后不久，也离开了人世。按他的嘱咐，葬回昆明，和外婆外公、二姨外婆、我的父母、二舅、八姨……永久安息在滇池边这块美丽的地方。

1998 年，我应邀到台湾观光，主人问我台北之外想到何处。我不假思索地回答说，去花莲。我对台湾所知甚少，随口说花莲是因为名字听起来好听。表妹慧中陪我前往，她说有位昆明来的远亲罗伯伯住在花莲，已经去世，不知道家人是否还在。罗伯伯的女儿其实是他到台湾后娶的太太带过来的。原来留的电话没变，罗伯伯的女儿到车站来接我们。这位年轻的妈妈看起来似曾相识，性格开朗，带我们去她家后，罗伯伯的妻子看到我们很高兴。家里最显著的位置供置着牌位，上书：先夫罗曙。我惊讶不已，这不就是亚华表娘的前夫吗？

罗曙与这位台湾本地人 1950 年代初就结婚了，他在台湾当局有个低级职务，一家人在花莲过着平凡的日子。直到他去世的五十年间，他从来没有对妻女提到自己在大陆的经历、显赫的家世。这位罗伯伯的台湾妻子只知道自己是第四任妻子。我对她们母女叙说罗佩金将军当年变卖家产、支持护国运动的故事。我告诉她们，他第一任妻子庾亚华是我的表娘，罗曙的姐姐是我的干妈。她们给了我一张罗曙孙女的照片，要我交给在昆明的亲戚。

满园的菊花谢了

四姑奶奶熊韵筠，1904—1960

二八佳龄的少女抱着一只公鸡，经历了她生命中最荒谬的一天。两边都是世家，宾客云集，体面的仪式从早到晚，被人搀扶着，跪、拜、参礼。花帕遮面，没有人看得到她的表情……君子之约不可毁，曾祖父最疼爱的女儿许过门去守寡，非他能左右，后来和男家商议，曾祖母变卖了首饰，送她去北京念书。

小学三年级，八岁，那是刚刚开始去观察大人世界的年纪。这一年发生过几件留下深深印象的事。那天，兴高采烈放学的时候，校门口站着一堆同学，默不作声。学校前，鹅卵石铺成的大街上，走过一队犯人，身穿土灰色粗布囚衣，扛着锄头、铁铲，在持枪军人押送下，面无表情地迈步。当中有人带着镣铐，和路面卵石撞得哐当作响。突然间，我呆住了，我的四姑奶奶也在队伍中！我本能地想呼唤她，却叫不出声来，好像在噩梦中，这一刻，她侧过头来看到我。

一年后，四姑奶奶被放出来，病得很重，自知将不久人世，说想见见我。母亲带我去到她的病床跟前，她拉着我的手道：那天在学校门口看到你，知道你心疼四姑奶奶，我关进去从来没有掉眼泪，当晚哭了一夜。她才五十多岁，头发几乎全白，苍老、浮肿。

若讲述 20 世纪上半叶中国妇女在大时代变幻中富戏剧性的故事，四姑奶奶熊韵筠的一生便是现成题材。尚未出世，她的终身已订，未来丈夫是曾祖父考功名时的同窗好友之子。指腹为婚当时是平常事，人生难得一知己，有幸结为金兰之好，友情能延及后世，岂不幸哉。而不幸的是男孩是个病根根，到双方成年时，他已奄奄一息。为了“冲喜”，订下婚期。好日子至，他却病得起不了身，双方长辈期待了十六年的婚礼如期举行。二八佳龄的少女抱着一只公鸡，经历了她生命中最荒谬的一天。两边都是世家，宾客云集，体面的仪式从早到晚，被人搀扶着，跪、拜、参礼。花帕遮面，没有人看得到她的表情。

冲喜没有效果，男的很快过世。君子之约不可毁，曾祖父最疼爱的女儿许过门去守寡，非他能左右，后来和男家商议，曾祖母变卖了首饰，送她去北京念书。曾祖父深信科教救国，曾倾毕生积蓄将两个儿子分别送到法国、德国去留学；家中用人之子，只要能考取高一级学校，一律供读。他“以天下为己任”的抱负，也许经血液或基因传给了子女。四姑奶奶后来考入北京女师大。来自边远小城的女学生，在学校激进又活跃，反对段祺瑞政府比求学要紧，闹到上了逮捕学生名单的地步。当时引导学生对抗反动政府的有各种思潮，包括三民主义和共产主义。命中注定吧，接触到她的是国民党。待到风声鹤唳时，这位女大学生化装成农妇逃离北京，投奔南京国民党中央党部。

同在中央党部做事，来自湖北黄冈县、清华大学毕业的青年翟凤阳，爱上了这个聪明、外向，个性和相貌都带着异域新鲜味道的云南女子，之后他成了我们的四姑老爹。他不久考取公费留学，进入斯坦福大学，其后再从伊利诺伊大学拿到博士学位，毕业后在领使馆任职。四姑奶奶考取中央官费留美后也进入斯坦福大学。之后夫走妇随，转学到伦敦大学，毕业后以“外交官夫人”为职。四姑奶奶在香港出世的长女叫香萍，美国生的次女取名“梅”，谐“美”音。儿子生在葡萄牙，昆明的亲戚都叫他“塔木士”，很久以后，我才明白其实是“Thomas”。（此刻想起另一位小表姑，人称“顾理士”，应是“Grace”吧？）大学时代就接受新式思想的四姑奶奶已非传统的贤妻良母，大女儿很小就送回昆明娘家，在使馆也参与公事，随时不忘她对“党国”的责任。

1937 年全面抗战爆发，四姑奶奶带着另外两个孩子回到昆明，当上国民党市党部书记长，再升任省党部监察委员。云南当时军阀当政，国民党地位模糊暧昧，大概为了扩大影响，决定在昆明办职业女子学校，四姑奶奶任第一任校长。这大概是她一生中最充实、惬意的日子。在外国领事馆孤岛般的生活，怎比得上在故乡大展拳脚、开创事业。何况周围有众多姐妹兄弟、叔伯姑嫂，亲情洋溢，麻将桌上充满讲不完的笑话、趣闻。

获得经济独立的第一代中国妇女，政治参与的热忱前无古人，在国民党国民大会代表的选举中，昆明职业女校的学生都成了她们校长的义务助选人，结果四姑奶奶以高票当选为国大代表。

我的外公、祖父退休后都成了全情投入的园丁，我对他们的回忆总是和别致、精心照料的花园连在一道。四姑奶奶则无暇园艺，花园雇工打理，她用乡下种菜的方式开辟庭院，除一畦鸡冠花，其余几乎都是依黄、白、红各自成排的菊花。

1940 年代，大家族已失去严格的长尊幼卑的传统秩序。四姑奶奶的长兄，我的祖父，不知是否为了保持尊严，从来都板起面孔，众人对他敬而远之。四姑奶奶正相反，虽居要职，却笑口常开，在众多亲友中自然成了排纷解忧的中心人物，甚孚众望。她很喜欢我的母亲，每见面，都不惜当面赞她，总想找出点什么礼物相送。我记得其中有一截进口的旗袍布料，好看极了。

那个三四岁的小女孩，不知道乐呵呵的四姑奶奶内心的伤痛。摆脱做守寡小媳妇的厄运，只身北上求学，再随丈夫远渡重洋，到儿女成行，回到故乡，事业有成，似乎一帆风顺。四姑老爹那时在英国公使馆任顾维钧的秘书，内战起，远在美国的丈夫一再催促四姑奶奶归去，又求又逼，信件、电报都打不动她的心。熊校长总是有各式各样的理由推迟行程，也许是舍不得她的事业、学生和同事，舍不得亲情洋溢的故乡。

四姑老爹在外交部任职多年，对国民党很失望，他曾参与筹建联合国，1946 年他脱离国民政府加入联合国，后升任安理会政务司司长，直到 1970 年代退休，此是后话。到 1949 年解放大军南下，谁都知道共产党来到云南是迟早的事。在昆明的国民党其实和共产党从未正面交锋，而且作为抗日后方的重要基地，本地国共两党成员常常同声同气，家族中的国民党员和共产党员都和平共处，只不过前者在明处，后者在暗处。在这政权更迭之际，国民党不断宣传共产党如何凶残，共产共妻，云南的贪官、大财阀急于逃离。共产党地下党员纷纷亮出身份，不少竟是熟知的亲友，不但非红眼睛、绿眉毛的共匪，个个皆正人君子，他们越来越令人相信共产党“统一战线，团结一切可以团结的力量”的英明政策。

四姑奶奶历来自信，认为自己办女学，宣导新民，符合共产党的主张，共产党来了也不至于和她过不去。在美国的四姑老爹一再警告她留下来后果不堪设想，并买好一家人的机票要她走，她仍有各种理由不走，例如有人欠她一笔钱未还。之所以迟迟不走，除了相信共产党的宣传，大概也因为不能忘怀丈夫的背叛。到后来她终被说服，好不容易买到机票，告别亲友，行李也收拾得差不多了。出发前一天的早晨，出去买菜的用人回来说：“太太，外面戒严了。”

对三个念小学到高中的儿女，走不成才高兴呢，正为舍不得朋友、同学而哭泣，为带不走自己收藏的“宝物”而伤心。每人只能收拾一箱随身物品，在美姑姑的箱子里，多年积攒的外国电影画报占了许多位置。那是 1949 年 12 月 9 日，云南军阀卢汉向共产党投降的日子，昆明和平解放。四姑奶奶当时任国民党省委监察委员，后因观念、立场问题与当局有所冲突，不幸入狱。

从此，大洋彼岸的美国，几乎成了阴阳相隔的另一个世界。四姑奶奶入狱后，房子也就随之被没收了。他们家住在昆明的新市区篆塘新村。这一带皆是一座座两层高、带花园的小洋楼，大多仿照法国人当年在昆明建的花园别墅格局。新式住宅区在 20 世纪三四十年代迅速扩大，将近占城区的四分之一，古朴的昆明城开始迈向现代。新政权建立起来后，政府干脆筑上围墙，将城中洋楼圈成两个住宅区，辟为省委大院、军区大院，都是老百姓不得入内的禁区。南下的军政干部，一下住进了欧陆式别墅，其中有忠心的丈夫接来原配，颇实际地在院子里种瓜菜，养鸡鸭，将那些菊花、海棠、玫瑰和旧社会一道铲除、埋葬了。

我最后一次随母亲去篆塘新村，见到从来对任何事都把握十足的四姑奶奶此刻正心烦意乱。塔叔叔向她要钱买鸽子，遭她一顿骂。整个家了无生气。花园里，尽是菊花的枯枝败叶。在我这个小女孩看来，这一切都是不听话的表叔惹的祸。

四姑奶奶出狱后病得很重，表叔那顽皮少年瞬间变孝子，伺奉床前。这时香姑姑已大学毕业，到了按那时观念不嫁就嫁不出去的年纪，于是又重复三十年前“冲喜”的痴愿。为了让喜事冲走病母的晦气，香姑姑匆匆嫁给一位向她求婚的同事，至少也可让母亲安心地闭上眼睛。

四姑奶奶 1960 年去世，没有来得及为大女儿错误的婚姻懊恼。这对夫妻之不匹配，连我们这些小孩子都看得清清楚楚。香姑姑小时候害过肺病，那时叫肺痨，听起来都怕人。离开美国的父母到外婆家的小女孩，本来就有重重心事，易受歧视的病令她格外敏感，到别人家吃饭，她会自带碗筷。她从少女时代便恋上一位远亲的表哥，一年年过去，痴心不移。这位表哥后来被打成右派，那是比任何传染病还可怕的个人标签，亲戚们只能为她叹息:“命苦啊！”婚后两人格格不入，刚生下女儿，她便决定离婚。

约 1925 年，四姑奶奶（左一），在北京女师大时期

约 1934 年，国民政府葡萄牙公使馆。前排左一为四姑奶奶，后立者翟凤阳；二排左二为顾维钧，前排右一为其夫人黄蕙兰

约 1934 年，归国留学生

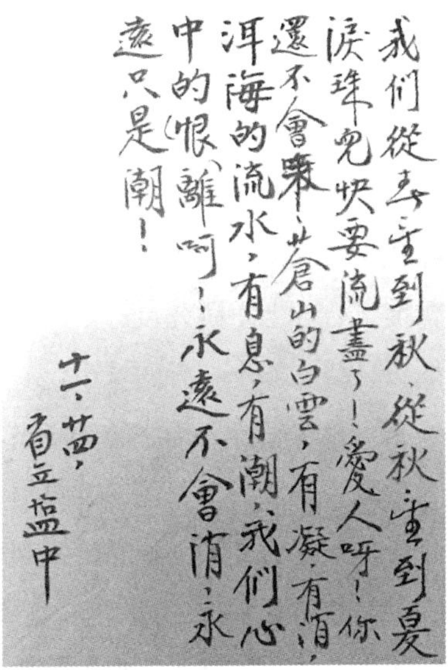
我們從春重到秋，從秋重到夏
淚珠兒快要流盡了！愛人呀！你
還不會來？蒼山的白雲，有凝，有消，
洱海的流水，有息，有潮，我們心
中的恨(離)啊！永遠不會消，永
遠只是潮！
十、廿四，
肖立蓝中

约 1942 年，四姑奶奶写在给丈夫的照片背面的附言，诗句抄自郭沫若《湘累》

约 1934 年，四姑奶奶（中）及其姐妹

那个时代，一旦婚姻变为你想摆脱的枷锁，一纸结婚证就是你的终生判决书，要解除它得经历苦斗和等待。长年累月的争吵、哀告，从分居到拿到离婚证，她已经步入中年。多年后我读到哈金的《等待》，立刻想到香姑姑。

香姑姑的单位在郊外，环境幽美、宁静，因为附近只有农村小学，她把女儿送到城里美姑姑家。女儿当时七八岁，香姑姑怎么也没有想到，这一送，便将独生女儿永远地送走了。香姑姑退休前没有评上正研究员，令她意难平。她的住房在大学校园中，绿茵环绕。四季如春的城市，衣食无忧的日子，有同学、亲戚可往来。她在平静、优悠的环境中却找不到内心的平和，决定要去香港取得香港身份，也许她只是不顾一切要离开这块伤心地。那个炎热潮湿的夏天，香姑姑来到她的出生地香港，我去看望她。在一间闷得几乎透不过气来、昏暗的小房间里，她一边扇扇子，一边说，“也不算热，也不算热”，然后吞下高血压药。我陪她上街，买了几件衣服，分手时，看着她汗流满面的样子，心里难受之极。如果她初恋的情人没有被打成右派，如果她不那样痴情，她此时会在昆明宽敞凉爽的家中，勤快地做她的家务，心甘情愿照料她深爱的人。她取得了正式的香港身份证，几十年来已习惯在昆明和香港之间往返奔波。习惯，本来就是活着的理由。我此刻在记忆中搜索对她的印象，想起她年轻时的一张照片，长发披肩，眉目清秀，笑得十分温柔。

四姑奶奶的聪明、达观开朗似乎都被美姑姑遗传去了。我没有遇见过比美姑姑笑得更爽朗的人。每想到她，就好像听到她那发自内心、无拘无束的大笑声。她跟随母亲回昆明时，小眼睛炯炯有神，只会讲英文，裙子下穿着紧身的毛线裤子，洋里洋气，甚至长着洋人般的高鼻子。几年前回外婆家的姐姐是“不可说错一句话，不可行错一步路”的乖女孩，而这位假洋小囡却不受老规矩的约束，大人也都以宽容、好奇来接受、欣赏她。1949 年云南解放时，她已上高中，房间墙上挂满石膏浮雕，那是我对少女时代美姑姑唯一的印象。家产被没收，母亲被捕，父亲背叛家庭，所有这一切变故没有夺走她脸上灿烂的笑容，未妨碍她融入那举国亢奋的 1950 年代。“我们走在大路上，意气风发斗志昂扬，毛主席领导着我们，披荆斩棘奔向前方，向前进，向前进，革命的气势不可阻挡。”比起为全民族的繁荣昌盛而奋斗的事业，为小家庭的物质生活而营役近乎可耻。这一代年轻人中绝大多数，都被这光荣而伟大的使命吸引过去，相信为了美好的明天，今天的一切痛苦和挫折都在所不惜。他们充满热忱地投入热火朝天的建设新中国的伟大创举中。

美姑姑考入了云南大学医学院，住进了学校。除了功课，她还迷上运动，被选拔进了云南省女子排球队。那时的运动代表队都是名副其实的代表，来自学校机关。她曾去重庆参加西南运动会，翻过云贵高原出省去比赛，令周围的人羡慕不已。我小时候，一直以为她是去到北京，那是“众神”所在之地，无比遥远。

美姑姑大学毕业后真的分配到了北京，而且是到了当时全国最好的医院——北京协和医院。从云南分到北京，殊不寻常。她父亲那时已是联合国的高级官员，大家猜想可能是和政府的统战政策有关。命运对她的眷顾不止一桩，她的男朋友也从昆明分到北京进修。幸福凝固在结婚照上，着白衫衣，脸上挂着阳光似的，抑制不住笑容的一对新婚夫妇，男的胸前“北京工学院”校徽的字样清清楚楚。我母亲收到这张照片，把它放在家中写字台玻璃下面。蜜月中，完全没有任何征兆，让他们预感到厄运来临。美姑姑丈夫的母亲秦淑贞是当时云南最好的中学之一、师大附中的校长。这位昆明出色的职业女性亦是省人民政府委员，又兼民主党派负责人。谁知由于运动扩大化，她一夜间被打成右派分子，因不堪凌辱，投河自尽。他自己一直是学校的积极分子，听党的话，又红又专。母亲自杀的消息传到学校后，领导要他写材料揭发母亲，这是他不可能接受的行为，于是也被划为右派，刚刚新婚四十天。之后，他被发配到云南大理剑州县中学。

美姑姑仍留在协和医院。放射科是最容易验证专业功夫的科室，她很快在同行中崭露头角，成为替中央领导看 X 光片子的医生之一。因为丈夫调回北京绝无可能，几年后，她做出痛苦的抉择，放弃事业，回到昆明，带着将丈夫调回昆明的期望。从此开始漫长的，敲开前门、后门的努力。

美姑姑在云南同样很快建立起业务上的声誉。领导总会病，医生就有了接触他们的机会，但无论找到多少个愿意接收的单位，原单位不放，她丈夫就永远走不了。这位下放来的教师在学校身兼数、理、化三科，自从他来了以后，学生的成绩大大提高，入大学的人数增加，学校当然不放人。1966 年，“文革”开始，斗“走资派”的高潮过去后，阶级斗争的气氛仍很浓，右派无论摘帽与否，都成了现成的斗争对象，所以几乎要办成的调动又吹了。学校停课了，别的老师可以回家，“五类分子”仍要留在学校。无需教学，他便练就了一手木匠活，打造了一件又一件家具。

约 1949 年，笑容灿烂的美姑姑

1957 年，前程似锦的一对

1968年，“文革”中，不止一家亲戚到美姑姑家来躲避武斗

那时众多知识分子不可以碰业务，也无书可读，纷纷拿起斧头、锯、刨，从事有益身体，也为家庭带来实惠的行当。1980年代初改革开放，这些社会底层的“五类分子”头上的紧箍咒总算被拿掉了，他调回昆明，后来成了城里一所重点中学的校长直到退休，总算一展才干。

我和美姑姑最接近的那些年，正是她只身带着女儿在昆明，为丈夫调动奔走的年头。为托医生替我母亲开药方，我常常去医院放射科找她。她在或不在，不必推门问人就可知，若在，必定听得到她的笑声。多年后，一个朋友告诉我，她少年时代的偶像是她母亲的一个同事，随时笑声朗朗，走路、说话皆与众不同，原来便是美姑姑。1970年代，这位女医生依然我行我素，说话不转弯抹角，技术精湛，令同行羡慕，又因助人为乐的热心肠赢得大家喜爱。每次我去，她总是详细问我母亲的近况，听到有什么不好的迹象，就自己来看表嫂，挨着母亲侧躺着，听她说病情、话家常。

美姑姑最大的爱好是读西方古典小说，职业的便利和她的人缘，令她成为小说流通中心。1960年代后期以来，政治读物和样板戏霸占了视听空间，被打入冷宫的小说成了人们透透气的视窗。她家不见书柜的影踪，每本书总是神秘地出现，《九三年》《约翰·克利斯朵夫》都是她借给我的。傅雷优美的文字，记录了罗曼·罗兰的人生感悟，我大段大段抄在小本子上，它们为我打开的窗户，从此未曾关上。

她家住在武成路426号，这一带布满典型的昆明小家户庭院，正房三间，坐南向北。十二扇雕花木门，白天背靠背直立推向两侧，厅房便和小院连成一气，院中高高矮矮的石礅上坐着大大小小灰瓦、绿瓦花盆。主角是两株山茶，一红一白，傲视群花。白山茶花瓣洁白厚实，锯齿边的叶片，在阳光下闪亮。院子左侧有带水井的另一小院，自来水管接进来后，水井被冷落了。住在下房的亲戚老夫妇，坚持说井水才甜，拒喝自来水。

这里曾是我们短暂的家。“文革”中，美姑姑一家离开昆明，正值我哥哥携家回昆明，家中不够住，于是全家搬到武成路426号。时局动荡，每人每月有一块豆腐吃的日子，一家人团聚了，笑声不断。两岁的小侄子最可爱，晚饭后他常说：“姑姑，走，我带你看大字报去。”我抱着他出去，大字报满街满巷，他用小胖指头指点着说：“看，这不是？这不是？”

耳房住的一家工人嫁女儿，请了两桌客，我们去偷看。主人举杯，带领宾客用普通话诵读毛主席语录：“我们的同志在困难的时候要看到成绩，看到光明。”再转回昆明话接着说：“饭菜简单，请大家包涵。”我跑回来比画着学给母亲看，笑得她咳嗽。石板铺的武成路，连这一带民居住宅，都在 1990 年代拆了。

我第一次看到英文中“人格魅力”（charisma）这个词就想到美姑姑，她能干而自信，吸引力来自坦诚、热心、风趣的个性。1980 年代后期，传说各单位要改革，民主推选领导。这一年她四十五岁，是城里数一数二的放射科医生，突然接到通知要她退休，说是为了可能受到的放射线伤害。让她提前十年退休，不难猜出背后的原因。

后来，她很快办妥了手续，取得美国公民权，第一站便是去看望早已退休、定居夏威夷的父亲。

分离四十年，美姑姑对父亲几乎没有任何印象。在一家人的生活中，他曾经是母亲痛苦的根源，后来又成为三姐弟在政治运动中的包袱。1980 年代中开始通音讯，远距离的父亲仍是陌生人。他的来信书法苍劲、文字典雅，不多谈他自己，不时发些人生感慨。我也看过其中几封。现在想起来，似乎很奇怪，家信为什么彼此传看？而那时，写得好的家信，仿佛为大众而作。记得他在信中写道：人活在当前，同时生活在希望中。

看到这位白发老人由妻子搀扶着走过来的瞬间，美姑姑突然感受到了父亲经历的困苦和内心所受的折磨。此刻，积压在她心底的对父亲的责怪顿时消弭。

美姑姑住在武成路三合小院时，每去几乎都会碰到其他客人，众人天南地北地聊天，交换听到的笑话。那时熊家十多户亲戚虽彼此已不大来往，却都会来看她，理由各式各样：开药、借小说、聊天。有几个二十来岁的表侄，似乎以受她差遣为荣，又像是专门来挨她骂。“你搞什么名堂？”对这几位仁弟的教训都由这一句开头。美姑姑讲话从不转弯抹角：“有男朋友了吗？”“将来谁要娶到你，就是有福之人了。”她到美国去后，维系这昔日大家族的唯一一根线也就随之断了。

豁达人生

大姨妈苏尔聪，1912—1994

临终时，她对儿女说，这一生十分满足。女儿道："如果你们当初没有去双柏，如果父亲没有被打成右派……"大姨妈回答："没有如果，只有现在。"

大姨妈苏尔聪比母亲大两岁，生于 1912 年。这两姐妹之后，弟弟妹妹滴滴嘟嘟出世，两年一个。她和我母亲两人这辈子在家中的位置定格为大姐、二姐，分担母亲的家务理所当然。母亲由此养成勤快、做事利索的习惯，而大姨妈永远优哉游哉。母亲和大姨妈从小同床睡，姐姐本分，妹妹机灵。两人定了规矩，后起床的负责整理被褥。早晨母亲醒来，躺着不动，看到姐姐醒来，立刻扭动身子左右转动，坐起来说，"我先起"。现在早晨不叠被子的年轻人，难以想象那时每天的床铺需要打理得像军营里那么整齐。

八个姐妹先后进入昆华女中，据说都是学霸，成绩占据头三名。大姨妈在姐妹中个子最高，样貌洋气，是女中的校花。青春少艾时留下的几张照片，明艳动人。外婆为昆华女子中学第一届初中毕业生，大姨妈则在女中第一届高中毕业。我的父母不算自由恋爱，却在婚前彼此悄悄看中。大姨妈就早生了那么两年，在父母之命、媒妁之言结束前的年代到了出嫁的年纪。外公当时在云南省教育厅任职，看中一位下属，来自云南墨江县殷实的地主家庭，天津南开大学毕业，外公尤其赏识他为人忠厚，将大女儿许配给他。

大姨妈也像外婆一样，生了十一个孩子，却只留下四个。她说生孩子很简单，就像将豆米从豆荚里挤出来。抗战内战，即便在大后方昆明，老百姓也度日艰难，养孩子就没那么简单。当时通货膨胀，即使家里有人在政府任职，拿到工资第二天也要尽快跑到米铺去换成大米，跑到商店买日用品。有一则关于大姨妈的故事说，用人来到麻将桌前说："太太，太太，家里没米了。""好，知道了，你先回家，等我打完这一圈来看。"母亲说："你大姨妈什么都不急，她觉得天垮下来反正有高个子顶着。"

1949 年新中国成立，旧政府解散。大姨父失业，一家人生活无着落。夫妻一道考入新政府设立的师资培训班，毕业后分配到滇西北的小县双柏，在中学教书。那时她三十七岁，和那个时代众多来自城市的知识分子一样，成为镶嵌在小县城里的一颗螺丝钉，终其一生固定在这个位置上。不断革命的年代，瞬息万变。大姨父出身地主家庭，先天就被打上"阶级烙印"。他教历史、语文、音乐，会拉手风琴，风头十足，讲话随意，反右运动开始不久就被"揪出来"，几年后去世，原因不明。我们从没听大姨妈讲他的事情，只记得她诙谐地说：“我填表写丈夫一栏，就六个字：右派，劳改，已死。”

右派的妻子在当时也没有资格上讲坛，大姨妈被派到教务处，负责刻蜡版。没有发明影印机的年代，刻蜡版即人工复印技术，手握刻写笔，一笔一画在蜡纸上刻字，然后上油墨压印成油印件。大姨妈刻蜡版的能力、漂亮的字迹全县闻名，她并不觉得上不了讲坛有什么委屈的，整天乐呵呵，谁都喜欢这位苏老师。她的儿女总结母亲的个性：知足常乐，助人为乐，自得其乐。

1959 年到 1961 年，在美国的三舅托他在香港的朋友给内地亲友寄罐头猪油。大姨妈家收到海外寄来的长方形的铁皮罐头盒子舍不得扔掉，洗干净放着。“文革”开始，小县城找不出什么里通外国的特务间谍，来抄家的红卫兵看到从没见过的、规矩四方的铁盒子，认定这就是通敌用的电台。他们将大姨妈捆绑带走，定性为双柏县的大案，认定大姨妈是“大特务”。据说多亏她人缘好，只是被罚跪。大姨妈后来讲起这段经历，笑着说她穿上宽松的裤子，里面用几层棉布包住膝盖，红卫兵看不出。她说每天被批斗之后很生气，于是“气管冲了食管”，越发想吃。她悄悄在瓦罐里打进两个鸡蛋，拿到开水房，冲开水将鸡蛋烫熟来吃。她一边讲述，一边哈哈大笑。

“文革”高潮过去，大姨妈被遣送到山区农场。1973 年，尼克松访华后，云南迎来了第一位回乡探亲的美籍华人——我的三舅。此时，大姨妈还在农场劳动，“特务”的罪名自然烟消云散，她成了政府的座上客，美籍友好人士的姐姐。苦难终结。大姨妈后来搬回昆明，四个儿女各自成家留在专县，她偶尔回去探望。

1929 年，大姨妈（中）、母亲（左）和四姨（右）

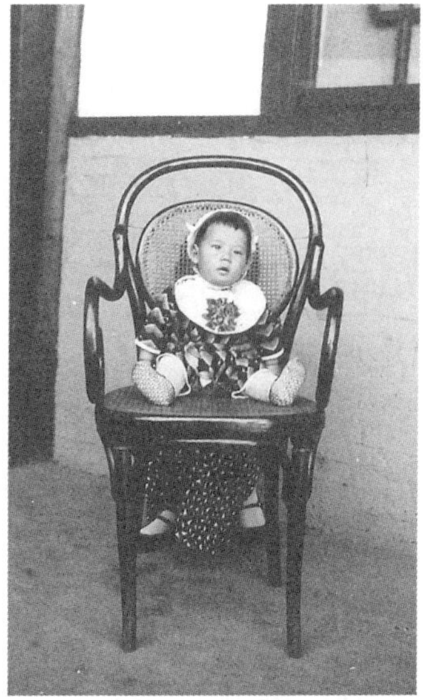

1937 年，调皮的大姨妈躲在儿子身后

1948 年，大姨妈（后排中）、母亲（后排左）和我们表兄妹

1984 年，大姨妈于双柏中学

临终时，她对儿女说，这一生十分满足。女儿道："如果你们当初没有去双柏，如果父亲没有被打成右派……"大姨妈回答："没有如果，只有现在。"

属羊的二姑姑

熊在岑，1919—1987

二姑姑的衣着，也配着同样的色调，米黄、淡黄、浅咖啡。每次到她家总见她在织毛衣，全是最细的绒线、最和谐的颜色……能用那么细的线织出平滑如绒的艺术品。指头挑针绕线，百分之百均匀，需要的不只是技术，还有那宁静如止水的心境。

昆明如安街昆安巷里的大宅，是省城这户日益没落的大家族最后的领地。不只是一个家族，而是一个时代在消亡。曾祖父走功名仕途的传统路，中进士，做清官，为民憔悴。他的大儿子——我的祖父，欲继承父业，却没有其父的风范与才干，不过，到1930年代还能威严地坐在大家长的座位上。挑战他那绝对权威的，竟是悄悄走进大宅院的国家政治。花园中粗大的梧桐树干上贴上了国民党的标语，三爷爷、大姑姑等一班人，认定要跟随孙中山、蒋介石，标语是冲着曾加入共产党的祖父来的。大姑姑后来公然跟一个祖父称为“上海小白脸”的国民党党员私奔了。亲戚们当然怀疑她到底是信奉国民党，还是爱上这名党员？祖父却政治挂帅，在报上登启事与大姑姑脱离父女关系。

来自花花世界的爱国青年，迷上高原小城的大家闺秀，显然还因为她姣好的面容、身段。大姑姑的同父异母妹妹——我的二姑姑，可就缺这先天的幸运。族中那一辈的女孩，几乎个个俊俏，各具姿采，二姑姑却矮小、干瘦、皮肤黑，眼睛还有点斜视。我从未想过，大家族中生而不如众姐妹漂亮的人，要多大的定力和自信才不至于心理不平衡、性格怪异。家人议论起她，从未品评她的长相，只说：“哎，属羊的女人命苦。”

有关二姑姑的故事，仅有一个是喜洋洋的。祖父去某地做县长，带上祖母及二姑姑同去，任满还乡，十岁上下的二小姐衣袋中，一串串铜板叮当作响。大宅中表哥弟姐妹，都对她巴结有加。她的大哥，即我的父亲，想出一个主意，要她请客。父亲计算过她的财富，吃一餐是太小意思，于是便别出心裁，约上七八个家中少年男女“去吃通昆明”，走遍小城中的几条大街，逢馆子就进去吃一通。她那鬼马的大哥说，别让人家以为我们欺凌弱小，这一路上大家须称她小姑姑，于是，一班人每吃完一餐后，便大声道：“饱了，饱了，小姑姑你去结账吧。”出得门来，众人大乐。

我记事起，二姑姑已出嫁了。瘦瘦黄黄、矮矮小小的二姑，嫁给了一位高大英俊的广东人。二姑爹乐观幽默，笑口常开，对我父亲这个从打猎到拨弄电器都在行的大哥哥，崇拜得五体投地。他们家在昆明最主要的街道正义路开了一家拍卖行，其实是寄售行。1950 年代，变卖家当是被改造的工商业主、从乡下来住在城里的地主，还有旧政府中大小官僚的主要生活来源。世世代代聚下来的收藏，乃至家具衣物，都闭上眼睛拿去换几个钱来应付急需。我约十岁那年，听说昆明大德药房的老板家售卖席梦思大床，一百六十元，于是和弟弟自作主张将家中唯一的自行车推去卖了，为卧病的妈妈换来一点点舒服。自行车在二姑爹的寄售行停放了没几天就卖掉了，售出价一百二十元。

二姑姑家就住在寄售行楼上。昆明的亲戚朋友家用的都是中式桌椅，而二姑姑家却有一套雅致的西式家具，搭配得非常顺眼，二姑姑的衣着，也配着同样的色调，米黄、淡黄、浅咖啡。每次到她家总见她在织毛衣，全是最细的绒线、最和谐的颜色。妈妈、二姑姑、八姨是我见到过的三位织毛衣高手，能用那么细的线织出平滑如绒的艺术品。指头挑针绕线，百分之百均匀，需要的不只是技术，还有那宁静如止水的心境。

结婚没几年，二姑姑的心已难以静下。先是收入成了问题，当大户人家、中户人家把多少值点钱的杂物卖光后，寄售行也就完成了历史使命。二姑姑曾上过师范，通过当时幼儿园教师招聘考试，进了幼儿园工作。二姑爹大学毕业，本来也可以去公家部门求职，不幸他曾经登记过加入国民党，无法通过政治审查。他觉得冤枉之至。当年他那位任职警务处的连襟，有任务要动员人加入国民党，自然先从亲戚朋友劝说起，二姑爹为人随和，烦不过他缠，也就登记了。想不到一落笔成千古恨，如今一家的生活担子要落到弱小的妻子身上。二姑爹由此落落寡欢，早年惹上的肺病复发，没几年便过世了。

他们的独子从小体弱，一丁点大开始便中药、西药不断。后来二姑姑听说西山一位和尚很灵，带他去取了个法名“醉海”，往后我们都叫他“醉海”，而想不起他的真名来了。恐怕还是灵验的，从此他虽然算不上体魄强健，但吓得二姑姑一夜夜不敢合眼的大病也就少犯了。小醉海长得更像父亲，有张引人爱怜的面孔，无论是笑是哭，脸上都会泛起不止一对酒窝，唤起大人的呵护。

二姑爹去世后，二姑姑干脆搬到她任教的昆明第二幼儿园，在翠湖边水晶宫大梅园巷，这一串动听的街巷名称有个不寻常的来历：幼儿园宅院曾是后来任中华人民共和国三军总司令的朱德大元帅在昆明时的住处。前后两院，绿色窗，红色“游春”（即外走廊），大红大绿，却配得安安静静。两院花木也许是朱德在云南讲武堂的年代就种下，最孤标一株紫薇，昆明人叫“抓痒花”。我一有机会就去抓抓它光滑的树皮，看花枝在阳光下摇荡。桂花季节，满院满屋，清香弥漫。幼儿园老师，尤其充当驻园教师的二姑姑，生活可没有多少诗意。大清早起来拿着肉票去菜场排队，一斤肉票可买两斤排骨，给孩子们熬肉汤喝。家长七点半送孩子来，下午六点半来接走，一百多个四岁到六岁男女童的吃、喝、拉都包在全园几位阿姨和老师身上。

到香港后，我听说香港幼稚园只接受自行如厕的孩子，不由想到二姑姑一辈子不知训练过多少小童学会处理消化系统末端的工作。令我无比惊讶的是，孩子们可以训练得定时去集体解决问题，小班的排排坐在靠墙的一个个便盆上，中班、大班依时去厕所。我们时常会记得小学、中学里对自己影响至深的良师，但大概都忘掉替自己擦过屁股的幼儿园老师、阿姨了。

幼儿园的老师没有“空堂”，二姑姑和大多数老师都一样，从幼儿园开门到关门，十来个小时里外张罗，教唱歌、讲故事、教认字。我曾去听她上课，大约有一半时间都是在设法制止小朋友讲话，设法吸引他们的注意，小朋友的名单贴在墙上，每个名字后面贴着数目不等的小星星，是对乖乖听话的孩子的表彰。

学生走了，老师下班回家了，二姑姑将前院后院巡视过，门窗关好，天也黑了。生活中的盼望很简单，等待星期天，可以多睡一会儿，少忙一天。没有星期天的年头也不少，“大跃进”的几年，星期天要“放卫星”，领导总可以想得出点新名堂来要员工加班加点。“文革”到处停课闹革命，幼儿园则停不了。二姑姑出身旧官僚，一旦有政治运动，就得写各种各样的“认识”、检查，没有运动的日子也有政治，出身不好“重在表现”。身在幼儿园，到处都是表现的机会，只要起早贪黑地干，一不怕苦、二不怕累、三不怕脏地做就行了。二姑姑经常因表现好被评为模范教师，几句好话，一张奖状，足以令她觉得辛苦有所回报了。她在同事中资历最深，也很受学生家长喜爱，由于家庭出身属旧官僚，还评她为先进，已算对她宽大。这所幼儿园后来成为城中名校，据说比入重点大学还难，那已经是二姑姑和这一辈开拓者离去后的事了，另一所同样出名的幼儿园，就设在二姑姑度过少女时代的熊家宽街大宅。好巧。

二姑姑爱看小说，对俄国作家情有独钟，许多时候我去找她是为了交换小说。她讲到幼儿园的许多趣事，我最记得的是关于她们园长的故事。这个园长出身好，是幼儿园唯一的党员，但没有上过多少学，经常语出惊人。她去参加卫生局召开的会议回来，召集全园老师开紧急会议传达说：“现在昆明流行阿尔巴尼亚痢疾。”大家虽明白那其实是阿米巴痢疾，却不敢笑。那年头动不动要去参加反美大游行，园长带头呼口号：“打倒美帝国主义！”“支持嫩巴黎人民的爱国行动！”她批评员工说：“看看别的幼儿园，散会后都走在一起，而我走出来就只一个人，你们都走开了，完全不靠拢组织。”

二姑姑微薄的工资，还要供养相继加入这个家庭的侄女和外甥女。与二姑姑模样和性格毫不相似的三姑姑1950年代初就自杀了。三姑姑从不正眼瞟我们这些小孩一眼；姑姑、姨姨中，仅有她平时擦脂抹粉，会在大庭广众中拿出小镜子来抹口红。我家的相册里有张她的得意照片，穿着海狐绒大衣，学好莱坞明星的发式，头上顶着高高的发卷，扮得雍容华贵。“文革”初期害怕被抄家，家家户户自行“扫四旧”，三姑姑那张不折不扣的资产阶级太太玉照，就第一时间从照片簿里抽出来烧掉了。三姑爹当警官，那无非是一种职业。人长得气派，肯吃苦，不笨，在那个行业中容易升官。新政权建立，他和几百万在原政府军政部门供职的官员一样，全成了“敌伪人员”，一下子都欠了人民的血债，要去坐牢。母亲不喜欢这位三姑爹和三姑姑，两人吸鸦片，男的说不定还贩过鸦片。三姑爹被抓进去，一下子全家生活没有了着落。三姑姑从来心高气傲，没和任何人商量，便借钱开了间卖米线的小馆子，地点选在离祖父乡下别墅不远的小镇上。从来衣来伸手、饭来张口的三小姐现在要涮锅、洗碗、端米线，主顾是她历来看不起的乡巴佬，如今轮到别人向这位县长家的千金小姐拿一点架子了。开张几个月，一直只亏不赚，终于在一个晚上，大概吸了一阵鸦片，云雾中完全忘了一对可爱的儿女，就吞下剩下的鸦片，再喝几口酒，一了百了。丈夫在牢中，她留下一子一女。男方亲戚接走男孩；女儿小平像个洋娃娃，皮肤白里透红，大大的眼睛会说话，她后来一直住在二姑姑家，管她叫妈。

“文革”中，二姑姑的弟弟、我的小叔叔也自杀了。记得小叔叔话不多，很会“哑闹”，不动声色地顽皮，他整天在后山树林里抓鸟捉蛇什么的。家里有不速之客，奶奶会差他去找菌子，他知道菌窝子，从不空手而归。那个夏天，一次批斗会后，他失踪了，后来放羊人看到他自挂在一棵树上。也许他只是去采菌子，想起并不明朗的明天、后天，于是把心一横，永远留在他心爱的树林里了。

小叔叔的太太是四川人，年轻漂亮，皮肤剔透如孩童，不久改嫁了，带走了儿子，把女儿小妹送给了二姑姑。过了些年，小妹她妈又来把小妹接走了。没有着落的孩子托给二姑姑抚养，到不需要二姑姑时来说一声，就接回去了，这一切好像都理所当然。现在不时从新闻中看到为争夺小孩而造成的家庭纷争，彼此拼个你死我活，我才想起二姑姑和她抚养过又离开她的孩子们。她心脏后来越来越差，记得她似笑似泣地念说：“心操得太多，伤得太多了。”谁又曾明白过她？

对二姑姑永远怀着感激和敬意的是她最小的弟弟。“老弟”从小过目不忘，被家人视为神童。饱读诗书的祖父对他的小儿子最寄厚望。家庭出身不好，家中又缺钱，于是他选择了不收费还供伙食的西北牧畜兽医学院，毕业后，分到甘肃祁连山山区任公社兽医，一去三十载。他说羡慕苏武，只需管一群羊，做乡村兽

1938年，看起来像昆明金殿公园（父亲摄）

从左到右：哥哥、伯威表哥、小叔叔、四姑姑、三姑姑、二姑姑。父亲很少让众人排排坐拍照，这一张显然刻意安排，从小到大。用糖果将三个小人哄得乖乖地就座，三姐妹也许被父亲的笑话逗乐了。我只知道三位姑姑的命运何其不同，第一次留意到她们的眼睛那么相似。二姑姑年轻丧夫，三姑姑在困顿中选择自杀，四姑姑做到省政府的副部长。此刻，在初春的阳光里，三姐妹无忧无虑。看二姑姑绒面鞋上的蝴蝶结，多么时髦。

医要背着药箱翻山越岭、走村串寨，替牧民、农户的牲口打预防针、治病。他曾在风雪中迷路，有过不止一次九死一生的经历。故事也有另一面。在山民眼里，兽医比医生还要紧，牲口死了，一家人便断了活路。老叔个子矮矮的，皮肤不知为何晒不黑，慈眉慈眼，在西北汉子中像是外星人。老百姓觉得这位心好医术高的“救命恩人”，仿佛上苍派来，对他极好。“文革”来了，革命队伍将这个数十年前的旧县长的儿子清理出来，下放到深山去放牧。这回他知道苏武的滋味了，睡窝棚，烧牛粪，几个月不见人踪。有一次，听到对面山上传来铃声，想是有牧民路过，飞跑下山，一路呼叫，结果还是没能看到人影。他从不知道，渴望见到人、和人说话，会似饥饿般难受。“文革”后期“促生产”，远近闻名的兽医才被调回县城。年复一年，像二姑姑一样，总是被评为模范，却也不受重用。

二姑姑每次来找爸爸，话题都是如何帮弟弟调回昆明，多年来只有二姑姑不断地写信给放逐西北的弟弟。直到1980年代中期，人才引进可以不必先调个人档案、转户口，昆明的亲戚终于帮他联络到接收的单位。但“拥有”他三十年的原单位仍不放他走，没有单位证明买不了火车票。二姑姑来找父亲商量，决定打

约1941年，二姑姑（左）和母亲（右），在车家壁祖父家（父亲摄）

个电报给他，“母病危，速归”。他接了电报立刻请假买火车票，四天三夜赶到家里，奶奶和二姑姑笑眯眯地迎接他，而他这一路不知淌了多少眼泪！

我 1988 年回云南参加澳大利亚的扶贫项目，还和他共事过呢。他讲着带甘肃口音的云南话，无疑是最高明的中方专家之一。前些年我去探望过他，他早退休了，在教小孙子做功课，心满意足。

二姑姑终于盼到儿子结婚、孙子出世。她死后，葬在西山五老峰，离母亲坟不远的地方。去上坟颇不易，须沿陡峭的山路攀爬一小时。那年清明，我们上罢妈妈的坟，如以往，也去二姑姑坟上烧香，见有人留下的纸钱、香炷，想一定是二姑姑的独子来过。下山时却遇见他们一家正往上走。那是谁来拜祭二姑姑呢？她卑微的一生中照顾过的人，谁还记着她呢？

旧脑筋、新思想

二舅苏尔敦，1922—2006

在云南最大的外贸公司居要职、在舞厅里展身手的二舅，随着他依附的事业退出时代的光影，成为了国家机关中一名默默无闻的会计……他在单位中是一个老实得不能再老实的人、负责得无法再负责的会计。在五彩的世界中他是一块黑白之间单纯的灰色。他没有和任何一个同事有过节，在公众生活中基本上不存在。

从 1990 年代中起，我每年返乡后回香港，二舅一定要来机场送我。他说苏家没人活到八十岁，下次我回来他多半不在了。他历来话少，在机场的椅子上默默地坐着，我并没有感染到他的愁绪，因为明年、后年……还会再见。2005 年，二舅跌伤入院，我不由惊恐地想到，如同许多老者一样，这可能是他们生命中的最后一跤，于是立即和女儿赶回昆明。枯瘦如柴的二舅，躺在医院病床上，像一盏灯油燃尽的油灯，显然已走到生命的尽头。

曾经时髦

二舅在苏家这个和睦、相亲相爱的大家庭出世，上有四个姐姐、一个哥哥。他体弱，特别受自己的母亲宠爱。上小学去远足，外婆不放心，雇一辆人力车坐着，陪他前往，在家中传为笑话。他在省立会计专科学校毕业，加入了那时做进出口贸易的商号永昌祥，虽不过一个会计，但他带来的新式簿记方式取代了老式账房的一套，让洋行和国际接轨。从此生意大大扩充，二舅成了公司的要员。他认真、一丝不苟的作风，诚挚的为人也赢得老板的信任，渐渐二舅和老板一家成为至交。穿着洋派、管理有方的二舅代表了未来，令白族商人另眼看待，公事、私事都要向这位年轻的会计师请教。老板的少爷相亲，必邀二舅同去，借重他的现代眼光。在 1940 年代的昆明，二舅成了一位时髦人物。

1930 年，二舅的学生照

对远走他乡的大舅、三舅，外公外婆心存无尽美好回忆和挂牵。现在回想外公的房间，只记得那有可伸缩盖罩的半圆形书桌，更清晰的印象是上面两位英俊舅舅的放大照片。三个儿子中，唯一留在身边的二舅在父母眼中毛病多多。甫一成年，他便撞上好莱坞电影空降到这座小城的文化与生活方式。外公对他一身洋装，夜晚流连电影院、舞厅，早上睡懒觉的习惯颇看不顺眼。有一晚他胃疼，翌日睡到日上三竿，醒来看见房门上父亲贴的“大字报”：“饮食免能慎，误伤病胃肠，恶劳好逸乐，积弱内成伤，努力勤修养，身心可自强，勉哉宜自爱，早起习为常。”夹在母亲的溺爱和父亲的威严之中，二舅一贯我行我素。

1940 年，二舅在昆明永昌祥

其实，外公很清楚，表面追求时髦的二舅实际上个性敦厚。三舅上中学时切除盲肠，术后感染，在医院躺了一个月。二舅每天到医院，日夜守候。他迟迟未婚，外公有诗，责中带赞：“关门闭户作箴规，直道于今误我儿，黯言词伤太戆直，古人心迹有谁知，学职业成当议婚，祖传家法及儿孙，此是人生三部曲，均须演奏出吾门。”

儿时记忆中的二舅

童年回忆中的外婆家，是一幅幅色彩鲜明的画面。多少甜蜜的儿时记忆，都和二舅有关。他讷于辞令，不会讲故事给我们听；衣着光鲜，不让小孩挨得过近。在我们心目中，二舅却分量不轻。他那身打扮，完全仿照1940年代好莱坞电影的男明星，一丝不苟的头发，烫得笔挺的西装，双色尖头皮鞋。二舅出门前，坐在卧室的小凳上，面前小箱子中装满各种刷子、鞋油、抹布，他仔细对待一道道工序，令黯然失色的皮鞋重放光彩。我依在门边，津津有味地看着二舅打扮，看他在穿衣镜前左顾右照，末了走过来捏捏我的鼻子。二舅觉得这些侄甥的鼻子都太平扁，那是和银幕上美丽的外国小孩最大的差别。

周末、假期外婆家孩子成群，我和哥哥、弟弟、表妹、表弟，还有来串门的小孩。晚上二舅不回来，我们就不肯上床睡觉，盼望他拎回来的点心：萨其马、回饼、重油鸡蛋糕。围在餐桌前吃二舅带回的“消夜”，是一天中最快乐的时分。1953年公私合营以前，在洋行任会计的二舅收入颇丰，惠及大家庭中的老老少少。大哥是外公外婆的宠儿，如果有人摘了外公心爱的花、打碎了外婆的碗，赖给大哥，风波立即化解。我是大家眼中的憨丫头，二舅总是不露声色地给我优待。最记得晚间孩子们吃罢二舅带回的美点，仍不甘心，想等着再参加大人的消夜。一天夜晚，在大家的吵闹声中，二舅悄悄问我：“老妹，你几岁？”“九岁。”“不要吵，九岁以下的通通去睡觉。”他带我去晓东街北京饭店冷饮部吃冷饮，冰激淋、红豆冰。第一回尝到这些美食，终身难忘。

外公去世前，逢星期日，嫁出去的女儿回来了，陪爸妈打麻将是这天主要的节目。花园是孩子们的天下，唏哩哗啦的麻将杂着笑声从厅房传来。麻将桌凝聚家庭成员，给大家庭带来和谐与欢乐。外婆家打的是“卫生麻将”，有复杂的方式计算“方数”，输赢的额度却微不足道。二舅摸过牌来，手指滑过牌面，一眼不看就随手抛出，或收下，令我们惊叹。妈妈说他一心想做大牌，很少赢，大家猜他乐意输牌赢得别人开心。

1948 年内战烽烟四起时，大人为通货膨胀而操心，为远方的炮火而惊惶。此时的外婆家则是世外桃源，大舅带着贤慧又美丽的日本太太从东北回来，生下可爱无双的女儿，粉红色的绒帽下，小表妹粉红色的小脸像太阳照亮了这个大家庭。人人脸上挂着笑容，眼睛里含着爱意。端午节，外婆带着五姨、六姨、七姨、八姨、日本大舅妈、母亲，围在一起包粽子。粽子熟了，粽叶和糯米飘出的清香将我们从花园中招唤回来。巧手的五姨妈会包一串比菱角大一点的小粽子，最先煮熟，安抚我们这些急不可待的馋鬼。

外婆一早就郑重其事地在门头上插上菖蒲和艾条。我们排着队让她在额上用雄黄汁涂个“王”字，以保来年平安。大舅一家在昆明住了一年后去了台湾。半个世纪后，大舅妈对我说，那是她一生中最快乐的一年。这位来自日本的贤淑女性学会了包粽子、蒸年糕，当然还有各种礼仪。

随遇而安

外公是20世纪初唐继尧政府为振兴云南派到日本的留学生，在早稻田大学攻读教育，参加了孙中山的同盟会，回国后作了几任县长，对政治失望之极，走上自古以来文人的老路，辞官归故里，赋诗种菊。外公对新中国成立十分雀跃，以为青年时代的革命理想终于实现，自告奋勇撰写新云南再建设计划书，提出民众教育、卫生、民众职业、救济等多项主张。但他很快感到幻灭，觉得自己此生应尽之力已尽、可为之事已为，服下一瓶安眠药，不再醒来。

外公去世时，也是旧社会色彩褪尽的时候，电影院播放苏联和国产的电影，舞厅也封掉了，二舅唯一的兴趣从此没有着落。外公在天之灵，看到二舅从此不再有什么娱乐，是否后悔当初约束他生命中充满欢乐的短暂岁月？在云南最大的外贸公司居要职、在舞厅里展身手的二舅，随着他依附的事业退出时代的光影，成为了国家机关中一名默默无闻的会计。外公去世，二舅一下子被推到家长的位置，照料母亲，关心嫁出的姐姐、在家的妹妹，从此成了他的责任。不久，载满数十年温馨记忆的大宅被征用，仅给了一点点补偿。昔日的欢言嬉笑自此难觅踪迹。大人谈话压低声音，皱着眉头。二舅作为一家之主，满城奔走，筹款找房子。

当初二舅在外贸商号里的工资、花红，除每月支取足够的费用，都存入了公司经营的银号变为股本。到1950年代这已经是一大笔款项，足够他下半生的生活。但此刻，他的所有财产化为乌有，这也许便是国家走向光明必经的阵痛吧。

对资本主义工商业改造，二舅均安然接受，未发过半句怨言。国家清理私有财产是为全国人民的利益；老板虽然在海外有资产，但他在国内的生意无以为继，不赔偿员工损失理所当然。1970 年代初二舅到台湾探亲，路经香港，去看望他原先老板的家人，他并无一丝念头去追讨自己的股份，对方却主动向这位昔日功臣提出，如果他留在香港，一切生活费用由公司负责。二舅并无离开昆明的打算，回来只轻描淡写地对我们说起。“二舅，你怎么不问问你的股份？”对这个问题，他只是笑笑。

家族中有人侵吞了别人的汇款，在二舅的眼里，则是十恶不赦的大罪，到晚年仍然念念不忘出面替“受害人”索回赔偿。而他个人半生积蓄，则因公私合营运动贡献给了国家。对此，二舅坦然接受。

尽忠职守

那个时代要求每个人做一颗“螺丝钉”，二舅完完全全合格。他在云南省物资局任会计，精通业务，认真负责，几十年毫无差错，是一位无可挑剔、不可取代的专业人士。他一年四季准时上班，从不告病假、事假，对单位而言简直是个宝，因而不计较他的“特殊”表现：在政治学习会上一言不发。

在政治挂帅的年代，对个人的事业与职业而言，业务表现没有政治表现那么重要。在政治学习会上，每个人都需要发言，这也是当时的惯例。而我们的二舅苏尔敦是唯一的例外，他只是微笑，一言不发，谁也拿他没办法。我听他说起来，只觉得不可思议。

二舅在单位上是异类，不与任何人有私交。他一年四季都在单位食堂吃饭，完全不沾辣椒。食堂的师傅都认识他，炒菜放辣椒之前留起他的一份，好心肠的还为他单独炒一碟。同事也都接受这位从来只微笑、不开口的苏尔敦。契诃夫写《套中人》，大概参照了与二舅类似的原型。

1950 年代中，外婆中风去世，一直是我们童年生活重心的“外婆家”也就不存在了。“文革”开始不久，我们家倒成了亲戚聚集之地。学校停课，我负责做饭，逢星期天，二舅和两位姨父必到，一起打桥牌，议论国事。我的政治启蒙课始于其时。后来其中一位姨父在单位上被批斗，为求宽大，坦白了和其他亲戚一道说的一些怪话，父亲和另一位姨父也就因他的“揭发”而被“揪出来”。奇怪的是，二舅却没事。他在单位中是一个老实得不能再老实的人、负责得无法再负责的会计。在五彩的世界中他是一块黑白之间单纯的灰色。他没有和任何一个同事有过节，在公众生活中基本上不存在。也许攻击这个与世无争的弱者，反而显得自己卑贱了，人家放过了他。

二舅对党和国家完全信服，自己则与政治完全不沾边。他不去要求政治上上进，却对时事兴趣甚浓，每天仔细研读《人民日报》。他对中央和省一级的人事变更了若指掌，可以准确地说出任何一省的历任领导，并跟踪他们的下落。1996 年，二舅去台湾探亲路过香港，他对观光游乐全无兴趣，一整天待在图书馆里看杂志，找到不少他的人事拼图中的缺块，开心不已。

虽然他在政治态度上和政府一致，但他依然在单位里、同事间绝口不提国事。无论在轰轰烈烈的政治运动中，还是在例行的政治学习讨论会上，他从不开口。在亲友中，平素寡言的二舅则是不知疲倦的国家大政方针捍卫者，谈话涉及政治议题，他往往是坚定的“正方”，从不服输。二舅赞同正统的政治观点，但懂得抵制政治文化中某些僵化的痼疾。

家事唯大

二舅在物资局的同事，看着这个古板、见人便礼貌地打招呼、敛敛地微笑却和所有人保持着距离的会计师，绝对想象不出他年轻时风流倜傥的样子。他平时拘谨、木讷，可是上了舞场却判若两人，舞姿娴熟，风度翩翩，于是“击中”了一位美人，一位从越南回来的华侨，我们第一个二舅妈。二舅初带她到外婆家，平静、古朴的生活因她而起了涟漪。她擅长做我们从未尝过的美食，例如萝卜糕、广东粽子。昆明国际照相馆橱窗里挂着她的大幅玉照。她和二舅带我去看电影，路人向这一对美男女投来的眼光也照亮了我小小的虚荣心。

当华尔兹舞曲不再响起，好莱坞电影退出社会主义的电影院，二舅失去了生活中最大的娱乐；二舅妈却站到了政府为统一战线而设立的小舞台上，在归国华侨联合会的小圈子保持着活跃的社交生活。照相馆橱窗里，她的特写头像换成手持蜡烛舞蹈的美姿。二舅不屑于欣赏民间舞蹈，也不去联欢会上捧妻子的场。

“那有什么好看的？”当两人的兴趣叠合地带消失，没有了共同的话题时，原来各自藏起来的价值冲突便出来作怪了，固执又敦厚的二舅与活泼而不甘寂寞的妻子分道扬镳。亲友们则视为理所当然。

对二舅而言，工作是为生计。十一个兄弟姐妹中，三人 1940 年代便离开了中国大陆，留在大陆的还有二舅的四个姐姐、三个妹妹。虽然大家均早已成家，父母也已离世，作为大家庭中唯一的男儿，对父母的孝道、对姐妹们的责任是他的人生使命，是他生活的主轴。

我的母亲是二舅最尊敬的姐姐，她因心脏病卧床的十八年中，无论风雨，二舅每周至少来探望她一次。记忆中每次母亲总要针对他的固执唠叨一番，二舅不还嘴，耐心地听着。二舅离婚后找对象的挑剔，让母亲头疼。第一次婚姻找到美女，却没有找到教训。他无法抛却根深蒂固“以貌取人”的直观。有的“候选人”亲友觉得不错，二舅不为所动，最终遇到了瘦瘦高高、颇有风度的我们第二个二舅妈。两次婚姻之间的十多年中，母亲时不时总要对单身的二舅提起这令人厌烦的话题，但他依然按时来探望姐姐。

后来母亲精力不济，二舅来到，母亲说不了几句话就累了。二舅坐在母亲床边的藤椅上，十指对撑，天黑了，也不开灯，就那样坐一两个小时，常常待母亲睡了才离去。“文革”中，只有景和弟弟在家，二舅每星期便不止来一次。这时父亲的工资被扣发，二舅将一半工资交给了母亲。1973 年 11 月 11 日，那是周末，二舅又来看母亲，我们在楼下吃饭，二舅上去后又很快下来说：

“老妹，快去看你妈怎么了。”其时，母亲已失去知觉，当晚便走了。

大舅一家住在台湾，与他们通信要经过美国的三舅中转，在那时还可能被怀疑通敌。大家都觉得也许再也见不到大舅一家了，只有二舅从不怀疑会有这一天。苏家唯一的“传人”是大舅的独子，二舅一直将值得收藏的外公的一卷诗稿及外婆的遗物好好保留，准备有朝一日交托给他。其中一件外公留下的狐皮大氅，每年要拿出来翻晒，以免发霉。果真，1970 年代初，二舅获准赴台探亲，海关检查人员打开这个大箱子，忍不住说，从来没有人到港台探亲带这么多东西的。二舅不知道台湾用不着狐皮大氅，幸而一位准备前往美国的亲戚收下了。那时没有影印机、扫描器，苏家老照片中的唯一珍藏他也交给了大舅，后来找不到了。

二舅一直将外公外婆的骨灰放在家中，要等待大舅、三舅从境外回来才行安葬。当时，众多姐妹都不知道哪年哪月才准许海外的华人回中国大陆，二舅则坚信会有这一天，果真被他等到了。1973年，中国在锁国二十多年后，首次准许海外的华人回来探亲，少小离家的三舅是第一个回昆明省亲的美籍华人。从此，安葬外公外婆的准备成为二舅的头等大事。1980 年代初，外公外婆过世三十多年后，在夏季的大雨中，二舅、三舅手捧着父母的骨灰，吃力地爬上了西山的五老爹峰。半世纪来对父母的思念，父母生时不得尽孝的悲痛，此刻化成了流不完的眼泪……

我在二姨外婆的故事中提到，她的女儿庾亚华“文革”中被作为“反动军官”送进劳改队。二舅视照料这位单身表姐为理所当然之事，每个月去劳改农场给她送东西。我跟他去过一次，记得下了车还走了好久才到场部，再得爬山去到她住的一间小屋。二舅中年以后走路不平衡，查不出原因。我背着玻璃瓶罐头，二舅拿着香烟。他走平路都摇摇晃晃，看他爬坡我老当心他跌跤。二表娘“文革”后才被放出来，之前数年之中，二舅每个月去一趟，一个人前往。我们这些小辈，也没有想到应当与他分担责任。

1940年代大舅从外省回来探亲（在边疆小城昆明人眼中，外省意味着先进），带来一副深红色背脊的“化学”（塑胶）麻将，附一盒七彩码子。我对外婆家的记忆总是和这副麻将连在一起。打麻将在1950年代中就不再时兴，在政治挂帅的年代，大人白天去上班，晚上参加政治学习，星期天不加班的日子，有做不完的家务，排不完的购物队，或者补一补从来睡不够的觉。“文革”一开始“破四旧”，麻将成为见不得人的游戏，八姨冒风险将外婆家宝贝的“化学”麻将藏了起来。

“文革”过去，又可以公开打麻将了，此时回到昆明的大姨妈以及二舅、六姨夫妇、八姨夫妇又能聚在一道打麻将。“文革”虽然过去了，但留下了许多后遗症，其中最具破坏性的莫过于人与人之间失去信任，甚至以恶意来揣度他人，哪怕是那些相处了一辈子、彼此非常了解的人。大约1980年代中，我惊讶地听到几位姨妈合起来准备和二舅打官司，认为二舅有侵吞祖产的企图。此事对二舅的打击可想而知。幸而到2000年后，兄妹之间又渐渐恢复来往，周末会聚在一起打打麻将。这副曾经见证大家庭欢乐时光的“化学”麻将已经老化，面板和背板脱开，八姨试图用胶水黏，却再也黏不牢了，就如兄妹之间曾经的亲密无间只能留在记忆中。

二舅病危时，怎么都不忍放手让他走的，是非他亲生的儿子。他母亲和二舅结婚时，他已成年，二舅对他并无养育之恩，他的独生女却视二舅为最亲的长辈。二舅不善于讨人欢心，谈吐无多，固执得要命，兴趣窄、知识偏，无非一个敦厚善良的好人，我们都不明白这一层深情因何而生。二舅去世前半年，他在电话中郑重地托我转告在台湾的一位远亲，向后者致歉，因为 1996 年二舅在台湾与这位远亲有约，十年后再去台湾聚谈。其实，这位远亲早已过世，两人十年中并未互传只言片语。十年期到，二舅为身体不支而爽约，甚为不安。

听说二舅病危，我带上女儿立立立刻飞回昆明。他安详地躺在医院病床上，我不停口地给他讲立立的各种趣事，二舅消瘦的脸上泛起笑容。他问我最近有没有接到三舅的信，我突然想到可以让他们用电脑通话。第二天带去手提电脑，接通了在美国的三舅。不记得他们说了些什么，我坐在一侧，意识到下次两人只能在天国相会。想起 1979 年去桂林看三姨，离别时，她和三姨父站在大门口看着我离去，彼此心中都明白再见不到了。那时心中平静，之后每回想起这些难忘的瞬间，意难平……

二舅从意气风发的高级职员，转变为云南省物资局微不足道的一名会计，“事业”随着他成为一颗“螺丝钉”而结束了。他坦然接受命运，用自己朴素的观念接受社会与政治的变迁，对家族的责任则追随他一生。直到退休、去世，二舅从来都衣着整齐、品位十足，这是他恪守的许多“旧观念”之一。追溯完二舅的一生，我才想到平凡得不能更平凡的二舅，其实是在时代的风风雨雨中，努力地实践着这个古老民族以家庭为重的理念。

远行未敢忘家国

三舅苏尔敬，1923—2012

三舅回昆明要办的一件要紧事，是将当初云南父老资助他赴美留学的费用还给政府。他到云南省外事办去交涉，对方说无法接受。后来他将这笔钱购买了一批英文书籍，赠送给昆明工学院。之后，三舅几次自费回国讲学，以此偿还他心中的“债务”。

1937年日本全面侵华，双方军力悬殊。中国军队的武器、装备、训练都不能与侵略军同日而语，加之当时中央政府尚未拥有调配地方力量的绝对权威。全国民众斗志高昂，但战事不利，中国军队节节败退，一座座城池失守。1941年乃抗战最艰难的时期，民族陷于深重灾难之中，处于大后方的昆明不能幸免，日本飞机几乎每天闯入高原的万里晴空投弹轰炸，市民惶恐度日。

就在这一年8月，为云南的未来筹谋，省政府和西南联大合力开展了一次空前高规格的人才选拔与培训。全省二十岁以下的高中毕业生都有资格报名，入选后到昆明接受两年培训，派往美国留学。云南省经济委员会主任缪云台先生出任留美学生委员会主席，西南联大负责学生遴选和日后两年的教学。清华大学校长梅贻琦任考试委员会主任，教务长潘光旦任副主任，云大校长熊庆来担任监试委员。命题及改卷的教授名单显赫，包括闻一多、杨振宁的父亲杨武之等人，梅贻琦、潘光旦、缪云台则直接担任英语会话的考官。

提出这一主张的缪云台先生本人曾为云南省有史以来派出的第一批留美学生，1894 年在昆明出生，1907 年考入为政府选拔留学人才的公立外国语学校——云南方言学堂。很有趣，那时国人将英语、日语都视为方言。二十一岁的缪云台和其他五名年轻人去到美国，1919 年学成归来，开始他的传奇人生。时机与才干令他成为启动云南经济、金融现代化的推手。1934 年，他向政府建议成立云南省经济委员会，统筹资源调配，制定发展规划，协调公营及私营经济，成绩斐然。1941 年，战火正炽，财政困难，这位远见卓识之士则提出对未来投资的方案，遣派公费留学生赴美。

当时教育部规定，公派出国留学生大学毕业后必须工作两年以上，缪公则认为云南教育落后，大学毕业生寡，且贫寒人家子弟进不了大学，决定选送高中毕业生。各市、县青年在地方初选合格者，汇集昆明参加笔试及面试。1942 年 5 月 11 日、12 日的笔试，曾三次被空袭警报打断。8 月 8 日，省政府主席龙云亲自主持面试，从笔试合格者六十人中，选出四十五人。其中考第二名的一位十九岁的昆明人，是我的三舅苏尔敬。四十年前考取云南公费留日的外公写道：“父子出洋前后行，远游日美有同情，五经魁首争先占，第二名同第一名。前年冬雪始招生，去岁秋霜试完成。待到今秋方受训，不知明夏可成行。”

1943 年元旦开学，由西南联大的名教授担任各科导师，朱自清、游国恩教国文，杨石先、邱宗岳教化学，李纪桐教生物，潘光旦教民族学……总之，教师队伍无疑是中国学术名人录。看到这份名单，不难理解为何三舅后来对美国大学的一些教授颇为失望。

这四十五个年轻人实在令人羡慕。上课之外，西南联大为他们安排讲座，两年中举办的五十三次名家大讲堂大概是迄今为止最高水准的讲座，梅贻琦讲“科学发展与中国文化”，蒋梦麟讲“中国文化对西洋文化应取之态度”，贺麟讲“美国人民精神与哲学”，罗常培讲“近百年来中国民族自救及演进”，杨振声讲“中国诗与中国画的关系及特点”，戴文赛演讲“西方音乐”，王德荣讲“航空工程之趋势及发展”，陈岱孙讲“经济统治与政治”。预备班的诸多导师均留学归来，特意设计了有助克服文化差异的节目，组织暑期夏令营，举办体育、音乐、骑射、辩论等活动。

地处昆明的中国学术重镇西南联大，为留美预备班提供了前所未见的教育资源；基础知识与独立思考能力并重的联大教育宗旨，得以贯穿在培训班的课程设计和教学之中。如此的预科培训，在中国教育史上也是昙花一现。

抗日烽火遍地，哀鸿遍野、民情沸腾的岁月，校园不可能平静。令人敬仰的教授们对侵略者的义愤、对民族的关怀，都深深感染着这群学生。这些被命运眷顾的年轻人，同样被“十万青年十万兵”的口号激励，上不了战场，却背负着为国为家的使命。两年多以来，勤奋苦学的最大动力是抗日救亡，它也成为伴随三舅一生的情结。

1945 年，三十九位同学考试合格，从留美预备班毕业，三舅考第一名。这回不输给当年报考公费留日成绩第一名的外公了，在家中传为美谈。外公诗云：“考场屡试列前名，有志人终成此行。修养身心期记所，报称家国待登程。乘风破浪海天阔，利用资生学术明。莫入宝山空往返，光阴虚度误生平。”

那个年代，出国留学不过是暂别亲友数载，如外公所言，入宝山取经。即便自费留学，也几乎没人想过由此转变身份，移居他国。三舅 1948 年从伊利诺伊州立大学化学系毕业，获得铜牌奖，是首位在该校获毕业奖的华人。1949 年 6 月，当年云南留美预备班的同学大多数都返回祖国，三舅刚刚考入麻省理工学院硕士班，决定先留在美国，完成学业后再回到他日夜思念的亲人身边。无路费回国探望父母、和兄弟姐妹团聚，唯有盼望几年后取得学位返回故乡。这一蹉跎便二十四年。

1950 年 10 月，志愿军跨过鸭绿江，抗美援朝在全国展开，美帝国主义成为中国的头号敌人。私人写往敌国的书信，得受审查、受限制，三舅与家人的联络一度中断。两年后收到他报平安的信件和照片时，外公已经去世，外婆一遍又一遍地看。从此，对昆明的家人而言，三舅远在天边。

三舅 1950 年从麻省理工硕士班毕业，进入佛罗里达州立大学博士班，同时在实验室工作。据说因为他对导师的种族主义忍无可忍，愤而放弃学业，离开学校，先后到芝加哥、匹兹堡、纽

1946 年，昆明留美预备班部分学生，右一为三舅

约等地工作，1967年开始在底特律福特公司做汽车废气污染及控制研究，直到退休。

我的三位舅舅都一表人才，不明白为何最为英俊的三舅直到1961年三十八岁时才等到他的意中人。没有白白等待，舅妈徐曼菁是一位来自台湾的儿科医生，温文尔雅。那些年三舅正在接济大陆的众位亲戚，三舅妈能够接受并赏识他，可见其善良与大度。

1948年，留美三年后，三舅判若两人

十六年前在留美预备班毕业礼上致辞的缪云台先生为新人主持婚礼。费心尽力为云南培养人才、促成这三十九名云南青年赴美留学的缪云台先生没有料到，他自己在1950年也携家人寓居美国，和当年留美预备班的学术负责人、清华大学校长梅贻琦在纽约住同一公寓。战乱时期为国育才的往事，可堪回首？

1959年起，饥荒在农村蔓延，城市居民尚有粮食供应维持生存，但肉类和食用油稀缺。高中二年级时，我因为营养不良得了水肿病。不记得什么时候开始，我们定时收到三舅托他在香港的朋友寄来的包裹——猪油和奶油。三舅在中国内地的哥哥、姐妹及他的舅舅家，一共九个家庭，一连几年受惠于这“救命”的包裹。三舅年终给亲属汇款，一直没有间断。他自己在美国仅仅是一名收入不高的工程师。

1972年尼克松访华，中美关系松动。年底，中国政府首次允许在美华人回国探亲，第一位回昆明的美籍华人便是三舅，携三舅妈和七岁的女儿霭中同行。少小离家老大回，朝思暮想的双亲已故去多年。众姐妹得到特许，从各地赶回昆明。三舅的昆明话讲得比所有人都地道，住在“两个世界”的亲人久别重逢，并无隔膜，我觉得三舅就是我从来知道的那个三舅。三舅妈文质彬彬，总是面带笑容，轻言细语；上小学二年级的霭中，在众人喧闹声中，捧读英文小说《鲁滨逊漂流记》。在昆明人不加掩饰的热情和高声谈笑的氛围下，母女俩乃一道可爱的异国风景。

这是苏家几十年来最盛大的节日，欢聚一堂之外，“海外关系”对所有人不再是政治上的污点，是何等值得庆幸之事。曾因三舅寄来的罐头被当成是发报机而背上间谍嫌疑的大姨妈，罪名一下子洗刷干净，从劳动农场归来参加团聚。好似时光倒流，令人感受到塘子巷大家庭亲切欢愉的气氛。没人提起二十八年来的惨痛往事，就当没有发生过。

亲戚轮流请三舅到家中吃饭，家家集中了当月肉票、豆腐票……各位姨妈制作拿手菜，回忆当初外公喜欢的菜式。大家有点失望，因为他们吃得实在太少，每道菜浅尝辄止。看得出夫妇二人尽量不扫兴，努力咽下不习惯的食物。时间和空间造成的文化差距，毕竟无法消失。和外公一样，三舅不喝酒，他是基督教循道公会的教徒，连茶也不喝。

那时十一位兄弟姐妹都健在，在美国的七姨妈一家缺席，在台湾的大舅一家不能够前来——中国大陆尚未对海峡对岸的同胞开放。三舅回来时，我母亲已经卧病在床十八年，当年 11 月母亲去世，姐弟终于能够见一面，感谢上苍。1945 年三舅离开昆明后，全家大团圆只能在梦中。

三舅作为云南省首位归国省亲嘉宾，受到官方隆重接待。政府做了安排，访问工厂、医院、农村，每到之处都会给人留下好印象。我陪同他去到近郊一个村庄，村委会地上铺满绿油油、散发清香的松针，这让他回忆起小时候每逢过年家里堂屋铺上松针的情景，颇为感动。主人道，我们这里很方便，松树就在村边山上，每天去摘来铺在地上。

1973 年，八个样板戏是国人唯一可观看的文艺节目，政府招待三舅看《智取威虎山》。我坐在小表妹旁边，佩服她那么礼貌地看这表演，只在锣鼓声太大声时捂住耳朵。台上杨子荣解开大氅扣子，一手扯住衣襟，迈开马步，摆出威武的姿态，两个眼珠咕噜咕噜转动。表妹轻声问爸爸："他急着要去厕所吗？"幸好她只会讲英语。这两个情节是陪同三舅在昆明参加公家安排的节目时给我留下的最深印象。

三舅回昆明要办的一件要紧事，是将当初云南父老资助他赴美留学的费用还给政府。他到云南省外事办去交涉，对方说无法接受。后来他将这笔钱购买了一批英文书籍，赠送给昆明工学院。之后，三舅几次自费回国讲学，以此偿还他心中的"债务"。

外公外婆分别在 1951 年、1956 年去世。尽管谁也不知道在台湾的大舅和在美国的三舅何时能够回来，甚至不能肯定是否会有这一天，二舅还是坚持一定要等两人回乡，才将骨灰下葬。1981 年大舅在台湾去世，1985 年三舅回来将外公外婆的骨灰安葬。坟地在昆明西山，从公路边上去要爬半小时陡坡。这天雨下个不停，山路泥泞，三舅慢慢往上爬，双手捧着骨灰盒，不肯让人接手。四十年前以为是暂别，归来却已阴阳相隔。

三舅毕生拒绝购买日本货，但并没有仇恨日本的情绪。我的大舅妈是日本人，三舅十分尊重这位大嫂。1950 年代初大舅一家在台湾，生计艰难，三舅汇款帮忙支付表弟妹的学费。当时他在美国虽然收入有限，但美金兑台币汇率高，无异雪中送炭。三舅多次去日本汽车公司访问，非常佩服员工的素质。他不仇视今天的日本，“不忘抗战”则是他不曾忘却的使命。

三舅到福特任职后，加入了当地华人成立的“密歇根二战在亚洲中国历史协会”（Michigan Chinese Historical Society of WWII in Asia）。这个组织从属于全球华人二战历史研究联盟。三舅是协会的骨干，退休后协会的工作几乎成为他的全职工作，还有一位志同道合的至亲——我的七姨父、住匹兹堡的退休工程师张文显。我看到他们某年筹款的报告，详细列出了捐款人的名字和数额。他们两人的名字在最后一列，只注明捐款一万美元以上。1992 年我去看望三舅时，他说目标是在美国建一座抗战纪念馆，需要筹集两亿美金。听起来无法实现，但对三舅而言，是方向，也是信仰。

青少年时代从外公那里获得的身教言教成为三舅一生不变的信条，留美预备班两年多，他有幸接受中国最优秀学者的教诲。到美国后成为基督教循道公会虔诚的信徒，其实很自然。教会的

约 1978 年，三舅于我母亲坟前

1997 年，三舅和我，于香港雅典居

教义和他自小接受的长辈、良师的教诲别无两样：仁爱、喜乐、和平、忍耐、恩慈、良善、信实、温柔和节制。这些美德众人皆知，用一生去实践者，我见过的只有三舅一人。

1992 年我去密歇根大学访问，三舅开车来接我去他家。他们在安娜堡买了房子不久，三舅刚退休，三舅妈仍是忙碌的儿童医院院长。当年她生下女儿后，辞掉工作做全职主妇，七年后重新考取执业医师执照，她的付出与天分均令人折服。他们家真可谓一尘不染，花园看来是舅妈的天地，她用碎石铺小路、围花坛，在菜园里种了茄子、番茄。家中所有的摆设、壁上挂的画，都可以用两个字形容：思乡。一幅徐悲鸿的骏马图，是大姨妈寄来的旧年挂历。三舅带我去他们住了三十年的老房子。那时卖房的复杂手续统统办完了，这是最后一次去巡视。进得门来，头顶上一架那么熟悉的紫藤，令我找回塘子巷外婆家的感觉。三舅说他试了几次，终于栽活了一棵紫藤。房子空了许久，地上堆满紫藤落叶，三舅拿来两把扫把，我们一下一下地扫，不说一句话，扫干净了地上的枯叶，却扫不去千思万绪……

两位主妇

六姨苏尔慧，1931—2006；七姨苏尔娴，生于 1933 年

六姨活到七十五岁，走得很突然……去世后，家人发现她在枕头下压了一本病历簿，原来她在一年多前被诊断出肠癌……她留下遗嘱，将她的存款全部留给残疾女儿。

十五岁那年的一天从课堂上被唤回家，来不及收拾行李，没有和朋友、姐姐们告别就被送上飞机，从此离开温暖的家，见不到父母。七姨一生大概未能从这个令她惊恐失措、噩梦般的经历中回过神来。

母亲姐妹八人，分别于 1912—1935 年出生，赶上女子可以接受教育、走出家门进入社会的时代。六姨和七姨大学毕业后，作为家庭主妇终其一生。六姨在昆明，七姨在芝加哥。

六姨苏尔慧

外公为母亲八姐妹各人取了绰号：大老实，二校长（母亲爱笑），三耶稣（三姨是虔诚的基督徒），四摩登（昆明的时髦女郎，曾经在银行家缪云台手下工作，后来自己办企业“新民火柴厂”），五家常（周末团聚，都是她做饭），六瞌睡，七胆小，八苗子（犟脾气）。母亲八姐妹中，唯有六姨身材较为富态，属于心宽体胖的一类，也许与她性喜睡觉互为因果。

外公1905年进入日本早稻田大学物理化学系，毕业后回到云南，当了几年公务员，做了几任县长，挥一挥衣袖，回家种花打理庭院。他的思想过于新潮，认为传统节气都有迷信色彩，只看重一个节日——每年二月廿二日的花节。我们这群孩子在外公带领下，用红纸自制小灯笼，或剪成小剪刀的形状，挂在一株株花、一棵棵树上。六姨1950年代初考入云南大学农学系。选择学农，想来是外公的影响。

香港大学第一任文学院院长、著名学者许地山的女儿许燕吉在自传里写到她小时候很喜欢小动物，长大后自自然然选择大学兽医系。六姨的同龄人那个时代挑选专业，几乎不去考虑将来这个行业能否赚钱、工作地点和环境如何，更不会苦苦计算自己的分数能够进入哪间大学、哪个专业。进入农学系的天真学生，大都以苏联植物学家米丘林为榜样，带着兴趣和憧憬，跨入绑定一辈子的职业，与面朝黄土背朝天的农民同属于最不受待见的行业。

农学系大学毕业生绝大多数都被分派到“专州县”（昆明人

1953 年，六姨结婚照

1948 年，六姨（左）和五姨（右）

对市区外各地的统称），担任农业技术员，米丘林离他们遥不可及。六姨被分到当时离昆明两天路程的楚雄县，她的先生在昆明工作，是一位电力工程师。儿子两岁时女儿出世，不久得了脑膜炎，治疗不及时脑部受损，半边身体活动不自如，且智障。六姨上班之余没可能独自带这两个小孩，回到昆明、全家住在一起是唯一选择。从1950年代到1970年代末的国人，学校毕业后被分派到某个单位，就属于这个单位。除了工资，户籍和非它无法活下去的每月粮食定量供应，也都由单位安排。例如离婚，都要单位批准，不是件容易的事。要想离开单位、调动工作，尤其从基层调到昆明，几乎不可能。多番尝试不成功，六姨只好自动离职，带着两个孩子回到昆明。

自动离职代价太大了。直到1970年代，我认识的人中，六姨之外仅有一人不顾一切地走了这一步。回到昆明的六姨，她的大学毕业资格从此不被承认，没有办法再被聘用，在大学毕业生尚稀缺的年代，她即便去小学或幼儿园教书都不可能。当时社会上几乎没有私营机构的存在，离开公家单位者意味着离开了社会固有的运行轨道。其后六姨又生了一儿一女，她这辈子的身份就是“家庭妇女”。“文革”后，孩子大了，她去居民委员会做会计，才有了一点点收入。

六姨父1940年代末在清华大学电机系毕业，对历史、政治兴趣甚浓，且博闻强记。一部《东周列国志》信口拈来，听得我们只有佩服的份儿。“文革”中常听他用古人言语套当今政治，大开眼界。每去六姨家，都能感受到他们夫妇之间的距离，六姨父高谈阔论，六姨没法插嘴。客人来，六姨在厨房忙碌，众人开吃许久她才上桌。六姨偶尔出声，丈夫即便不驳斥，也掩饰不住不屑的眼光。

六姨活到七十五岁，走得很突然，之前几年除了听她说肚子痛，并无大病。去世后，家人发现她在枕头下压了一本病历簿，原来她在一年多前被诊断出肠癌。她留下遗嘱，将她的存款全部留给残疾女儿。遗嘱没有提到为什么她得病不说、不治疗，原因不难猜到。没有单位，没有医保，如果治病，她的存款全部花光也许还不够。像许多残疾儿童的母亲一样，六姨认为孩子的缺陷是自己的过错。她关切无法自立的女儿，胜过自己的苟活。

六姨去世后，六姨父痛不欲生，两年后也走了。他博学多才，此生留下的文字，主要是“文革”时写的交代，但已经化为灰烬。此外，就是悼念亡妻的篇章。据八姨说，看到的人无不掉泪。我没有看过，希望六姨在天之灵能感到一丝安慰。

七姨苏尔娴

外公给自己八个女儿取名：聪、端、庄、箴、昭、慧、娴、淑，这显然是他心目中女子品行的标准。看七姨的照片，端庄娴淑就像写在脸上。她长我九岁，我母亲每个周末带着我回到娘家，众姐妹争着过来抱这个胖乎乎的小外甥女。后来我常听母亲说，我偏爱七姨：“我要七姨这么抱，我要七姨那么抱。”这个“后来”，是我懂事以后，七姨早已离家。

七姨 1933 年出生。她五岁时，昆明人的日子被日本轰炸机打乱了，空袭警报声像催命鬼的呼叫，外公家花园里挖了防空洞。1941年12月20日，是值得昆明人纪念的日子。日机来犯，刚在昆明扎营的美国志愿航空队迎击，结束了昆明人惶恐度日的三个年头。战争尚在进行，生计依然艰辛，而对十几岁的少女，家庭、学校、朋友，几乎是整个世界。外婆家就像歌里唱的那样："我的家庭真可爱，清洁、美丽又安康；兄弟姐妹多和睦，父亲母亲都健康。虽然没有大厅堂，冬天温暖夏天凉；虽然没有好花园，月季玫瑰常飘香。家啊，家啊，可爱的家……"只不过花园还不小，四季如春则因为在昆明。

好莱坞电影比飞虎队提前来到昆明，捕获了多少少女的心。七姨保持每部电影必看的纪录，收藏电影票是她的一大嗜好。她看电影必须是在大光明戏院，楼厅第一排。为此需要积攒零用钱，还得第一时间去买票，这与由此带来的许多满足和快乐相比，都不算什么。和苏家所有姐妹一样，七姨在昆华女子中学念书，也一样品学兼优。1948年，她十五岁，念初中，每天和小她两岁的八姨结伴去学校。

大舅曾经是杜聿明部队的军需处处长，这一年辞去军职，带着日本籍妻子和一岁的女儿回昆明省亲。内战还在继续，时局动荡，那是大人操心的事。对小一辈而言，难得的大团聚每天都是节日。就在一个平平常常的日子，七姨的命运改变了。这天她在学校上课，六姨来到教室，叫她赶快回家，她以为家里出了什么事，十分惊惶。原来大舅买到那时非常难得的飞机票，一家三口第二天就飞去香港，外公原打算让十七岁的六姨同去，帮年轻且中文尚不流利的舅妈照料婴孩，之后决定还是让精明能干、最得

1948年，就读昆华女子中学时的七姨

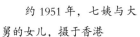

约1951年，七姨与大舅的女儿，摄于香港

外公宠爱的七姨陪同。此一别，悠悠数十载。待 1980 年代七姨第一次、大概也是最后一次从美国回昆明时，哥哥姐姐都垂垂老矣，双亲和她挚爱的二姐早已离世。

大舅一家先去到香港。昨天还在昆明被大家庭中的亲人、学校的同学围绕，今天来到一个言语不通、气候食物都不习惯、和昆明好像是两个世界的地方。虽然有挚爱的哥嫂在侧，但环境和处境剧变对生性胆小的七姨还是造成了难以承受的冲击。之后他们定居台湾，去到“蒋匪帮”统治下的领地，和投敌差不多，双方通讯不易，回乡绝无可能，离家人从此成为偶尔得到的照片上的人物。我记得听说七姨成天哭，不知道这是不是小孩子的想象。几年后，美国的三舅将她接去。七姨考进了一间女子博雅学院，甚少给家里写信的她写了一封长信给外婆，附来她在校长家过圣诞节的照片，说校长就是她的母亲云云。大家有些困惑，以为那是她的比喻。

家人对七姨的事几乎都是从三舅的信中获知的。她后来嫁给了一位从中国台湾移民美国的化学工程师，此人是台湾大学会考的状元，在美国得到两个博士学位。他们一直住在芝加哥，有两个儿子。1973 年中美关系解冻，允许美籍华人回国探亲。三舅全家回乡，成为一件轰动昆明的事件。此时，众人才获知七姨生活的一些细节。他们家是芝加哥华人聚会的场所，七姨主持大型宴会，亲自下厨，一身华服，皆自己设计、自行裁缝。

此时，“文革”高潮过去了，每个家庭的悲剧却还没有结束，生活的困顿比起自由缺失、前景堪忧不算什么。姐妹中，唯有七姨得以远走高飞，避免了劫难，过上了正常的幸福生活。六姨笑着说，如果不是外公一念之差，自己就是那个幸运的美国主妇。七姨依然不给家人写信，没有人知道为什么，也不去多想。直到1997年，近半世纪前离开昆明的大舅妈和当初还在襁褓中的慧中表妹准备回国探亲。她们一再劝说，七姨才勉强同意同行。众姐妹见到阔别数十载的“小七妹”喜极而泣，七姨则沉默少言，没什么笑容，大家以为她是因未能见到双亲而悲恸。一日席间，有人提起她及时离家何等幸运，七姨突然间失声痛哭，说父母抛弃她，令她成为孤儿。大舅妈不知所措，连声对她道歉。其他人再三劝解，她丝毫不能释怀。

大致在1998年，匹兹堡大学图书馆的一位台湾女士来香港中文大学，我问她是否认识七姨，她说，凡是在匹兹堡的华人，都知道这位能干的非凡女性。她家的园子是当地最著名的私人花园，都是她亲手打理……之后我应邀访问匹兹堡大学图书馆，终于得以去看望七姨，见到她的大花园，她的裁缝工作间。此时她已经七十五岁，消瘦但精神，爬树灵活得像猴子。匹兹堡冬天很冷，她得将许多不耐寒的花木移到室内暖房。美丽的大花园就像一个永远需要悉心侍候的主人。

七姨两个儿子名校毕业，在美国西岸工作，平时忙得没时间打电话回家，每年圣诞回家团聚。七姨父退休不久，全副身心投入在美华侨“不忘抗战”的民间组织“密歇根二战在亚洲中国历史协会”。入夜，七姨端出她自制的小点心，和我坐下聊家常。话才开头，她便双泪涟涟，诉说小时候被爹妈遗弃……我说完全不是这样啊，我母亲和所有的姨妈都羡慕她能够避开种种变故，还向她诉说了许多亲友的不幸遭遇。无论我怎么说，她都不能接受对自己命运另外的诠释。她最好的女朋友做了加拿大国会议员，而她的一生毫无用处，只是相夫教子而已。我坐在那里任她哭泣，希望她的眼泪能带走些压在心坎上的悲哀。

我想，七姨与家人的隔膜、误会理应归咎于被冷战隔断的两个世界。1950 年代以来，美国是“敌国”，互访被禁止，通信也得十分小心，否则便成为里通外国的罪状。给大洋彼岸的亲人写信，只能互道平安，而更多的人害怕惹麻烦，干脆断绝来往。中国的学校 1920 年代就开始英文教学，1950 年代起统统停止，改为俄文教学。我上高中时，俄文老师替班上每个同学找了一位苏联小朋友做笔友，相互通信。但是，我的母亲则不能随便写信给她住在美国的弟弟妹妹。

十五岁那年的一天从课堂上被唤回家，来不及收拾行李，没有和朋友、姐姐们告别就被送上飞机，从此离开温暖的家，见不到父母。七姨一生大概未能从这个令她惊恐失措、噩梦般的经历中回过神来。几十年间，父母对她的牵挂，姐妹对她的思念，都没法用纸笔写下寄给她，也不曾化作梦境抚慰她深受伤害的心灵。

最小偏怜女

八姨苏尔淑，1935—2010

八姨和母亲一样好客，也都擅长缝纫和烹饪。那时每周只有星期天休息，这天八姨得打扫屋子，洗一家大小的衣服，并准备饭菜招待客人。他们家从市中心文庙街搬到较为边远的巡津新村后，一天我去她家，八姨说，原来每个星期天都有人来，搬到这里后人都不来了，说着说着便流下了眼泪。

1935年，四十五岁的外婆生下她的第十一个孩子——八姨。同一年，二十一岁的母亲生下我的大哥。那年代母女同年生育不是什么稀罕事，有三个哥哥、七个姐姐，还有一个同龄的外甥会是什么样的处境却难以想象。八姨和大哥比我大八岁，她更像我的姐姐。小时候，母亲教我唱《天鹅》歌剧插曲，“我们还有一个妹妹，她比我们都聪明。她有小凳，金子做成；她有图画，值千金。”这就是我对八姨的想象。外婆家在昆明城乡交接处塘子巷，记忆中花园好大好大，门口紫藤花架四季长青，开花时节，葡萄一样淡紫色的一串串花垂下。沿墙脚跟一排美人蕉，昆明人叫“凤尾花”，看到它就想起猜花调：“娘娘跟着皇帝走，你说是朵什么花？”花园有三进，当中一进是外公精心护理的兰花，不同品种的海棠，后面的大花园则是我们五六个表兄弟姐妹的乐园。八姨是乐园掌门人，领导着几乎所有的游戏。她带领我们自制木瓜凉粉，将木瓜籽包在手巾里，在水里搓呀揉呀，水会变得黏乎乎的，经过（对我而言）漫长的等待，凝固成啫喱状。八姨给我们每人派发“纸币”，捏在手里排队等待。她取一大勺木瓜冻放在小碗里，用小调羹打碎，“呱呱呱”的声音会引出我的口水。

腌制咸菜是每个家庭生活的必需，外婆和母亲做“冬菜”“茄子鲊”看起来其乐无穷，却有严格的清洁标准，不让小孩的手去碰。八姨带我们做咸菜，用卷心菜的叶子包些能吃的菜，包括炒鸡蛋，用草捆成小包，挂在树上。大概只有在干燥凉爽的昆明，这些“咸菜包”第二天取下来才能美味可口。八姨有一套精致的铜制迷你炊具，一个小铜锣锅爱死人。

约 1940 年，八姨和我哥同岁，摄于外公家涤园。

一次我们在花园里生火做饭，几乎酿成火灾。外公一怒之下，将八姨的宝贝玩具扔到井里。八姨一边哭一边试图打捞的情景，形成了我幼时对痛苦的概念。

1948 年，八姨就读于昆华女子中学

1949 年居民委员会的成立给普通市民带来了额外的任务。居委会要求街坊互助防小偷，让大家轮流值夜。那年我七岁，和八姨一道参与居民轮流守夜。半夜起来，穿上不合身的哪位姨妈的外套，拿着棍子、手电筒，在空无一人的街道上“巡逻”。当晚星光灿烂，使命在身，激发出某种神圣感。此刻想起来，让两名女孩儿半夜三更执棍出街防盗，实在可笑。外公外婆当然知道其实没什么贼盗，而居民委员会派下任务，又必须服从。

小学二三年级时，女生一下课就急不可待地去操场玩跳格子，昆明人称之为“跳海牌”。用粉笔在地上画出约两米长、一米宽的“大海”，当中一条直线、四条横线，分为左右各五格，一共十个格子。“海牌”是约四分之一巴掌大的瓦片，周围磨光。将之扔到第一格后，游戏者单脚跳进去，用站立的脚将海牌踢到第二格、第三格……到第五格，双脚落地，踢到第六格，再回复单脚跳，一格格将海牌踢出“海”外。踩到线条，或者海牌出界，就出局，轮到对手上场，对手可能是一个或许多。第一轮顺利完成，升一级，将海牌扔到第二格，然后第三格，直到第十格。赢了！

这一年，八姨送了我一块海牌，我苦苦练习，终成跳格子的高手。我为这块小瓦片取名“神在”，对准哪一格扔出去，它就乖乖地落到哪一格。更高级别是背对格子朝后扔，我居然也能扔中。一天，大概因为物理学所称的疲劳效应，身经百战的“神在”扔出去，碎成两块，我为此失落了好些天。八姨送过我好些礼物，只有这块名曰“神在”的小瓦片永远难忘。

八姨聪慧美丽，两眼乌亮，待人接物细心周到，学校里年年考第一名，几乎是个无可挑剔的少女。父母和哥哥、姐姐、姐夫叫那一声“小八”，包含了由衷的爱意。她和我哥哥景辉是大家庭里众人的宠儿，我们小孩眼中的楷模。八姨没有金子做成的小凳，但她的书包、她那绘着白雪公主与七个小矮人的铁笔盒，都令我羡慕。她和大哥下棋、谈小说、聊电影，还不时想出各种“鬼点子”，八岁的差别将我远远甩到一边。他俩夜里起来，偷偷撬开大舅寄回昆明的水果罐头分食，不忘留一点给我。那是外婆的珍藏，和大舅寄回家的外省美食常年排列在饭厅的柜子里，舍不得吃。柜子从不上锁，外婆也不会去盘点，他们给我吃偷来之食，并没关照我别告诉大人，但我却有了保有秘密的兴奋。

1952年，塘子巷的宅院被昆明铁路局征用。此时外公已去世，一家之主二舅拿着那有限的赔偿金东奔西跑，另外购置了一个小小的两层楼房。家族的历史从此翻过一页，在花园里奔跑嬉闹，享受外婆和众位姨妈、舅舅关爱的童年，从此变成幸福的回忆，像梦一样留在我心里。

一年以后，八姨从昆华女子初中毕业，照例全班第一名。她一心想学纺织，大概和她织毛衣超凡的技巧有关系，那当然得上省外才有的纺织学院，要等高中毕业再考虑。当时国家为了尽快培养发展工业急缺的人才，办了许多中等专业技术学校，不收学费，有伙食补助，家庭困难者还可以申请助学金。中专只录取成绩佳的学生，能够进入中专，就好像今天考进重点大学。填写升学志愿时，八姨并没有填中专，却被云南省工业学校录取了。在一个天翻地覆后尘埃未落定的时代，个人被革命洪流推着走，没什么选择的余地，十六岁的八姨进入了省工校的工程建筑专业。

三年后八姨从工校毕业，照样考全班第一，被分配到一个省级单位。计划经济难以灵光，此时中专毕业生太多，工作岗位不够。政府作出另外的计划，将这些分到单位的毕业生先“存起来”，送去边疆农场干活。个人是一颗“螺丝钉”，那时的口号是：党指向哪里，就奔向哪里。

八姨被分配到滇南陇川县国营农场。

工校的学生一律住校，八姨初中毕业后，我见到她的机会不多了。八个姐妹中，八姨和母亲最相似，都心灵手巧，心细如毫，做事认真。八姨在工校的作业本被学校收藏，作为新生入学必须参观的展品。她和母亲都是宽以待人、严以待己的榜样，彼此感情也最深。外婆1956年去世后，长女如母，两人更加亲近。1955年起，母亲病卧不起，八姨每次来，都躺在母亲身边讲啊讲，讲个不停。有时候太晚，就留下和我同床睡。有一次晚间睡下，她给我讲述刚看完的一部苏联电影，几乎每句台词都能记住，我听完感到已经看过这部影片了。

八姨在农场种甘蔗，1958—1959年困难时期，在农场虽然辛苦，却能吃饱饭。八姨有机会就托人给我们捎来那时稀缺的红糖。1960年她终于回到昆明，在单位里上班。次年，她与一位原来的同班同学结婚。那时国家仍然在困难时期，没有足够的粮食，更没有肉类供应，无法请客。他们请宾客去家附近的“新建设电影院”看了一场电影，内容很革命。之后，大家到新房吃喜糖、嗑瓜子祝贺。人们带来的贺礼一样革命——新鲜出版的《毛泽东选集》第三卷，这也算是那个时代独有的烙印吧。

1958年，八姨于云南陇川农场

八姨的女儿、儿子相继出世，父母样貌的优点都集中在孩子身上，女孩好看得令陌生人驻足。八姨带她来我家，孩子躺在我母亲身边熟睡，看起来像个小天使。母亲就这么目不转睛地看着她，嘴上挂着微笑，直到她醒来。两个小人几年后进了幼儿园，每次来我们家，都会站到母亲大床对面的小床上，表演刚学会的舞蹈，那是母亲生病后少有的欢乐时光。八姨得上班，参加政治学习，照顾不过来两个小孩，将女儿送到楚雄县奶奶家。这是当时大部分年轻母亲没有选择的选择，只有经历者才能明白心中的挂牵和苦悲。

1966年“文革”开始不久，八姨父成了有两千多人的建筑公司的造反派头头。叱咤风云的日子没有多久便到了头，他被关押两年多。八姨受到牵连，被剥夺工程师资格，到省交通厅食堂卖饭菜票。1968年底到1971年，我们这些大学毕业生被送往部队农场。我离家两年多的时间里，父亲被关“牛棚”，大弟弟在边疆，家里只有母亲和小弟弟两人。八姨每周到我家来，代替我做一件重要的事：替我母亲洗澡。她住城西，我家住城东，八姨得骑自行车穿过整个昆明。

在食堂工作，不卖饭菜票的时候，她在厨房帮忙。一次我去找她，看到她在洗菜。那一大堆连根带泥的菜，这位工程师洗起来，就像她做任何事情一样地专注。她和在厨房干活的人有说有笑，看来大家都喜欢她。有时，食堂发了什么好吃的，八姨都会特意来一趟送到我家。她心安理得地接受不公平的待遇，有位老同学则看不下去。到1974年，在这位同学的帮忙下，八姨才调回厅里建筑科任职。

大兴土木的时代来到，八姨忙碌不堪。父亲当时是昆明市政建设公司的总工程师，八姨不时带上工程图纸到家里来请教我父亲。父亲说她的制图水准超过他手下众多工程师，而且她本是甲方工程人员，仅负责监工，而她却连乙方的事也一并操劳。八姨和母亲一样，心脏有病；也和母亲一样不顾及自己的健康，一味照料别人，尽忠职守。为此，她们自己和家人后来都付出了沉重代价。

八姨和母亲一样好客，也都擅长缝纫和烹饪。那时每周只有星期天休息，这天八姨得打扫屋子，洗一家大小的衣服，并准备饭菜招待客人。他们家从市中心文庙街搬到较为边远的巡津新村后，一天我去她家，八姨说，原来每个星期天都有人来，搬到这里后人都不来了，说着说着便流下了眼泪。八姨在交通厅有名气还因为她的才艺。她作为厅里选手参加市里桥牌比赛，还得了名次出省参赛。桥牌、象棋、麻将，她都是高手，直到她病逝之前，都没有停止这些活动。她也参加单位为退休人士组织的唱歌、跳舞活动。这许多爱好，给她劳碌、多烦忧的生活带来了不少愉悦。

1973 年母亲去世，八姨唯一能够倾诉的亲人离开了。1979 年我移居香港时，八姨的健康已经很成问题。我天真地想，将来我有条件，每个月寄钱给八姨，她就不用那么辛苦地去上班了。1982 年我刚刚在香港立足，邀请八姨和父亲一道来香港住了一个月，那是我们一道度过的最后的快乐时光。她的健康一年不如一年，和八姨父之间长期处于冷战状态。家庭悲剧始于 1980 年代中，表弟出了事，成为当时昆明社会问题的牺牲品。聪明健美的大学毕业生、游泳选手，顶不住诱惑，走上无法回头的歧路。

在家中排行第十一的小女儿，美丽、温顺而上进，受外公外婆和众位哥哥姐姐的宠爱，然而她自小有任性的一面。昆明话称倔强为“苗”，我父亲给她取的绰号叫“八苗子”。表弟的事，亲戚都知道，但无人能令她开口谈及。我曾经从香港写信告诉她有朋友可以尝试帮忙，她依然不回一个字。八姨去世后，我才听说她为儿子请了三幅观音像，贴在厨房里别人看不到的地方，每天祷告。她最亲爱的二姐姐去世之后，看来只有观音能令她敞

1970 年，八姨（右）和母亲

1971 年，亲戚合影（父亲摄）

后排右一为八姨，她左侧为美姑姑，右下方为香姑姑，前排右一是二姑姑，左一是我。当天是母亲生日，端午节。

开心扉。

1967年，“文革”第一波高潮过去后，班可上可不上。父亲、八姨父、二舅和另一位至亲在一道打桥牌，议论国事。那位亲戚后来被造反派斗，交代了他们反对“四人帮”的言论。我父亲和八姨父随即被关进“牛棚”，两年多后才被放回昆明。“文革”冲垮的亲友之间的信任尚未恢复，“一切向钱看”的经济大潮又袭来，人际关系受到更大的破坏。对八姨这等从小在和睦大家庭、父母和哥哥姐姐呵护下长大的人来说，信任是心理平衡的安全阀。不知道这是否可以解释为何八姨后来将她的内心收藏到一个无人可以触及的地方。

我每年夏天必定回昆明探亲，除了父亲和哥哥弟弟，八姨是最亲近的亲人。每次坐在回昆明的飞机上我都激动不已，想着见到父亲、八姨会说些什么。想起小时候随妈妈坐人力车回外婆家，她总是自言自语道：“小八……”看着坐在身边的女儿，我不由得想到此情此景。真有趣，现在轮到我了。1987年夏天回到昆明，我突然发现几位姨妈和舅舅之间亲密无间的关系，被与金钱有关的猜疑破坏了，猜疑甚至延伸到我这里。彼此半辈子建立起来的信任就这么消失了，令人心痛又难以相信。大家虽还维持着表面的礼尚往来，但陪伴我成长的大家庭可亲可爱的气氛再也找不到了。我每年仍然去探望八姨，送上心意，见面的渴望变成对她感恩及告慰母亲在天之灵的意愿。

如此一男儿

干爹黄湛，1916—2004

“我从来埋怨命运不公，四分之一世纪的生命白白抛撒在这茫茫的荒原上，这一晚的场景令我想到我在这里做的事情，当囚犯也好，做工程师也好，对当地老百姓多少有些用处。也许，我的年华并没有虚度。”——黄湛

对家最早的记忆在昆明宽巷。弟弟尚在襁褓之中，应当是1945年，我两岁时。四合院侧边住着两位表姨，小表姨门帘花布上画着小鸡，我叫她小鸡娘，大表姨自然就是大鸡娘了。每天下午小贩来巷里叫卖烧饼和一种叫“锅盔”的甜饼，那是她们宠我的时光。两年后搬到节孝巷三姑奶奶家，我再也没见到大小鸡娘。每逢唱起儿歌“蜜蜂蜜蜂嗡嗡嗡，飞到大姐粉房中”，这两个着粉蓝旗袍的窈窕淑女，便出现在我脑海中。

三姑奶奶家的四合院有两进，我家住在后院右边三间侧房中。这里也有两位表姨，两位大美人，她们顾不上理会我们这些

小毛孩。院子里、巷子里多的是玩伴，乱草丛生的花园藏着各种奇妙。记忆中，我的膝盖没有完好的时候，旧伤结痂未退，又跌破了。那是疯跑、爬树的结果。此时，父亲和他的三妹夫妇过从密切，母亲反对他与两位有鸦片瘾的亲戚来往，不时为之争吵。对节孝巷的回忆总是牵带出一首童谣：“大雨大大下，小雨我不怕，娃娃要饭吃，爸爸妈妈在打架。”父母并没打架，但母亲心情不好。父亲最好的朋友黄湛叔叔每次来到，父母都好开心，三人有说有笑。我真希望他常来。

心想事成。我们后来搬到圆通街忠烈祠旁黄家大宅，在他家网球场一侧的五间平房里安了家，父亲称之为“火车房子”。网球场只在周末热闹，父亲和黄湛等一帮朋友组成了长青网球队，黄湛球艺高超，任队长。我连当球童的资格也没有，在黄湛大女儿梅先手下做个小跟班。母亲突然告诉我黄叔叔和婶婶要收我为干女儿时，我认定那是因为爸爸妈妈的关系。他们为什么会看中一个傻乎乎、胖嘟嘟的女孩呢？四十多年后，我读到黄湛追忆我父亲的文章，里面描述了两三岁时名叫“妹妹”的本人：“回到家，只见妹妹正和小伙伴们在灯光下草坪上玩瞎瞎摸鱼，笑声阵阵。她年龄最小，浑身圆鼓鼓，别具风韵，惹人喜爱。”想来每个小女孩都可爱，只是我们小时候，大人很少当面夸奖孩子。

共有三个女孩一道拜干爹干妈，各人得到一个刻着“福禄寿喜”字样的小银碗和一条丝绸连衣裙。我上小学一年级时，穿着它在家长会上表演“狼来了”，至今还记得这条黄色绸裙的式样。我好像就穿过那么一次，衣服太好的话，只有躺在箱子里的命。

2016 年，七十年后，我突然接到一个电话，对方说是我的干姐姐，问我是否记得她。难倒我也。

约 1946 年，青年黄湛

1949 年 12 月 9 日，云南省主席宣布和平起义。记得一天晚间，黄湛来家，和父亲一道凑近收音机，一遍又一遍地听《告云南人民同胞书》。两人不说一句话，我从未见过他们这般严肃。第二天去上学，忠烈祠门口有持枪军人站岗，说戒严了，不许出门。我立即想到明天老师问起来，有理直气壮的旷课理由，心中窃喜。那个六岁的女孩，就这么高高兴兴地跨入另外一个时代。

天翻地覆的政治和孩子没有关系，隔壁住了解放军，周末有文艺晚会，可好了。1950 年代初开始流行朝鲜的歌曲，有一支歌叫《马铃薯》："一锄头那个挖下去，翻过来瞧一瞧。哟，这么大的个儿，哎呀你说妙不妙？"我的干妈急起来会打孩子，黄湛的弟弟、五叔黄清显然不赞同她教育孩子的方式，将歌词改写，故意叫我们大声唱得让她听见："一伞把那个打过去，翻过来瞧一瞧。哟，满脸的鼻血，哎呀你说糟不糟？"

黄湛的儿子黄必果比我大两岁，上二年级，是我今生第一个"男朋友"。我们成天手牵手在花园里跑，在假山上爬。当我不能够直直地写一竖、平平地画一横时，他却写出了我眼中完美的大楷，令我佩服极了。我们其实不匹配，他是整天被人夸奖的聪明男孩，我是老被人笑的傻女孩。1951 年，我们家搬到大绿水河昆明自来水厂的宿舍，干爹一家突然从我们的生活中消失了。数十年后，听说小果因为父亲的关系，虽然成绩优异，但也未能上高中，做了一名技工，后来自学成为工程师。我一直没有见到他，前几年他去世了，他也许不曾知道我从来没有忘记他，没有忘掉我们长大就结婚的约定。

长大后我才听说黄湛被逮捕，去坐牢了。父母没有告诉我们为什么，母亲则不止一次说，黄湛是我们的救命恩人。他曾经连夜开车去武定县，将路途中病倒的母亲、刚出世的弟弟和两岁的我接到昆明。之后他聘请父亲到自来水厂工作，让一家人从此得以在昆明安顿下来。“文革”时，担心红卫兵来抄家，我们将有黄湛的照片都挑出来烧掉。在滇池边光着身体奔跑的一群孩子，在温泉珍珠泉边的合影……一张张记载着欢乐童年的照片，瞬间化为灰烬。

1990 年代中一个夏天，我从香港回昆明探亲，父亲说黄湛回来了，带我去见他。干妈罗静娴当时已去世，黄湛和五叔黄清同住在昆明第一中学的宿舍里。当年英俊潇洒的干爹，此时垂垂老矣，仅有 0.1 的视力，双眼变了形，看不到一丝当年的神采。他一开口，仍然风趣十足，父亲也变回熊大哥，两人讲起年轻时的趣事，放声大笑。他说命是捡回来的，其他都还好，只因为曾戴了五百多天十五公斤的脚镣，将脚踝骨磨坏了，至今夜里仍然常常疼醒。父亲 1996 年去世后，我每年回昆明一定去看黄湛。我将父亲留下的几件衣服带给他，说做个纪念吧。他吃惊地说，当年他送过我父亲两套西装，质地和花纹竟然相同，不可思议。

1990 年代末，听说他完成了一部回忆录，我请他将手稿交给我去设法出版。手稿写在四方格子的稿纸上，字迹歪歪扭扭。他抱歉地说，视力实在太差，看不清格子，“字写得很出格呢”，然后大笑。2004 年书终于出版，我托朋友带到昆明交给他。初见，朋友问他贵庚。黄湛笑道：“在下芳龄二八。”这年他八十八岁。几个月后他便去世了，棺木上陈放着这本记录了他坎坷而卓越人生的书。

成长之路

黄湛的祖父黄钟祥，是云南镇沅县一位富裕的盐矿主，为人正直，热衷地方事务，出资修桥铺路，救济穷人，人称“黄老善人”。他行为老派，对四个儿子管教严厉。家中虽然富有，但家人不可乱花钱，甚至不许随便言笑。他最小的儿子、黄湛的父亲黄毓成（字斐章）考取前清壬寅秀才后，来省城参加乡试考举人不第，后考取了当时昆明的最高学府经正书院。1904 年考取省派的公费留日，进入日本振武学校。次年孙中山在日组织同盟会，这些满怀爱国、救国热忱的年轻人、中年人一呼百应。黄毓成、我的外公苏澄及他未来的岳父钱用中等，许多在日本留学的云南人都成了第一批同盟会会员。

黄毓成是天生的军人，从小爱好运动，爬树、游泳、跳远无所不好，骑马、打猎亦是高手。进入士官学校后如鱼得水，在射击、壁刺科目中均崭露头角。他苦练骑术，能在飞奔的马群中一

1946 年，大家庭的全家福，摄于昆明黄家花园

后排右四为黄湛，前排白须者为黄湛父亲黄毓成、辛亥革命功臣

跃而上。因泅渡大海的优异成绩，获日本天皇亲自奖赏马刀一把。他在日本同学中交的一位好朋友，是多年后臭名昭著的冈村宁次。1939—1940 年冈村宁次派人到昆游说黄毓成投靠日伪政权，封官许愿。他答道："即使昆明沦陷，我将带领子侄、乡人在哀牢山中打游击，抗战到底……"那是后话。

在日本期间，黄毓成与后来的滇军首领唐继尧及叶荃、赵又新结为金兰之交。1908 年前后，他们相继返回故乡，以推翻清王朝、建立共和为己任。1915 年，机会来了。从未登上过中国政治舞台的云南，成为反对袁世凯称帝的护国运动发源地。1916 年 4 月黄湛在昆明出生时，黄毓成正率领护国第四军进入川黔境内，支援护国第一军，北上讨伐袁世凯，夺回共和成果。蔡锷任护国军总司令，罗佩金任总参谋长，黄毓成随后升为陆军上将。二十年后，黄、罗两人结为亲家。

黄毓成对儿子黄湛兄弟从小灌输爱国报国的思想，刻意培养其自制能力，期待他们日后成为对国家有用之人。“每天起床后，由父亲带头，几个不同年龄的我们兄弟都必须一律蹲坑大便，不便出不许起。衣裤破了、脏了必须自己洗补。要学会炒菜做饭，即使家里有的是仆人，也不许代替。”

上小学时，黄湛被一个大个子同学踢翻在地，疼得要哭，想起父亲说“男子汉大丈夫，泪珠值千金，女人才哭呢”，便强忍住不哭。黄毓成每天清晨即起，练拳术。小黄湛要跟着学，父亲大喜，耐心教练。黄湛学会了日本柔道、侧手和八卦拳。不出一年，那大个子同学打架已经不是他的对手。多年后，父亲教的防身术救他于危难之中，他不曾料到。大概认为那是男人必需的本领，黄毓成还教会他射击，把手枪零件一一拆下，一一装上。在花园的石桌上叠泥块作瞄准训练，黄毓成实弹示范后，让他放枪，结果一枪命中。此时他还不到十三岁，心中十分得意。黄湛一生以父亲为楷模：“我的血型与父亲同属 O 型，总有不达目的誓不甘休的倔强劲、不计得失的性格。”如此个性，在社会动荡中，埋下了个人坎坷遭遇的伏笔。

黄湛的外祖父朱筱园，是云南文化之乡石屏县人，清末有名的诗人和书法家。19 世纪末云南的这一批文人，拥戴新思潮、新式教育、女子教育。黄湛的母亲是朱筱园的小女儿朱玉芝，1908 年进入云南女师读书，1911 年以第一名的成绩毕业。她的弟弟朱丽东考取了北京大学。姐姐毕业后并没有即时嫁人，在昆明武成小学教书，收入可以帮助弟弟读书。1914 年冬她与黄毓成结婚，按那时的标准，两人都是大龄青年了。

父亲是留日归来的武将，母亲是出身书香门第的淑女，受过良好教育，喜欢音乐。家里有一架手风琴，母亲教黄湛弹奏、识谱，他很快学会。人人都看得出这个调皮、好奇心重的孩子天分甚高。他儿时的一次“事故”在家中传为佳话：那时一家人住在上海法租界，去沪西半淞公园游玩。大人顾着聊天，转眼间发现三个孩子不见影踪。六岁的黄湛、五岁的弟弟和两岁的表妹在人群中挤来挤去，找不到父母，又哭又喊。待夕阳西下，小男童黄湛看见街上的电车轨道，想到家门口也有这样的两条轨道，于是背起表妹、拉着弟弟顺轨道走。走到天黑了，路分岔，失去方向。弟弟大哭着不肯走，得使劲拖。终于看到法租界的界碑时，他觉得一步也走不动了。黄湛晚年回忆道：“上灯过后好久好久，才带着一身泥、灰，满面涕泪的两个小不点到家。”他自己也是个小不点，一个不平凡的小不点。

唐继尧、黄毓成这些云南精英，异国求学时为革命事业、为振兴家乡结下的友谊经历过出生入死的沙场考验，和平局面下的政治风云却令各人分道扬镳。唐继尧对孙中山不满，黄毓成等则希望顾全大局，学术界对这段历史至今众说纷纭。黄湛的叙述来自父亲，只是一家之言：“父亲由于支持孙大元帅任命的顾品珍将军任云南主席，受到唐的疑忌，甚至企图刺杀，不得不流亡上海。1925—1926 年又在四川杨森的支援下，组织定滇军讨伐唐继尧。失败后，长期有家不能回，直到 1927 年秋冬，唐死后，父亲 1928 年才回家。即便没有观点上的分歧，唐独揽大权后，昔日的结拜兄大概也逃不脱飞鸟尽、良弓藏的命运。”

幼儿时期起，黄湛随父母不停地迁居，辗转广州、上海、武汉、成都，他的小学大部分时间只有一位老师：母亲。十一岁这年回到昆明时，唐继尧和他父亲的紧张关系表面上化解了。母亲带他去唐家做客，问起学业，唐说：“这孩子聪明能干，他从小我就认为他天分高，明天我就派人送他去读中学吧！”“第二天一早，一个上尉副官，来家带我去上成德中学。我高兴极了，欢天喜地跟他去了。校长姓杨，亲自出面迎接，副官送上唐的名片和亲笔信，校长立即照办把我安排进 16 班，坐在头排。我那年十一岁，成了最小的中学生了。”

相比受母亲严格管教的家，学校好似儿童乐园，他像出笼小鸟一般自由自在，对中学的记忆无非是上房、爬树、游泳、打球，发白日梦，梦想驾飞机上天。“早上只上两节课，十点半钟吃完饭，集体跷课，晴天泡在水里，阴雨天就翻墙，钻沟洞到隔壁西仓坡粮库，（在）堆糠的废仓库里跳上跳下，玩飞檐走壁，练习各种打架、跳高、跳远、翻跟斗、练武功。”他曾遇到一件尴尬事，被老师逼迫装扮成小姑娘，在家长会上跳舞。“卸妆时，音乐老师带着他的朋友来后台看我说：‘我还以为真是个小姑娘呢！’他就是省师附小的音乐老师聂耳，以后我和他成了好朋友。”他们和我父亲等人，曾经是昆明最早一批对西洋音乐入迷的年轻人。

1929 年，十三岁的黄湛从成德中学毕业了。他父亲命他去考云大预科和昆明工校，告诉他不写信、不求情，结果两校都录

1931 年，黄湛（左三）家七兄弟

取了。昆工考了第十六名，云大预科口试时有点小故事。校长董泽坐旁边，认出这位子侄，网开一面。但北大毕业的大舅当时在南京，大概明白云南的教育不够好，替他安排进入了南京金陵大学附属中学。少年黄湛，在此经历了人生第一场考验。他本来就虚报了两岁入学，加上讲土土的云南方言，被同学用各种办法欺凌。他学广东话扮华侨，课堂表现出色，加上最有用的一招，即从父亲那里学来的拳术，才算为同学接纳。

有一次他被同学围起来打，出招捉弄，幸而被一位路过的外籍英语女教师解救。老师和他熟起来后，得知他真实的出生年月日，顿时惊讶得说不出话来。她的儿子正是在这一天去世的，除了眼睛和头发的颜色，两人看起来一模一样。老师于是常常邀请他到家里，两人互教语言，黄湛的英语在这两年中大有长进。他的回忆录写到一生中遇到的不少奇怪事，此乃一桩。

1931 年日本侵华，当时的高中学生黄湛回忆道："南京各校组织上街游行示威，要求政府组织抗战，要求见蒋委员长。我们从下午一直等到半夜。我衣服穿少了，冷得发抖，有个好心女人进到大院里，将一件军大衣扔在我身上，才算熬过这一夜，上午六点刚过，蒋介石身着军装出来站在台阶上，赞扬了我们的抗战决心。要我们回校好好学习，尤其是军事学科，将来作后备力量。每人发包子三个，送来热开水。不久各大中学都派来军事教官，早上出操，下午上课。”黄湛小时候家门口就是练兵场，他自小爱看军人操练，表现突出，教官升他为“排长”。

南京求学意外地结束了。黄湛逃课去上海找舅舅，打算玩几天，正赶上日军攻打上海。比起生离死散，学业不重要了，黄湛随舅妈及表弟妹好不容易挤上开往越南海防市的船，再辗转回昆明。黄湛没有机会和像母亲般照料他的英语老师道别，心中耿耿。1932 年下学期，十五岁的黄湛进入了云南大学工学院土木工程系。之前半年间，他拼命补习数学，放弃所有玩乐和运动，“手痒脚痒，我就打自己的手心”。不达目的不甘休的个性得到回报。

运动场上显身手、玩音乐、谈恋爱，这是黄湛大学生活最主要的内容。也有几个科目扎实让他学到了知识和本事，包括测量学、测量实习、铁道弯线学等。因为英语水平出众，黄湛成了来自美国的测量学讲师的翻译，不得不认真听课。给黄湛上建筑学课程的教授是昆明有名的工程师、获得英国牛津大学硕士学位的彭禄炳，他分批请班上十九个同学到家中吃饭，饭后当面考试。

黄湛对付学习的方式是重点科目努力，其他课程混个及格，他的“主修”科目恐怕是体育。他是学校篮球队队长、全市网球单打及双打冠军。他代表省队与法国、越南联队踢足球赛，以

3 ∶ 1 胜，他一人连进两球。次日报纸文章曰：“省队黄湛敏捷如电、技艺高超、首开纪录、连进两球，为大胜奠定基础。”可谓出尽风头。

1934 年初，昆明翠湖边的游泳池落成，夏天举办全省游泳比赛。黄湛夺得自由泳 50 米、100 米冠军，创下的纪录七年之后才被刷新。1934 年秋，这位十八岁的大学生被聘为省政府主席龙云近卫团兼职体育教官。黄湛拥有运动员体魄，且样貌出众、英气逼人，其他男生怎么可以不妒忌他，女生如何能够不暗恋他。1945—1948 年，黄湛带领家中五兄弟组成黄氏兄弟篮球队，在昆明大出风头，那是黄家最后的辉煌。

1935 年初，黄湛填写毕业生表格，虽然差四个月才到生日，他照样写十九岁。待到 7 月份毕业典礼上，同学们都拿到教育部颁发的毕业文凭和学士学位证书，唯独他坐在台下空等。问校长才知道，他的年龄不合国家教育部规定。经校方去交涉，第二年

1934 年，云南省运动会

才补发他的毕业证书。据说当年他是全国工学院毕业生中年纪最小的一名。

1935年，“亲爱的父母亲，照片证明你们的爱子大学毕业了”，此时他十八岁

1935年秋，中日关系已经十分紧张，曾经到日本留学的父亲仍然命他去日本留学。这个看起来叱咤风云的小伙子，对父亲唯命是从。一番周折去到日本，他发现父亲在此的“铁哥们儿”也不能保证他的安全，十天后就“留学归国”了。他回国途中在上海差一点就进入共产党办的无线电工程专门学院，若果真去了，他的人生会完全不同，人生错过的许多偶然机会藏着不可知的福或者祸。

1936年5月初，黄湛来到南京与父亲会合，此时黄毓成住在好友杨杰将军家中。杨也是云南人，抗日名将，和共产党关系密切，1949年在香港被国民党暗杀。他与黄家的关系后面还会讲到。在南京得杨杰推荐，黄湛进入铁道部工作。他在回忆录中详细写到1936—1938年在铁道部不同的工程项目中实习的情形。那时对年轻技术员培养之认真、要求之高令人惊叹。黄湛这个官二代能吃苦，两年的实习学到的本事，一生受用。他当时想到的是不能给杨大叔和父亲丢脸。

回到昆明后，黄湛在表妹家被一位美若天仙的大眼睛女孩迷倒，随后双双堕入情网。女孩叫罗静娴，前面提到的护国军总参谋长罗佩金的千金。罗佩金曾将自家几世积累的家产变卖，充为军饷，支持滇军出征。罗静娴的母亲，一位苏州美女，是罗的继室。静娴是唯一的女儿，虽受宠爱，却被管得严严的，谈情说爱没那么自由。黄湛“用小石头包着字条，又买通了她的贴身女仆，我们才能常常找借口会面”。一对金童玉女同属护卫辛亥革命功臣的后人，1937年结婚，不知羡慕死城中多少有情人。1938年长女梅先出世，夫妇和爱女拍的照片陪伴黄湛熬过三十多年的困难生活：“这张三人照我不论在监狱，在万里行程中，在绝望之时，常常拿出，久久凝视，心中总会充满温情，期盼着相见的那一天。”

1939年，黄湛一家三口。这张照片黄湛带在身边三十年

两位民国年轻人

黄湛和我父亲认识的场面颇具戏剧性。黄湛十三岁去考昆明工校，大概是报考者中最年幼的。看榜这天，他从后往前看，老

半天都看不到自己的名字："榜高人小，只得朝前挤，不留心碰到一位漂亮的小伙子，我十分不安，怕他怪起来又打不过他。他却笑着说，小兄弟你为什么要从后往前看？我答考得不好。他又问你叫什么名字？我告诉他，他又大笑了。说莫急了，你考得不错，在十五名，只在我熊蕴石后一名。"

西洋音乐先将两人拉近。那时候婚礼的热闹靠吹鼓手嘀嘀嗒嗒吹喇叭，我父亲拉小提琴刚刚能拉成曲调，别出心裁约上几个伙伴去朋友的婚礼上奏婚礼进行曲。黄湛受启发，干脆组成乐队，去校庆、恳亲会亮相。那个年代正值文化送旧迎新之时，相识不相识的人都来邀请他们，当时他们被称为"洋吹鼓手"。和聂耳等人带着留声机，月夜泛舟翠湖，是父亲对青年时代最浪漫的回忆。黄湛比他们小几岁，不知道是否赶上。

1938年，黄湛被调回昆明叙昆铁路筹备处，代人去验收昆沙路段，段长正是我父亲。两人重逢，喜出望外。他和我母亲初次见面，聊起来是另一重缘分："她父与我父都是同时代留日学生，早已为朋友。我们是父交子往属于世交，不用说我岳父也同时代留日士官生，也必然为世交了。当晚即住他家。尔端亲自做了许多好吃的菜，当夜一直谈到十二点才睡。"

其后，黄湛与我父亲在云南省公路局桥梁股共事，从此如愿以偿，得以朝夕相聚。两人负责审查全省公路每一座桥梁设计。当时桥梁都是用石头造的，他们琢磨出一套石桥涵的标准图，包括材料预算。黄湛离开公路局后，我父亲接替他完成了一套图纸，自己只在制图栏签名，将设计者的名分留给黄湛。这样一桩小事，晚年的黄湛记得并写了下来："彼此嗜好相同，个性相似，友谊

1930 年代，父亲（左一）与黄湛（右一）踏勘滇缅公路

1934 年，父亲（右一）与黄湛（左一）

进展迅速，成为了通家立好，莫逆之交。”

两人参与了赶修滇缅公路，黄湛独立完成了功果桥、惠通桥的设计。当时懂工程并通外语的人很少，黄湛很快升为副科长，主办外交。一次，为了丈量从昆明到开远的距离，两人组了一支测量队，居然用竹竿一尺一尺从昆明量到开远。回程路上车子出故障，黄湛向开远美军熟人借了吉普车往昆明开，中途被美国宪兵拦下，将二人当成偷车贼扣留，戴上手铐，押回了美军驻地。每每回忆起当年趣事，两人都禁不住大笑。

1942 年底，两人被派往元谋县，抢修遭到破坏的滇缅公路其中一段。同样，他们口中讲述的往事尽管精彩有趣，但现在看到年份，才意识到那是抗战最艰苦的年代。两个人气质近似，嗜好相投，时时长谈到深夜。黄湛回忆道，我父亲天亮起床常一人出猎，“只带一粒子弹，弹无虚发，不管是斑鸠、野鸡，总要带回一只供午餐之用。我也有支德造七九步枪。我不服气，也只带一发子弹出去，利用鸟类谈情说爱追求对方的机会，它们这时警惕性最差，可以更接近目标，在准星中出现目标重合的瞬间开枪，常可以一弹双收”。

他们驻扎在元谋县北门一所小学校内，爱好音乐的技术人员组成了一支中西合璧的乐队。“有一天晚上，我们连奏了许多中外哀艳的曲子，半个多小时过去，发现大门外水池边树荫下，男女老幼竟然站着百十来人。乐声歇，一位老者上楼来说，他活了七十岁，还没有听过这么好的音乐，请我们继续下去。”次日，小学校长来邀请他们派人去学校教音乐。筑路队在当地停驻了一年多，晚间的“北门大师音乐会”给当地人带来了许多欢乐。

抗战期间，民间负责军需道路养护，各县统筹派工或派款，由筑路队雇工。有一个县以鸦片代缴，我父亲去收款，得到三千元意外收入。不久，他和黄湛去参观传教士在当地办的麻风病院。医生绝大部分是洋人，护士则多半由受过培训的当地人充任。那时候，提到麻风谈虎变色，他们连茶水都不敢喝。“辞出后我和熊大哥并肩骑马，缓缓而行。我问这些洋人在他们国家里生活舒畅，为什么偏偏要到这种山野小村，天天要和恐怖打交道？是不是还有特殊任务？”待弄明白这些洋人的奉献精神后，他们立即将三千大洋私房钱统统捐给麻风病院。玩归玩，“1943 年底元龙段通车，提前两个月，受到局里表扬”。

中国历史上第一、二代工程技术人员往往是被当成万能的。1944 年，修路架桥的工程师黄湛接管了自来水厂，再次邀约他的熊大哥加入。雄心勃勃的两名新手“商谈了整夜，共同拟订水厂整顿方案，调整人事。增加供水提高水质，摸清用户供水及全市管路等”。黄湛从驻昆明的美军朋友那里要来不少油管及漂白粉，开始了昆明自来水消毒的创新。“1948 年初水厂发展计划三方案完成辗转批准时，国事日非，未能实现。大哥和我都很失望。退而谋其次。我厂已掌美军五套半小型供水设备、近两万根油管，实行分区供水计划。建立‘新厂工程处’，处理日供水 3000—4000 吨，以三根油管输水供大观路西坝、篆塘各新村，北至西站一带的供水。”

1947 年秋，杨森任贵州省主席期间，贵州有史以来第一个体育馆落成。黄湛的父亲应邀主持开幕式，黄湛作为云南省网球队主力参加了两省友谊赛，被杨森看中，要他留下任贵州省公路局副局长兼贵阳市工务局局长。当时黄湛和我父亲正在构想昆明自来水供应的大计，水厂发展的方案尚待实施，于是他放弃了个人事业发展的大好机会。晚年贫病交加中回首这段往事，想来黄湛难免感叹又一次错过避免厄运的良机。今天，昆明美丽的城中公园翠湖中，有个自来水历史展览馆。每听朋友参观后说到我父亲，我都会给他们讲讲昆明自来水的真正功臣黄湛的事。

1951 年，黄湛被逮捕，我父亲被厂里职工推选为昆明自来水厂厂长。两位挚友，一为阶下囚，一为座上客。有人以此做文章挑拨离间，加上大墙的阻隔，两人的友谊就此中止。三十年后，历经磨难、浑身伤痛的黄湛得到平反，被选为市人大代表，和同为代表的熊大哥同屋相处，终于澄清了彼此的误会。“可惜的是，彼此均年事已高，精力不足。虽有交往，但远不如往昔之亲切。我们曾两次出游，在大观楼见到滇池的臭水，均有不堪比今昔之感；又曾到九龙池，只见机房尚存，水则早已枯干多时。触景生情，不禁悲从中来。所幸者，源于发展水厂之计划超出理想之外地如愿以偿了。有一次，他和我去访马荣标，提到三人年轻时造飞碟的愿望，大家都还记得也坚信我们的想法，都感到今生已矣！但愿后继有人，必会实现这一伟大目标。”

黄湛叫我母亲为“嫂子”。我虽年幼，但也能感觉到他与母亲彼此十分敬重。母亲多次提到，她生弟弟时，因有严重心脏病，医生要家属签字，说明出意外医院不负责任。父亲在外地赶不回来，黄湛代替父亲签了字。与黄家同住期间，黄湛的八弟黄治经常来和我母亲聊天。每次来到都夸我母亲一番，说希望将来要娶到我母亲这般温柔贤惠的女子。这位被众多女性追求的美男子于是去追我的六姨，却不成功。黄湛入狱后，父亲信了谣言，不再提他的名字。母亲则从来相信黄湛是无辜的，她常对我说，不可忘记黄湛对我们一家的恩德。1964年，黄湛首次获准回昆明探亲，听到母亲卧病在床，特来探望她。彼此相对无言……

1948年，黄湛的弟弟黄治，毕业于重庆中央军校。1951年，二十五岁时被捕入狱，1976年去世。我小时候，他是我家的常客，我的姨妈、表娘倾慕的对象

1996年，我父亲先黄湛而去，黄湛哀叹道："一位聪明过人，正直无私，胆大心细，急公好义的善良人，我平生唯一知交竟先别我而上天国，令人悲痛不已，不禁潸然泪下，曾作祭文又于清明节连同纸钱一并烧祭，读景明之对父母吊忆之启发，再写此文借表友情以志不忘。"

儿时听父亲讲起当年修路架桥，他从未提及有什么使命感、对抗战有何等贡献。晚间我们听得津津有味的，都是些有趣、好玩甚至惊险的故事。故事里的这两名主人翁满脑袋点子、冒失，却总能化险为夷。精力旺盛、乐观自信的两个年轻人无论做什么都全情投入，困难重重的野外作业像体育运动一样令他们着迷。读黄湛的回忆文字，我才了解到这两名民国工程师的建树。

时也命也

1945 年 8 月抗战结束，1945 年 9 月到 1946 年 3 月，黄湛受命参加越南受降活动，将水厂建设的事委托给了我父亲。四十年后，这位双眼近盲的老者写了九万字的回忆，记下这段特殊经历。记忆将他带回青年少壮时，其时他正周旋在国际及云南政治纷争之中，排除万难指挥着架桥铺路，其间还受到爱情关顾。黄湛总结这段经历道："半年内马不停蹄，东奔西跑，修桥铺路，包括铁路、工矿。亲自指挥参与，日日突击赶工，所有负责工程及杂项无不提前完成。受第一方面军嘉奖三次，缴获汽车军备俱皆归公，本人一箱衣服，两袖清风回家。"他明白自己的刻苦、能力、体力之外，也要靠他父亲在军队的声誉、他本人的人际关系。即便如此，他仍然险遭人诬陷。他写道："志坚艺高切戒骄，驰骋南国独占鳌，饱经艰难苦自我，两袖清风报天朝。"

读罢黄湛的回忆，才知道所谓"受降"不是接受日本官兵缴械、举手投降那么简单，也不止要化解冲突，避免破坏。最麻烦的事是协助完成战争后国破山河碎的恢复。这需要从重建秩序、清除匪患开始，修路架桥，恢复生产。他参照当时的日记，详细而生动地写下了这半年的经历。故事包括他去见胡志明，参加北越受降大会，如何提前修通河内至镇南关的公路，如何带队往顺化抢运器材，以及兼任工矿监督官的经历，还有市政厅枪战奇遇，等等。他的知识背景、技术才干、语言能力、外交能力、魄力及决断力都得以发挥。他的背景和过往经历仿佛就是为成为一位受降官员的不二人选所准备的，而他的才华也在这半年中发挥得淋漓尽致。

黄湛写下了他在越南的艳遇，称之为“爱情与理智斗争的自白书”。一位越南和法国混血的美丽女郎看中了他，主动求嫁，不介意做妾，黄湛毫不犹豫地拒绝了。但缘分未了，几番巧遇加上俊男美女之间的化学作用，爱情还是降临了。当这位竹姑已经躺到他卧床上的关键时候，黄湛的理性战胜了感情：“我推说上厕所，进去把门一关，沿窗外下水管道爬下去，开车走了。出门时告诉卫兵今夜不回来，我边开车边想只好去住旅馆。”在黄湛后半生受苦受难的日子中，不知道他和竹姑一道游泳、河边拥吻的回忆，是否曾给这名绝望中的囚徒带来过一丝温馨。

黄湛回忆道：“我虽是国民党，党团骨干分子，但对国民党所为并不满意，看到国民党节节败退，思想上又恐惧又苦闷，1949 年 8 月杨杰将军来滇常找父亲聊天，多次我也在场。思想大为开朗。”杨杰介绍他们父子加入了亲共产党的“三民主义同志会”（即民革前身）。后来杨杰被国民党追杀，黄湛兄弟受父命，冒险将杨杰送上前往香港的飞机。当时，对国民党失望者是大多数，许多人都将希望寄托于与国民党对立的共产党。自来水厂中共地下党的活动为人所知，厂长黄湛并不干涉。

云南和平起义前夕，国民党知道大势已去，让人来找黄湛，要他破坏水厂的机器设备，销毁资料。他口头上答应，但立即召集部门主管，做出决定，包括收集私人枪支准备抵抗；通知省府警卫营，要求派武装保护；告知共产党员张昆毓等组织护厂队，要求合作。起义当夜戒严，黄湛接曾市长电话：保证正常供水，严防破坏。要求各守岗位，解除戒严后立即上班。“12 月 11 日市长召集会议，13 日由市长秘书赵燕宋通知，领取一个班的枪支弹药，我驾车取回，交张昆毓、李德生组织的护厂队，并把我家里的‘大拉八’‘卡炳’枪连弹药交护厂队。我备文报省市政府，水厂员工拥护起义，并登报发电报给中央政府竭诚拥护。我本人按市长口头命令，协助工务局，修建城防工事，负责从小东门到北门五个碉堡的品质监督任务。”

这些细节并非他四十多年后的回忆，而是他从 1951 年开始的一次次、一遍遍的交代，但没人理会。我还记得不止一次，有人从东北来找我父亲了解黄湛的“问题”。父亲说，他告诉来人黄湛从来没有做过坏事，罗列许多事实，说明他对水厂的贡献，以及 1949 年底关键时刻他保证自来水供水的功劳。调查的结果，并没有改变原来对他的定性。曾对外调抱有希望的黄湛以为他最好的朋友背叛了他。终于，三十年后，黄湛得到了拨乱反正的机会。

黄湛的上半生简直就是天之骄子。他没有辜负天赋才华，刻苦自律，自十九岁大学毕业到三十五岁的十六年间成就斐然。黄湛的下半生碰到社会的动荡失序，且厄运连连，好像是这位幸运儿的守护神离他而去了。社会失去秩序在历史的进程中也许就那么几年、几十年，而人的一生则可能被耗损。“在其后的年代里，从南到北，不知住过多少看守所、监狱，一直到茫茫北大荒劳改农场……”天翻地覆的动荡中虽然无数人的遭遇和黄湛相同，但他却活出了令人肃然起敬的一生。

1949 年政权易帜时，黄湛三十三岁，任昆明自来水厂厂长兼总工程师。因为他父亲是深孚众望的辛亥元老，且他本人多才多艺，被故乡镇沅县推荐为伪“国大代表”，以及三青团昆明分支主任。虽然一身清白，从未卷入政治，但这些挂名头衔还是令他忧虑。离开年老父母、携带家小远赴台湾的决定拖到最后才做出。命运开了个残酷的玩笑：碍于情面，他推迟三天出发，机票订在 12 月 9 日。这一天云南和平起义，再也走不了了。黄湛由此身陷囹圄，戍边万里，更因为连累家人，深深自责。

1949 年 12 月 23 日，两名警察到黄湛家来找任昆明英语专科学校校长的他的弟弟黄瀓，无意中看到黄湛书桌上一盒作废的旧名片。在那时的警察看来，三青团昆明分支主任就是国民党大官了，不由分说便将黄湛抓起来带走。自来水厂里的共产党员为他证明清白，也没用。1951 年 3 月 15 日，黄湛被正式逮捕。四十多年后，落实政策，证明他是起义人员，既往不咎，可时光不能倒流。

黄湛作为“旧人员”失去工作，但没有气馁。他相信哪怕失去一切，也可以从头来过，任何世道都需要他这样的工程师。1952 年“镇反”运动中，他再次因为历史问题被捕。这期间，审问、交代不断，黄湛身心备受煎熬。就在他做好最坏打算之际，命运之神仿佛对他又有了另外的安排。黄湛的父亲黄毓成在云南讲武堂任骑兵教官时，有一名学生和他关系很好，这名学生后来身居高位。黄毓成写信给这名学生，说明黄湛无辜。这名学生在他的信上批了一个“阅”字，将信转回云南，于是黄湛由死刑改判为十五年徒刑。黄湛 1981 年平反，2000 年写下他的回忆录。

开发北大荒的功臣

黄湛生长在温暖的春城昆明，做梦也不会料到将在冰雪之乡北大荒度过下半生。这里自古以来便是蛮荒之地，西伯利亚寒流徘徊不去，一年有三分之二的时间为冰霜期，冻土层最厚达 2.5 米。作家聂绀弩 1957 年被打成右派，下放到北大荒。他悄悄写下一首《北大荒歌》，二十多年后得以公开发表："北大荒，天苍苍，地茫茫，一片衰草枯苇塘。苇草青，苇草黄，生者死，死者烂，天低昂，雪飞扬，风癫狂，无昼夜，迷八方。雉不能飞，狍不能走，熊不出洞，野无虎狼。"1955 年，黄湛作为一名劳改犯人来到这片荆莽丛生、沼泽遍布、野兽成群、凶险四伏的莽荒地。黄湛所在的海伦农场年平均温度只有 0.4 摄氏度，冬天气温可降到零下 40 摄氏度。

黄湛在如此困苦的处境中，活得有价值，活出了尊严。1964—1968 年间，他带领几位犯人技术员，为三百多平方公里的海伦、红光、星火、绥东等十几个大型国营农场绘制出数百张万分之一的地形图。后来派到此地负责为北大荒绘制地图的国家测绘总局技术人员看到后，对这批图纸的高品质惊讶不已。他们不敢相信当时需要三百多万元的预算才能完成的图纸，已经摆在眼前，其中三百八十一张精度极高，被收进国家图册中。黄湛写道："谁会知道这是一小队犯人，在茫茫雪原上，在荒草水滩中成年奋斗的结果，是我这个犯人工程师，在昏暗的油灯下，一笔一笔绘制的呢。"黄湛几乎失明，双眼只有 0.1 的视力。他的一丝不苟，是责任，亦是出于提心吊胆，毕竟任何过失都可能会成为罪名。

黄湛没有想到，历史和北大荒人记住了他的贡献，感念他的人格和精神。可惜他 2004 年去世前，没有看到 2002 年出版的《海伦农场志》，书中的“名人传略”将他列为第一位人物：“在镇压反革命运动中，因其在历史上曾参加过三青团，是伪国大代表，曾担任国民党第一方面军越北公路监督官等问题，于 1951 年被捕，被错误地以历史反革命定罪判刑。1955 年遣来海伦农场进行劳动改造。1964 年刑满留场就业，任海伦农场技术室工程师。”

相信有不少像黄湛这样的劳改犯工程技术人员，忍辱负重，不负此生。不知道有没有另外一个撰写志书的团队，能如实记下他们的功绩。《海伦农场志》的主编张化双，故去的编辑马增耀，还有其他协助此书编辑出版的相关人士，都令人敬佩。文章记录了黄湛的主要贡献。

农场建场初期，只有日伪时期留下的海伦至三井子的一条土路，年久失修，车辆行走十分艰难。黄湛主持设计了海十公路，将 51 公里的公路弯道改直，缩短为 32 公里，改造桥梁，铺置砂石，达到五级路面的标准，雨季车辆也畅通无阻，1957 年通车。1957 年他踏遍全场进行水利资源勘察，主持了星火、灯塔、燎原三座水库和引通工程的勘测、设计和施工。1958 年完成上述工程，实现灌溉面积 1033 垧。黄湛还主持了八井子地区治涝工程的勘测、设计、施工，积水排除，使原 48 块地之间的沼泽地得以开荒连片，面积由原来的不足 200 垧发展到 2600 垧。

1961 年，黄湛设计糠茎厂六层高塔和三层厂房，这是农场

1956 年，黄湛在北大荒收到昆明寄来的照片，他的父母、妻儿

1985 年，黄湛夫妇

首次建造高层建筑。他采用“交替承载法”的新技术施工，完成了该厂的锅炉和蒸汽系统的设计安装工程。1962 年，黄湛利用距场部 753 米远的糠荃厂锅炉，为总场办公室送气取暖。原来的粮油加工厂生产能力满足不了全场的需求，场领导派他外出考察学习，对原有设计进行了改造。1964 年，为改变农场烧砖使用马蹄窑、方框窑的落后局面，他设计了七门串窑，获得成功，提高了热能利用率和工程效率，将每块砖的煤耗由 8 两降到 4 两。

农场公开肯定这位全能工程师的业绩已经十分难得，当然不可能说明他是在何种艰难困苦的条件下做出这些贡献的。黄湛在回忆录中的描述，令人不忍卒读。白天在冰天雪地中丈量土地，中午啃冻得硬硬的干馒头，夜晚在油灯下绘图。冬天冒着零下 30—40 摄氏度的严寒在野外工作，夏天常有暴雨冰雹，到处是沼泽，稍不留意陷进去就是灭顶之灾。

1964 年，黄湛熬过了在海伦农场劳动改造的十年，那是他每天数着日子过的三千六百多天。这年他四十八岁，“释放”了，但有家不能回，别无选择地留在农场，拿最低一级技术员的工资，不过总算可以给昆明的家人寄钱了。两年后“文革”开始，他又成为现成的批斗对象。因为人缘好，在批斗会上没有受到严重冲击。

命运对他的考验没有就此结束。1968 年，“文革”高潮中，黄湛作为“反革命分子”，发配到海伦县长发公社五大队三小队，由贫下中农管制。半年后，黄湛买下了一间半边快倒塌的小草屋，终于在大雪中有了个安身之所。他仍然站了起来：“1969 年春学干农活，我年近五十三岁，秋收之后，全部学会。尤其是扶犁点种，我居然做到全队第一，第二年成为全队主要劳动力的技术能手。”这位南方来的工程师，在北大荒农村生产队务农十年。“文革”高潮过去了，他依然在这里发挥所长，主持水利工程，研发火炮抗雹，为公社建砖瓦厂做出种种贡献。1978 年春，他被摘掉“四类分子”的帽子，恢复公民身份。

1979 年初，黄湛回到昆明。亲友来接，跑到最前面的两个小人，是他从未见过的小孙孙。1981 年 9 月 29 日，黄湛接到短短一纸公文：“黄湛曾支持 1949 年中国的和平解放，取消 1951 年对他的指控。”他一直知道自己无罪，等待了三十年，九死一生，受尽磨难。他最难受的，是子女并非人人都理解他们的父亲。

大概因为父亲黄毓成、岳父罗佩金都是有功于辛亥革命的元老，黄湛成为了昆明市人民代表大会代表。但是，因为年岁已长，黄湛的工作此时仍未有着落。“1982 年我收到一封信，寄自黑龙江海伦农场，那是我监外服役多年的地方。他们请我回去工作，答应我过去在农场做事的年份可以一起算工龄，将来拿退休金。庞大的农场基础设施大多是我亲手设计的，我像一位老农了解自己的土地一样，熟悉农场。说来讽刺之极，回到原来的劳改农场，似乎成了最好的出路。他们答应让我做三年，我提出条件，每年冬天能回昆明探亲。于是，回到故乡三年后，我和妻子一道又打点行装，重返我的放逐之地——黑龙江。”

宽恕

黄湛的回忆录以《宽恕》一章结尾：

回到农场，和许多原来管我的监狱官成了同事。很奇怪，彼此倒没有多少芥蒂，似乎可以融洽相处。有一天我遇见那个 1968 年诬告我的韩某。他的诬谄害得我被遣送下乡十多年。他向我一再道歉，表示后悔；我能够原谅他，但并不想和他交往。他妻、我妻倒常常结伴来探我们的班，慢慢变成好朋友。我和妻子甚至不时去他家吃晚饭。宽恕之心，人皆有之。

……

我也想不到自己在农场会干得那么卖命。这一片冰冷广袤的流放地，我曾诅咒了半辈子，怎么会对它如此关切？我年青时的梦想便是用科学技术令中国强盛。当囚犯的三十年，公民之身任职的如今，我在北大荒所做的，也不就是那么一回事吗？

我碰到原劳改农场的党支部书记杨彦，两人都异常高兴。当年他待我不薄，我们一齐合作搞当地基础建设，如今又成为同事，我也不再是犯人之身。两人兴致勃勃，共同为建设黑龙江的农村出力。那时最大的问题是食水供应，当地农民没有自来水，饮水不卫生，常常引起各种疾病。

杨彦招聘了大约二十名高中毕业生，让我负责对他们做三个月的技术培训。这些所谓高中毕业生都是在“文革”

中上的学……不大懂得基本的代数几何。教育落后，人才缺乏是当地最严重的问题，于是乎政府才想到要招募我这样的“老反革命”去帮助搞建设了。

我们终于建成了蓄水池，解决了威胁农民生存的水污染问题。一天早晨，我在黎明前醒来，窗外一片“闪闪星光”，上百当地老百姓手持火把、香烛，连夜赶来向我们致谢。此情此景令我感动得两眼湿了。我从来埋怨命运不公，四分之一世纪的生命白白抛撒在这茫茫的荒原上，这一晚的场景令我想到我在这里做的事情，当囚犯也好，做工程师也好，对当地老百姓多少有些用处。也许，我的年华并没有虚度。

林达在回忆录的序言中写道：“黄湛的书令人感动，还在于他让我们看到，哪怕在最幽暗的深处，人还是可能坚守一个不被邪恶战胜的灵魂。在漫漫长夜中，只要出现一丝机会，黄湛就开始在创造性的工作中重建自己的自尊。在历史上，善总是弱的，可是，就是这善良之星火，不会熄灭。它驱退黑暗，推动人性的进步……而终有这样的人，有善良的天性，有智慧和坚持常识常情的能力，有创造的欲望和本能。他被剥夺了一切，几乎已经被砸成碎片，可是，他一生都在建设，造福他人。这样的精神底气，来自他年轻时曾经拥有过的健康的生活环境，使他通常识之理，晓常人之情，建立起他做人的不变根基。正因为有了一个一个这样的人，良善，才穿越重重黑暗，传递下来，传到我们手中。”

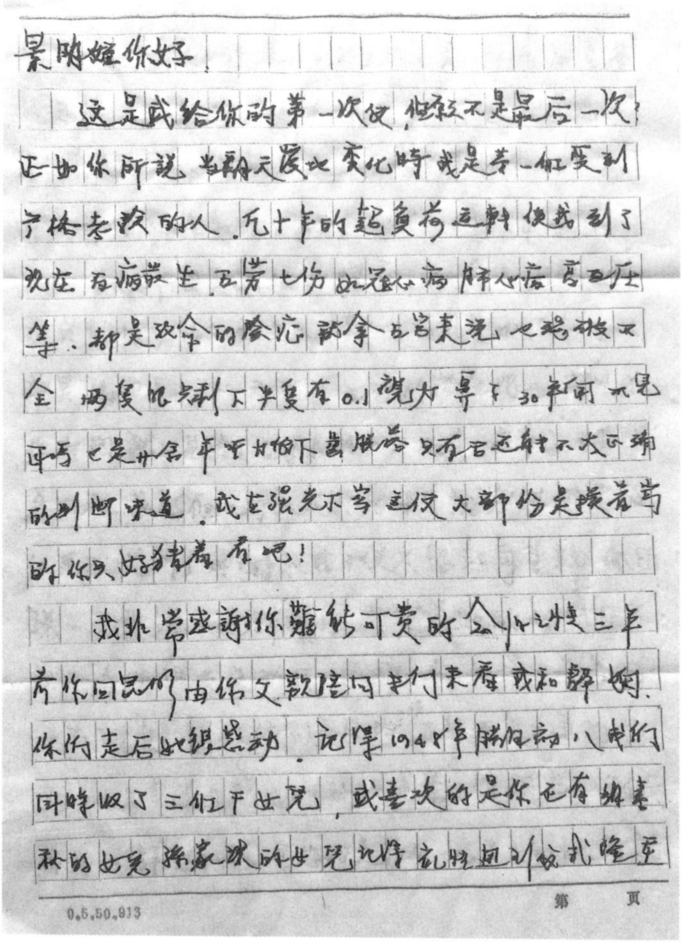

景明侄你好！

这是我给你的第一次信，但绝不是最后一次。正如你所说，当翻天覆地变化时我是第一个受到严格考验的人。几十年的超负荷运转使我到了现在百病丛生，五劳七伤，如冠心病、肺心病、高血压等，都是致命的险症。许多古董来说也残破不全。两只眼睛只剩下半只有0.1视力，鼻子30年闻不见，呼吸也是卅余年前开始下岗，只有舌头还能作不大正确的判断味道。我在强光下写这信，大部分是摸着写的，你只好猜着看吧！

我非常感谢你能够可贵的公仆之情。三年前你回乡时，由你父亲陪同专门来看我和静娴，你们走后她很感动。记得1948年胜利前夕，我们同时收了三个干女儿，我喜欢的是你还有姚秦秋的女儿孙家琳的女儿，记得[illegible]

0.5.50.913　　　第　　页

1993年，黄湛写给作者的信首页

此时，他一只眼已盲，另一只的视力仅有0.1。信在强光下写出。

小巷里的中医

表伯父孙叔铭，1911—1995

伯伯……和身边最近的人，譬如伯娘，也似乎因礼节而保持着距离和分寸，态度永远温和，说话不紧不慢，从不激动，从不扬高声音……永远穿浅咖啡色咔叽布中山装，不会让任何一个扣子离开岗位，包括四个口袋扣，脚蹬一成不变的圆口布鞋，皆由伯娘亲手缝制。

那时，昆明不过十万人左右，这座温温吞吞的小城，天气不冷不热，人人不慌不忙，连蚊子也飞得特别慢。1949 年，云南省政府主席卢汉宣布起义，正式脱离国民党政府，欢迎共产党来接管。没响一枪一弹，解放军进城了，见了小孩笑眯眯的，虽没有派发巧克力，但和蔼可亲。

不曾料到，狂风来得如此之快。1952 年的“三反”“五反”，人们第一次见到画满毛笔大字的报纸贴在公共地方，而我们从未见过的是大人这般愁容满面、不言不语。“三老表跳楼了！”这仿佛是新日子给昆明的亲戚朋友放出的第一枪。

三老表是奶奶后家的侄子，我们称伯伯。妈妈不舒服，便请伯伯把把脉，开张药单。他写毛笔字龙飞凤舞，先把药名用中楷抖擞出来，均匀列在纸上，然后不假思索，把每种料的分量在斜下方用小楷标出。看伯伯开药方，就像观小魔术表演。然而，伯伯在我心中的显赫地位与此无关。我家伯伯是大光明戏院的会计！我还小，无份看电影，但是年方二八、迷上外国男女明星的七姨、八姨、美姑姑和数不清的姨姨、表姑、表姨却依仗着这位身居要职的亲戚，以快捷方式买电影票。古板的伯伯挑选了四平八稳的会计职业，却落到 1940 年代电影院这等浪漫的场所。那时年轻的一代，包括我的父母，谁不曾频频在那虚幻的世界中洒下热泪？据爸爸说，昆明是最早引入西方电影的城市之一。电影院里黑漆漆，第一要紧是男宾、女宾分席。电影开始，众人先起立唱国歌。大光明电影院最为叫座，功劳全在一位全能的职员，兼任“翻译”剧作者和配音。他操着地道的昆明话，一会儿用男声道：“玛丽，你爱我吗？”旋即变女声：“我爱你，至死不渝。”听得场子里这辈子未曾闻“爱”字的女眷面红耳赤。

伯伯的举止、言谈则完全没有被外国电影“污染”的痕迹，和身边最近的人，譬如伯娘，也似乎因礼节而保持着距离和分寸，态度永远温和，说话不紧不慢，从不激动，从不扬高声音。他每到我家来必先依序打招呼，“大老表”“表嫂”“妹妹”“小及胜”；永远穿浅咖啡色咔叽布中山装，不会让任何一个扣子离开岗位，包括四个口袋扣，脚蹬一成不变的圆口布鞋，皆由伯娘亲手缝制。

好多好多年以后，我问他：“伯伯你为什么跳楼？”他说，

1948 年，伯伯结婚周年

1954 年，出身不好、工作积极的员工虽没资格加入组织，但可以得到劳动模范的荣誉

1948年，那时我们住在节孝巷三姑奶奶家，母亲和伯娘在后花园

写交代的时候不被允许上厕所，于是抛下一句“不自由，毋宁死”，就推开窗跳了下去。真不明白，伯伯这般温良恭俭让的老好先生，何以会做出如此刚烈的举动？

一板一拍的伯伯有更古板的父亲，我们叫他“舅爷爷”。他个子特小，着长衫马褂，不苟言笑。舅爷爷是专职中医，想来医术不算高明，每次跟着妈妈去找他看病，从没遇见别的病人来求诊。他们一家那时住在小绿水河巷，小小的三合院老是湿漉漉的。院子当中，水缸里两三条小鱼摆着尾巴游来游去，仿佛是这个阴沉沉的家中唯一充满生气的东西。水缸真大。语文课上读到司马光小时候打破水缸救小朋友，自自然然联想起舅爷爷家的水缸，课堂上想着弟弟掉下去，我怎么救他，想得出了神。那水是喝的，雇挑夫去井里打水，挑来灌满水缸，这些挑水夫的小腿上都凸起着一条条鼓胀的青筋，现在当然知道那叫做“静脉曲张”，那时却觉得象征着辛苦和力量。在他家，我就是不肯喝水，那不是要把鱼的大小便喝下去了吗？这个问题知趣的小女孩是不可以说出口的。

奶奶是父亲的继母，父亲与她并不亲近。母亲则和奶奶的侄儿媳妇、我的伯娘甚有缘，一见面就有讲不完的话，虽然母亲上到大学，而伯娘只念过小学。伯娘能将《三字经》《女儿经》倒背如流。我上小学后，总是临开学发现假期作业还剩下一大半。做不完就注不了册，要罚留级，于是大哭。伯娘每学期都得来搭救我，和外婆、妈妈一道，替我抄大楷、小楷。

我母亲卧病在床十数年，亲友中伯娘来探母亲最勤。每年新鲜茴香上市，伯娘就来给妈妈蒸粉蒸肉。先将米浸泡、晾干、炒香，把五花肉用酱油、黄酒和茴香粉等香料腌过，以茴香、红薯垫底。我至今仍回味得出蒸笼里飘出的香气。我也学着做，妈妈说我的粉蒸肉和伯娘做的一样好吃，当然不是真的。不过做一道如此奢侈的菜，要花掉一家人半个月的肉食供应定量，怎么做出来，都会令人馋涎欲滴。直到 1960 年代末，伯娘病重，我去看她，才开始察觉伯娘的语言天分。她形容事物，言语生动贴切，不落俗套，一字一句有如画笔，绘出场景、人物。那天她说到谁家有人遭罪了，她去探望，“唉，哭得十行十泪的，天可怜见哪！”“伯娘，我下次来要拿本子把你的话记下来。”可惜从此再没有见到伯娘了。伯娘比妈妈先走，真是出乎意料。

伯伯与伯娘无所出，二伯伯家却一串小孩，三女一男。两家约定再生儿子便过继给伯伯。万幸后来生的真的为男，令伯伯家免去无后之忧。男孩自懂事便知谁是亲父、谁是养父，但却对双亲孝顺非常。他生得聪俊乖巧，伯伯写字桌的玻璃下面，压着他三岁时的照片，无精打采地抱着一只美丽的大阉鸡。小男孩的朋友，将要变成过年的美食，他伤心极了，父母带他到“国际艺术人像馆”，于是留下了这张合影。“文革”停课，小男孩勤练书法、国画，伯伯把堆杂物的偏房收拾出来，说现在儿子有了他的“小书斋”。儿子从上幼儿园起便是乖学生，可惜读到初中，“文革”便砸烂了那一代学生的“大书斋”。记得有一次去伯伯家探望，看到伯伯的儿子在小书斋里读狄德罗。我当时已是大学生了，但还没听过这位哲学家呢。

伯娘家吃得很简单。那年，我上小学五年级，弟弟二年级，家搬到城东，一时转不了学，就在学校附近伯娘家搭伙吃中饭。他们和二伯伯家同住一院，每家负责一个月的伙食，共灶同桌，两家人吃饭，气氛并不愉快，连我们小孩子都察觉得到。一大碗便宜又经饱的南瓜，餐餐傲踞饭桌中央。从不爱动脑筋的我，也思忖他们是否不愿轮到自己坐庄时破费。为何不分开？家训，送子之恩？面子？（我不吃南瓜，却不敢说出来，只悄悄拨到弟弟碗中。他不告发我，仗义地替姐姐咽下那些老南瓜。每回想起这一幕，我都对弟弟心怀感激。）

1973 年母亲去世后，我们和伯伯家来往淡多了。1980 年代我回昆明探亲，想到母亲若在世，一定会要我去看看伯伯，我也很记挂他，才又每年去看望伯伯。众多的亲友中，伯伯家最为知足常乐，一家三代其乐融融，不为没有加入新富的行列而愤愤。伯伯津津乐道儿子的书法成就、媳妇的孝顺、孙女的聪慧。他"礼性"一贯，我去探访，他坚持要带上礼物回访。有一年我回去参加一项国际扶贫项目，住的地方离伯伯家很近，伯伯撑着拐杖、拎着水果来看我。在客厅谈话的两位澳大利亚专家，虽听不懂我们在讲些什么，但这位相貌慈祥的老人给他们缥缈如仙的感觉。

伯伯年轻时为自由纵身一跳，代价是终身不良于行，离不开拐杖。他后来多年在一家小小的印刷厂里做驻厂医生，拿一点能维持起码生活的薪水，同时义务为亲友、街坊看病。他曾在翠湖边水晶宫巷一带住了许多年，水晶宫巷的茶馆成了伯伯退休后的"诊所"，没公费医疗福利的穷街坊，常来找伯伯看病，也聊聊家常。1990 年代初，伯伯家搬到城西去了。儿子分了新房子，伯伯仍一年四季拄着拐杖走到水晶宫茶馆，风雨无阻。这段路初时走一程还不到一小时，一年年过去，伯伯的腰越来越弯，路越走越长。最后几年，上身几乎与地面平行，走得十分吃力，走走歇歇，两个多小时才挪到家。他仍不顾大雨、不避烈日地坚持，说"生命在于运动"。路人有时停下来，向这位步履维艰的老人投过奇异的眼光，伯伯则报以微笑。今天我回忆起伯伯来，想到的便是他淡淡的、祥和的微笑。

孤雁南飞

田伯母，1919—2016

第一次见到田伯母，和我想象中完全一样。一看就知道是外省人，皮肤白而细腻，额头高，短发拢在耳后。素色的衬衣外加毛衣，当时中年妇女的标准打扮。“慈祥”两个字透露在她的笑容里，她不笑的时候，眼睛、嘴角也带着笑意。

1974年的昆明，“文革”的红旗依然招展，然而机器开足马力轰轰运转了七八年后，许多部件已失灵了。虽然仍旧缺衣少食，但一个可以透气的空间悄然出现。远离政治中心的昆明城中，玩音乐、学英文、读古诗这类“资产阶级杂草”，在“破四旧”高潮过去数载后，不待春风吹，零星出土。我偶然闯进的一个英文学习小组，是城里水准颇高的聚会。老师只比我长几岁，无疑是位语言天才。年龄最小的学弟，刚二十出头，我们称他“小哥哥”，聪明纯善得好像来自别的星球，一看就知道是在爱中浸泡大的。爱的源头是他的母亲，后来成为我忘年交的田伯母（田伯母是化名。——作者注）。

我认识他们之前，小哥哥度过了一次生命危急时刻，故事有点罗密欧与茱丽叶的味道。感情细腻、用情专一的小哥哥陷入初恋，觉得女朋友是世间最完美的女子，一颦一笑都让他心跳。我从未见过这个女孩，却能想象小哥哥演奏小提琴或高谈阔论时，恋人痴痴地望着他的情景。突然之间，女孩被家人锁在家中，禁止双方见面。

小哥哥家庭出身不好，不是一般的不好。父亲曾挂国民党将军军衔，1950 年代初蒙难。那个时代，伴随每人一生的不是出生证明，而是个人档案。女方家长的态度，可想而知。

小哥哥决定自杀，先禁食，又准备用更快的方式自我了断。他周围的人，据说母亲在内，都无奈地接受了他的选择。几个好朋友约他去照相馆拍照留念，我还真看到这张照片：四位神情肃穆的男生。后来小哥哥从致命的烦恼中醒悟，危机化解了。与维特不同，小哥哥生命的阴影来自社会。“她母亲接受独子自杀吗？”“是的，她也接受了，很平静。”

这个亲密的朋友圈子中，小哥哥是大家喜爱的小弟弟。传说中，丈夫去世时，田伯母怀胎七月，儿子早产，给了她活下去的理由和勇气。她出生于湖南世家，知书达礼，通诗词，彼时在一个民办的刺绣手工合作社做车衣女工。

那时候，昆明人成为朋友的话，必然要约对方去家里坐坐，碰到吃饭时间，就一道吃饭，无需事先准备。小哥哥家住在昆明一条石板街和一条小巷交会的木头房中，独门独户，一楼只是过道，嘎吱嘎吱响的木楼梯通向二楼，这里也只有一间房及隔出来的做饭处。窗呈半圆，看到街上来往行人，听到自行车在石板上颠簸的声音。小楼独特，简陋，诗意，正像它的住客。

第一次见到田伯母，和我想象中完全一样。一看就知道是外省人，皮肤白而细腻，额头高，短发拢在耳后。素色的衬衣外加毛衣，当时中年妇女的标准打扮。“慈祥”两个字透露在她的笑容里，她不笑的时候，眼睛、嘴角也带着笑意。听到我会留下来吃饭，她由衷地开心。我至今还想得起她蹲在蜂窝炉前扇火及俯身切菜的样子，记得那天她做自己的拿手菜——红烧茄子。

小哥哥讲述的童年故事，都被我安放在这间小阁楼中，可以像电影画面一样重播。他上小学时正逢“大跃进”，全民加班，超时工作。田伯母每天出门，男孩还没有起床，等她回家，儿子已经熟睡，她急忙为他准备第二天的饭菜。小哥哥很快学会写字，给妈妈留条子。四十年后，我才有机会听田伯母自己提起这段往事。她说“大跃进”时，手工业合作社也要“放卫星”，向祖国献礼，不时还得通宵干活。母亲半夜归家，开始生火，烧水，灌满七个暖水瓶，倒进木盆里；将儿子唤醒，从床上抱起来，替他洗澡。他还在梦中，不时唤声“妈”。田伯母将钥匙交给邻居——一位上海婆婆。出门，将门锁上。等到差不多该上学的时间，阿婆去给他开门。儿子聪明乖巧，到小学二年级，母子可以相互留字条。“妈妈，你看，我的都是 5 分、4 分”，这张和成绩单放在一起的字条，永远留在母亲心间。

不知底细的人会以为小哥哥家境富裕。学英文，学提琴，还有一把好琴、一块名表，都需要那时非常稀缺的东西——钱。田伯母从不犹豫尽全力去成就儿子的爱好，包括变卖家中财物，换来他的所需。儿子先天不足，田伯母用家中仅有的积蓄去买克林奶粉来喂养他。小哥哥记得他大约三岁时，和母亲去街头摆卖。呢子大衣、绸缎旗袍等放在一只皮箱中。母亲躲进路旁小巷，小男孩站在箱子旁。有人问津，他便立刻跑去唤出母亲："妈，有人来看了。"

小哥哥以优异的成绩从小学毕业，深得老师宠爱，却没有被正规中学录取，后来进了一所半工半读的民办学校。他觉得完全是自己的错，内疚，觉得对不起母亲。田伯母不能化解他满心的委屈，无法对他说明，因为父亲的关系，他被打入另册。母亲可以给儿子无尽的爱，宁愿为他牺牲性命，却无法让这个小男孩得到公平的待遇。"文革"很快来到，不仅他一人，全中国所有青年一下子失去上学的机会。

小哥哥那时不过十来岁，被分到郊区的农场。算是照顾他小，农场给他派了赶马车的活。策马扬鞭，合他的性格，做母亲的则担惊受怕。后来的确出了事故，幸而未留下后患。农场管治不严，之后小哥哥病退回家，投入自己的爱好——学习，尤其是学历史之中。我的家族是云南的世家，他从先辈的事迹往上追溯，对云南历史钻研非浅。我和他刚认识时，他问起我曾祖父的名字。"熊廷权。""字是不是种青？"这个小孩居然知道！每天收听BBC的新闻，是他必做的功课，练小提琴，念古文……要愁哪得功夫？

当时，我们这些在知识无用的时代依然好学的人，根本想不到所学的东西会对个人前途有什么意义。学习只是一种习惯、爱好，是对得起自己生命的行为。出乎所有人的意料，后来机会出现，给了这些“有准备”的人。1977年恢复高考，小哥哥得到当年云南省的文科最高分，但仍未获得录取，显然还被认定为政治不可靠者。后来，历史按反省“文革”、反省“以阶级斗争为纲”的方向走。终于，将近三十年之后，家庭出身、政治表现作为中国学子进入高等学校关卡的规定，被废除了。小哥哥进入了大学。

小哥哥的故事代表了一批人，反映了一个时代。顺理成章，1980年代初，他拿到美国一所常春藤大学的博士研究生的录取通知书，获得全额奖学金。同时，他与相爱的女孩订了婚，双喜临门。而此时，田伯母想起故去的丈夫，想起那些未决的往事，心事重重。她久久站在翠湖边，看柳树枝条在风中摇曳，看水中白云的倒影，仿佛第一次看到昆明的翠湖这么美。

1919年，田伯母出生在湖南长沙书香门第，族中人口多，家道殷实。她的外婆家劳氏也是望族。不记得是她父亲还是母亲的家族，曾经中过两位状元，得皇帝赐匾。田伯母说，我在《家在云之南》中描画的外婆家融洽、充满欢声笑语的大家庭和她的外婆家一模一样。田伯母的母亲长得漂亮，随父母在北京住了八年，一口京片子。陪嫁时，为了不让邱家小看，倾尽家中值钱的东西作为嫁妆。邱家秉承书香之家的使命，田伯母的大姑妈在长沙办了“幼幼小学”，二叔、三叔送到天津，进入北洋大学，由外籍老师用英文授课。田伯母小时候便学会一句“Very good”。

在对付人类主要疾病的药物发明以前，富人、穷人的生命在致命的病症之前都一样脆弱。1920年代，邱家一共有四个年轻人先后死于肺结核。田伯母的父母在长沙正月的寒风中，于三天之内先后过世。她对父母几乎没有印象，听大人说她满月时，母亲身穿一袭大红裙子，抱她出来向祖宗磕头，这成了她脑海中母亲的形象。大家庭的孤儿一点都不孤独，儿时印象是田伯母一生最欢乐的记忆。她的小名叫雁栾，好像从早到晚都听得到大人亲切地声声唤：雁栾！五六岁时，过生日这天，她跑进客厅，正好大姑爹有客来访。小女孩给客人磕了个头说，“今天是我的生日”，结果得了两枚银元。哥哥笑她“生财有道”。

家中的藏书陪伴田伯母度过了少年时代的晨昏。田伯母哥哥将家中的书房称为藏书楼，其实那就是二楼的一间大房。讲到此，田伯母偷笑道：“我其实只看小说，对占满书架的经典和学术书一眼都不瞟。”她觉得自己当时完全不懂事，“等到我懂事时，好日子过去了，一去不返”。日本侵华，改变了中国和亿万家庭的命运，邱家大宅也毁于1938年长沙大火。十九岁的花样少女没按原先的梦想去上大学，而是进入战时儿童保育会的长沙分院，做了一名音乐老师。

1938年，由几位社会上的活跃女性发起并组织，以宋美龄为理事的中国战时儿童保育会在长沙成立分院，“凡阵亡将士遗孤、前方作战将士及救亡工作人员子女暨战区难童，年龄在十五岁以下、四岁以上者，均可前往中山堂该会或青年会报名。经审查和体检合格，即可入院。7月20日左右，首批难童约九十人”。后来湖南一共成立了五个分院，一共收留、保护了两千多名孤儿。

给田伯母取名“雁”的长辈，大概联想到她是一只失去父母的孤雁，不曾料到她的一生居然与此关联：自小父母双亡，第一份工作在孤儿院，婚后两年即失去丈夫，儿子成了遗孤。不过，在对她百般呵护的家人中度过童年与少年，田伯母一点不孤苦。战火烧起，没有其他场所比保育院更适合安放她的温柔与爱心。她依稀记得当年教孩子们唱的歌："我们离开了爸爸，我们离开了妈妈；我们失掉土地，我们失掉老家。我们的大敌人，就是日本帝国主义和他的军阀。我们要打倒他，要打倒他！打倒他，我们才可以回老家；打倒他，才可以看见爸爸妈妈。"

年轻貌美、慈爱端庄的音乐老师自自然然成为孩子们心目中的"母亲"。有个调皮的男孩很能利用老师的心情，他跟在田老师后面，叫她"妈妈"，然后就要糖吃，不止一位老师中了他的计。我在认识田伯母几十年后，才听她说起在战时保育院的经历。那时许多人，对前方主战场是如何打的、后方民众如何参与等问题，一片模糊，也不深究。保育院的孩子，也在七十年后才开始相互联系，寻找当年的老师。这年夏天见面，田伯母一遍遍对我讲述当年的经历，给我看当年学生办的一份同仁刊物，上面有她写的文章。那个骗糖吃的孩子也年过七旬，打电话对她说："现在你儿子在美国，有事找我，我就是你的儿子。"田伯母笑道："你小时候骗我，现在老了还骗我。"

1947 年初，报上刊登台湾空军子弟学校招聘老师的广告。田伯母古文基础扎实，一报考即中，随即被派往台中分校教小学六年级。这不知道是哪位有远见的政府官员提出的政策。后来对台湾文学有卓越贡献的作家齐邦媛，也是当年台湾从大陆招募而至。田伯母教的这班学生，次年全部考取了中学。她因为表现突出被调到台北总校，从少尉一级升到少校三级。

1949 年暑假，住在昆明的三姑妈邀请她去玩。此时她三十岁，亲友心中有何算盘不难猜到。她生性贪玩、好奇，正好有足够的积蓄，开开心心地上路，懵懂无知，跨进了人生的转折。从暑气蒸人的台北，来到清风送爽的昆明；从举目无亲的都市，来到视她为己出的姑妈身边，心情大好。一张情网，此时向她张开。

对方算不上英俊，个子不高，和她满腹爱情小说中的男主角相距甚远。男生却对她一见钟情，一首首情诗箭一般射过来。她渐次被这位书呆子的学问吓倒，与他相处，好像对着一本永远读不完而趣味盎然的书。他同样出身世家，父亲是云南杰出的学者，本人毕业于昆明的东陆大学。这所创办于1923年的云南的第一所大学，得益于创建者唐继尧的视野："东陆大学，非滇人一省之大学，乃东陆人之大学也。"建校的宗旨是沟通中华与欧陆的文化，摄取双方文化之精华。

毕业后他到南京，进入国民政府工作，一路获重用，升至处长级。战时文员均授予军衔，三十岁出头，已为少将。1949年内战大局已定，国民党决定撤到台湾。父母在，不远游，他不做二想，离职回到昆明。像当时绝大多数对自己谋生技能自信的人一样，他选择留下。万万不曾料到，这个决定改变了自己和妻儿的一生。

这位文学系毕业生其实一点也不书呆子，感情丰富，拉小提琴，和两位朋友结为"岁寒三友"，诗词往来。年过三十堕入初恋，带女友登西山，泛舟滇池。最主要的节目是看电影，昆明那时分区停电，他们满城跑，找不停电的影院。女友喜爱的好莱坞爱情片，受城中男女捧场，几乎场场满座。此时的中原大地，抗战多年之后，内战惨烈。枪鸣炮轰，血腥的厮杀，伤者的呻吟，丧失亲人者的悲恸，战乱造成的灾难与饥荒……传到昆明，化为《正义报》上的一则消息。这些对恋爱中的年轻人，只引起了一番感叹、几行清泪而已。

当婚当嫁的恋人很快结为夫妇，但幸福的日子何等短暂。一年多后，田伯母腹中胎儿七个月时，丈夫蒙难，家属没有得到任何通知。让她回忆已经够残酷了，我没有问她的感受、问她如何自杀未遂。多年前我问过她，为何可以平静地接受儿子自杀的打算，她说："我已经想好了。他走，我也走。他从小是个好孩子，受尽委屈，连中学都不给他上。以后这辈子……不知道还要受多少罪。死了就一了百了。"

昆明人严玲玲的回忆录《母亲和我们七兄妹》详尽地描述了遭逢厄运的母亲如何支撑起一个破碎的家，如何受尽凌辱而不失尊严地养育儿女。处境与严伯母、田伯母相似者，那时有一大批。作为妻子，她们的世界崩塌了。她们哭得天昏地黑，痛不欲生。作为母亲，她们必须揩干眼泪站起来，支撑起这个家庭，必须在孩子面前保持笑容，去谋三餐，找一条活路。

变卖衣物、首饰以及家中任何值钱之物，是这些原先的太太小姐最简单的活命方式。田伯母的祖母从小教导她，身外之物不足贵。"命中有的终须有，命中无的莫强求"，她并不心疼将身边物件贱卖。田伯母的三姑妈大学英语系毕业，曾经做过省长龙云的英文秘书。她有七个孩子要养活，连不怎么值钱的东西都卖得差不多时，她用一百元买了一架缝纫机，学习做裁缝。田伯母学她的办法，先学做最简单的内裤，接着学做小孩衣服。田伯母本是一位优秀的教师，和她的三姑妈及许多知识妇女一样，因

“四类分子”家属的标签，被排斥在体制以外。

车衣女工被称为小手工业者，到1958年“大跃进”开始，连最后的空间也没有了。她们被要求入社，带着自己的“生产工具”——缝纫机，进入集体所有制单位。田伯母从此成为昆明机器刺绣厂的一名女工。这年她三十九岁，同事叫她“老田”，她也觉得自己已经老了，在嘎吱嘎吱的缝纫机声中低头劳作，手扶着布料，脚踏踏板踩机器。每天八小时，踩啊踩，送走了半生岁月。只要能每天按时下班，回去照应儿子，田伯母就满足了。

这些一下子跌到社会底层、不善体力活的妇女，为子女，只要有稳定的收入，哪怕收入微薄、哪怕苦和累的工作，都可以接受。田伯母与我认识的其他在同样处境中的母亲不同的是，她对儿子的教育十分在意，并且有自己的教育理念。找寻合适的幼儿园，今天的父母视之为理所当然；而20世纪五六十年代，绝大多数人相信孩子是祖国的花朵，交给什么园丁去照料不关家长的事。田伯母则认为必须将儿子交托到有爱心的人手中。“多数幼儿园都是在民房里。我去到一间，看见小孩站在天井里哭，有小孩只穿着一只鞋。小娃娃哭，我也站在旁边跟他们一起哭。”找来找去，田伯母终于找到一家满意的，这家幼儿园租用了一名医生的住所，主任是幼师毕业。

“文革”开始，半天工作，半天开会，人人要发言。每个人限定写十张大字报。大家很快发现老田的毛笔字一流，大字报写得又快又好。班上二十多人，都来求她帮忙。她常常写到别人都回了家，自己却还在“代笔”。这个善举，让田伯母赢得了同事的敬重。三十年后，有位同事带着人参来探望她，感谢当年相助。

同事间交往不多，但领导都知道这些人的底细。“文革”中一天，车间主任早上宣布：“今天让你们这些小姐、太太去挖老板田（挖地）。”大家拼命挖，人人手上起了血泡，到下午四点已经完成任务。平时相处较好的八个人突发奇想，坐船到西山去玩。田伯母在船边洗饭盒，饭盒不小心被水冲走，一船人大笑，田伯母笑得最响。回市区路上天已黑，大家站在路边截顺风车，叫田伯母站在前面，结果一辆卸货的翻斗军车停了下来。对整天被关在车间里、在机器声中低头工作的人来说，这辛苦的一天好像节日。半世纪后，九十六岁的田伯母给我讲起这个故事，脸上的笑容依然青春调皮。

和田伯母熟起来是 1980 年代初，我到香港之后。他们母子和我父亲及弟弟成了邻居。后来两家人干脆一道吃饭，我的家人享了她好大的福，我对她感激不尽。夏天和女儿回家，小女孩成了田伯母的至爱。昆明那时没什么水果，田伯母每天给我女儿做一份糖番茄。回到香港，女儿还记挂着“番茄婆婆”，至今不曾忘记。田伯母看她永远看不够，有时干脆坐在小凳上，就这么眯眼笑着，看她吃东西，看她玩耍。小女孩跌倒，哭了起来。“哟，她哭起来那个小样子太可爱了！”

这年夏天，我做了一件非常冒险的事。约上十多位朋友去澄江玩，包括我七十岁的父亲、田伯母和四岁的女儿。十七个人挤在一辆手扶拖拉机上，从澄江县城来到抚仙湖边，租了两只小船，去到湖对岸我心爱的小村庄绿冲。船行至湖中央，风雨大作，小船左右摇晃。我吓得要命，父亲和田伯母却无事一般。到绿冲天已黄昏，一行不速之客，个个像落汤鸡，闯进我的学生家。男主人生篝火给我们烤衣服，女主人下厨煮鱼汤。

第二天一大早，众人来到湖边，被这梦幻般的湖光山色迷住了。湖边一行参天古木，向四方伸出茂盛的枝叶，舒张于天地之间，湖水之清澈令人惊叹。父亲站立在水中，大声道：“连脚趾甲也看得清清楚楚。”田伯母牵着我女儿的手，被她拖着跑来跑去，和水里的妈妈打招呼。此情此景，像梦一样留在我心中。数十年后，绿冲成为著名旅游景点。听人赞美绿冲、赞叹抚仙湖水，心中感叹：那最美的水、最可爱的小渔村一去不返。我的父亲和田伯母也已作古。

田伯母七十岁这年，她儿子将三个月大的孙儿从美国带回来交托给她，圆了她的梦。独自将孙子带大的六年，是田伯母一生中最操心、最忙碌，也最幸福的时光。

我夏天回昆明，照例去看这奶孙俩。小男孩非常之纯真可爱。我女儿最擅长和比她小的孩子玩，分手时，他硬是不舍得小姐姐走，一遍一遍地恳求她留下，情真意切。他指着奶奶的大床说：“今晚你就和奶奶睡。”找保姆是田伯母最头疼的事，几乎每年一换，后来找到一位非常能干可靠的。一年后，一次田伯母发现她去附近工地擅自拿了两块木板，严肃地对她说：“工地上的东西都是公家的，你这是偷窃。”于是就让她走了。孙儿对小保姆都称姐姐，每天午睡起来吃水果，第一块给姐姐吃，然后才轮到自己。

孙子四岁多，田伯母就开始教他认字、算术。到五岁，毛笔字已经写得有模有样。六岁，需要回父母身边上学了。父亲问他：“你愿意来美国还是留在昆明？”“奶奶去我才去。”这时田伯母的儿子已经拿到博士学位，在大学任教。一家团聚，此其时也，小男孩去到美国。开学第一天，老师让每个人站起来，告诉小朋友们暑假做了些什么。小男孩看到大家起来，叽叽嘎嘎说了一通他完全听不懂的话，他只知道那是英文。轮到他站起来，他将自己唯一认识的英文流利地念了出来：一个个的汽车牌子。奶奶对他教育的最成功之处，是培养了他的自信。

和儿子一家在美国住了将近十年，田伯母记忆中留下的都是美好。刚到美国，就遇到一个非常友善的台湾人，她是三个孩子的母亲。她带田伯母去中文图书馆，接触当地的华人社区。田伯母还为当地的华语小报写了一篇文章《东迁记》。暑假，儿子带田伯母遍游美国国家公园。她每回顾自己的一生，都以各种令她重返青春的自然风光做背景，以有如此孝顺的儿子而知足、自豪。心中烦恼，用愉快的回忆去抵消。

年过八十，孙子进中学后，田伯母越来越感到必须回昆明。去美国陪伴儿孙的老人大都顺从这个规律，当自己对下一代的生活在实际而非情感层面上不再是不可或缺的时候，他们宁愿忍受分离后的牵肠挂肚，也要服从理性的考量说再见。昆明已经是田伯母的故乡，衣食住行都习惯，还有亲戚朋友。来探望她最频繁的是儿子的好朋友们。刚回来的一两年，对儿孙的思念常令她茶饭不思。她将儿子和孙子的头像放大，放在相框里。吃饭的时候，她把相框放在饭桌上，好像一家人在一道进餐。儿子固定每周六和她通电话，每个暑假都会来陪她住些日子。

大概在 2003 年夏天，她刚回昆明不久，我到昆明去看她。她家里有个十七岁的小保姆小琴，来自彝族村寨。小琴在厨房一边洗菜一边哼歌。她叫田伯母“奶奶”，称我作“香港姑姑”，和田伯母笑着抢电视遥控器，举止就像个孙女。每年回去看田伯母，她们都留我中午在家吃饭。小琴的厨艺越来越好，两人会记得我上次来喜欢吃哪几道菜。小琴天生的悟性和性格，田伯母的身教言传，几年下来，她们好像真的成了一对奶孙，小琴的谈吐像是受过很好的教育。

小琴的父母和村里其他人没有两样，指望用她的彩礼替哥哥娶媳妇。他们曾说替她找到当地邮电局的职工做对象，将她哄回家。小琴回家才知道是一场骗局，父母连对方姓甚名谁都不知道，她立即折回田伯母那里。我问她：“你们那里如何重男轻女？”“这样说吧，我有两个姑姑，我爷爷奶奶从来不问她们的死活。”她说：“我要陪奶奶到她百年之后才嫁人。”小琴一直遵守承诺，不为旁人包括田伯母自己的劝说所动。

2005年起，一连几个冬天，田伯母都因为肺部感染去住医院。田伯母看到医生在查房后开药的清单并挂在病床床头的病人档案夹里，便让小琴将药名一一抄下来。第二年冬天犯病，就去买同样的药来吃，觉得管用，以后很少住医院了。田伯母的抽屉里放着儿子从美国买回来的维生素补充剂，还有许多小瓶子，上面写着：腰疼、胸闷……照料好自己的身体就是对儿孙最大的关心。她和小琴按照一本叫《第一营养》的书的建议选择食品。不知道是基因还是健康饮食的缘故，田伯母到九十六岁仍然耳聪目明，脸上很少老人斑。最难得是她头脑非常清晰，乐观幽默，和她聊天是一大乐事。“你看我是不是很狡猾？每次儿子来前，我就另外安放一下桌上的照片，等他走掉再还原。”那是我们之间的一个小秘密，两人坐在沙发上笑得前仰后合。

田伯母的知己是几位和她年龄相仿的亲戚，我看过几封他们之间的书信，大为惊叹，彼此唱和的古体诗对仗工整。吟诗作对的传统，还保存在这些落到社会边缘的贤妻良母、昔日的大家闺秀之中。我对田伯母说明要将她的故事写下来，就像写我去世的父母和亲戚一样，希望让文字留下他们的音容笑貌，留下一点时代的影踪。除了这些书信，田伯母写过一份自传。我想到有丰富的资料可用，便只是和她天南地北地聊天，不想令她太累，怕往事勾起心酸，没有做口述史那样的采访。何况我不是个合格的采访者，关键处不忍追问。我问不出口：她三十岁出头失去丈夫，之后有人令她动心吗？有人追求过她吗？有时候她会插一句，“这件事我连儿子都没告诉过”。对哪些可以留在纸上，哪些载入她的故事中，彼此有默契。有一次约好去看她，她说身体不舒服，过几天再说。到再见面时，田伯母一脸歉意，道：“对不起，景明。那些信我烧掉了。”她留下一封大概实在舍不得烧毁的长信，递给我。三页纸，其中一页是诗词。我看了一眼，还给她，不再继续原来的话题。

小琴原来就学会了电脑打字，可以代田伯母写邮件。后来有了微信，更方便。收到我传给她的孙女小糯米的照片或者视频，田伯母一定作答。到2016年初，许久没有田伯母的信息。打电话给小琴，才知道田伯母住进了医院的重症观察室。此时她已不能言语，知道是我来，一定要和我说话。除了“我们的友谊”这一句外，我完全听不明白。她不停地发出喉音，我在她努力“说话”的每个空当上回答：“我知道了，是的，你放心，田伯母。”

2015年夏天，儿子回美国，田伯母看着他拖着箱子离开的背影，对小琴说："叔叔也老了，还要这样奔波。"年底，田伯母生病，在北京工作的孙子乘夜班机赶来，田伯母好心疼。小琴父亲病重，小琴却走不开，也令田伯母于心不安。和我父亲去世前一样，田伯母意识到生命已经走到尽头，开始禁食。决定离开却不是那么容易，拖了近两个月。她不止一次说："比起许多老人，我的晚年非常幸福了。"她年轻时就有过两次不堪痛苦、只求了结的经历；活下来，对世界的留恋莫过于儿子，然后是孙子。她总算看到儿孙长大、事业有成，唯愿不拖累他们。

我听到她走得平平静静，为她高兴。我想起"文革"中那个夏天，她和同事去田里做苦工，意外地赢得一个黄昏。终日在缝纫机嘈杂声中低头做活的田伯母，来到山水之间，仿佛变回青春美丽的自己，直想开怀大笑，连饭盒掉进湖水也觉得好笑。她大半辈子都因儿孙、亲友的快乐而高兴，因他们的挫折而忧心。在那个美丽的黄昏，夕阳映照的滇池上，她曾那么开心，为自己开心……

负你千行泪

于叔叔，1937—2014

从他少年时代喜欢上这个女生起，他便确定了自己的人生目标，一定要成为配得上她、值得她爱的人。

第一次见到于叔叔（于叔叔是化名。——作者注）在1960年代初，我的一位亲戚的新婚“洞房”内。到贺的一二十人挤满这间单位宿舍，我留意到有位男宾靠在门边五斗柜上，毫不掩饰满脸忧伤。读过《红楼梦》和许多爱情小说的高中女生，立刻编织了一个爱情故事：男主角因其心爱的女子嫁给他人，从此郁郁寡欢。

其后数十年间，不断听到这位于叔叔如何照料我亲戚一家的事。这位亲戚人缘好，老同学中一班死党相互照应，本不出奇。我第二次和于叔叔见面几乎是半世纪以后。我的这位亲戚走完了她的人生路，追悼会上，有人对我介绍他说，这就是于工程师。我带去一本出版没多久的《家在云之南》，不知怎地，随手送给他，感谢他多年对亲戚一家的关照。我告诉他听到一个笑话：一次我亲戚住医院，他时常携带食物去探望。同房的病人说："你丈夫对你真好。"

于叔叔说见过我。1950年代中，他受亲戚之托，从边疆农场带红糖来给我母亲。"你穿着工装裤，前来开门，如此清新的少女，令人眼前一亮。"直到此刻，我才想到在亲戚新婚晚上见到的失意郎，应当是他。我们去到追悼会场外，他突然说，"她走了，我没有活下去的动力了"，问我是否能改天和他聊聊。我吃惊不小，给了他电话和邮箱地址。

婚礼上的直觉没有错，故事在现实中的展开更超乎我的想象。于叔叔说："我和她之间没有恋爱过，只是一种心照不宣的单相思。从来没有说过一句知心话，后世者实在难以理解，但确是真实的故事。逝者长已矣，生者如斯夫！但我做不到。"他十六岁时爱上这位同班同学，同时明白自己不可能高攀。女生品学兼优，性格温柔，样貌出众，课堂上、球场上都是明星。小男生远远地仰慕，在无望的单恋中无法自拔。毕业分配时，他填写了"新疆"，希望距离能打消自己的痴心念想。之后回忆起来，他才意识到当时完全没顾及老母亲，实在自私。

命运弄人，他和这位女生偏偏分到了同一个单位，又同时被送往边疆农场务农。朝夕相处，融洽愉快。仍然是他有情，她无意。到1960年回昆明前夕，他终于鼓起勇气向女生表白，对方以十分粗暴的方式回绝。第二年，女生结了婚。十年之后，他勉强成婚，主要为了却母亲的心愿。从他少年时代喜欢上这个女生起，他便确定了自己的人生目标，一定要成为配得上她、值得她爱的人。失恋、各自成婚，都没令他放弃。

同样因为命运的安排，1974年起，于叔叔以老同学及同事的身份，走近了她的家庭。此时，她在员工食堂卖饭菜票。她做什么都认真负责，加之态度好，成为了受人喜爱的食堂师傅，她本人似乎也安之若素。于叔叔劝说老同学不应当放弃事业，多番奔走，帮助她恢复工程师身份。亲友们都听说，她家有事都找于叔叔帮忙，大到子女调动工作，小到给住院的病人送汤送饭。对于叔叔和她不一般的情谊，大家都心照不宣。于叔叔能维持与我这位亲戚全家的友好关系，便在于没有越过那条敏感的线。追悼会上，于叔叔的位置仅次于我亲戚的丈夫、子女。逝者的丈夫大度而明理，使得两家人之间的友情得以维持。

于叔叔在给我的邮件中写道："回顾自己的一生，一半是受保尔·柯察金的激励，另一半是尽力达到她心目中爱人的要求。结果，我全做到了。入团、入党、读大学，差一点当上厅的建筑专业总工程师，发表了十来篇论文，在退休后的十六年中一直在企事业单位中任总工程师。前几年有一天她淡淡地说了一句：'你成了我们班同学中最优秀的。'我心之惨然难以名状，一切都化为烟尘逝去，我达到了她的要求，却从来没有得到她。"

于叔叔不止一次对我说，"你的倾听，像给了我一根救命稻草"，令我有了将稻草变成救生圈的责任。除了和他通邮件，尽可能开导他外，我想到他的专业能力能被认可和应用是对他最好的鼓励。他退休后一直参与竹建筑的研发，技术已经很成熟，但找不到实施机构。于叔叔说："她去世后，我夜不能寐。我一生的两大支柱，虽去其一，但只要不死，第二根支柱就不能倒下。"

我与于叔叔通了将近一百封邮件，其中近半的内容是关于向别人推荐他的竹建筑技术应用。我先后联络了香港乐施会昆明办事处、江西一个做农村环境保护的民间组织、香港仁人家园及香港中文大学建筑系。2013 年，香港中文大学建筑系的一位教授对他的研究成果有兴趣。我以为自己已尽责任，之后两年便没有联络他，也没有收到他的信息。2015 年回到昆明，听说他已经去世。

我始终不知道他故世的原因。2010 年在我亲戚的葬礼上见面时，他对我说，不打算活下去了。之后与他通信的几年中，数次听他提起轻生的打算，我都不以为意，觉得这只是人逃避悲伤的一时之念，会随时间而摆脱。

重读于叔叔的信件，我相信他希望将自己的故事留下来。他说："感谢你在她去世后给了我一个倾诉的机会，把我一生郁闷于胸的思绪毫无顾虑地对人吐出。男人有事总是闷在肚子里，只有这时，我才感到一种迫切的需要，多么宝贵，否则我对她一生的钟爱与情感，将随着她的逝去，无人知晓，成为永远的谜。谢谢，再一次谢谢！"

挂在灵堂的照片和我亲戚平素的打扮截然不同，电烫头发给我的感觉尤其不对。后来得知她的女儿将她的旧照拿出来，挑了一个晚上，最后决定用这一张。我事后看到于叔叔的邮件，才得知照片后面的故事：那是他和她唯一的"出游"。机缘巧合，他去南京疗养（职工福利），她赴青岛探亲时路过南京，两人一道去参观南京博物馆，经过一家理发店，她突然想去烫头发。于叔叔坐在店里两小时，守候在侧。之后，于叔叔陪她去照相馆拍了这张照片，她微笑地望向于叔叔，让于叔叔感到幸福而满足。这算是他们之间的“秘密”吧，而照片日后竟然挂在她的灵堂正中，是否冥冥中表达了她离世之际对于叔叔的眷念与感激呢？

和于叔叔通信，我只是听者，不发问，有时也说些空洞而苍白的开解话：“她的一生，似乎应了‘红颜女子多薄命’，不仅因为时代，也是个性所致。另外，她非常幸运，有一位始终对她不离不弃的朋友，像上天派给她的守护神。否则难以想象她的日子怎么过，怎么渡过一个个难关，活了那么久。”

“人生得一知己足矣。你们相知相交六十载，罕见的缘分，值得你后半生回味。相信她在天之灵，只希望你用平和的心境缅怀往事，心存感激，不要过分忧伤。死者长已矣，生者且偷生。这段不变的情怀成为你向上奋发的动力，令你没有成为麻木的芸芸众生之一。但愿你不要总是活在过去，活在悔恨之中。”

“我想到你的妻子，她纵有千般不是，和你一道生育了两个儿子，从来没有得到你的爱。也许，你应把握这最后的机会，走出‘少年维特的烦恼’，以你的善良，尝试去给她一点补偿。”

多少人曾在年轻时恋上如花似玉的少女，又有多少人能在她们变成病恹恹的老妇之后，痴心不移？为了心中爱人，于叔叔用了一生一世去自我完善，不求回报地付出，一再克制，将至死不渝的感情藏在心底。于叔叔说，感情是太奇怪的东西。她走前一周，于叔叔没去探望，他对此后悔不已。于叔叔坚信如果自己及时将她送进医院，她的性命是可以挽回的。

2012 年夏天，我们家去金宝山为这位亲戚上坟，看到她墓前放着一大束尚未枯萎的白玫瑰，不难猜到谁来过。于叔叔说天气好时他喜欢去墓前坐坐，和她聊聊天。冬天风大，坐不了多久。我曾和于叔叔通信频仍，却只见过几次，记不清楚他的模样了。想到他，我脑海中浮出一幅图画：一位老者手持大束带刺的玫瑰，坐在冰冷的大理石墓台上，山风吹拂着他稀疏的白发，他反复默念着北宋词人柳永的名句：系我一生心，负你千行泪。

全家福

1926—1962

昆明是国内最早有照相馆的城市之一。清末以来，水月轩、二我轩、留青馆、春影阁陆续开张。1930年，广州艳芳照相馆的学徒到昆明来开了分店，带来了新的摄影及照片冲洗技术。本地照相馆老板不甘落后，远赴香港挖掘人才。1930年代新开张的花园相馆“存真”，以户外真实景观代替室内画布，抢尽风头。照相馆坐落在离市中心不远的双塔寺下、一条名为大绿水河的小溪之畔。主人别出心裁在报上登出对联之上半联“绿水河，河水绿，河映双塔存真相”，征求下联，传为佳话。1950年代初的社会主义改造运动，令私人照相馆的日子到了尽头。国营的人民相馆、东风相馆，取而代之。

以下第一张照片应当是在距外公家较近、翠湖边的水月轩所拍。想想看，那是何等的家庭盛典。当天每个人尤其女眷悉心打扮不在话下，有人需要为之添置新衣。那时没有什么服装店、百货公司，得光顾裁缝，量体裁衣，耗费时日。这老老小小二十人的大家庭，来自四个屋檐下，安排交通、协调时间都需一番操劳。时间大致在1926年。

1926 年，苏家全家福

坐在正中央的白须老翁显然是照片中的尊者，当天很可能是他的生日。他是我母亲的外公，云南省现代教育的一位推手。“简历”大致如下：钱用中（1864—1944），字平阶，举人。云南省经正书院高材生，1905 年赴日本考察学务，1910 年创办《云南日报》，曾任中学教员、省议会议员、省政府秘书等职。著有《中国社会总改造》《我之国民改造观》等书。这些从出版物、网络可查到的记载，当年我们小辈一概不知。

母亲和舅舅只讲过太外公的琐事，例如他几次考进士落榜，皆因字写得太差（母亲不止一次提起，用以警示写字很烂的我）。母亲小时候外快的来源便是替他抄文章，结果练得一手好字。传说他早年曾经到北京参与“百日维新”，被捕后受到慈禧亲自审问，他一口云南方言，无法沟通，太上令这名少不知事的土包子滚蛋了事。这些传说的真假无法考证，而他毕生致力维新、办报办教育、任过1923年成立的云南天足会（促成释放妇女小脚）副会长则是事实。

如果他不曾到日本，便没有我。他以督学身份前往，归来后将两个女儿许配给他的两名爱徒，即庾恩旸及我的外公苏澄。三人在日本都加入了同盟会，庾后来成为护国运动将领，1918年三十四岁时遇刺身亡。照片上没有他夫人、钱老先生的另一位女儿钱维芬，只有他们的两个女儿，后排左三庾亚华，后排最右边是她的姐姐、姐夫。云南野史将钱维芬说成红颜祸水，她后来改名钱文琴，远走香港，1964年去世，2012年迁葬昆明金宝山。她留下许多传奇故事，无法证实。

照片中排最右边，清秀文静、着昆华女中校服的妙龄女孩是我的母亲苏尔端，生于1914年，在十一个兄弟姐妹中排行第三。外婆每隔两年生一个孩子，在那个年代很普遍，家中有多少小孩，视乎有几个活了下来，故家境不俗的人家通常儿女成群。此时，母亲已经有三个哥弟、五个姐妹。前排小藤椅上正襟危坐的两个小男孩是我的二舅、三舅。我对二舅最深的印象即他随时擦得贼亮的皮鞋，照片为之做出解释：这是从小的习惯。三舅苏尔敬是这个家庭中第三代公费出国留学生，1943年考入云南公费留美班，两年后赴美。他2012年在美国去世，女儿苏霭中整理遗物时，找到了这张发黄的照片。

1936 年，熊家全家福

前排从左至右：香姑姑、祖父、小叔叔、三姑奶奶、四姑姑、祖母抱着的哥哥、三姑姑。后排从左至右：姑妈、父亲、母亲、二姑姑。

八年间，昆明人的衣着全变了。显示窈窕淑女身材的旗袍大行其道，男孩穿短裤，时髦妇女烫了头发。母亲的左臂上戴着臂镯。在这场现代化的剧变中，祖父参与了云南县自治运动，中间坐着的三姑奶奶则是云南妇女天足运动中的风云人物。她右边的女孩后来参加共产党地下党，成为党干部，左边的小男孩在“文革”中自杀。故事多多、命运多舛的一代。

1953 年，苏家全家福

小孩一排，从左到右：我、弟弟景泰、表妹小咪、弟弟景和、表弟明杰、表弟明伟、表妹明莉；坐中三长者，从左至右：六姨父的母亲、外婆、四姨父的母亲；站立女士一排，从左至右：母亲、四姨妈、八姨妈、二舅妈、六姨妈；后排男士，从左至右：父亲、四姨父、二舅、六姨父。

政治挂帅的时代还没有到来，虽然男士都不再西装领带，女士还可以花花绿绿，我当时已加入了少先队。

1962年，苏家全家福

前排从左至右：表妹仁文、表弟仁善、表妹仁娟、表弟仁清、弟弟景和、表弟明杰；中排从左至右：表妹明莉、四姨妈、六姨妈、八姨父母亲抱表妹文健、大嫂抱侄女仲华、八姨、我；后排从左至右：弟弟景泰、表弟明伟、八姨父、四姨父、父亲、六姨父、二舅、大哥景辉。

除了小小孩，大家都穿得非蓝即灰。大哥一家从山西回来探亲，是苏家全家人的盛事。记得之前一道去晓东街北京饭店吃了一餐，在那个困难时期，红烧肉引人流涎。两岁的小孩大声道“要肉，要肉”，幸而亲戚都听不懂小女孩含混的山西话。后来才知道，这是住美国的三舅请客，拍照的主要目的是向他和境外的亲戚报平安。母亲当时已经卧病在床，未能参与。

第三部　人与时代

跨越千年巨变的一生

曾祖父熊廷权，1866—1941

这位道尹大人听起来像一位可爱的老翁，养着两只小狗，留意花瓶要不要添水，分享农人丰收的喜悦。拿本书斜躺着最觉自在，吟诗作对求惊人句。此官生活简朴，出门不着官服，不车不马，独自串田家，居然贪看秋花忘路远。有过疆场厮杀、马上驰骋的经历，冷眼看官场，暗自嘲笑无事忙的同僚、部下。

传说中的曾祖父

每个大家族中都有一位灵魂人物。我出世时，曾祖父熊廷权已去世两年，待我稍长，才听说这位神一般存在的“老爷爷”。我父亲拍过一张他颇为得意之作，家人称“两节拐杖”：大观楼假石山前，五位身着旗袍的窈窕淑女——我的母亲、姑妈及姑奶奶，簇拥着白发白须、手拄拐杖的曾祖父。他的曾孙——我哥哥一只小手握住拐杖第二节。此时，功名成就都化作过眼云烟，四世同堂的满足与乐趣足慰平生。

他写一岁的孙儿："这个可儿，无人不要，无人不抱。他扑入怀中，将须胡闹；他爬在背上，狂喜狂叫；抱立床头，他天然舞蹈。逗虫虫，捏巴巴，惟妙惟肖。爱煞人也，是不闻他哭，只见他笑。"让尚未能控制手指的孩童，努力将两个食指对点，口中念"逗虫虫，逗虫虫。虫虫虫虫嘟……飞"，是我记忆中第一个游戏，后来教女儿玩，教外孙女玩。诗后题："佚叟种青氏戏笔"。提笔一戏，将一家人的一百多年串起来了。他打小孩的故事甚为有趣。顽皮男孩惹了祸，大人告到权威人物"老爷爷"那里。他将手缩进衣袖之中，用空袖子抽将过去，以示惩罚；或踢一脚，不过会先脱下鞋子。我父亲自幼失母，调皮捣蛋，恐怕就是被他祖父这么惯出来的。

小时候只知道曾祖父在旧社会做过官，属于"剥削阶级"。"文革"后期，有位初相识的朋友问我："你曾祖父是不是熊廷权，字种青？"从他那里我头一回听到曾祖父是云南近代史上的一位人物。一向忙碌的父亲此时有了闲暇，对我们讲述曾祖父的事，带我们去上坟。曾祖父葬在昆明郊外黑龙潭公园后山，碑文由他的好朋友李根源撰写："及身未见平戎，老泪纵横，自挽哀词鞭后进；临死不忘杀敌，两京收复，再倾斗酒告先生。"1941 年，抗战烽烟正炽，这位爱国者难以瞑目。2000 年后，网络恢恢，我才在网上看到《云南通志续编》中关于曾祖父的记载：

> 熊廷权，字种青，晚号佚叟，昆明人。经正书院高材生，光绪癸巳（1893）举人，戊戌（1898）进士，以即用知县分

发四川。初补高县，调补营山县、富顺县，历署彭县、庆符县，卓著政声，迭奉传旨嘉奖，保升知府。

辛亥（1911）民国建立，回滇任丽江府三年，保以观察使存记。五年（1916），署川边财政厅长兼川边道尹。八年（1919），署腾越道尹。廷权有才能，通治术，洞悉边要，由牧令晋至府道，以循良称。晚年，主讲省会明伦学社，以诗古文提倡后进。二十七年（1938），抗日战起，昆明为后方重镇，敌机时来轰炸，避地西郊赤甲壁，筑默园以居。暇辄研究佛书，虔修禅净，于天台、唯识两宗，冥心探讨。著有《唾玉堂文集》四卷、《诗集》十六卷、《诗余》一卷（已梓），《经史札记》《书牍》《公牍》《旅行日记》《西藏宗教源流考》《联语》《语录》各若干卷。李根源序其诗云："雄快处似剑南，哀艳处似樊南；讽谕各体，亦庄亦谐，虽嗣音少陵、香山，而又出以变化，故能沉痛动人。情弥而语挚，才豪而气猛，在吾滇五华五子中，颇近即园。"王灿序其文云："以才运情，遣词入理。用笔矫快处，于清代中足上追朝宗而下抗叔子，至其高者，又骎骎乎与东坡、昌黎相颉颃。信乎其文雄也！"

家庭相簿上有曾祖父七十岁的照片，气宇轩昂，双目炯炯有神。他为这张照片题词道：

此清净身，偏一切处。招之不来，挥之不去。摄影镜中，偶尔幻住。肝胆须眉，天真毕露。如月印潭，如云过树。湛

1936 年，曾祖父七十岁生日留影

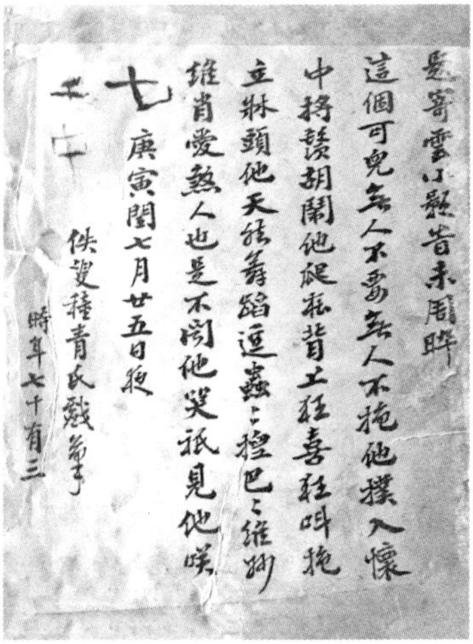

這個可兒無人不愛無人不抱他撲入懷
中捋鬚胡鬧他伏在背上狂喜狂叫抱
立牀頭他天然舞蹈逗蟲蟲捏巴巴
愛煞人也是不閒他哭祇見他笑
戊寅閏七月廿五日夜
佚叟種青氏戲筆
時年七十有三

1938 年，曾祖父写给外孙的小诗

1939 年，四世同堂，长须老人就是曾祖父，手扶拐杖的幼童是我的哥哥，摄于昆明大观楼

湛之光，英英之度。莫问是谁，本无我故。若以相观，幸此一晤。以一微尘，投诸大火。刹那光中，幻而为我。问我无能，觅我无所。随顺世法，亦花亦果。共识共知，圆光一颗。湛然廓然，罔不含裹。法尔天成，我何为者。此即本年，自家印可。

科举之路

熊姓的这一支在康熙丙寅年（1686）自湖南澧州迁到昆明定居。曾祖父文章中说因“游幕入滇”，语焉不详。祖父曾精心编辑了一部家谱，由我的父亲保存。“文革”初期，父亲是“反动技术权威”，担心红卫兵来抄家，自行将家中的“四旧”销毁。木质封面糊上锦缎的一部厚厚的家谱，放到汽油桶改成的洗衣盆里，烧了许久才化为灰烬。记得开头几页，全是着官服的祖辈画像。父亲说，云南人多半是充军来的，写家谱时，就说是来当官的。哪来这么多官？看曾祖父的回忆，先辈的确并非是什么官，是否因犯了事被发配边疆，已不可考。

到熊廷权，已是第八代昆明人。他的祖父聪颖异人，却不随俗去考功名，不屑“为家人生产计，抱一卷书以终老”。我们的这位天祖父饱览群书，“凡医卜星历杂家之学，皆悉心探讨，尤精于堪舆（风水）”。我小时候听父亲说，有位先辈能预知自己的死期，讲得神乎其神，原来就是曾祖父的祖父。我在曾祖父文集中读到的故事，情节和父亲所描述的完全不一样。

曾祖父五岁时，他母亲因难产去世，他在《先妣事略》一文中回忆了幼时。母亲夜晚在油灯下纺线，他坐在一旁蒲团上，在织机单调的呜呜声中睡去。“惟记四龄时，每朝曦破曙，先妣于枕上口授唐人五绝诗，令朗吟至能背诵，始为整衣起。”然后母亲带他去给祖父请安，将刚学会的诗背给祖父听，令老人家开心。这位高祖母，生于1844年，十七岁嫁到熊家，丈夫做点小生意，常年离家。文章没有提到她小时候是否上过私塾。谁教会她背诵唐诗，为何让四岁的儿子每天吟诵诗文？原来一百五十多年前，中国西南边疆的小城昆明，穷人家的母亲曾这样教育孩子。

想来，教儿子知书识礼，除了陶冶性情、令长辈开心之外，也有望子成龙的期盼。虽然我们那位潇洒不羁的天祖父不以考功名为然，但每个家族要改变社会地位，都必须培养出一位科举路上的成功者。熊家入滇八代，第五代起生活从赤贫进入小康，有人曾经试过童试，榜上无名。有家谱记录的四代人中，无一人考取功名。

熊廷权不负众望，考取了秀才。喜报在锣鼓声中送到家，全家人的兴奋不久化为忧愁。按规定，秀才不能从事开馆教学以外的职业。他必须辞退衙门抄录，做一名教私塾的“穷秀才”，踏上没有退路的科举之路，准备举人考试。比起之前一千多年的秀才，他算是生逢其时。1891年，他二十五岁时，云南第一所新式书院——经正书院在当时光绪皇帝变法维新的大气候中创立，有史以来云南第一次有了高等学府。书院在全省范围内公开选拔学生，这位苦读经书的年轻人幸运考入。

经正书院是新旧教育的过渡，以培养“通经致用之才”为目标，教学内容以“古学、时务”为主。院长许印芳虽出身科举，却提倡大胆接受新思潮，追求真实的知识，主张广泛阅读古今中外的书，独立思考，重新评估书本上得到的知识。他说：“读书如酿酒，漉糟取精液。酒缸倘无糟，精液何由得？”今天看来简单的见解，当时则是离经叛道的言论。曾祖父很快成为学院的高材生，在此受到的教诲终身受用。

经正书院给“屡应乡试，榜发无名”的年轻人带来了好运，曾祖父两年后终于中举。乡试为每个省三年一度的大事。1960年代初，我在云南大学念书，破败的男生宿舍映秋院前面有一排更破的平房，叫做贡院。2007年，一位历史系教授带我参观校园，第一站来到彼时翻修一新的贡院。一个个小单间乃音乐系学生的练琴室，钢琴、小提琴的声音从小窗里飘出。“贡”的意思是选拔人才贡献给皇帝或者国家。1922年云南成立第一所大学，选中了这块居高临下的风水宝地，保存了象征考试公平、公正的建筑“致公堂”，却没有了当年的八面旗帜：明经取士，为国求贤，青云直上，天开文运，连中三元，指日高升，鹏程万里，状元及第。

据说鼎盛时期，有五千余人从全省各地来赶考，需要搭建临时考棚，每天挑水供应考生的挑夫有三百名之多。这些年轻和不再年轻的考生中，绝大部分得徒步翻山越岭，长途跋涉来到省城。这一路，吃什么、住哪里啊？考生带考篮进入考场，内装干粮和笔墨纸砚等。干粮须切开，以防夹带。号舍以千字文编号，每号住生员一人。入场后考三次，每次考三天，考生唱名入号，需要一天的时间。所有考生进入号舍后，鸣炮封门，到交卷时才开门。三天吃住，均在号舍之中，以敲锣报时。开考前数日，考官和考生全部住进贡院，不得与外界接触，此被称为“锁院”。从小窗望进去，我想象着曾祖父曾在这幽暗的小空间里度过了九个日夜，冥思苦想，手持毛笔，写下与个人和家人命运攸关的文章。三年考一次，数千名考生只取前五十名。中举者，除了真才实学、内心有足够定力之外，也需要运气。

众多考生都未能一试而中。他人关于熊廷权生平叙述中，均未提及他考试的挫败。直到看到他悼念亡妻的文章《元室郭夫人行述》，我才了解到他累次落第。中举相当于取得学者资格，欲进入政府官僚体制，必须进京参加国家级的统考：会试。有资格参加会试的举人由公家派车接送，故称为“公车”。当时从昆明到北京除了走路就靠马匹，骑马或坐马车，翻山越岭逾月才能抵达。父亲说，曾祖父带上咸鸭蛋佐餐，一个鸭蛋分几天享用。一不小心，还没完全掏干净的蛋壳被风吹走，曾祖父吟诗自我安慰道：“风吹鸭蛋壳，财去人安乐。”我信以为真，多年后看到别人写的回忆录有相同说法，才知那是挖苦穷考生的民间故事。

曾祖父北上应甲午乙未两会试皆不中，在北京苦等三载，1898 年终于告捷。这年他三十二岁，为这最终一役耗费了十余年光阴。其间不学数学，不习任何科技知识，专心背诵古籍，写文言，终于成为同一条跑道数百万考生中极少数到达目的地者。科举制度选拔出来的人，其学识对执政有多少直接的帮助令人怀疑。漫长的科举路上久经磨炼、百折不挠的胜利者，其心志毅力都出类拔萃。七年以后，1905 年，科举制度废除，新学兴起。

中国的教育在一千三百多年后才迈出关键一步，年轻人的求学上进之路从此改变。

云南过桥米线的典故说，准备考科举的丈夫住在桥另一端的小屋子读书。冬天，妻子给他送两餐，想到汤水保温的点子。我们从小学到大学便有同学相伴相随，最鲜活愉快的记忆并非课堂上听讲、手捧书本或者考试、做作业，而是儿时的追逐嬉闹，少年时期自以为天长地久的友谊，青年时代的谈情说爱。之前长达六百多年，行走在科举路的中国男儿离开私塾后，各自在巨大的压力下苦读，背诵经典，自学为主，那是一条何等寂寞的路。

科举制度有助于社会阶层流动，带来相对公平的人才选拔制度，却禁锢了独立思维与创意。背诵“四书五经”，熟悉历史典故，写八股文章吟诗作对，是中国精英最大的能耐。年复一年，这个民族的优秀人才在背诵古代文献中孤芳自赏。漫漫六百年中，西方经历了科学革命及两次工业革命。当世间有无数人穷其一生钻研科学、实践技术、从事艺术创作时，聪明刻苦的中华男儿在埋头背书。在熊廷权中进士的1898年前后，戴姆勒发明了汽油动力汽车，莱特兄弟发明了飞机，华人引以为荣的印刷术被西人拓展为活字印刷机，西方音乐、美术的发展登峰造极。人类文明此时的灿烂成果，不曾在这位新科进士的梦中出现。

川藏之缘

按当时必须异地做官的制度，熊廷权被派往四川高县任县长。三十出头的人彼时做县长稀疏平常。他“初补高县，调补营山县、富顺县，历署彭县、庆符县。卓著政声，迭奉传旨嘉奖，保升知府”，在任上先后受过清廷三次传旨嘉奖，估计其中一次与在富顺县镇压哥老会的武装起义（1908—1910）有关。起义由同盟会的熊克武连同当地袍哥组织发起，熊克武是辛亥革命先驱，很得蔡锷赏识，其中矛盾需要历史学者去解读。曾祖父留下的著作中仅有一篇《创建高州小学堂记》和这一时期施政有关。

在四川任职期间，年轻的县官经受了毕生最大的考验。1905—1907 年两度出关，以参军事的身份到西藏东部办理粮务，负责当时到西藏镇压叛乱的清军之后勤，输送粮草。一百多年前进藏的艰辛，如今难以想象。“于冰天雪地艰难困苦中，疏通运道，接济军需”，可能要付出生命的代价。藏东边坝县丹达山有一块石碑，记载了 1753 年奉命率部队运粮食到西藏的云南参军彭元辰的事迹。队伍途经丹达山时，遇大雪封山，被困于悬崖边，无法走出。无计可施，这位参军纵身跳下雪海以身殉职。负有同样军令的熊廷权，在同样的天气中，在同一条路上走过。当时如果有同样遭遇，我便不存在了。

五年后，已经在丽江知府任上的熊廷权临危受命，再与西藏结缘，重拾参军事的职位，辅佐当时滇军将领殷承瓛进藏平叛。民国初建，尚在风雨飘摇之中，武昌起义后，驻藏川军树起“大汉革命”的旗帜，行迹如土匪。十三世达赖在英印总督支持下发表《告民众书》，要将汉人驱逐出境。四川都督尹昌衡亲自带兵进藏，试图收复被西藏民军占领的地盘。滇军千里入藏，夺回重地巴塘，之后奉命撤回。这一段历史，英国人、藏人、川军、滇军，各自有不同的说法，说的都是军事和政治，并未涉及战争的惨烈、雪白血红的场景，看不到官兵、民众的困苦和牺牲。曾祖父留下一首《满江红》：

一点孤城，白茫茫，四边皆雪。记昨夜，极天关塞，梦魂飞越。李广数奇连弩折，终军气壮长缨绝。是谁教，夫婿觅封侯，匆匆别？

酾浊酒，肠先热。看孤剑，眦横裂。正败寺无灯，钟停鼓歇。无量河边雄鬼闹，大荒台山饥鹰立。莽书生，勒马万山巅，人踪灭。

千辛万苦的西征，无功而还。熊廷权写下长文《乌斯藏哀词》，刻为碑文，至今仍立在丽江黑龙潭边山坡上。文章为士兵鸣不平，为支付战争开支的民众鸣不平：

徒使穷勇滇军进退狼狈！朝下一令曰其速来，暮下一令曰其速去。岂计及我昆弟子侄之生命牺牲几何，我伯姊诸姑之簪珥损失几何乎！……今亦既班师矣！风云帐下，磨残烈士壮心；鼓角镫前，洒尽英雄老泪！……辞曰：天苍苍兮地荒荒，风猎猎兮雪茫茫。下鹰隼兮驱犬羊，嘶战马兮沸蜩螗。五百修罗兮劫未央，三千法界兮杀过当。巴山月黑兮滇水雷硠，烽燧赫赫兮照我边疆。忽壮士兮排天阊，气如虹兮胸吐芒。星光为剑兮雪花为枪，摧胡昴兮歼天狼。有鬼为厉兮血喷滂，齿牙裂崩兮若佯狂。声叫号兮发披猖，形影惝恍兮隔西方。佛为悲兮天为盲，麾我武兮使不扬。此妖孽兮非祯祥，呜呼三藏兮其亡其亡！

三度以军官身份入藏，影响熊廷权的一生。西征的滇军将领殷承瓛与熊廷权同赴沙场，与他“相从日深，知其才大而性傲，觥觥以名节自重。昆明人士多柔靡，而君独翘然名重一时”。如不少闯入西藏的外地人一般，这块圣土给了两名西征军人巨大冲击。他们从藏人手中收复了战略要地巴塘，自己则被西藏的文化宗教所征服。殷承瓛不久退出军政舞台，专心研究藏传佛教。曾祖父写下《西藏旅行日记》《西藏宗教源流考》（均已失传）。他从西藏带回《大藏经》，后人捐给了云南省图书馆。

历来朝代更迭，树倒猢狲散，旧王朝的官吏心系旧主，得不到信任。维新改良则早在晚清已经成为官民共识，即便在朝廷内也明确了君主立宪的方向，鼓励各省委派留学生到日本“取经”，走日本明治维新的道路。云南晚清的官派留日学生达三百多人，大多习军学政。熊廷权的几位好友都赴日学习，包括李根源和后来结为亲家的钱用中等。革命者摇旗呐喊，唤起年轻人心中激情，云南的留日学生中绝大多数人都参加了孙中山发起的同盟会。

作为晚清进士、官员的熊廷权也不例外，他热情地拥护变革，和蔡锷成为至交，受其委派出任川边道尹兼财政厅厅长。护国运动时，他曾抱病去见蔡锷，“一夕洽商，疑难尽决，兵不血刃入成都”，也曾写下《为护国各军自总司令以下阵亡病故诸先烈招魂词》：

边风起兮关山长，阵云冷兮压嵩邛。天沉沉兮塞草黄，雪霏霏兮日霾光。万山寂寂兮河水泱泱，番马怨鸣兮声凄凉。通帝谓兮告巫阳，试披发兮下金阊。天苍苍兮地茫茫，魂之招兮自何方？北河湟兮南衡湘，西流沙兮东扶桑，归来归来兮勿徬徨。羌胡虏兮与贼王，生仇敌兮死强梁。骨为灰兮脑为浆，畀有北兮投豺狼。啖汝肉兮瘦而尪，饮汝血兮腥而膻。彼袁贼兮太披猖，窃位称号兮坐庙堂。攘神器兮欺孤霜，假民意兮灭天常。劝进筹安兮牙爪张，国之祸兮民之殃，鬼之奴兮虎之伥。有倚人兮凌云翔，邵阳蔡兮会泽唐，义师飙起兮士气激昂。摧帝制兮扫搀枪，迫共和兮奠苞桑。人之杰兮士之良，饮弹雨兮陷金创，无贵贱兮皆国殇。天不吊兮人不臧，陨上将兮于福冈。灵赫赫兮神扬扬，驾苍龙兮骑凤凰，御天风兮归帝乡。我瞻四方兮望八荒，心悁悁兮泪浪浪，衡岳岃崱兮滇水澎滂。靡离散兮靡忧伤，归来归来兮享此觞。降明神兮驱不祥，阴护民国兮万世无疆！[①]

1916年12月1日，熊廷权与殷承瓛联名写下《祭护国军总司令邵阳蔡公松坡文》。

① 文章均收入熊廷权的长子、作者的祖父熊光琦编撰的《唾玉堂文集》。

丽江知府

民国成立，对熊廷权一家而言，最大的好处是取消了官员不得在本省任职的规定。他终于回了云南，成为第一任丽江知府。来到滇西这片以纳西族为主的美丽土地时，熊廷权已经是一位行政经验丰富、经过战火洗礼的官员。丽江三年公职令他得以施展抱负，有所建树，为百姓爱戴、感念。1990 年代初，我参加新西兰一个农业技术援助项目，从香港来到丽江。说起八十年前曾祖父曾到这里做官，出乎意料，当地不少人都听说过他的事迹。

丽江黑龙潭公园半坡上立着四块有关熊廷权的石碑——《功德碑》《乌斯藏哀词》，以及《丽江太守熊公种青先生遗爱碑》，碑文曰：

> 熊公讳廷权，字种青，籍昆明。民国初元以名进士来守丽江，政通人和，廉知丽地骡马，德力兼优，生产丰富，可辟利源，呈请省政府创办马市。蒙批照准，则选址于狮山后面作骡马市，会期定古历七月十八日起，至八月初三日迄。不数年，市集辐辏，遂成地方大宗利益，人民受福不浅，后更逐渐繁盛，是诚合“于有功德言者则祀之”之谓乎！只因世故多变，卅余年未及刻石纪功，深滋愧焉。吉曾参与其事，乃年久不能详其委曲，特撮要追叙数言，以谂来者。
>
> 里人和庚吉识　张宗昌书
>
> 中华民国三十五年春三月商会理事长牛联奎立石

第四块碑详细记载了熊廷权宣导及主持的骡马大会盛况。他将传统的求雨祭事龙王会改为三月物资交流工商劝业会、七月骡马大会，用减税的方式鼓励丽江的对外商贸，开创了官方与民间协力促进商贸及文化活动的先例。7 月丽江天气晴朗清凉，环绕黑龙潭沿岸搭彩棚，古栗树间搭起了临时茶铺、饭馆。丽江古城以街道为单位搭彩棚，棚内兼营商业。除了当地百姓，还有来自昆明、迪庆、保山的客商，长达两周的盛会成为了丽江及周边县每年最重要的节庆。

断碑记载了当年的骡马大会由知府大人亲自主持。骡马买卖是交流的主项，此外各种货物一应俱全，尤其是山货、药材、土特产品、包铜器用品、毛皮皮革产品、竹木家具和其他日用百货。最受人瞩目的内容是各种工艺比赛，包括银器、铜器、皮革制品。匠人展出自己的佳作，专人评审，由知府本人颁发奖状。比赛的内容还有花卉种植、书法等，也都由知府嘉奖。彩棚的搭建、装饰，以及各类小吃虽然不在比赛之列，但参与者均各出心裁，相互媲美。丽江府成为了滇西一个近代商贸集散地，骡马大会渐渐传到滇西其他专州县。熊廷权费心为丽江骡马大会添加的文化特色，在丽江也没传下去。“文革”时石碑曾遭革命小将作为“四旧”砸为两段，后被重新接起，无法消除的裂痕见证了历史的断裂。

纳西族的教育水平，在全国五十六个民族中名列前茅。按丽江有关记载：“民国后的第一任县长熊廷权非常重视学校教育，在大力创办实业的同时积极拓展办学经费管道，在他主议下创办了丽江三月物资交流工商劝业会、七月骡马交易会，将所得的万余银元税款作为教育经费……1913 年丽江府中学堂改为云南省立第六师范学校。”

丽江民风淳厚且富活力，地处滇西到西藏要冲，有商贸传统。没有文化与社会的基础，地方长官难在当地有一番作为。三年后，因政绩显赫，熊廷权被提拔为腾越道道尹，离开丽江，之后从政直到退休。官位虽然升了，但此后好像没看到他有施展抱负与才干、为民谋福的机会。他在丽江任上碰到一件伤心事：长孙出生后十四天，儿媳患产褥热去世。七十多年后，这位长孙，我的父亲，1994 年第一次来到丽江，艰难地爬上树木茂密的陡坡，向丽江人纪念他祖父的功德碑鞠了一躬。

腾越道道尹、海关监督

曾祖父 1919 年任腾越道道尹兼海关监督。腾越道管辖滇西、滇南的二十九个县。道尹的职权主要为颁发单行规程、监督所辖官吏、节制调遣地方武装、奉行上级委派事务、出巡等。县的职权范围历来都很明确，基本上是一个独立的行政单位，而民国新建的“道”之长官看来容易成为一个被架空的职位。熊廷权曾赋诗一首，道出实情：

> 议士懵腾政客多，茫茫人海起层波；
> 顺风多少帆樯过，偏我孳舟不渡河。
> 疆场杀贼谢无能，案少军书晚上镫；

邻寺有曾钟鼓寂，此官事吏简于曾。

呼婢摘花注瓶水，教儿拨火放炉烟；
下帘洗脚挟书卧，差喜今秋大有年。

苁茏山翠按边屯，雨后罘罳落粉痕；
堂宇深沉秋草满，一双小犬护辕门。

夜月朝暾睡起迟，梦中无意得新诗；
醒来欲写惊人句，悄问生花笔不知。

久经兵乱有余胆，厌见官场无事忙；
解得南华秋水意，宦囊曾贮养生方。

不持手版不乌纱，出入安然步当车；
贪看秋花忘路远，偶随寒蝶过田家。

拥衾自起剔寒缸，剖出家书鲤一双；
拟答平安几个字，月临竹景恰当窗。

古苔回绿滋官道，落叶分红上印床；
不是守阍通一纸，误人朝暮此烧香。

偶因旧雨来新雨，习惯他乡即故乡；
日暮怀人在何许，葭苍露白水中央。

这位道尹大人听起来像一位可爱的老翁，养着两只小狗，留意花瓶要不要添水，分享农人丰收的喜悦。拿本书斜躺着最觉自在，吟诗作对求惊人句。此官生活简朴，出门不着官服，不车不马，独自串田家，居然贪看秋花忘路远。有过疆场厮杀、马上驰骋的经历，冷眼看官场，暗自嘲笑无事忙的同僚、部下。

陪同他到腾冲的七姑奶奶说，老爷爷（家中老小均如此称呼他）生日，道贺送礼者络绎不绝，礼品陈列在长长的条桌上。道尹大人先谢过众位，然后请各自领走所送之物，违者将受罚。腾冲是玉石之乡，礼品中不乏珠宝玉器。年方九岁的七小姐，不情愿地取下腕上晶莹剔透的玉手镯。

另外一个职务——海关监督则没那么潇洒。民族曾经在帝制之下苟且了三千年之久，甲午战争的屈辱敲响警钟，几个世纪以来，国家处于抵御外族、防范外族，同时又学习异族、对外通商合作的矛盾之中。这既为现实，也是心理，令中国对外关系摇摆不定。另外，20 世纪初，西方列强殖民主义虽然收敛，但对外扩张的政策仍然继续。腾越道外，越南属于法国，缅甸由英国统治，道尹兼海关监督的防范和警觉在必然之中。

1910 年底，滇南的片马与内地交通阻断，英国趁机派兵两千多人攻入片马，继而占领该地，遭到当地人反抗。之后英国政府承认片马、岗房、古浪属于中国，但没有撤出军队。此时，中英军事冲突的“片马事件”还没有结束，这成了熊廷权上任后首先需要处理的外交事件。他给川督王护帅上书道：“窃惟云南一省，僻处边荒，而山川之雄，锁钥之固，实为全国西南之屏障。缅甸、越南久隶国家藩服。自法人据越，英人袭缅，西南门户洞开，云南逐带处于两大强国之间。未几，而滇越铁路告成矣。未几，而七府矿约发现矣。又未几，而又滇缅铁路之要求矣，要求不得，进而侵略，侵略不已，进而占领。”他的《马白关铭》末尾道：“置关不仁，斩关不智。古人有言，既明且至。如曰以德，毁关何伤。敬守此铭，载言拓疆。”

熊廷权始终保持着对异族侵略野心的警觉。他曾参与处理的另外两桩涉外经济事务为与英国人合办滇缅铁路，以及开发明光银矿，均告成功。数千年的锁国心态，不会因民国建成而立即扫除。这位道尹在两万余字的《调查明光矿务报告书》序言中写道："一览此书，不知作何慨惜。独怪美人糜工若干，费时若干，云涌而来，风驰而去，慨然斩然，不稍留恋。何也？起视吾滇损失，不过乱山崖中有几许斧凿痕，多几个大窟窿耳。"

在给川督的上书中，他陈述了英法增兵，步步逼入云南境内，而我方节节退缩的危险。他认为火将燃眉，必须准备战争。他两次赴边境与英国人谈判，据说"皆获权益"，但也没有改变他对英国人的看法。

七姑奶奶回忆说，曾祖父常常抱怨他的前任惧怕英国人。当时，森林和水源都在中国境内。她记得曾祖父说："他们建一所房子，修一座桥，都有求于我们。为什么要怕洋人？"她记得曾祖父很排斥到腾冲来的外国传教士，觉得他们传播的是扰乱人心、败坏中国传统伦理道德的异端邪说。这位"有才能，通治术，洞悉边要，由牧令晋府道，以循良称""秉性刚毅，守正不阿"的道尹三年后被调回昆明任省统计局局长，算是降了一级。从他留下的支离破碎的文字看来，熊廷权在外交上的强硬，和他对西方人的成见有关，这只能留给历史学家去评说。

熊廷权回到昆明成了省长唐继尧的"救火队长"。1922年，滇南匪患猖獗，唐继尧任命他为迤南巡使。他没有用镇压手段去剿匪，而是采用解散、收编、惩办三项策略化解了匪患。1925年滇东暴雨成灾，熊廷权受命任东防赈务总办。事情处理完毕，还未来得及回昆明，就接到电报任命他为东防军事善后督办，负责策划调度防御部队平定川边地区叛乱。我父亲自嘲道："熊"字的意思是能者多劳，跑断四条狗腿，用来形容曾祖父很合适。1927年，熊廷权担任第一任省务委员，据说因为滇东人感激他赈灾有功，投票最多。他"勉强就职，迨今军参院院长"，等时局安定下来后，熊廷权即毅然通电全省，从此下野不问政事矣。这一年他六十一岁。

妻儿

曾祖父在《唾玉堂文集》中记述了多位亲人的生平。熊家这一门中，少儿时代父母双双健在者少之又少。母亲去世者尤其多，那些年轻女子不少死于难产或产褥热。我父亲出世后十四天，他的母亲因产褥热去世，奶奶将他带大。"夫人躬亲教养，爱怜备至，寒燠饥饱，随时问视。"熊廷权在昆明最高学府经正书院教课时，月入达十金，"膏火较优"，但距离他的人生目标还远。夫人规劝道，以君之才本可轻而易举荣登高位，却呕心沥血拼命争胜这区区名利，何苦来哉？他争胜如故，挑灯夜读，夫人做针线陪伴在侧。"当予静坐构思时，则为之磨墨润毫，伸纸展卷，以至检书洗砚，烧烛挑灯，诸琐事皆先意为之，服劳如女弟子焉。"大雪夜，夫人为漏夜答卷的丈夫吹炭火取暖，自己"忍饥冻，枯坐以待，或拥衾开眼以俟之"。熊廷权"屡应乡试，榜发无名，夫人必百计安慰。自若不经意也者，而时时饮泣暗室"。到终于中举的这天，夫人忍不住大哭。进京参加会试，第一次落败。"夫人在滇，上奉衰姑下教儿女。值岁荒，支撑门户，日在艰苦忧戚中。”

1914年，我的父亲与曾祖母郭夫人

这是家庭相册上年代最久远的照片之一。父亲当时一岁，坐在曾祖母怀中。

曾祖父高中进士，曾祖母和曾祖父的继母两个小脚女人，带着一双幼小儿女，冰天雪地中，靠人力、马力越过云岭去四川与曾祖父团聚。曾祖母在途中染上“状似瘴疟”的病症，此后每年必发。在四川，县长夫人最为同情两类人。一是参加乡试的秀才。她提醒丈夫：“君五应乡试，矮屋幽囚阅四十五日矣，幸勿忘作秀才时辛苦也！”二是牢中囚犯。她每年冬天为犯人缝制棉衣，过年过节送去酒肉水果，民众称她为慈母。县长本是“父母官”。

虽家境殷实，但曾祖母“治家尤勤俭，惜物力，一丝一缕、颗米粒盐不使弃地”。她自己出身贫困，四岁失怙，其母亲以十指谋生活，“每岁除夕，综终年齿积之赀，散以济贫；凡慈善事尤量力捐助。又自以识字不多，引为深憾，故两代男女，均遣之求学。自省内外至英、美、德、法，先后达十六人之多。教育所

1946年，曾祖父一家

前排为祖父；后排左起为祖母、七姑奶奶、三姑奶奶、四姑老爹、二姑老爹遗孀；后排站立者为四姑奶奶。

费，几至破产”。家仆的儿子考取学校，或去学手艺，主人家一概资助。

曾祖母还是一位幽默睿智的女主人，“意所不可者，好作隐语讽之，众皆瞢如，及追询说破，则哄堂大笑，不以为谑也”。曾祖母后来成为虔诚的佛教徒，在宅中二楼设佛堂，每日晨起，敲木鱼，念经颂佛，几乎终年不下楼。我们一直以为她因为信教，所以才将女主人的位子让出来。其实不然。按当时的规定，官员需要带家眷，曾祖父也需要有一位伴侣在身边。曾祖母“思女心切，不乐蜀居”，纳妾成了必然的选择。曾祖母挑选并“培训”她的继任者，从应酬到缝纫，再到梳妆打扮，均一一亲自调教，“如养娇女”。可惜这位“娇女”几年后去世，家中后来坐镇的“姨奶”是另外一位。为丈夫及子女计，主动“退位”的曾祖母心中的苦悲哀怨只有她自己知道。

曾祖父写了八篇纪念家人的文章，其中五篇均为纪念女性的。光宗耀祖，乃数千年来中国人的追求。男性考科举获取功名，女性则以残酷的方式留下英名。她们的壮举是在丈夫去世后结束自己的生命，退一步也必须守寡，终生不得再嫁（分别称为烈妇、节妇）。四世贞孝节烈是熊氏的荣耀，曾祖父则深深同情她们的遭遇，“据家谱所书，载我躬所见闻，得节母六、孝子一、贞女一、烈妇一。呜呼！惨已！”他写下《张烈妇传》《桂贞女传》，记叙了两位弟媳的不幸。

张女十六岁嫁给曾祖父的弟弟熊廷桂为侧室。“事姑事夫，克尽其职。自烈妇之入吾门也，器具整洁，饮食精凿，堂室内外，和煦若春。”“光绪丁未秋，吾弟病肺甚笃，医者言将不起。烈妇痛极，遽刲肉和药以进。”割肉当药引救亲人，并非传说。丈夫没有救过来，她则平静地随夫而去。断然离世的当天，“旋当窗理鬓，有愉色”，“盖已服阿芙蓉，殉矣。百方救药不效，遂卒。时年七月六日也，年三十有一”。

另一位弟媳桂贞女十七岁与曾祖父的弟弟熊廷楷订婚，仅两月，未婚夫病死。“贞女闻信涕泣，绝食求死不得”，不从家人劝，累自缢未果。其后两家人想到一个办法，让她进入熊门，过继一个男孩给她抚养。不幸先后两个男婴都没有活下来。桂贞女郁郁寡欢，勤力操持家务，五年后去世，年仅二十二岁。

祖母、曾祖母两代，以及之前数百年的中国女子，都受缠足之苦。比起科举路上郁郁独步的男性，女性遭遇更为不堪。强迫四五岁女孩缠足，起源于宋代，盛行于明清，为人类历史上涉及人口最多、延续时间最长的残忍行径。古人道，“人间最惨的事，莫如女子缠足声”。对幼小的女孩“施刑”，将她们弄残废，终生跛行，不能跑，不能跳。我看到过奶奶、外婆解开裹脚布后的脚，不是什么三寸金莲，是一双惨不忍睹的畸形脚。

祖父熊光琦是他们的长子，出生于1889年，早年颇有政治抱负，参加共产党，热衷社会改革。他在1925年撰写过十二万余字的《云南全省暂行县制释义》，今天读来也不算过时。1931年到1948年间，他当任过六个县的县长。在蛮荒之地云南澜沧县任上，曾用半年时间考察，写出县的发展规划，其创意及可行性令人惊叹。他花了很大的功夫整理曾祖父留下的文字，而曾祖父的后代至今过百，不知有谁读过？

曾祖父的长女、我的三姑奶奶熊韵篁毕业于昆明女子师范，当属于首届毕业生。她后来任省立女中附小二校校长凡十八年。1923年云南成立“天足会”，“由开明知识妇女熊韵篁任演讲部长。通过报纸宣传和演讲，让市民提高认识，抵制缠足陋习”。我三四岁时住在昆明节孝巷的三姑奶奶家，哪里想得到这位矮小、话少的老妇人是云南省第一位抛头露面、四处演讲的女性。曾祖母病危时，十一个子女中只有她伺候在侧。

次子熊光瑄考到柏林大学，巴黎和会期间跑去会场外抗议将中国排除在外，同时打电报到南京，质问政府为何不委派代表参加。毕业归国，顺其自然进入政府，任职中央执行委员会民众运动指导委员会特种委员。他的夫人，我们称做三奶，出身昆明富裕商家。她晚年讲起当初从上海先施公司楼上撒传单，一边说一边比画。革命是那么吸引人的事，参加过几天就足够回味一世。

当庶出的四儿子熊光玠要求出国时，家里已经支付不起，曾祖母将金手镯变卖，支持他去巴黎留学。他到花都巴黎后，对“野花”的兴趣大于科学，很快花光了钱。1949 年后，中医是属于少数政府没有包揽的行当之一，四老爹自学成医，赖以为生。子女中他的样貌最像曾祖父，只是没有那份威严，慈眉善目加山羊胡子，令病人觉得可以信赖。

这位四老爹娶了法国人在昆明办的富滇医院一位护士长为妻。四奶奶举止洋派，梳着欧洲流行的发髻。他们收养了一个女儿，叫顾理士。后来我学英文，才明白是“Grace”。用昆明话念，倒有点像。四奶奶见到小孩特别亲热，会吻一吻额头，赞美道：“小美人……”我们都很受用。四老爹木讷，她善言，抢尽风头。在他们的上一辈和之前上百辈看来，这叫做不守妇道，三千年未有之大变局从这一代人开始。

四姑奶奶熊韵筠在云南女子师范学院毕业后，顺从指腹为婚的长辈盟约出嫁。对方是曾祖父的好友，著名的书法家、文人赵藩。为了给病得起不来的未婚夫“冲喜”而举行婚礼，她抱着一只公鸡完婚，旋即守寡。父母心疼，曾祖母力主她出外求学。她先考入北京高等女子师范，然后考取官费留美，进入斯坦福大学。不久嫁给到斯坦福留学的中国学生翟凤阳，1932 年，随他转到英国伦敦大学，翟后来任联合国高官。抗战开始，四姑奶奶带三个孩子回故乡，创办了昆明职业女子学校，1948年在昆明当选为所谓的“国大代表”。据说多亏她的学生出动，上街宣传，替她拉票。政权易帜后，四姑奶奶在劳改队度过了最后的岁月。待翟凤阳1980年代初回国省亲时，她墓木已拱。

1937年，五老爹熊光玮从云南大学肄业，考入南京军校。投笔从戎的年轻人一个偶然的念头决定了一生的坎坷。1950年后，他们一家随机构去到云南建水县。1957年他被送往劳改，一年后死在狱中，四十三岁，留下五个孩子。家人在1980年盼来了他的平反通知，得到700元抚恤金。他劳改期间，妻子去探望，他总是说：“我对不起你。”

曾祖父最小的儿子，我们称六老爹，生于1920年代。他风流倜傥，弹一手好吉他。1944年在云南大学念书时，在学校与省政府主席龙云的公子打了一架。这位熊公子占了上风，罪加一等。这一年蒋介石提出“一寸山河一寸血，十万青年十万军”的动员令，六老爹参加了新成立的青年军，光荣出征，逃过学校惩罚。他勇敢机敏，不久升为连长。1940年代末，他带着新娶的东北美人及拥有同样美貌的妻妹回到昆明。两位窈窕白净的淑女，操着令昆明人羡慕的官话。六老爹吉他在手，自弹自唱，轻拢慢捻，撩动的岂止琴弦。1952年“镇反”运动中，他作为反动军官被送进劳改队。劳改营里机器发生事故，将他一只手四个指头截断，吉他再也不能弹了。我离开昆明前见过他几次，一样兴高采烈地高谈阔论，挥动双手。我想避免看到他的断指，却总是看见。

曾祖父文章记述的前辈生活在晚清，四世贞孝节烈是这一家族最大的荣耀，越是年轻守寡越受赞扬，随丈夫死去是至高无上的行为。他的曾祖母病危，家人为她准备了寿衣。夜晚贼盗入室，拿去唯一值钱的寿衣，两个儿子抓住不放，说家中之物任你们取，此物不可夺。贼人挥刀砍伤他伯父的手臂，两人依然不松手。“世父痛极不舍。贼怒呵曰：胆大乃尔，不惧死耶？府君曰：头可断，衾不可得也。贼笑掷之曰：孝子也。相率散去。”

到 20 世纪初熊廷权做了父亲时，这类遵从了数千年的行为准则、价值观和礼教习俗，被永永远远地抛弃了。长幼有序曾经是一成不变的家规，在曾祖父去世后也瓦解了。我的祖父曾经以长子自居，一方面十分勤奋地为曾祖父整理著作，另一方面努力树立个人在家中的威严。他的弟弟妹妹要么是海归，要么是正规学校毕业，对他连表面的尊重也不肯给。小时候听父亲讲，他的叔伯婶们吵架吵到不可开交时，有人会突然高声道：“姨奶来了！”众人屏息，空中飘来一阵阵檀香木的味道。姨奶去世前几年，她的檀香木棺材一直停放在家。此刻闻见这熟悉的味道，令人毛骨悚然。

晚年

儿女记忆中的曾祖父最爱是作诗赋词。他 1920 年代回到昆明，主讲于明伦学社，以古诗文提倡后进，但他自己的十一个子女好像没有秉承他的爱好。我祖父虽然写得一手好文章，不过从来感情深藏，不曾写诗作赋透露半点。熊廷权与好友结成诗社，那时文人之间表达友谊的方式，一是结伴同游，二是诗词一唱一和，为彼此的文集写序。

熊廷权晚年对研究佛教越来越投入。1920 年代至 1930 年代，昆明的民间除了文学社团外还有宗教社团。昆明圆通寺几位高僧约同赵藩、陈荣昌、熊廷权等人结成“云南螺峰莲社”，弘扬净土宗。赵藩曾写下不朽名联：“能攻心，则反侧自消，从古知兵非好战；不审势，即宽严皆误，后来治蜀要深思。”

1927 年罢官后，曾祖父过上了一生最安定的日子。在昆明市中心昆安巷筑花园宅院，一大家子好不热闹。此时政治走了进来，祖父熊光琦加入了共产党，利用熊廷权的地位在熊家开支部会，家中被遣去放哨的小孩子兴奋得要命。1934 年是这一时期的高潮，长孙，即我的父亲，迎娶了门当户对、美丽端庄的知识妇女苏尔端。两家人结缘不止一代人，双方的父亲都做县长，彼此认识，关系追溯到上一代，母亲的外公钱用中是曾祖父的朋友。那时昆明就那么几万人，精英阶层彼此不是亲戚就是朋友。此时熊廷权心归佛地，看破红尘，谈笑皆鸿儒，儿孙满堂。夫复何求？

1920 年代中，云南向现代化快速迈步，启动政治改革，推行县自治运动。长子熊光琦参与其事，撰写教材。这期间，云南第一所大学成立，《云南日报》创办，女子教育蓬勃，大批日本回来的留学生从东瀛带来西学。当时主政云南的唐继尧雄心勃勃，发展经济，移风易俗，推行改革，开矿，建机场，办航空学校。其间政治纷争不息，改革步伐并不稳健，却急急向前，自来水、电灯和电话等许多方面甚至走在全国之前。新成立的大学叫东陆大学，唐继尧说：“东陆大学，非滇一省之学府，乃东陆人之大学也。”

1937年全面抗战打响，和平安宁的日子、对未来的美好憧憬，通通被打断。对熊家而言，平时不见面，枪响大团圆。住在南京、上海的家人，连同远在美国的四姑奶奶，都携儿带女回到故乡。这些说昆明话、上海话、南京话、英语的小童毫无障碍地玩到一起，家里从早到晚充满他们的笑闹声。我父亲相机的镜头，捕捉到昆安巷花园中穿着小棉袍的一群孩子开心大笑的场景。不过此时曾祖父心情沉重，七姑奶奶回忆说：“记得当他得知南京失守时，老泪纵横，痛哭失声。他作了许多抗日诗词，登在云南报刊上。可惜我们这些不孝的儿女，并未把它记下。我仅记得两副对联：‘梦入南山杀猛虎，奋飞东海斩长鲸’，‘哀吾生瞬近八旬，复睹兴邦已无及；倘此战延长卅载，再来杀敌未为迟’。”

多晴天的春城天空，给了日本飞机频频来犯的机会。空袭警报声响，市民跑到郊外躲避，称为“跑警报”。曾祖父高龄，不便奔跑，祖父决定在西郊乡下建房，责令我的父亲、毕业于昆明工业学校土木工程专业不久的儿子负责设计施工。这个二十多岁的毛头小子有的是自信，一年多后在车家壁村半山腰建了一所两层砖柱土坯房，在屋后梯田栽种最容易活的酸梨树，美其名曰“三层花园”。曾祖父在这里住了两年，一个清晨，在默默念诵佛经时离去。曾祖父晚年致力于研究儒教与佛教的关系，留下的文字被前来抄家的人拿到院子里，点火烧了。这一堆火，令下半生以整理他的遗作为志业的长子、我的祖父心如死灰，不久后也离开了人世。

曾祖父熊廷权1941年逝世，享年七十六岁。其文章、诗词部分保留在云南省图书馆，在《续云南通志长编》《云南历代诗词选》《永昌府文征》中均有选刊。丽江、剑川、腾冲等地存有碑刻。昆明黑龙潭公园的熊廷权家族墓地，作为云南历史文化遗迹受到保护。

2020年，女儿带外孙女来到丽江黑龙潭公园山坡上、熊廷权的功德碑前

“糯米，这是我的曾祖父，你妈妈叫他太祖父，你叫他高祖父。”

有人说，我们能赠予子孙的永久遗产只有两种：根和翅膀。

鸣谢：我哥哥熊景辉在云南省图书馆找到并复印了曾祖父的《唾玉堂文集》《诗抄》等作品，分送给我们，才令我有了写下这篇故事的念头。云南大学历史系谭淑敏、孙赫阳同学将《唾玉堂文集》录入电脑并点校，年四国先生校对。

民国一县长

祖父熊光琦，1889—1951

也不知道具体从何时起，祖父的政治热情消磨殆尽。他教导父亲远离政治，“中国的问题，在政客太多，做实事的人太少”。不到六十岁，便开始过着隐居的生活。看祖父的遗作，始明白即便是他的妻子和儿女，也没有一个人了解过他的思想、他的内心。这位曾经热衷政治改良、一再努力又一再失败的民国文人兼地方官员无比孤独。

陌生的祖父

儿时，星期天随母亲回外婆家是一周的盼望。进门踏进紫藤花架之下，掉入众人的宠爱之中。外公话不多，幽默诙谐，总是笑眯眯的。我幼时吃饭像吮奶，一口饭含在嘴里，吮着吮着就睡着了。妈妈大声道：“嚼！”外公接下去：“手！”惹得一桌人笑了。我至今记得他的书房摆设：半圆形可推开罩面的“机关”书桌，桌上的照片，玻璃门书橱里舅舅留下的英文书。玩躲猫猫时，我常躲到这里，若是外公坐在案前，会替我打掩护。

祖父家则远在西郊车家壁村外山坡上，要等到假期才能去住些日子。马铃叮当，颠簸摇晃穿过田野和村庄。而今驱车不到半小时的路程，六十多年前感觉好长好长。外公家满满的人情，祖父家重重的山水。花园果园连接一座座山丘，是我们的探险圣地。这里的主人、不苟言笑的祖父和大家保持着距离，我从未进过他的书房。清早，祖父在花园里打理一会儿花草，然后就把自己关在书房里，吃饭时才露面，手持佛珠一串。晚间，祖父必斜靠在烟床上抽一阵大烟。

我刚上小学时，一次他进城住在我家，唤我到房中，我远远地站着，像是接受老师问话。“在学校里学了什么？”“拼音。”“拼来我听听。”我于是拼出自己的名字，得到他的夸奖。另一次在多年后，他递给我一枚玉石珠子，上有小孔，吩咐我看里面有什么。我躺在床上对着小孔细看，里面渐渐显出山水。祖父听到，满意地对父亲说：“这丫头有慧根。”景泰弟弟调皮，祖父喜欢他，有打破花盆之类事故发生，我就推给弟弟。祖父打他手心的一幕，成为我对祖父固定的印象。有张照片，花园中祖父牵着我和弟弟的手，一左一右，弟弟亲热地依偎在他身旁。要不是这张照片，我会以为自己从来没有挨近过祖父，记忆得出的印象显然不太可靠。祖父从未像外公一般赢得我的敬重。

祖母——父亲的生母罗氏，对我而言是一位画中人。她去世后，祖父请人依照她的照片临摹了头像，头像镶入镜框并挂在了家中墙上。无论从古代或现代的标准看，她都美丽非凡：杏仁脸，

1909 年，祖父尚未成亲时

1911 年，我的祖母罗氏，在我父亲出生后第十四天去世

1916 年，祖父（中）和我父亲（右）、我姑姑（左）

在重大日子才穿上令手臂动弹不得的马褂。那时祖母已经过世，祖父还未续弦。

丹凤眼，鼻梁挺直，嘴唇性感。这位祖母是江西人，不知何故来到云南，嫁入熊府。貌美而且通琴棋书画的年轻妻子突然离世，从此带走了祖父的笑容。那是1912年，民国元年，长女已经两岁，祖母不负众望，产下一名男婴，即我的父亲。产子后，她在高烧中挣扎了十四天后撒手人寰。男孩聪俊机灵，大家庭中人见人爱。祖父则认为他克死了母亲，难掩对他的厌恶，父子两人一生没有亲近过，隔膜延续到下一代。我从小知道奶奶不是父亲的生母，威严的祖父也不似亲人。

2014年春，香港科技大学马健雄教授给我带来一份文件，是祖父1925年撰写的《云南全省暂行县制释义》①，全稿十二万多字。从纸页泛黄的原件拍摄下来的一百多页文字没有标点，我仅能辨认一小部分。半读半猜，惊讶难言。

文件可视为九十多年前云南省政府的政改方案，旨在引入西方的政治与行政管理手段，以解决传统管治机制的弊端。这一部县自治实施条例勾画出的施政理念与举措，至今不为过时。我那位在情感上和生活中都那么陌生的祖父，突然之间变成有共通理念、可以交流的长辈。用了一年多的时间，我试图寻找祖父的踪迹，看书、查资料、看档案、访问亲友，不过只拾到些碎片，我发现自己从没认识过自己的祖父，也不了解那个时代的故乡。

---

① 民国史专家傅国涌先生有长文《纸上的县治理想》（刊于《经济观察报》2015年11月9日），论述了《云南全省暂行县制释义》产生的时代背景、意义，并概括叙述了主要内容及其精髓。云南大学历史系2013级硕士生段玉蓉选择以熊光琦为代表的民国时期的地方官研究为论文题目《小县长，大追求——熊光琦县区自治的理想与边地国防建设的计划》。

从政之初

祖父1889年在昆明出世，可算是“官二代”。曾祖父熊廷权，字种青，是云南颇具众望的文官。祖父九岁时，曾祖父中进士，被派往四川任知府，携祖父同往，将祖父送进晚清最先出现的其中一所新式学堂——四川客籍中学。学校聘请日本教师传授新学，乃西学东渐吹到西南的一股清风。祖父后来对从政的兴趣和政治主张是否与少时接受的新式教育有关，无从考证。这一小个子、操云南土话的少年在异乡求学，恐怕不会是愉快的经历。

曾祖父深信教育救国，变卖田产及曾祖母的首饰，将两个儿子、一个女儿送到欧美留学，指望他们学成归来为我中华服务。“父母在，不远游”的规矩和期待落在长子身上，祖父没有留洋的福分。他落落寡欢的性格也可能和儿时经历、和家族期待的压力有关。祖父二十三岁进入云南省法制委员会任委员，此时的他是一位幸福的丈夫和父亲。可惜幸福不长久，次年丧妻，再两年迎娶孙氏。孙氏识字不多，生儿育女，照料他的饮食起居。两人看来相敬如宾，祖父称她做“太太”，显然无法在情感上取代早逝的原配。

想必他对工作是全情投入的，从省民政厅科长、秘书，渐渐升任省训政讲习所教务主任、省区长训练所所长等职务。社会变革到来，平常时期仅作为附庸的小官僚，此时有了施展抱负的机会。晚清至民国初年，云南先后派遣了近四百人到日本留学。“三年东海千行泪，万里云南一念悬”，学子归来，以崭新的观念、高昂的热忱投入故乡的改革。从思想到作风，从政治行政改革到风俗习惯，正好与求新求变的地方政府相辅相成。“海归”们各怀志向，在政府的鼓励及合作下，办教育，办报纸，办工业、矿业、银行、交通水利、林业、农业。那是个破旧立新、热气腾腾的年代，为提倡早睡早起，市政府令兵工厂早上七点半鸣笛，将全市老少唤醒（按经度时差，相当于北平时间六点半）。

1915 年推翻袁世凯的护国运动，将山高皇帝远的云南推向了国家的政治舞台。曾祖父属于运动的核心人物之一，他撰写了《为护国各军自总司令以下阵亡病故诸先烈招魂词》：“边风起兮关山长，阵云冷兮压嵩邙。天沉沉兮塞草黄，雪霏霏兮日霾光……义师飙起兮士气激昂。摧帝制兮扫搀枪，迫共和兮奠苞桑。人之杰兮士之良，饮弹雨兮陷金创，无贵贱兮皆国殇。”少年的祖父以曾祖父为荣耀和偶像，在不惜牺牲性命拥护共和、实现维新的气氛中长大。1920 年代初，在当时流行的各种新思潮中，祖父接受了共产主义，成为云南省第一批地下党员。那时维新变革是国共一致的理念，后面的分歧，想必这些边陲地区的党员无从深究。

民初云南政改方案

革命成功后，四分五裂的国家远远没有统一起来，等不及尚处弱势的国民政府在全国推行宪政，湖南、广东、浙江等省提出了“联省自治”，各自搞个小宪法，期待有朝一日在民主立宪的基础上实现各省大联合。1919 年，北京政府颁布了《县自治法》，唐继尧于同年下达恢复自治之令，特别设立自治筹备处，颁布县自治、城乡自治两级章程，并限期在四五年间完成。联省自治也好，县自治也罢，都是为了通向当时中华大地朝野已有共识的目标：民主共和。云南护国运动凯歌高奏，政治气氛浓烈。1921—1926年，祖父在关于云南自治的刊物上发表文章，初露头角。

1922年，唐继尧在云南政治风波平定后重掌权力，积极推行县自治。1924年，昆明、宜良、阿迷、蒙自、腾冲、会泽、思茅、个旧等八个县获选为第一批试行自治的县份，其余九十二县也将分期推行。变革要先改变人的观念，县自治的推行从办讲习所开始。刚刚从英文、日文中翻译出来的新名词中包含的陌生的观念，急需向国人传递。讲习所声势浩大，云南一百个县，每县平均约有三十个代表到此受训，要求他们回到地方进行详细解释与宣传。而大部分县到昆明的路程都需翻山越岭，在当时的交通条件下，路途长达半个月以上。如此的气魄，如此的政改声势，空前绝后。

这一年，祖父三十六岁，任训政讲习所教务主任兼区长训练所所长。他负责撰写县自治讲习所十种讲义中最重要的一份文件——《云南全省暂行县制释义》（以下简称《释义》）。在《释义》的序言部分，他写道："县制之精神，在融官治、自治为一气；其所规定，纯重民治主义。"那个年代，看西方，观日本，改革派不怀疑三权分立可以制衡权力，带来良治："夫立法、行政、司法三权制之应分立；财政之应分别，国家统一经理，稍有政治常识者之所知也。"

《释义》以《中华民国临时约法》为蓝本，同时参考了当时所能搜索到的许多资料，并且援引了湖南、浙江、广东、四川等省的县自治规定。而他本人所做的大量阐述、发挥，其思想和理论资源来自何方，无从考证。这份九十多年前的政改实施条例，代表了那个时代官府和民间达成的共识，今天读来，颇为新鲜。例如直接选举县长已成定论：“共和国家，主权在民，本省此次改革县制，主旨专在扩张民权。本制已处处予人民以参与县政之实权，以期达到全民政治之希望，则一县之行政长官，自应统由县民直接选举，固不仅县长然也。县长民选，其在今日，实已成为天经地义而无待考虑者矣。”当然，这些都是纸上的论证，但可以想象这批站在时代改革前沿的文官当时的热忱。要在时限内完成，须日以继夜地写作。而用毛笔写下十二万五千字的文献，以及多次修改和反复抄写，得花多少功夫？

通读全文，我最为惊讶的莫过于对民间组织属性的定义：“官署无人格，而自治团体有人格，所谓人格就是以自己的生存活动为目的。官署是国家设置的机关，为国家而存在；其发表的意思，是国家的意思，行使的权力也是国家的权力；无论何时，毫无自己生存活动的目的参加其间。至于自治团体，即自有其意思，自有其事务，虽对于国家随时履行义务，而终以保自己的生存活动为目的。”

《释义》从财政关系引申到国家与民众的关系，推翻了千百年来对国家权力来源的认识：“凡课税不得侵入国家之范围与超过人民经济的负担力也。本此原则，研究县财政，须先明国家税与地方税之分。夫国家经济与地方经济，同为国民经济，缘不论何项税收，直接、间接取之民之脂膏。”

《释义》指出了实行县自治的障碍：“旧制萃行政、司法、财政于县知事之一身。县公署之组织，一县知事，总科长外，其余人员，类皆以胥吏充之，而县议参两会职权，即轻且狭，亦皆等于虚设。故在廉干有为之地方官，等于决狱定谳催科报解两事，确尽职责，已属勤劳可贵，其有余力顾及教育实业、警团等行政，而为地方一谋发展者，千百中无十一焉。若夫凭藉司法权，征收权，勾结士绅，蝇营狗苟，枉法贪赃以鱼肉吾民者，则比比皆是，事实具在，何难稽证。而犹有曲为掩护，力争此官僚式、书办式之旧制为善者，不佞诚不解其所目之安在也。”

《释义》用大量篇幅讲述程序、议事规则，这部分显然是照抄西方的相关文献。县自治的重大改革，除了选举制度上引入县议会为决策机构之外，还用教育局、实业局、警察局、团保局、财政局取代旧制中的局和所。祖父借机发挥，阐述每一个政府机构后面的理念和宗旨，对于教育着墨最多：“学问与知识，为人类精神生活所必需之资本；资本之丰吝，视教育为转移。是故教育之设施，不徒行之一时一地为已足，必须永久继续，且普及于大地，乃科有成也”，“教育之性质，略如上述，似应听各个人之自由，国家无干涉之必要”。

消灭帝制建立共和的激情，激励了这位雄心勃勃的年轻官员推行县自治运动。然而，这相当于挑战整个官僚体系，仅靠改革者良好的愿望和努力，几无成功的希望。自治后面的理论基础——“民权”，颠覆了数千年制度稳定的根基——“皇权”。近百年后，此一认识的普及依旧任重道远。

治县蓝图

1924年1月，第一次国共合作正式形成。祖父这位共产党员被委以重任，编撰省政府县自治运动讲义中的重头文件，这或许表示当时国共在人才与人事上的合作，或许是因为云南的土皇帝不将党派斗争当回事。三年后，第一次国共合作宣告破裂，云南需要明确地站到国民党一边，配合肃清共党。祖父1927年退出共产党后，仍然被委以重任。1930年到1948年间，熊光琦先后在澜沧、石屏、宾川、建水、景东、兰坪等六县担任县长。

满脑袋新思想的县长如何施展抱负？祖父留下的大量文献、书稿，在1951年闯入抄家的人看来，一钱不值，在院子里点把火烧了。翻查相关各县的县志，顶多记载了祖父任职的年份，其作为只字不提，无从考证。2014年夏天我回昆明，打算到县档案馆去查资料。结果发现以为远在天边的档案，近在眼前，各县1949年前的地方档案都调到省档案局保存。哥哥去查，拍下了几张有关祖父档案的卡片，附在邮件里传给我们。弟弟一看，似曾相识。

“文革”时期，弟弟就读的大学接到一个“战斗任务”，派学生去替省档案局的“敌伪档案”做卡片，目的是协助追索漏网的历史反革命，并配合各造反派组织、各级革委会的“外调”工作。卡片除了姓名一无所有。景泰弟对敌伪档案最深刻的印象是当时的政府捉襟见肘，为买一小件物品都需要层层审批。

“敌伪档案”现在的名称是“民国档案”。政府花了不少财力物力扫描整理，建立电脑检索系统。来人要说明为何需要来查看，“了解先辈资料”——这句话出自当年“黑五类”之口，引起了管理人员的好感。世道变了。档案名目都可以看，查阅内容要在电脑中另外申请。家属受到特别优待，可限量拍照。

云大历史系的硕士生段玉蓉在我之前到，已经从电脑中查到有关熊光琦的资料共 124 条。我期待着看到祖父的一条条政绩，但完全出乎意料，里面几乎没有任何关于管治、政策措施的内容，反而有好几条对他的告发，有贪污罪、吸鸦片罪等。玉蓉看过资料，安慰我说：“没事，后来都已经澄清，撤销罪名了。”这位来自腾冲农村的女孩安慰我说，她父亲任生产队队长时，也常被人告：“都是诬告。想为群众做好事，结果还被人告状。”

一位县长，动辄被人告状到省里。曾祖母病危，以当时的文化风俗，双亲生病是头等大事，祖父向省里先后打了两个报告去请假。县太爷不是我们想象中那样，一手遮天。禁烟乃政府重要的工作内容，最难是以身作则，有一条公文是他本人不抽鸦片的保证。县长抽鸦片，省政府主席也抽鸦片。据龙云副官的回忆，1935 年蒋介石夫妇到昆明视察，对昆明市容和现代化设施甚为满意，与之谈话兴致浓而忘时，龙云烟瘾发作，聪明的副官察觉，将鸦片溶到茶缸中递上解围。祖父自己撰写的县治文献规定“吸食鸦片者不得参与选举”，让人偷笑。

防范土匪是最为艰巨的任务。“文革”后期，景泰弟被分配到边境县孟连中心教书。孟连曾经属于澜沧县，当地还流传着土匪攻入县城，一位忠心的下属背着熊县长连夜逃出城外的故事。建水县长任上，祖父因为“惩匪不力”受到停职三年的处分。后来又被举荐复职，到景东县上任。1948 年，祖父在兰坪任上，一股土匪从滇西打过来，入村进住家洗劫一空，然后放火烧房。据四姑姑回忆，众人劝县长赶快让家属撤离，祖父道，家属如果走，必引起群众恐慌。待到土匪离兰坪仅剩一天路程时，他才让家眷逃到附近村庄住了两天，再托人护送到剑川。我父亲开着吉普车去接他们，当地人第一次见到机动车，引起一阵轰动。

祖父本人一直等到土匪来到前几小时，带上印章，由人背着逃出。遭土匪打劫的六个县县长受到惩处，五人被撤职查办，祖父因为留到最后一刻，未被查办，仅受撤职处分。《兰坪白族普米族自治县大事记》记载："民国三十六年（1947年）……是年，县长熊光琦主持建兰坪初级中学，后因战乱而停建。""民国三十七年（1948年）四月十八日，刘五斤……率众盰一百多人，攻毁兰坪县城，县长熊光琦携印逃跑……"

研究拉祜族的马健雄教授一直留意熊光琦的行踪。健雄曾赞助过一名拉祜族孩子上中学，得知其曾祖父是熊县长从昆明带过去的一位部下，后在当地留下，成家传代。作为人类学家，他对祖父在当地与土司结拜弟兄、收土司的儿子为干儿子更感兴趣。这应当属于中原霸主进入云南后所采用的"彝人治彝"的统战术，而非他的独创。祖父收养的干儿子不止一位，有的还送到昆明念书。其中一名澜沧募乃土司儿子石炳麟，后来加入国民党第五军李弥部队，1963年在缅甸被刺杀。据说还有一位1949年后在当地傣族人的帮助下，从孟连县城的那条河坐竹筏逃到缅甸。祖父后来到工商业业已发达的建水任县长，统战对象变成商会会长。王会长的儿子作为祖父的干儿子，按熊家这一辈的排名，取名王在蘅。

依靠马健雄教授提供的线索，我找到一份祖父的施政建议——《开发澜沧全部与巩固西南国防之两步计划》。这份一万六千多字的考察报告及建议书收入1933年龙云主编的云南丛书之《云南边地研究》。1930年，撰写《释义》后第五年，祖父四十一岁，到瘴疠之地的边境县澜沧县任县长。此时他明白："新县制之推行，一般人几视如洪水猛兽，而群起以非议之者，岂无故哉。"从这份建议书看得出他虽面临困境，仍旧踌躇满志。

当时的澜沧县土地辽阔，"广四百九十里，纵八百余里"，与缅甸接壤。三万多户十三万人中，汉人约占十分之一。他们属于外来人口，并非都准备在此定居。当地居民中识字者不及百分之一，懂汉语者不及百分之五。这里是未开发的希望之地，"气候和煦，土质肥沃，无地不适合种植；崇山峻岭之巅，皆产旱谷；森林畜牧，无所不宜"。在此四十多年前，人民尚不知政府为何物，但"澜沧自设治迄今，垂四十余年，物质上之建设，几等于零"。

这位县长上任后，用了半年时间"周咨博访，切实考虑"，详密规划出这份革新方案，建议分两步进行。

第一步：建设县城在地；修筑直通缅甸玉临县五千线；开展适用当地的特殊教育；开垦荒地；确定土司地位，变通自治办法。

第二步：收服未归化的土著；抚绥半归化的土著；变通现行官制，实行分区垦殖；统一地方财政，减轻边民负担。

对两步计划的各种措施，建议书先详细说明原委，然后讲述实施方案及财务规划。例如县城的建设，分为政治区、教育区、商业区、住宅区、公园。四围开马路，不建城池。就地集股设建筑公司，分期建筑售给人民。1980 年代末，“集资建房”成为中国内地城市建设的一项国策，谁会想到早在半个多世纪前，一位小官僚已经向上级提交过如此方案。

2013 年出版的《民国时期云南边疆开发方案汇编》收入了这份建议书。主编林文勋在前言中特别提及祖父的建议书：“洞悉边地舆情，有的放矢，具有很强的可操作性和代表性。”评价甚为中肯。建议书中大部分篇幅都是关于钱从哪里来，考虑完善地方税收，而非强调上级拨款。文中提到地方收到“江税”，“第自光绪二十年前后以至民国八年，所收虽不下数十万元，而皆为历来官绅所中饱”。如加以善用，已停工的县府建设则可继续。

建议书最为详尽的部分是垦殖计划，将之作为地方发展长久之计。首先变通官制，设垦殖局，查明户口数名：十六岁以上、五十岁以下者，不分性别，必须每人有五亩已垦之田，作为基本产业。三年内不纳粮赋。“不分性别”的观念在 20 世纪 30 年代也在世界前沿。“若达上述办法，不但数年之间，荒山可悉变沃土；而人们富力平均，人人皆有恒产，地价亦不定而自定。窃谓总理民生主义，将不难先于此实现也。”

建议书的一些举措已经开始实施，但他一点也不乐观。他自嘲道：“矛盾冲突，至斯为极。光琦于治术固乏知能，但于地方自治则以数十年之经验，自问尚略知门径。本省地方自治，经由自身规划而见诸实施者，其成效昭昭然在人耳目。今不幸躬身出任地方，首即遇此怪现象，无法应付，可谓请君入瓮。”

“明知结果终亦不过徒托空言，无实现之可能……后有同志或能采集部分，见诸实施，则在光琦亦可云不负此行也。”八十多年来，大概没有一位澜沧地方官员参考过这份计划书。2000年，亚洲开发银行有一项对中国的技术援助计划——“澜沧江流域开发”，我负责最终报告中文版的翻译校对。这份由中外专家到当地考察后撰写的报告，对这片贫困地区的发展提出了经济与技术方面的建议。而熊光琦的“两步计划”则以人为本，从个人及家庭出发，发掘地方优势，从行政与财税改革、教育和公共设施投资入手，是一份自力更生的建议书。

我曾经看过不少贫困地区的发展报告，开篇道：“本县/乡属于国家级/省级贫困县”，隐含的意思自不待言。不能怪他们不提税务改革、教育改革，地方本没有那个权力。就文字及行文风格而言，今天的学者大概没有几个人能写出那样富于表达力、简洁、准确而优美的中文。

《民国时期云南边疆开发方案汇编》共六十万字，有政府制定的方案及地方官员的上书，熊光琦的建议书确实为其中佳作。该文和《释义》均为他的心血之作。许多同时代人都在当时政治与社会改革中有诸多建树，例如云南的缪尔绰、陈碧笙、方克胜，全国范围更不知几多。当时国人建立新制度的摸索与付出，就像在一个科学实验室做实验，已经有了初步成果，可惜由于种种社会、政治因素，很多成果都前功尽弃了。唯有在陈迹上再建新的实验室，从头来过。

早期党员

祖父在1920年代初加入了共产党。四姑妈记得小时候替共产党人在熊府开会站岗放哨，令他们这些半大孩子兴奋不已。因为曾祖父的地位，警察不会随便闯入。门前有可疑人晃荡，小孩子立即去通风报信，与会者上房顶翻入邻家，逃之夭夭。当时云南地方政府也不过做个样子对国民政府交代，没那么认真。1927年龙云与蒋介石达成交易，开始肃整云南的共产党势力。祖父的好朋友、云南地下党领导人王德三和陈希美均被逮捕、枪毙。祖父在这一年退出了共产党。

退党并没有改变他的政治信念。1930年代初，他最宠爱的大女儿受国民党感召，并与上海来云南做文宣的国民党员相恋，祖父坚决反对，以脱离父女关系威胁。最终，爱情战胜亲情，姑妈随爱人远去。追问亲友中当时分别加入国共两党的人，读许多人的回忆录，得到的印象是他们的信念所差不远，同样为了推翻腐败的制度、追求平等自由、建立民主共和。

1927年大清洗中退党的人想来都因懦弱，这也是我对祖父产生成见的原因之一。我从来没想过，他要是胆小，为何敢于收养被处决的地下党领导人的儿子。我前些年访问四姑妈，听到有关的传奇故事：此人叫陈开平，他父亲被枪杀前，将一张与我祖父的合影交给他们兄弟，让两人去昆明某地找这位叔伯。事后，祖父也曾下乡寻访朋友的遗孤，不果。两兄弟被卖到深山一家农户中，哥哥被蒙上眼睛每天推磨，弟弟放羊。后哥哥死，弟弟逃出，拿着父亲留下的照片到昆明找到我祖父。祖父待他如子，供他读书，送到昆明其中一所最好的学校——长城中学。那个年代好的中学里，一定有因正义感而追求进步、加入共产党的老师，这位烈士后代追随之。

1947—1948 年，云南地下党在滇西滇北开辟了游击根据地，成立了边疆纵队。一首《山那边哟好地方》唱遍昆明，无数青年学子到“山那边”投奔边纵，其中有祖父的四女儿和这位义子。全国解放后，先走一步的年轻人被委以重任，陈开平成为楚雄县公安局局长。他和祖父的界限划得一清二楚，从此不往来，并写信劝说四姑姑与家庭划清界限。

孤寂一世

曾祖父在滇中民望甚高，来往皆名士。他仪表堂堂，七十岁仍气宇轩昂。这位大家庭中令众人爱戴的灵魂人物，为人幽默风趣。传说他打小孩，先将手缩回袖中，用空袖子抽去。情况严重要以脚踢，则先脱下鞋子。这样一位父亲，使得祖父这个“官二代”兼长子一生受到鞭策与压力。

阅读同时期的同类文献，例如县自治讲习所其他讲义及民国时期诸多边疆开发方案，我发现熊光琦的著作的确出类拔萃。这些颇有见地、务实的改革方案令人佩服。撰文时，有的计划已经获得省里核准，有的已开始实施。关于开展义务教育、特殊教育、女子教育、职业教育、建通俗图书馆等，已承奉教育厅指令核准，准备该年度实行。突然之间，在县长完全不知情的情况下，省里将教育经费的主要来源——“屠宰税”，改为由商人投标承包，致使“澜沧教育遂立即濒于破产”。遭遇的挫败显然不止一桩。之后他在其他县长任上的作为，除了在兰坪县建中学外，没有留下丝毫印迹，无从推断。

听奶奶讲她跟随祖父上任，尽是些关于土匪打来如何害怕、如何逃跑之类的故事，印象中当县长不是什么好差事。查看资料，那时县长的任期不过一两年，祖父在一处留两三年已属罕见。各朝各代，被贬到蛮荒之地任职，都是对官员触犯朝廷的惩罚。祖父去的澜沧、景东、兰坪差不多就是流放之地。“澜沧全县，无处无瘴；远客来到，无人不病”，“万山丛杂，道路崎岖，一遇雨天，泥深数尺，虽牛马亦不能通行”。在交通如此发达的2015年，从标准路面可达县城勐腊（澜沧），还得在土路上颠簸四小时，八十多年前从昆明前往该地如同冒险。公共交通到达终点后，还有十多天的路程，需要坐“滑竿”：由两名轿夫抬着，人在两根竹竿中一块布兜里，坐也不是，躺也不是，摇摆前行在崎岖的山路上。下雨路滑，步步惊心。

1947年到兰坪任职时，奶奶、四姑姑及祖父最小的儿子（我称为老叔）同往。当地没有中小学，儿女在家自学。祖父替九岁的老叔购置了一套《少年百科全书》，要求他每天写一篇读书报告及日记，并负责记下家中开销的流水账。了解这些细节，才明白县太爷的付出。

1937年还在任景东县长期间，祖父在昆明西郊车家壁购买了一块山坡地建屋，为日后安身之所，初步显露他出世的心态。我父亲当年二十五岁，这位学土木工程的小伙子设计并监工制造，盖起了一座两层楼的砖柱土坯房——默园。数十年后房子倒塌。我去寻访时，看到草丛中有一个熟悉的长方形石缸躺在那里，那是唯一的见证。看看四围地形，儿时记忆中硕大的花园，原来就几分地大小。三层果园，其实就是梯地上种了些梨树。彼时对面高山、山下小溪、山间的火车路轨，皆为远处风景。大人说山上有狼，小孩要结伴才敢过去，原来只数十步之遥！

我努力回忆，仍然想不起祖父曾经露出过笑容。他随时嘟着嘴，板着面孔，奶奶形容他“嘴上挂油瓶”。他的笑容也许在二十四岁时便随爱妻而去。

1927 年，云南开始逮捕共产党员，曾祖父设法安排祖父去上海“查富滇银行颜希耕潜逃案”，并让他在上海登报退党。祖父带上十四岁的儿子前往，并将儿子送到复旦附中就读，委托在上海的弟弟及弟媳照看。少年人受不了势利的叔叔婶婶的气，逃回昆明（当时需要绕道越南，成了父亲传奇经历之一），本来就紧张的父子关系近乎破裂。从祖父的角度去解读这个我早就听过的故事，突然间看到他望子成龙的苦心、他的失望。

曾祖父 1941 年逝世后，祖父升为一家之长。留洋归来的同父异母弟妹，不认同长兄为父的传统观念。这位整天板着面孔、戒不掉鸦片的大哥，对己严人不知，待人严则招人恨。论政治、谈行政时接受了民主观念的祖父，在家中则相信长幼有序给他的权威。中国不乏认知上全盘接受民主理念，但在为人处事上处处表现威权性格者，尤其男性同胞。祖父保管了曾祖父留下的字画、书籍，包括一套《大藏经》，价值不菲。两个异母兄弟来找他，将盒子枪亮出来放在桌子上，要他交出曾祖父的遗物。祖父解下

1948年，在祖父家的花园默园中，祖父牵着我和弟弟

一条丝质裤腰带，大声喝道："爹留下的东西，我只要这一样，其余你们统统拿走！"

命运就是这般微妙。在他拥护共产党时，大女儿加入了国民党；多年后，当他教导子女远离政治、学一技之长时，刚高中毕业的小女儿离家出走，加入了共产党。他的小儿子、我的老叔出生时，祖父已年近半百。老叔从小过目不忘，八岁入读小学，十六岁即初中毕业，大部分时候在家自学。他一再跳级，总以勉强合格的分数入学，以前几名的成绩毕业。祖父替他买了一整套《格林童话》，那是他儿童时代最好的教科书兼同伴。祖父去世时，他宠爱的幼子尚不知事。

也不知道具体从何时起，祖父的政治热情消磨殆尽。他教导父亲远离政治，“中国的问题，在政客太多，做实事的人太少”。不到六十岁，便开始过着隐居的生活。看祖父的遗作，始明白即便是他的妻子和儿女，也没有一个人了解过他的思想、他的内心。这位曾经热衷政治改良、一再努力又一再失败的民国文人兼地方官员无比孤独。也许，政治一旦进入灵魂深处，就不肯离去；待到终于摆脱时，留下的，只有寂寞。

去也无踪

外公出生于1883年，长祖父六岁。日本留学生等同于中了科举，回云南后做了两任县长，挂冠回家。参与同盟会时的政治热情被现实的无奈浇灭，留学时代接受的新思想和生活方式则根深蒂固。他饮食清淡、烟酒不沾，留下诗文十一卷，记载了他位卑不忘忧国、穷则独善其身的一生。他和祖父有诗作往来，可惜祖父所有未发表的遗作未能留下。有趣的是，任宾川县长的外公与时任石屏县长的祖父曾提出互换位置，得以获准。后面的故事已无从考察。

1949年新中国成立，外公在诗作中表现得兴高采烈，当时提倡的理念、公布的政策，与他年轻时代的理想十分吻合。两年多后，目睹的现象令他困惑不已。他承受住了年轻时的失望，却承受不起老年的绝望。不知道祖父的死是否给了他又一重打击。1951年，外公服下一整瓶安眠药，没有再醒来。他留下简短遗嘱，说明对社会对子女已无用，选择离世，给十一个子女留下了一生的创痛。

1948年离开官场后，祖父和奶奶住进车家壁默园。此时，祖父潜心研究藏传佛教。我在网上用祖父的号“熊印韩”查到一条信息，当时全国参与修订佛教宝典《大藏经》的同仁中，祖父是云南的代表，据说曾经请贡嘎活佛到车家壁家中做客。祖父每天抽一次大烟，晚间喝一小杯酒。妻子为他准备的下酒菜千篇一律：炸花生和咸得要死的抗浪鱼。白天他几乎都把自己关在书房内伏案写作、看书。他曾整理出版曾祖父的遗稿《唾玉堂文集》，编写家谱（“文革”中被烧毁）。此时家境拮据，从邻村雇来的长工卢大爹帮忙打理着花园，有时到高桥集市售卖盆栽，帮补家用。

如今村里老人还记得“熊县长家”。房子远离村庄，无田无地，熊家和村民互不往来，十多年来相安无事。1950年底，农会的人气势汹汹上门来，将祖父带走。听奶奶说，他脾气太犟，来人要他低头，他不依，挨打。这一幕我明明没有看到，不知何故，想到祖父便生动地在脑海中呈现。祖父被关押在几里路外高（峣）区农会里，农会要求家人拿钱去赎，父亲卖掉我家唯一值钱的东西——一辆自行车，和弟妹设法凑足一笔钱交进去。农会说不够，仍然不放人。老叔去探望，祖父责备道："为什么不去上学。赶快去。"

一年多后，已奄奄一息的祖父回到被洗劫一空的家中。抄家者看中的东西，铺在沙发上的虎皮，储藏室里的贵重中药，对他而言不算什么。书房里所有的书籍、文稿、日记、书信，还有他视为比生命还重要的曾祖父的遗作，统统化为灰烬。王灿所撰《熊廷权传记》列出曾祖父的作品，除了存在云南省图书馆的《唾玉堂文集》四册、《诗集》十六卷、《诗余》一卷以外，还有《经史札记》、《书牍》、《公牍》、《旅行日记》（1905—1907年间往西藏"办理粮务"时期所写）、《西藏宗教源流考》、《联语》、《语录》，均被销毁。曾祖父从西藏带回的《大藏经》早些时候被祖父的四弟作为家产拿走，逃过一劫（后捐给云南省图书馆）。两代人的心血落得如此下场，情何以堪？祖父不久后离世，据说关押中心脏病发作，却不知何故没有安葬，尸骨无存。

2014年夏，我和老叔、哥哥弟弟一道，去请四姑姑讲讲祖父的事。她年过八十，从省委宣传部副部长的职位上离休多年，头脑十分清楚。1950年，她是参加筹备省委宣传部的五人小组一员，曾经的小知识分子成了部里得力的笔杆子，也是唯一出身不好的人。她告诉我们，祖父死后出了个布告，说建房子断了农民的水源，算恶霸，判三年徒刑（父亲说过，那是莫须有的罪名。他负责设计施工，房子与水源无关）。

祖父做过旧社会的县官，新社会中，他的儿女出身旧官僚家庭，得不到信任。划清家庭界限像是他们头上的紧箍咒，祖父的养子、三女儿、二儿子都因为经受不住此中带来的折磨，选择结束了自己年轻的生命。幸而在此之前祖父已闭眼。

因为对政治的看法相左，祖父和他嫁到上海的大女儿、我的姑妈疏于往来。她此时是一位小学老师，接到父亲去世的噩耗后，倒在床上泣不成声。她十六岁的儿子认为母亲丧失阶级立场，十分气愤，给她写了一封信：

> 您对外公去世所抱的态度是不正确的。我看见您痛哭，就似乎觉得您和我有些疏远了。您和您那些天真活泼的劳动人民家庭的学生们有些疏远了。但我还没有深怪您，因为我觉得多少年来的父母感情，要完全无动于衷是不可能的。但您事后还寄了很多钱去，叫他们抽出一部分替外公念经。您想想，现在全国人民流血流汗获得了解放，正在进行增产节约运动，替国家建设积累资金来争取我们美好幸福生活的时候，您却拿了大把金钱去安慰一个曾经压在人民头上的灵魂。在这个人民翻身的时代里，去做个封建的“孝女”，您的立场是什么？

这个真诚的少年人、我的表哥胡伯威，历尽风霜，半世纪后写下了自己的经历。谢天谢地，那个时代终究是过去了。

谨以此文告慰祖父在天之灵。

云南第一代留日学生

外公苏涤新，1883—1951

念初九日生，愿初九日死，死生日同有定数；劳六十年力，操六十年心，心力年来已全亏。

此生休矣，六十年苦修苦行，眼耳口鼻六根净；即死可也，一个人独来独去，夫妻子女一场空。

六十年忧患饱经，想当初投生来，是将错就错；八口家子女多累，到而今寻死来，以不了了之。

死去非成佛登仙，无地可容，宁作厉鬼诛暴日；生来是干家栋国，有志未逮，徒留青冢向黄昏。

—《六十自挽》

从四五岁记事始，周末随妈妈去外婆家是我们每周的节日，进门就掉在舅舅和众姨妈的宠爱之中，房前屋后的花园是我和弟弟及表弟妹的乐园。记忆中，外公穿长衫，目光安详慈爱，说话不紧不慢，从没见过他发脾气。权威飘在家中的空气里，严而不历。外公的十一个子女，此时有六人在海外或外地。周日家庭聚会中，离乡的亲人是大家谈论的主要话题。

外公六十八岁时，服下一瓶安眠药离去。二舅来家对母亲说："爸走了。""走到哪里去了？快去找啊！""爸过世了。"母亲应声倒下。八岁的女孩站在一旁看着这一幕，不能理解死者的选择，只看到生者的悲恸。外公留下两封遗书，一封留给英妻（外婆名钱维英）：

> 我与你初次新式结婚，至今四十余年，赖你勤俭克苦，将所生子女十一人抚养成人，今各有学、职业，我是万分感你的情。本想陪你多活几年，无奈死期已至，不能苟活，先你去世，痛心万分。我死之后，勿生异议，照我前今遗嘱办理，火化可也。新绝笔。

另一封留给子女：

> 我因年老赋闲，久已无心人世，现在不应再行苟活，依子为生，为社会病。我死之后，即将仅有之房地产及家具献与政府查收分配，尔等分得若干，领受若干，不得争论。我之诗文存稿共十一本，由尔兄弟姐妹十一人各执一本存念。新临终亲笔遗嘱。一九五一年三月卅日。

山中少年

外公苏涤新，号澄，生于1883年，云南宁洱县人。苏家之前居石屏县，外公的父亲是这个银匠家族的第四代。外公一岁半丧父，家业失传，靠亲戚帮助维持生计。他到九岁才有机会进入私塾，“每日早晚习作家事，昼夜攻读四书五经、唐诗古文，皆能背诵”。十四岁时，于普洱府县童试中名列前茅。因为字体工整清秀，代缮公私文书，小小年纪即有了一点收入添充家用。1901年十八岁时应府县童子试，考八股文十余场。每次出榜，列前五名。年轻人有了底气，从普洱步行翻越无量山，到景东县应学院岁科，考经古，列该府秀才第一名。他没有辜负寡母的期待，跨出了功名路上第一步。

时值20世纪初，科举制走到末路，像大多数社会变革一样，到来之前毫无预兆。家乡的普洱府中学堂仍旧像一所功名考试预备学校，外公在此遇到一位良师——教授今古文学并兼学堂堂长的钱用中先生。钱用中参加过公车上书，是一名忠实的康、梁信徒，灌输新思想给学生是他的使命。外公以优异的成绩从学堂毕业，背负着家族的期望去昆明参加乡试。从普洱出发，而今高速公路穿山洞、跨江河，半天可以抵达省会昆明，那时则需一步一步翻过哀牢山脉。不知他穿的是母亲缝制的布底鞋，还是草鞋，背着什么干粮充饥，夜间在哪里留宿。

中国的新文化运动早在19世纪后期就开始了。1903年时，没有人能够预测，两年后科举制度废除。外公在普洱学堂接触新思想，不再迷信旧学。考卷依然是八股，他答卷时写下自己颇以为是的新名词，批改试卷的老师看不明白，“房师不解，批云字太奇，抑之”，落第。其后，外公考入昆明的五华山高等学堂、经正书院，命运为他开启了另外一道门。这里“名师良友聚”，院长陈荣昌（号陈小圃）、李厚安、吴益斋均为省内著名学者，同学来自全省各地。学校采用双语教学，中文分经、史、子、集，西文分英文和算术。外公如鱼得水，每月考试皆列前茅，获得奖励（我从未听说外公曾学过英文）。

留学日本

1894 年，甲午战争爆发，大清帝国惨败给小小的日本，促成了朝野变法自强的行动。令日本后来者居上的明治维新，似乎是一条值得效法的道路。一时间，派遣学生留学日本取经的浪潮涌起。清廷要求各省出资，选派“心术端正，文理明通之士”出国留学。云南省在 1902—1911 年间，至少派出三百七十二名留日学生。1905 年，经正书院院长陈荣昌被云南省政府派往日本考察教育，从校内学生中考试选拔十名赴日留学，外公幸运入列。当年普洱学堂的堂长钱用中先生也在这一年随云南留日学生赴日，据说以督学身份前往，但我未查到相关资料证实。五年后，他成了外公的岳父大人。

边疆青年生长在云南，视野被重重青山遮挡，不曾见到过地平线、海平线，漂洋过海的经历已足够震撼。来到日本，事事令他们目瞪口呆。他们看到日本“政治之善，学校之备，风俗之美，人心之一”，电报、电话、煤气已经普及，日本科技的进步“足令人汗颜”。从幼儿园到研究院的教育、师生关系，尤其令他们“对祖国生愧，对外国生羡”。当然，作为前来考察的外国人，所见所闻，想来都由主人刻意安排。

在日本，接纳中国学生的机构应运而生。早稻田大学 1905 年 9 月设立清国留学生部，预科一年教授日本语及普通学科。外公入该学部，一年后进入师范科物理化学科本科。中外反差带来的反思，改变中国现状的冲动，令这些有理想的年轻人很容易接受革命思想，同盟会的星星之火点燃了留日学生心中的激情。1906 年初，同盟会云南支部成立，外公等六十八人立即加入，他的介绍人是支部长吕志尹。外公取别号羊牧，意即苏武牧羊持汉节。

同盟会云南支部随即成为云南留日学生的核心组织，1906 年底便办起《云南》杂志，以改良思想、开通风气、鼓舞国民精神为宗旨。他们将“思想”分解为国家思想、团结思想、公益思想、进取思想、冒险思想、尚武思想、实业思想、地方自治思想、男女平等思想。几年后，留日学生相继返回故乡，其中蔡锷、唐继尧两人登上政治舞台，成为一代枭雄。民国建立后百废待兴，许多留日学生成为云南经济、教育等各个领域的中坚。晚清选派学生留日的举措，加速了它的灭亡，并为新政权培养了人才。

外公在早稻田大学扎扎实实学了四年，1909 年毕业归国。他放弃了到北京参加清廷留学生考试而进入政府的机会，取道越南回滇。此时他心中已做好打算，要回云南办报纸。结果并未如愿，公派学生得服从分配，外公被派到当时云南的最高学府——

云南省立两级师范学堂任教。学校即他的母校，这位昔日学生格外努力，他在日本体验的授课方式，热蒸现卖，派上用场。每天上下午皆需授课，夜里自编讲义。

成家

外公迟至二十七岁才结婚。这个年龄的人，当时早为人父。他在六十岁时写了一篇《结婚记》，道出原委。“予自幼即立志读书，力图上进”，婚姻事先莫想。待十九岁在普洱府中学堂毕业后，母亲做主要他与李氏女订婚，拗不过母意及亲友劝说，他勉强同意，但言明要到省城参加考试，中举人后才完婚。这一去如断线风筝，考取公费留日，进入早稻田大学后，“非三五年不能毕业，因函禀先母通告李氏解除婚约，免误青春”。外公将他从赴日旅费中省下的六十金全数汇回老家，给弟弟结婚用，以后每月节存百余金供弟弟作为经商资本，以安家庭生活。留日学生的津贴本不多，外公一生节俭大概始于此时。

从日本归来，在云南省立两级师范学堂任教时，“同事友人皆劝结婚并为介绍，予皆婉谢，欲行独身主义”。此时他仍在“驱除鞑虏，恢复中华”的使命及热忱笼罩之下，觉得结婚将受家庭之累，不能全心全意投入革命。决心终被他在日本结识的莫逆之交庾恩旸动摇了。庾的建议完美得无法拒绝，二人同时具函他们的老师钱用中先生，求娶钱的两名爱女——钱维英、钱维芬。共同完娶，二人便成为连襟弟兄，结成亲戚。外公的诗文中，不止一次提到他和庾恩旸在昆明举办的文明婚礼，在昆明开风气之先，有主婚人致辞，来宾代表训词：

> 典礼隆重，前所未有，会馆门前车水马龙，盛极一时，热闹非常，于是轰动全城，对于予等惟有羡慕，无敢非议，然此后无有踵行者。至辛亥光复，风气大开，对于新式婚礼始有人采行，今则风行三迤，市县政府并举行集团结婚，所行婚礼与予等大同小异。与其失于奢，宁失于俭，勿令嫁者有人财两失之忧，娶者有得人失财之叹！是为予改良婚礼之愿望也。

移风易俗，绝非易事。两个日本留学归来的年轻人以身作则，只不过引来民众的好奇，新式婚礼等到辛亥革命之后才渐渐为人接受。

时不我与

苏、庾两人的友谊未能如他们期待的那样久长。庾恩旸在日本习武，士官学校毕业回滇后，任讲武堂教官，之后步步高升，陆续出任北伐军参谋长，民国元年升任陆军少将、中将，任都督府军政厅厅长、宪兵司令官等职。1918 年，这位三十五岁年轻有为的将军在贵州毕节遇刺身亡。外公一生中唯一的至交死于非命，留给他无法磨灭的创伤。庾的遗孀、外公的妻妹不堪流言蜚语，远走香港。他们的两个女儿，一人死于难产，另一女庾亚华一直以苏家为娘家，命运多舛，那是后话。

辛亥革命时期，边远的云南省第一次登上中国政治舞台，这和这批日本留学归来的爱国志士有很大关系，他们渴望将激情化为行动。庾恩旸等在日本所受的军事训练仿佛就是为这次革命做准备，外公等一批文人则积极参与舆论宣传，唤起民众。待民国建立，新政权急需人才，留日学生都被委派去做地方官。看外公的简历，他显然不适应从政，先后在易门县、呈贡县、新平县、宾川县、石屏县任过五任县长。除在呈贡做了两年，其余都不超过一年，他说自己“传食而已”。之后，他曾在省教育厅任职，“先后凡十余年，于己于民，俱无裨益”。

外公秉性耿直，与官场文化格格不入。无论出任地方官，还是在省政府服务，显然都令他失望。这年，老母亲在家乡病故，他请假回去奔丧未获批准，因而萌生去意。“予素具环游世界及全国一周之愿，服务教育厅时，奉派赴各省考察社会教育，遂即辞职前往。”大舅当时在南京工作，外公到南京住了一年。回到昆明后，“与东南郊筑一小院”，“题明通草堂额，悬于楼下，自号明通老人，种菜栽花以终老焉”。此时他不过五十出头，实践了他们这一代人“达则兼济天下，穷则独善其身”的人生态度。六十岁时他感慨道：

予年十五自籍出游求学从政，饱经忧患，今逾六旬，身心早衰，园居不出，作此自遣：

昔作远方客，行踪东南多。
远游历中外，世路多坎坷。
忧患觉饱经，行不得也哥。
倦游归故园，退休时养疴。
伏枥同老骥，止水不生波。
交游因息绝，门前雀可罗。
世与我相遗，理乱不知何。
昔劳今何逸，光阴空蹉跎。
风尘所经历，有如梦南柯。
静极不思动，扶杖出门过。
前途无险阻，已忘梦南柯。

1946 年 4 月 5 日，外公在《我的近日生活》中写下：

每日午前七时起床，着齐衣物，整理床被，自提便壶下楼洗濯，舀水入浴室洗漱面口，毕，赴庭园散步。八时喝粥一中碗后，阅本日报纸。九时上楼整理旧稿并写作诗文。十一时下楼散步庭园。十二时午餐，一菜一汤、白饭两碗、开水一杯。午后一时上楼和衣午睡，二时起床下楼，入会客室阅看书报。五时散步庭园。六时晚餐，一汤二菜、白饭二碗、开水一杯。七时开收音机，听各种音乐及报告。九时就寝，在未成眠时默想本日之事、应记诗文，拟成腹稿，以备次早写作。此我疏散回昆每日之私生活也。

此种生活尚觉闲适，对予个性也属相宜，行之年余，已成习惯，静居安养，很少外出。对于亲友婚丧宴会，不去参加，皆由家人前往应酬。至于家事，交由内子督同子女协理，不多经管。惟值此物价趋涨，生活加高，老境日增，婚嫁未完，一家生活尚未安定，每念及此，忧从中来，前途茫茫，不知税驾何所也。

涤园

外公外婆1910年结婚，次年大舅苏尔敏出世。此后直到1936年，二十四年间，外婆生下三男八女。最小的八姨和我哥哥同一年出生，长我八岁。外公家从来窗明几净，从床单被褥到窗帘台布，均别致洋气。园子里四季花开，树木扶疏。平日饭菜清淡，各种节日，春节、端午、中秋、各人的生日，外婆率母亲和姨妈们在厨房忙碌，香味四溢，至今仍令人回味。我一直以为外公家生活富裕，但看外公留下的诗文，十分诧异地发现他们的日子拮据。外公退休早，儿女成群，靠外婆勤俭持家维持清贫的生活。后来，大舅、二舅相继工作，负担家用，才得以维持小康水平。

走进外公家，先穿过紫藤架。昆明人称紫色为春花色，那就是春天开花的紫藤花颜色。一串串紫花垂下，风中轻抖动。夏日过后，变成长长的豆荚，毛茸茸的表皮在阳光下闪烁。外公种在草堂东的观音柳，被我视为好朋友。坐在大树分枝处，望白云飘过，任幻想驰骋。外公诗里没有提到花朵红艳的酸木瓜，外婆每年都会腌制成咸菜。未熟透的酸木瓜酸得要命，切下一片，撒点盐和辣椒面，是我们聊胜于无的零食。

外公将位于昆明城北塘子巷带花园的住所取名“涤园”。读他的诗《亲洗“涤园”花木》才明白，外公的花园亦是他心目中的文化殿堂。种什么树、栽哪一种花、植于何处，均有考究：

松名古大夫，是为君子儒。树之草堂前，相对日亲贤。
竹有君子名，心虚节高行。树之草堂南，七贤共清谈。
蕉有美人名，顾不倾人城。树之草堂北，好德如好色。
兰为王者香，堪登大雅堂。树之草堂中，气味正相同。
梅为皇妃喜，和清是知己。树之草堂西，同视作良妻。
可敬观音柳，如交方外友。树之草堂东，悟色即是空。
可爱菊夫人，聆音识曲因。树之草堂后，共酌重阳酒。
可怜夜来香，入晚愈芬芳。树之草堂右，欣赏黄昏后。
相依是紫藤，花垂如不胜。树之草堂左，高架自缠裹。

为什么没有将爬满小院墙头的素馨花写到诗里呢？花苞淡紫色，花瓣洁白，聚成一丛，在厅堂里都能闻到清香。记忆中，素馨花的香味便是外婆家的味道。外公几乎每天都花不少时间在花园里东弄西弄，重活请人帮忙，他在一旁指挥。外公最重视的节日是每年二月廿二日的花节，这时我们变成他的队伍，跟在他后面，将红纸剪成的小剪刀、小纸灯笼挂在一棵棵花上，这些小手工制品则是外婆带着我们完成的。此刻我才想到，小剪刀代表修剪花木，小灯笼又表示什么呢？

约 1948 年，外公与外婆，摄于涤园厅堂前

1948 年，外公外婆抱着小孙孙在家中客厅

四姨妈一家租住在涤园的外院，表弟妹令外公有了儿孙绕膝的快慰。大姨妈将女儿交给外婆照料，也住在此。每逢周末、节假日，母亲带我和弟弟到涤园。小孩的笑声令花园充满了生机。我的哥哥和妈妈最小的妹妹同岁，两人是孩子王，花园和厨房是我们的领地。哥哥景辉是苏家最早出世的孙辈，聪明自律，简直是个无可挑剔的可爱男童。外公称赞他“天资过人”，寄予厚望。一群表兄妹在花园里疯跑疯闹，总有意外发生，譬如推倒了花盆，打破了什么，大家就让哥哥做替罪羔羊，因为他总能得到宽大处理。那时我们住在姑奶奶家，弟弟景泰是姑奶奶的宠儿，充当同样的角色。我们利用大人的偏心，不会心存妒忌，那是心理学还没有来到这个角落的时代。

外公的新观念中有过分之处。他不重视传统节日，尤其反对七月半鬼节这类节日。外婆则信佛，初一、十五吃斋，外公时时拿她的信仰开玩笑。外婆我行我素，不与他计较。我们五六个表姐弟妹，谁那里有吃的玩的就归向谁，外婆很容易便得到我们的拥护，阴历七月半在外婆带领下，在洗澡间举行接祖仪式，之后在花园“游行”。外婆让最得外公宠爱的表弟去缠住他，我们都为参与秘密行动而兴奋。

苏氏家法

外公饱读诗书，中国传统观念根深蒂固。二十二岁到二十七岁在日本留学，人生观和价值观深受在日本的所见所闻及教育影响，视勤俭、自律为美德，安贫乐道。一方面接受道家思想，超然物外；另一方面追求佛性，苦修苦行。在妻子和众儿女眼中，这位一家之主对外与世无争，随遇而安；对自己和家人要求严格，但口慈心善，从无疾言怒色。

外公生长在贫困山区，由寡母养大，自小知艰识苦。到日本留学，每月从所得津贴中省下若干寄给母亲。他以极为平淡的口吻叙述这些往事，在描述日常生活的诗文中从来没有对贫困的抱怨、对富足的期望与追求。那时从乡下雇用女佣很便宜，普通家庭都会雇用人，而外公定下原则，子女得从小学会照料自己，协助家务。他的诗文中，谈及其与大富大贵的亲戚的交往，例如庾恩旸的哥哥庾晋候，无一丝对财富的羡慕、向往。

1943 年，我出世的这年，外公写成《苏氏家法》凡十章，将自己对管理公共事务的思考浓缩到治家的法则之中。第一章“德则”，提出为人处世之十项准则：“孝忧互助，勤俭自立，克己自治，谨言慎行，同甘共苦，安分守己，服务家事，维护家庭秩序”，最后两项规定是“家人均应保存及添置公有财产而享用之，家人均须应用谋公共福利事业而合捐之”。

第二章“家长”，规定家长由成年家人共同选举，任期十年，可以连任。家长指派家庭会计、分配衣食住行等事务，“非不得也，不准雇用工人”。家长必须以身作则，做出表率。每月开家庭会议。有点空想社会主义的味道。

第三章“家产”，分公有和私有两种。每年末开会检讨该年度财务开支，计划来年预算，包括是否添置公产。

第四章关于衣食住行。衣服提倡朴素美观，特别提出“每季添制衣服，质料均以国产为限，西服除外”。他没有料到几年后，年轻人均不再穿中式服装，西服大行其道。他还提出，饮食原料也须以国产为限。家人外出，十里以内均须步行。

第五章“婚嫁”，提倡年貌相当，才德兼全，破除迷信，同时须征得家长及家人同意，提倡婚礼从俭。相对于当时要八字匹配，婚事大肆铺张，已经颇为进步了。他最有见地的主张是结婚一个月后，小夫妻自己住，“但父母年老无人侍奉，仍应同居。一夫一妻，非有犯法行为不可离婚”。

第六章“生死祭奠”，生育子女以二人至四人为限，以免教养困难。这一年外公最小的女儿八岁，上面有三个哥哥、七个姐姐。他这么自律的人都做不到，旁人又如何能行呢？

第七章“教育及职业”。他认为子女教育受至何级程度为止，当视各人天资慧钝。毕业后应当自谋生活，要勤慎行事，忠实服务。如果自己创业，应视为终身事业，竭心尽力为之，不可见异思迁。

第八章“社交”，主张男女成年后均可为之。许多今天习以为常的行为，例如社交不限男女，在中国是直到 20 世纪初于城市才有的现象，外公将之写进家法，算是开风气之先。同时规定“男女社交须公开，不可私相往来”，风气很快就跑到他前面了。

第九章“卫生”着墨最多。规定每日梳头洗面，每周换衣，每月沐浴。外公家的盥洗室叫做洗澡房，有浴缸，这件稀罕的“奢侈品”我也曾享用过。长大后看外国电影，对西方最羡慕的事是家中有浴缸，每天可以洗澡。“家人每日生活分为八小时工作，八小时睡眠休息，八小时饮食运动”，“男女老幼均须按时运动”。印象中，我从没有见过外公做运动，如果在花园工作不算数的话，难说他在房间里做他从日本学回来的体操呢。

第十章“附则”甚有趣。一年内屡犯家法的话，要被罚在家中做工。他很民主地让家人可以参与意见，对不适合的条款开会讨论、修正。他将独善其身的观念推广到齐家，“思积人成家，积家成国，家齐而后国治，齐家之本原共修身，修身以法，法由家立”。外公对政治灰心，将个人的种种理念纳入对子女教育，建立齐家模式之中，对这部家法倾注心血。母亲是他的孝顺女儿，言行举止看来都合乎家法的规范。众位舅舅和姨妈，就像外婆经常说的，一娘养九种，九种不像娘。到我们这一代，依稀听说过外公定下家法，从不知道内容。外公的家法写毕的这个月，1943年1月，我出世。七十六年之后为写这篇文章，第一次展读。突然想到我历来不聘人助理家务，是不是家法在隐隐作用呢？

忧国忧民

科举时代的读书人，以参与治国为目标，以天下为己任。外公公派到日本，受本省父老乡亲之托，虽无力报效，始终关怀国家大事。外公撰写的与时政有关的文章，其理念和制度设计，表达了那个年代大多数知识分子的共识。针对现实，他批判国民党一党专政，提出中央集权、地方自治、官兵不加入政党等主张。对于省内政治，他主张各县、乡均有管理地方事务的自治权。这些纸上谈兵，是他深思熟虑的结果。

一介布衣对国家大事念念不忘，和同时代的知识分子没有两样。他写下《橄平地权节制资本文》，批评国民政府历次大会空言民生主义，实行则遥遥无期，“贫富阶级相怨愈胜，弱小民众已不聊生”，同时他主张尽快分配土地，征收个人多余的财产。他撰写《拟组织实业建设团》一文，建议聘请中外专家组织实业建设团，调查省外的建设，为云南设计各项实业，引导实行。他看到进口设备和人才培养是当务之急。此类书生论政，虽然难寻被参考、采纳的渠道，但他依然去苦苦思索，写成文章。1946年抗战胜利后，他写信给省政府，建议开放政府办公地五华山，改设公园供民众游览。今天读来，亦不过时：

> 滇垣五华山，居昆明城市中心，地势高旷，风景优美，极目四顾，山环水绕，东瞻金马，西眺昆池，北望螺峰，南瞰双塔，烟火万家，阡陌连野，诚滇中名胜地也。
>
> 前清时代，向来开放，除皇殿外，任人游览。清末，将山麓五华书院改办高等学堂，即于后山腰添建讲堂数间。后复改办师范学堂，又于山顶寺址新建西式藏书楼及教室宿舍多间。山之一部分，遂禁人闹游。辛亥光复，山为清军据守，被革命军攻占后，即就校地改为军都督府，将师校移设旧总督衙门，即今之云瑞公园。自此，山之全部遂成军事重地，门禁森严，禁人游览。今设省政府，仍为禁地，已三十余年矣。近因管理不慎，省府办公处所大部分被毁于火，所余府屋舍不敷办公，因陋就简，有碍观瞻。另行重建，需款甚，莫如将省府全部移设云瑞公园新建之胜利堂内，或就民厅地

址改建，合署办公，即将华山全部开放，任人游览，恢复旧观，除原有南北两大门外，并于东西两面添设大门二道，以便市民出入通道，改名五华公园，交由市政府管理，并责成筹设图书、博物、科学、美术四馆，公共礼堂及教育场等，以期完善，应需款项概由捐募，并许私人独力出资兴办，即以其姓名名之，以资纪念而示奖励。

所拟当否，应请提议公决，并请政府核议施行。市民幸甚！

卅五年十二月廿四日

他还写报告，建议政府建设昆明新市场业。许多想法和在日本留学四年的见闻有关。当年五华中学的校长陈荣昌到日本考察，在日记中写道："日本衣料皆能自织，尚力求俭约，以奢华为戒""勤俭过于寻常，为客具食，只一汤一饭""盖日人居家，无不勤俭者，而报国则极其慷慨，成为风气"。（陈荣昌《乙巳东游日记》）而外公的政府观与政治观，也是西方的政治主张经日本过滤后的产物。

外公留下的十余万字诗文，充满忧国忧民的情思，乃至许多对政务的具体观察与建议。1942 年，为避日机轰炸，全家搬到昆明附近的晋宁县乡下暂住。外公写成了两篇政论文章：《新世界建设计划》《新中国建设计划》。对国际关系，他主张"与主义不同之国家，不得有敌对或仇视之言论行为"；对国内建设，主张地方自治。这些想法，大概都来自他年轻时在日本留学及加入同盟会后接触的思想、观念。

1945 年 8 月 10 日晚，昆明市各报社发出大红字体号外，日本投降。今夜无人入眠的昆明城中，外公写下《闻敌投降有感》。

胜利的喜悦没有消除他的忧虑。外敌被赶出去，他认为一半靠美国和苏联，军阀及发国难财的奸商非善类，如果不排除党派之争，仍有后患。他期待争持的双方，“同心共建国，兄弟戒阋墙”。在外公这样的普通百姓看来，两党之争是兄弟之争。见内战不息，他感叹道：“南北相争就苦兵，忧国忧民自多情”“古稀年近无何恋，唯有难忘爱国情”。

儿女成行

有心栽花花不发，外公的政治抱负成泡影；无心插柳柳成荫，他主张一对夫妻生两个小孩，自己却生养了十一个。子女大都优秀，八个女儿均从昆华女中高中毕业。大姨妈和母亲分别是该校第一届、第三届毕业生，都是学霸。外公写道：“女儿年大有家时，良母贤妻作导师。减我奔波牛马累，怜他玩弄凤麟姿。品行端正斯为贵，心地聪明不是痴。相继于归成弃物，天才埋没有谁知。两女赋性聪慧好学，肄业女中，学行俱优，毕业考试，名列一二，故其成绩为学校前茅。自于归后，累于家事，不克升学，天才埋没，殊为可惜。”

三姨妈毕业于西南联大英语系，远嫁加拿大。四姨妈云南大学毕业，成为云南省第一批女企业家，办火柴厂。三舅不负外公期待，1945 年以第一名成绩从云南省公费留美预备班毕业，却未能如愿回国（两位舅舅和几位姨妈的故事见本书其他章节）。

拙著《家在云之南》的读者最欣赏、敬佩的人物是我的母亲，外公无疑对她影响至深。母亲称外公“爸”。我至今清楚记得那一声拖长的“爸”，包含了由衷的敬仰、无条件的顺从、放心的依靠。他们十一个子女，连同外公批评最多的二舅，都以外公为楷模，没有一句微言。我不明白其中的缘故，是时代的特征，还是他特殊的个人魅力？我只记得外公在我们小孩子面前，总是一副抿嘴忍笑的样子。

外公诗文中大量内容是和子女的“对话”。三舅赴美留学前夕，来家辞行，外公诗云：“宝山不空归，报国名显扬。及期早归来，免劳寄闾望。我身如健在，出迎大路旁。”

二十一岁的儿子即将远行，父亲叮咛嘱咐，从衣食到行为举止、婚姻，样样念叨，最大寄望是学成归来以报效国家。人还没走，便想象他日回家的情景，想不到这一去竟成永别。三舅毕业时，昔日友邦变为敌国，有家归不得。六年后外公离世，再过五年外婆去世。二十八年后，众姐弟妹终于等到父亲最疼爱的儿子归来，将父母的骨灰安葬。

以诗会友

民国时期，中国人的平均寿命不足四十岁。外公五十多岁，已被视为垂垂老矣，辞官归故里，专心于三件事：写诗，教育子女，培植花木。写诗是他人生最大的寄托，所思所想都用诗文表达。他自嘲：“腹稿多由梦里成，推敲字句到天明。晨兴握管忙誊正，惟恐善忘记不清。子女传观妻说好，笑予博得作诗名。”

他年轻时最好的朋友庾恩旸三十四岁时遇刺身亡，从外公的留下的文字看，之后只结交过一位好友——苏开端女士。这位在广东任校长的女士逃避战火来到昆明，与外公家为邻。从 1945 年起，苏女士和外公诗文唱和越来越频繁，持续一年余。这也是外公诗作最多的时期，七言绝句就写了三十四首，直接和苏女士诗作也有二十余首，可惜她的诗外公没有录下。惜别之前，外公写了七十多句的五言律诗，送苏校长回粤，是他的诗作中最长的一首。读外公的诗文，才知道他平淡如水的一生中，曾经遇到一位文字相切磋的知音。然而，“谁知缘分浅，归棹理钓蓑。倚装待通航，行期不蹉跎”“送君还南海，居傍罗浮阿。神交松作证，佳章永不磨”。

苏女士回广东后，他们偶尔通信，交换诗文，多为感怀国事。思念之情，也在诗中：“诗书赐我感情长，文字之交自不忘。”

外公生前每天写诗作文，除了应酬作品或与友人颂答之诗文，皆不示人。外公去世留下的唯一遗产，是他从 1942 年到 1951 年初去世前十年间所写的十一册诗文，共十二万余字，结为《涤园明通草堂诗集》。他在遗嘱中交代，给十一名子女每人一册作为纪念，子女均以为书稿不应分割。1970 年代中，二舅获准到台湾探亲，将诗稿带去交大舅保管。台湾影印技术普及后，大舅将诗稿复印了十一份，装订成册，分送各家。当时大舅身体已很虚弱，但仍坚持每天亲自带着诗稿去影印。数月后，印制成沉甸甸的十一册家父遗著。此时，外公已去世二十多年。大舅 1948 年离家，先去香港，后定居台湾，再也未能回乡见父母。诗稿中有不少外公写给他的信件手稿，从他未婚，到他为人父，再到外公去世前因海峡两岸不通音讯而心焦。年迈的大舅此刻捧读，情何以堪？

岁月动荡

1948—1949 年，中国时局动荡。大舅曾经在国民党军队任职，虽然已经脱下军装，但为安全计，一家三口回昆明探望父母弟妹后便很快离开了。他们的女儿才满一岁，大舅妈是日本人，外公不放心，让聪明伶俐的七姨陪同，七姨当时年仅十五岁。一家人都不曾料到，这一走亦成永诀。这一年通货膨胀，生计艰难，外公心事重重。加之乱局中邮路不畅，久久收不到在美国念书的三舅的信，更添烦忧。“昼思夜成梦，归省暑期中。觉来人不见，怅望意无穷。”

抗战胜利后内战起，令外公对政治失望之极。他在《戊子年双十节国庆日感赋》中写道：

> 三十七年前，民国始成立。帝制既取消，民主初学习。结党营私争，当权不让揖。同室竟操戈，豆萁相煎急。东邻起盗心，乘危来侵袭。御侮幸同心，执戈卫社稷。强敌终投降，还是仗外力。何物贪天功，抢收相近缉。祸复起萧墙，斗争分阶级。旧恨加新仇，雪报不稍戢。力敌势亦均，胜算

难操执。卖国求外援，饷械时供给。相斫利渔翁，愚诚不可及。建设托空言，破坏及乡邑。田舍成丘墟，入野哀鸿泣。村镇不安居，都市难民集。纸币滥发行，千钱值一粒。薪桂米如珠，生活常岌岌。国乱民流亡，志士多忧悒。思昔而抚今，百感生双十。

对这段半世纪前的历史，观点不同、立场各异的学者至今仍各执一词，但一个身处其中的平民百姓，却能洞若观火。内战风起云涌，年轻学生普通支持、拥护共产主义。这年，三位姨妈分别从昆华女中高中及初中毕业，同学均罢课停考，学潮成为时髦。外公有感而作：

国家多事几经秋，男女青年强出头。
外患内忧相刺激，风潮迭起又何尤。
反抗风潮鼓动成，示威结队共游行。
警军监视如临敌，拒捕秀才遇着兵。
学校居然作战场，凭高抵抗甚顽强。
无何武器凭徒手，拒绝敌人入讲堂。

外公对于当时政党政治进入学校非常忧虑，认为这样下去国家将永无宁日。“相煎日急，必至国力耗尽两败俱伤。”

三姨妈信奉基督教，她从西南联大英语系毕业后，经一位教会师母介绍，赴加拿大温哥华领事馆任职。外公又送走一名爱女：

吾生多离别，垂老犹送行。亲爱如父女，不胜依依情。亲老儿亦大，孺慕未曾更。一朝独远去，何以慰平生。耳闻子归省，眼见女长征。迎来复送往，喜惧一时并。人生有聚散，暂别不须惊。去矣夫何恋，有志事竟成。还家自有日，昨夜梦归程。觉来空怅望，惟有屋乌鸣。

五年来，三姨妈是第四名离家远行的子女，和她的两个哥哥、一个妹妹一样，今生从此就没能再见到父母。电子通信时代的人，无法想象生离死别的哀恸。

国事堪忧，家中总算还有好消息。外公终于收到三舅的信，后者从美国伊利诺伊大学化学系毕业，获得铜牌奖，乃第一名华人学生获此奖项。外公作诗勉励："宝山既入不空回，切磋琢磨金石材。学得美人身手好，干家栋国待归来。"当初外公留学日本，从助学金中省下若干寄国内家人。有其父必有其子，故事相同。

三姨妈大学刚毕业，内向，纤瘦。那时从昆明赴北美，要漂洋过海数月，她初冬离开昆明，数月音信全无，家人十分担心。这天终于接到她报平安的电报。同一天，大舅妈在昆明诞下一女。外公"一日之内喜报频闻，扶慰之至"，遂赋六绝句以示家人：

自尔赴美国，沿途报行踪。家人争快睹，喜慰众心同。近忽鱼雁杳，挂念在私衷。时盼绿衣使，送来书一封。谁知消息阻，路远隔西东。儿书久不至，迟误投邮筒。昼思夜成梦，归省暑期中。觉来人不见，怅望意无穷。百思不得解，修书付飞鸿。为问远游子，缘何信不通。莫非身染病，岂是性疏慵。群疑难尽释，老少心忡忡。

云南解放后对外交通阻滞，数月接不到四个子女的来信，外公忧心忡忡。5月30日接三舅3月18日自美国寄出的信件，5月31日接三姨妈4月12日从加拿大寄出的信，6月1日接大舅一个多月前在香港投邮的信件。家人争相阅读，见字如人，甚欣慰。外公6月2日即复长信，分别抄送给三地子女：

昆明自解放后，除攻防时期陆空来袭，十分惊慌一度紧张外，至今地方平靖，人心安定，此后革命秩序必能维持，勿庸过虑。现在军政机关接收完毕，社会经济正在改造，所有接收人员均能以身作则，卧薪尝胆，励精图治。全国如此十年生聚十年教训，将来之新中国，虽不能称霸全球，亦当能雄视亚洲。我虽年老，尚欲苟全性命，睹此太平景象也。

惟今欲将吾国数千年之封建主义思想、数百年之帝国主义思想、数十年之资本主义思想一律廓清，所有人民传统之升官发财、豪强兼并、衣租食税、营私舞弊之私利行为一扫而空，种种困难在所不免，然民族复兴在此一举，政府当能打破难关，人民亦当忍受也。现在社会经济既经改造，人民生活不免感受影响，吾人处此非常时期，惟有顺应潮流，改造思想习惯，力求适应环境，渡此难关，重新做人，以前种种如昨日死，以后种种如今日生，前途光明可以预卜。

尔等现虽身居国外，当有回国之日，均宜适此时机，做

> 些预备功夫，学习他人思想务须劳苦，生活所需技能当求诸己而不求诸人，更勿求诸神，将来回国谋生有术，自不患无立足之地。如仍不改旧习，但图享受舒适，生活既不简单，劳苦又非所能，懒惰成性以自绝于国人，归来必受淘汰，不分男女大小也。

得知三舅信了基督教，外公细说了他自己的宗教观，末了谈及他的忧虑，表示理解三舅的选择。“现今国内解放，人民思想改造，研究马列主义，实行社会革命，国人信教乃自由……但各教徒不得有违反共产革命令列尔。”外公了解当年国内的宗教政策，不由想到信奉基督教的儿子归国后遇到的问题，他没有提出异议，只说“为尔一言，望尔三思”。

昆明解放一年之后，外公写给境外子女的信，表现出了普通昆明人对此时期社会的了解和态度。他承认心绪不宜做诗文，其间境外子女不断来函询问近况，他勉强作答。对远方的亲人，书信自然报喜不报忧。在他看来，政权能够顺利交接，免去战乱，“昆明真福地也”。以下文字之外，外公还一连写了四首七言诗记之。

> 因闻敌军已被击退，家园有兵驻守，幸未破坏，遂与老妻出城回家。就园内空地赶挖防空壕，以备空袭，因敌机仍日飞昆轰炸也。月终，敌陆军被滇军会合共军围剿，先后消灭，空军不来昆空袭，昆市人心始安。此次事变，较之辛亥革命及唐硕、龙胡、杜龙兵灾危险万分，人心恐慌达于极点。

未及旬日即告平定，昆明真福地也。余年老罹难感伤身世，劫后余生幸得解放也。

不如归去

满六十岁这年，外公对生死诸多感慨，写下《六十自挽》，表明生无可恋：

念初九日生，愿初九日死，死生日同有定数；劳六十年力，操六十年心，心力年来已全亏。

此生休矣，六十年苦修苦行，眼耳口鼻六根净；即死可也，一个人独来独去，夫妻子女一场空。

六十年忧患饱经，想当初投生来，是将错就错；八口家子女多累，到而今寻死来，以不了了之。

死去非成佛登仙，无地可容，宁作厉鬼诛暴日；生来是干家栋国，有志未逮，徒留青冢向黄昏。

外公 1942 年写下的生死观，看来在留日期间便形成了。他似乎很乐意谈论这个国人惯于回避的话题："凡人生时则喜，死时则悲。但人不能有生而无死，是生时之喜，即伏死时之悲，须减生时之喜。人能看破生死，减除悲喜，即是佛家解除苦恼求及长生之法。奈人不觉悟，自寻苦恼，已生此皆贪生怕死，未死此多求生免死，以故生闭环悲善交流，日在苦恼中求生活。谁能视生死如来取，浑忘悲喜只情此乎。”

他早年就写了《身后事》交代，目的在以身作则，改良现行耗财费时的礼俗，涉及许多细节，包括遗体的处理、葬礼的形式等等。不仅只是移风易俗的心愿，也看到他视死如归的观念。

外公出生后六十八年中，国家几乎无宁日，“久经世故厌纷争，年老力衰话不成”，期待了一生一世的和平终于来到，朋友中有人持很悲观的态度，他则仍在观望中：“世人今尚做纷争，共产推行犹未明。思想由来宜改造，往前种种自澄清。”他赞同共产党的许多主张，尤其平均地权，当年参加同盟会就积极拥护该主张。他写下《土地改革法公布喜而有作》：“千年古制一朝除，开国史应特大书。复旧衣冠如汉代，更新土地似周初。豪强兼并齐解放，贫弱配分自犁锄。寡与失均皆不患，推行共产遍乡间。”和众多信仰三民主义的文人一样，他们的热烈拥护基于理论，而非中国实况，更不了解这一理论将以什么样的方式实施。

生计日艰，外公安然忍受，思及未来则惶惶不安。民航局拒收寄往国外的航空信件，抵万金的家书漂洋过海几至无期。曾与三舅约定每月通信一封，1950 年 9 月 20 日外公给三舅写信时，已经两个月没有收到后者的信函。外公殷殷盼望他归国服务：

> 雁来再回起秋风，不问山川路塞通。衡门未到绿衣使，断送鱼书望眼空。学成回国何犹豫，不误良机免怨尤。

历经战乱的人，只要社会恢复秩序就满足了。“昆市秩序良好，物价趋跌，谋生艰难，人心安全，家人亲友，现皆请吉，惟税捐相多，负担过重，不免感受苦难耳。”1950 年 11 月 20 日，外公给那时代表政府征收各种税费的“第六区第四街支会”写了一封要求免捐款的信函：

此次募集寒衣捐款，事属善举，本应量力捐助，无如新因老病赋闲，靠子赡养，除现自住宅地外并无其他收入可资挹注，前募公债时曾经函明，已蒙谅察。现因筹缴房地产税，为数甚多，限期已过尚未筹足，合家人等焦灼万分。对于寒衣捐款，实心有余而力不足，仍请谅察是幸！至子女等已在各学校团体认捐，合即陈明。

这封信距离外公服下整整一瓶安眠药长眠不起，不过四个多月。其间，三姨父辞去国民党当局驻温哥华办事处的工作，携三姨及子女归国，外公少了一份牵挂。这时期他诗作不多，关心时事不或停。1951 年 2 月 10 日写的《慰问中国人民抗美援朝志愿军函》，2 月 24 日给在台湾的大舅苏尔敏的信，是外公最后留下的笔墨。信中谈到五姨妈离开军事干部学校令他生气：“尔五妹原在空军服务，因调受训，怕受劳苦，竟假我名，辞战升学，事后闻之，殊为愤懑。”此时，尚看不出他有何厌世的迹象。之后三十六天内，除了遗书，外公没有写下只言片语。外公为什么不顾妻子、十一个子女和众多爱孙，走向绝路？那三十六天内他有过怎样痛苦的挣扎？无人知晓。

外公从来看淡生死，应当不会惊惧于其时突如其来的“镇反”运动，何况他本人与政治并无干系。他有的，只是理想和信念。

外公自年轻时追随孙中山，信任他“联俄容共”的主张，新中国成立实现了外公曾经憧憬的对未来的期盼。去世一年前他写道：

廿九年前共产党，羽毛丰满日生长。高飞远走遍神州，南北东西齐解放。回忆中山生活时，联俄容共成理想。不期政息由人亡，诛伐不容存天壤。万里长征图共存，延安退守脱罗网。御侮岂能再阋墙，挥戈抗日同乎蒋。胜利敌人投降来，接收被阻共同往。揭竿而起作斗争，蚕食鲸吞地渐广。天与人归共翻身，统一山河如反掌。今逢诞日祝千秋，继往开来人共仰。

外公这般一生一世忧国忧民的知识分子，信念与理想是他们生命的支柱。

附：外公苏涤新诗选

乡居杂感一

避难乡居了此身，复兴家国付他人。回思六十年前事，一梦黄粱未必真。大地干戈动未休，人间何处可淹留。往生净土虽安乐，难释一身家国忧。

杂感八

曾经五任地方官，一事无成空挂冠。游宦半生何所有，清风两袖守寒酸。率兽食人官吏贪，何分地北与天南。滔滔皆是交征利，富贵浮云与孰谈。

河上观稼

梁河两岸稻花香，远近田中农作忙。共喜秋收今有望，兵粮民食快登场。稻田雀鼠食相争，纵使丰收亦减成。交租纳税余无几，惟望小春得更生。

示敬儿（其一）

父子出洋前后行，远游日美有同情。五经魁首争先占，第二名同第一名。前年冬雪始招生，去岁秋霜试完成。待到今春方受训，不知明夏可成行。

示敬儿（其二）

国难家忧时在怀，分劳减累望儿来。从今多少未完事，都付承先启后才。当年话别子须知，研究列宁马克思。今日归来思想变，始终不负老人期。

杂感十一

子来女去感离合，人到老年忧乐多。惟有山中忝禅客，一心念佛不知何。自知忧患与生来，日坐愁城解不开。偶诵乐天诗一卷，老妻旁听亦徘徊。

杂感十四

百亩荒田接市区，军粮民食足堪虞。复兴地利谁之责，开辟草莱刻正需。吏民争食闹年荒，咫尺谁知有稻场。水利失修成瘠土，不生五谷尚征粮。

敬儿将赴美国留学，来村叩别，书此送之

我昔赴东洋，留学居扶桑。五年初毕业，转学往西方。事不如人意，归滇办学堂。空存游美愿，有志恨未偿。尔今能继述，诗作万里航。来村叩别语，应记在心房。人生无老少，自要身心强。读书志气立，祛病生命长。饮食尚精洁，言行戒轻狂。衣常保体温，食不过腹量。勿行侥幸事，勿登浪漫场。守身如守玉，不可有毁伤。学成择配偶，出身要相当。才不求其全，人须德性良。远游新大陆，时寄书一章。家人的慰藉，朝夕自安康。美称黄金国，世界安乐乡。宝山不空返，报国名显扬。及期早归来，免劳倚闾望。我身如健在，出迎大路旁。

闻敌投降有感

突然告胜利，闻报敌投降。满城爆竹声，全市喜欲狂。八年同御侮，无数死与伤。只因强弱异，损失数难量。身亡家有恤，财失国无偿。遗族生活难，泣饥号寒僵。奸人逞国难，营业官兼商。假公济私利，囤集致富强。造成军财阀，操纵朝市场。贫富相悬绝，共产同主张。今幸获胜利，半仗美苏方。河山尽还我，接收复员忙。同心共建国，兄弟戒阋

墙。调和国共党，还政于民望。军队归国有，脱离私人方。军人除党籍，超然中立旁。五族各自治，共戴汉家邦。三民齐并进，教育新改良。安居各乐业，富庶共康强。和平常相保，有治无乱亡。

癸未六十自述

我生忧患多，饱经在心目。年幼尚无知，先父即不禄。失怙成孤儿，惟恃母抚育。世业失其传，无米难炊粥。孤寡动人怜，善后有外族。年长及学龄，就傅入私塾。出口能成章，读书记诵熟。习字工楷法，佣书识吏牍。辛丑应童试，名列前茅数。赴景游泮归，功名始基树。书院改学堂，入堂居廊庑。新旧学初窥，报国以身许。癸卯应乡试，字奇不见取。就读五华山，明师良友聚。学习中西文，成绩月可睹。考选送东洋，留学居江户。一朝思想变，欲复汉家土。投入同盟会，持节继苏武。己酉初毕业，调回春申浦。不应清廷试，返滇作书贾。执教五华山，当年旧学府。教与学相长，讲习至夜午。匈奴尚未灭，家庭不暇组。作客久独身，中馈需人主。相约迎新妇，婚礼自作古。同时得贤良，感情融水乳。辛亥滇光复，生子能肖父。家人共团圆，迎养来慈姥。从事新闻业，宣传振聋声。投稿作刍荛，衷言出肺腑。学未优而仕，历署县缺五。从政十余年，国民俱无补。送母归故乡，失恃未回普。大事弟能当，设灵展奠祖。辞官有远行，游览到邹鲁。南北足所经，鸿爪留泥土。倦鸟知还巢，别子离京沪。艰巨付儿曹，归老即退武。且住海藏楼，息影城南杜。故园旧草堂，种瓜学老圃。七七事变生，全国抗日虏。空袭到滇南，昆市被侵侮。老弱宜疏散，村居避市虎。乱世命苟全，闻鸡思起舞。顾我家贫穷，尘时生瓦釜。薪桂米如珠，生活感痛苦。国难同家忧，如芒刺在股。何日获胜利，和平得重睹。

今年届六旬，自试题诗笔。他日归道山，五字作行述。

鸣谢：云南大学历史系谭淑敏等同学协助录入外公诗稿。被称为“认字王”的云南大学图书馆年四国先生，花了许多功夫做通篇校对，令诗稿成文。

代后记

熊景明访谈：民间历史呈现的真实

钟　源

【访谈者按】1963年，西方研究中国内地的学者在香港亚皆老街155号设立了“大学服务中心”，专为海外到香港来从事中国研究的学者服务，直到中国内地改革开放以前，中心成了西方中国研究学者的大本营。按1980年代初的统计，有二百多本有关中国内地研究的学术著作在该中心完成。1988年中心并入香港中文大学，1993年更名为中国研究服务中心（下文简称“中心”）。中心曾为收藏当代中国国情研究最齐全的图书馆，其使用之方便为海内外学者称道。

1988年，熊景明女士担当中心的助理主任，负责管理中心的日常事务，拓展馆藏以及维系中心的学术网络。每个来到中心的学者都认识熊景明，她说，世界上中国研究中心有很多个，而为中国研究服务的“中国研究服务中心”只有一个，中心就是为了服务学者的。

2017 年，熊景明应邀前往秦皇岛的阿那亚社区分享家史写作心得，该社区有数百名居民参加了家史计划

熊景明的热心、周到让人印象深刻，也为她赢得了“学术媒人”“熊猫饲养员”“温柔专制”等称号。学术服务之外，她近年来集中精力收集民间历史并写作自己的家史。此外，她自身的生活经历，何尝不是一部丰富的“民间历史”？

家族史写作

钟源：几年前我看过您的《家在云之南》，写的是您的家族史。听闻您最近又在写一本家族史的书，这次是写什么内容？

熊景明：《家在云之南》是凭着自己的记忆，写的都是自己认识的人。现在这一本《长辈的故事》基本上写完了，是根据资料写我的曾祖父、祖父、外公、干爹等人。我对他们了解不多，“拜干爹”时我才四岁，根本不知道何为“干爹”。写这些人要去查看资料、做点研究。

曾祖父留下的文集是古文，头都看大了。里面写到他参加“西征”，到西藏平叛，只有短短一段话，我查阅了包括当时的四川都督尹昌衡、云南的殷承瓛将军——曾祖父是他的总参谋长——留下的文献，看了英国人写的书，还是没法知道具体发生了什么事情。这些文献完全没有写到战争的惨烈，曾祖父则提及士兵的牺牲、民众的付出，以及北京政府的瞎指挥，早上下一个命令叫你打，晚上下一个命令叫你撤离。他个人的经历和感受不足以说明这场战争的全貌，却让人得以从参战者的角度去看待它。曾祖父的很多文章、诗作，都经他的大儿子、我祖父整理出版，才得以留下。曾祖父写了很多家族故事，他的祖父小时候家境并不富裕，用今天的话说是“lower middle class”（中下层阶级）。贼来偷盗，看到他家唯一的好东西是为病重的母亲准备的寿衣。贼人想将寿衣抢走，两个小男孩死死地抓住寿衣不放手，说：“你们可以把我家的东西都拿去，我妈妈的寿衣不能拿。”弟弟被贼用刀砍到手流血，依然不放手。贼说：“孝子也！”就走掉了。你说今天的人怎么会为了一件妈妈的寿衣拼命？没有这些细节，我们无法了解一百多年前人的想法和今天我们的想法有些什么不同。

曾祖父做到了省务委员，当时云南讲武堂学生的毕业证书上面都有他的签名。家族里没有人能超越他，在这个家庭中他是神话一般的存在。

我的祖父去世时，我只有八岁。印象中他古板，不苟言笑。我从来不知道他是个很勤奋的人，一生有不少建树。他参与过云南的县自治运动。在 1925 年就写过一篇十二万五千字的《云南全省暂行县制释义》。香港科技大学马健雄教授在云南社科院图书馆看到，拿来给我，我才知道这位并不慈祥的祖父曾经做过什么。

他做县长时写了关于澜沧江地区开发的计划书，提倡将荒地分配给农民，男女均有份。他认为教育、交通是发展的命脉，提出改良征税，资助教育的具体办法；甚至建议由民众集资建房，建县中心镇，发展商业。1931 年的地方官具备这样的远见，令人吃惊。为写祖父我访问了我的姑姑，她大学一年级就弃学去“山那边”参加共产党。她说，1930 年中共云南省委书记王德三被逮捕的时候，把我祖父的照片给了他儿子说：“如果将来我出了事，你们就去找我的好朋友熊伯伯。”王德三就义后，两个儿子被卖到了乡下。据说大儿子被人当骡使，蒙着眼睛推磨，小儿子逃到了昆明，找到我的祖父。祖父收养了他，送他去了昆明最好的中学——南菁中学。他念高中的时候也到“山那边”参加了革命。1949 年后，他做了一个县的公安局局长，和我祖父这名旧县长划清界限，不再往来，他也写信给我姑姑，劝她和我祖父划清界限。

钟源：除了曾祖父和祖父，还有哪些人的故事让您印象深刻？

熊景明：我的三舅吧。西南联大的故事广为人知，但关于西南联大的回忆录、研究专著，好像没有提到西南联大对云南本省人才培养做出的一桩贡献。“弦歌不辍”是国民党在抗战期间的一个重要理念，意思是教育不能因为战争中断，培养人才便是对未来的投资。国民政府鼓励地方选拔大学毕业两年以后的人去欧美留学。云南负责此事的缪云台是一位商业奇才，他从美国留学回来，创建了云南省大型国民合办的企业“云南省人民企业公司”。缪云台认为云南的教育水平低，上大学的都是富家子弟，大学毕业两年的人很少。他便自己来一套，全省二十岁以下的学生都可以报名参加留美预备班考试，有点像以前考举人的乡试。报名者众，末了六十个年轻人来到面试环节。谁来给他们面试呢？缪云台本人以外，还有清华大学校长梅贻琦、云南省政府主席龙云。面试之后录取了三十九个人，我三舅是其中一名。

这些小孩子还不是西南联大的学生，等于是预科，他们的老师却都是些西南联大教授，杨武之、朱自清、闻一多……上课之外，一个星期举办一次讲座，一共七十三次，讲者都是大名鼎鼎的学者。这些有海外留学经历的教授知道，和美国同学比，中国留学生输在哪里。在他们的策划下，预备班的学生整个暑假都用来做体能训练，学击剑、骑马、垒球。当初外公以第一名的成绩考取公派留日，舅舅没有辜负他的期待，以第二名成绩考入留美预备班，第一名毕业。他去了伊利诺伊大学读本科，又去麻省理工学院读博士，但是没有读完。他认为导师是个种族主义者，愤而离校，此时朝鲜战争开始，中美交恶，他回不了家。三舅是中美恢复交往后第一个回到昆明的美籍华人。二十一岁离家，1973年回故乡时已六十二岁。父母的骨灰一直没有入土，家人等他归来安葬。这天下着大雨，山路泥泞、陡峭，三舅一路流泪，坚持捧着骨灰盒爬山。三舅回来要了却的另一桩心愿，是把当年云南父老送他出去念书的钱还给云南省政府。我陪他去到省外办，人家说没有这个政策，无法办理。结果他用这笔款买了一批英文书，送给了当时的昆明工学院。

青年经历

钟源：您青年时期的经历是怎样的？

熊景明：我出生于1943年，那时抗战还没结束。我在昆明长大，中学在昆明十二中。写长辈故事，发现我们家从曾祖父、外公到舅舅、母亲，很多学霸。我也算是，只不过我是占了短期记忆力强的便宜，考试前看书，记住了，过后就忘掉。离开中学多年后，我去探访当年的老师，见到化学老师（忘了他的名字，只记得我们背地里叫他“化学老铁头”），问他是否记得我，他说：“熊景明，年年坐第一把交椅。”我不好意思告诉他，此时我连元素周期表都忘得一干二净。

1961 年高考，我的第一志愿是北大物理系。高考数理化三科，题目都不难，考完试走出来，标准答案贴在教室外，对一遍，我全答对了，但不知道为什么，心中总有不祥预感。后来发生的事和一部苏联电影的情节很像。学校管毕业生工作的团委书记，因为私人原因，将我的档案偷走了（数年后才知道），我不仅没去成北大，也没上成大学。十二中上一届成绩最好的一名姓彭的女生也没被大学录取，大家猜想是因为受到她母亲政治问题的牵连。我爸爸是昆明市政建设公司的总工程师兼副经理，虽然出身不算好，但还不至于令我的入学资格被取消。当时投诉无门，只知道哭。我一心要上北大清华，完全没有考虑卧病在床的母亲怎么办，非常自私。感谢命运的安排，让我留在了昆明。十二中校长赵永特别同情我，聘我到学校任代课老师，教俄语课。我这个高中毕业生滥竽充数，去教高中外语。我原来的俄语老师张文真带着我上岗，她上课我去听，然后依葫芦画瓢，她怎么教我就怎么教，好像还很受学生欢迎。一次语文课作文，题目是“我最喜欢的人”，班上两个女生没有写毛主席或解放军，而是写了熊老师，太好笑了。到了第二年（1962），高考之前两个星期，校长告诉我教育局有新规定，凡没有大学文凭的，得离开中学去教小学。我认为自己对付不了小学生，就决定再去参加高考碰碰运气。

当时没有想那么多，也没有什么时间复习工科的课程，就报考外语系。那年高考，外语我是全省第一名。外语都教了一年，理所当然（笑）。我不敢填省外的学校，就填了云南大学俄罗斯语言文学专业。这一年高考的政治审查放松，否则也不知道能不能被录取。那年我十九岁。

钟源：“文革”时您受到的冲击大不大？

熊景明：“文革”对我个人最大的冲击是尝到背叛的滋味。我上大学读书很轻松，一到考试，同学紧张复习，我学雷锋，把宿舍清洁、打开水等活都包下来，并“猜题”写作文给同学，供他们拿去读、去背。过年过节母亲让我将家不在昆明的同学请来吃饭，我也曾将自己舍不得穿的毛衣送给了一个家境贫寒的同学。大学的“文革”以批判系内的“修正主义”开始，我成了外语系第一个被批判的学生，被定为“修正主义苗子”。外语系教学楼外，架了四块黑板，贴上大字报，标题为“看外语系培养的什么苗子”。大字报说我父亲是“反动技术权威”，我舅舅在美国，还有种种谎言和谩骂。最出乎意料的，也最让我伤心的，是差不多全班人都签名了，包括平时处得很好的一些同学。我故意约一个男生在教学楼外的草坪上托排球，好让一年级新生见到这个“修正主义苗子”是谁。班上有个坐我前排的男生，老问我功课，对我赞不绝口，“文革”开始，他在班级批判会上发言骂我。“文革”结束后他向我道歉，我说：“你不用担心，你原来对我的表扬和后来的指责我都不在乎。”据说是否在意他人对自己的评价是天生的，我真要感谢父母。

一两个月后就开始了派系斗争，整个云南大学都是炮兵团派。云南大学旁边是昆明工学院，两所大学的高音喇叭从早到晚传出女播音员尖锐、激愤的声音，诉说另外一派的罪行，表达自己一派捍卫毛主席、捍卫党中央的决心。位置处于中间的工厂机关，听到哪边的喇叭，就会加入哪一派，相信种种不可思议的事情。

“文革”中我一直是“逍遥派”。历史学家雷颐看了许多“文革”经历者的回忆，他想要了解这些人什么时候开始觉悟，他说我是最早觉悟的。这大概和家庭有关，或者说家教吧。父母都不会对我们讲大道理，应当是从小身处的环境潜移默化的结果。“文革”一开始，北京女八中的红卫兵到云南来发动群众，一个个高高白白，长得让我们羡慕。记得有位一口京腔的女生到云大来，站在台上，对数百名大学生传递“毛主席的声音”，她说到激动时，解下裤带，“啪”一声抽在讲桌上。我极为反感，周围的同学却一次次鼓掌，令我莫名其妙。有个好玩的故事。我是大学文工团舞蹈队队长，有个物理系男生是足球队队长。我到大学图书馆看书时，几次发现他坐在一个和我彼此能够看见的位置。我演出的时候他一定去看，轮到我出场他就坐到前排，没有我的节目时他便走出去。我呢，凡是足球比赛都去看，站在可能被他看到的位置。看到他在运动场练跑，我会站在终点，等他看见我，快速交换一下眼神就走开。两人从来没有说过一句话，但都明白对方心中所想。“文革”开始后，一天我走过操场，看到他在批斗会人群里，站起来带头喊口号，很激动的样子。哗啦一下，我对他所有的好感都消失了。原来我们心中的某些价值有那么大的作用。

钟源：大学毕业以后您去了哪里？

熊景明：毕业之后我去了军垦农场。和知青比，我们有工资，但没有自由。第一年很糟糕，第二年后，自己种粮食，自己养猪，生活好了很多，虽然劳动强度还是很大。每天早上我们要把蚊帐拉得平平的，被子折成正方块，弄成军队的样子。离开营房要请假，而且要三人同行。

1969年，妈妈病卧在床，哥哥从山西回来探亲，我离开家一年多，太想妈妈了，很想回家去看看。我不吃饭，只喝水。几天后，早上起来整理床铺时一下晕倒了，获准去县城看医生。我对医生说明原委，告诉他我要回去看看我妈妈，请他给了我几天的假期。我后来拿了一周的病假条，当天便坐车回昆明。妈妈看见我就哭起来，说："你怎么变成这副模样？"

1971年，我去了澄江中学教英文，课文都是"Long live Chairman Mao, Long long live Chairman Mao"。我自己弄了套补充教材教学生。1973年我离开澄江中学，后来玉溪地区办教师培训班，考进去的一半是我当年的学生。恢复高考后，也有好几个考取了大学，他们的英语成绩都不错。我并没有教会他们英文，只是令这些中学生对英文产生兴趣。我和学生相处得很好，虽然当时还在"文革"中，这三年里有许许多多美好的回忆。

在中心的日子

钟源：您是1979年来的香港，当时是什么契机？

熊景明：我那时的先生曾经是澄江中学的同事。他是华侨，允许出境，1975 年就去了香港。我们结婚时他在香港，我在昆明。1978 年女儿出世，移居香港是必然。1979 年改革开放，大家觉得否极泰来，中国未来一片光明。记得那天去公安局，看到布告板上批准到香港探亲者的名单上有我的名字，当场就哭了起来，我很不想走，不愿离开父亲、弟弟和那么多亲戚朋友。

到香港后我开始看广告找工作，唯一合适的工作是教普通话。我去应聘，普通话不标准，不成功。后来朋友介绍我到一所中学做临时工，替学生排练舞蹈，参加中学生舞蹈比赛。我教了十几个女生跳彝族烟盒舞，她们跳得很好，但连安慰奖也没有得到（笑）。我女儿那时候九个月，我们住在观塘的一栋唐楼里，唐楼就是没电梯的楼，我们住七楼。到地铁站有条两百多级石阶的长梯。我抱着女儿上下百级石阶，再上七层楼梯，把腿练得很有力。

我历来乐观自信，相信一定会走出一条路来。现在回过头来想，很多时候都是靠运气。

1979 年年底，我在报纸上看到大学服务中心有学者找内地来港的人访谈，为了学术研究要了解内地农村的情况，我在农村教书三年，觉得知道不少，便去应征了，就这样到了中心。中心的学者都是外国人，绝大部分是在念博士的年轻人，主要来自美国，也有印度人、日本人。我最深刻的印象是这些人太认真了，在内地我没有见过有人那么用功，花那么大力气把一个东西弄清楚。

我是在密歇根大学念博士的华裔美国人戴慕珍（Jean Oi）的助理（她现在是斯坦福大学的资深教授）。她每天一早来，一直待到晚上十点中心关门。那时用老式打字机，这栋两层小楼里，从早到晚，都听到“嗒嗒嗒嗒”的打字声。大家见面讨论的话题都是中国。有人从内地回港，大家都非常好奇地问这问那。

延续至今的中心“午餐研讨会”的传统，是在亚皆老街时形成的。大家围桌而坐，一边吃午饭，一边听演讲。做一次学术报告，或者从内地访问归来谈见闻，形式不拘。中心的另外一个传统是行山，和昆明人的爱好有关。在香港，朋友聚会或有什么事，就一齐吃顿饭。我在昆明时，朋友聚在一道最喜欢的事是到郊野行走，爬山。于是我提议大家一起去爬山，香港人称为行山。第一次出游时，有位在香港中文大学（以下简称“中大”）教书的李南雄教授提议从九龙经飞鹅山到西贡，他说要走两小时。结果你猜走了多久？七小时！有个小女孩还穿着皮鞋，后来是胡素珊（Suzanne Pepper）的先生背着她走。

我那时的英语就是《许国璋英语》四册的水准，听、说都不行。1980 年，我到中心图书馆兼职，每天两个多小时站在影印机前做机械劳动，想到个利用时间的办法：戴着耳机听英语。中心演讲会，管他什么内容、听不听得懂，都专心听，也留心听周围的“鬼佬”讲话，在家听英语电视新闻。如此，我的英语并非逐步长进，而是突然之间升了一个台阶。研究中国的学者多少都会一点中文，他们和我交谈讲中文，也算是练习。有一天我想，为什么不练习自己的英文呢？第二天我鼓足勇气，开始跟他们讲英语。有个在哥伦比亚大学念博士的魏昂德（Andrew G. Walder，他和戴慕珍后来结为夫妻，现在也是斯坦福大学的资深教授）吃了一惊，笑道：“你一直装作不懂英语，原来讲得那么好，一定是哪里派来的间谍。”

钟源：1988 年，大学服务中心从亚皆老街搬到了中大，这个过程是怎样的？

熊景明：1983 年西方学者可以直接到内地做研究，那时传说中心要解散。一位到中心做研究的中大教授告诉我，他看到广告，他们系的中国法制研究计划要请一名研究助理。我问他广告呢，他说扔垃圾桶了。幸好他家的垃圾没有及时倒掉，第二天他给我拿来了报纸。我去应聘，来到了中大。

1984—1987 年间，我们举办了三届中国宪法的研讨会，海峡两岸暨香港的法学家首次聚会，并出版了三本宪法研究论文集。香港的首席按察司杨铁梁是项目的协调人，成员多是关心内地法律建设的本港学者及法律界人士，包括陈弘毅教授等。他们每个周末开会，对促成香港法律翻译成中文的计划起了作用，对深圳特区经济、金融方面的立法有很大帮助。我觉得研究中国法律制度太重要了，做一名研究助理，虽职位低、工资低，但兴致高。

项目的负责人是中大的政治学教授翁松燃。我做他的研究助理六年，好像修读了一门课。每天中午吃饭时，听他滔滔不绝介绍西方政治学理论，吃完饭我常常说一声：“下课了。”我们和内地法律界人士尤其中国社科院法学所的研究人员蛮多交往，并建了个资料库，收集中国法律方面的文献、图书资料，编写中英对照的法律词汇手册。

香港那时上班有所谓长短周，即隔周的周六上午上班。我得到翁教授同意，每个周六都去，条件是带女儿来。那时她刚上小学，中大是我们的大花园。1983 年来到中大后，我通常每个星期都去中心找资料，兼职替中心学者做研究助理。每到中心，都觉得很轻松。在大学里以职位称人，某某教授；在中心见到同一个人则直呼其名，Peter、Tony。

内地越来越开放，中心门庭冷落。好不容易筹集到的经费，一半要用来支付房租。经过近两年的谈判，当时中心的“主管单位”美国学者联合会委员会与中大达成协议，中心无偿并入中大。中大承诺延续中心资料收藏的方向，建立中国研究资料库，继续对海内外学者无偿开放。1988 年起，经过三年观察期后，如果双方均满意，便移交中心所有权。出乎我的意料，我做了中心的助理主任。中心主任关教授是一位德高望重的学者，他将中心的工作全盘托付给我。拜天时地利人和，中心从一个西方中国研究者的工作站，发展为一个驰名国际的中国研究资料库及研究基地。

高锟虽然是个化学家，但他做校长时很重视我们中心。我和他接触不多，但对他印象非常好。一次，做社会科学研究的十多位大学教授介绍自己的研究，高锟听完每个人的讲述，都发言讲讲他的观感，提出问题。他对自己不熟悉的研究领域表现出来的洞察力令我惊讶。他离开大学前，我在校园里看见他远远地站在那里，鼓起勇气走过去说：“特别感谢你在中大这些年的贡献，我们会记住你的。”他说：“许多到过中心的学者来见我时都提到你、夸奖你。”我听了很受用。

钟源：中国研究服务中心来过很多国内外的访问学者，其中很多学者都办过讲座。当时是如何挑选访问学者的？

熊景明：当时挑选学者不难，因为学术期刊很少。我就看

《二十一世纪》《战略与管理》这几个杂志来挑。请学者来之前，我完全不认识该人，也是碰运气。回头看，运气不错，秦晖是001号，赵树凯是002号……我曾在《战略与管理》上看到一篇关于农村问题的文章，写得很不错，作者叫沈延生，单位是中国科学技术大学。我写了邀请信寄到中国科大，请转这位作者，没下文。2007年初，我接到这位学者的信，问三年前的邀请还算不算数。原来他当时是生物系研究生，所以取了一个笔名。他来到中心，我将他介绍给几位在中大读博士的学生，学生们一脸茫然，表示没听过。

访问学者大多来一至两个月，公派为主，即由他们所在的单位替他们办理来港手续。那时中心通常有十多位内地访问学者，加上海外学者，很热闹。我让大家组织成一个班，任命班长。于建嵘开玩笑说，他这辈子做过的唯一要职，就是熊老师任命的班长。周末大家一起去行山，学者间的交流在非正式场合更实在。中心主任关教授、教育学院的萧今教授任司机，还特意买了七座位的车子带大家出游。许多到过中心的学者，多年后回忆起来，印象最深的便是一道在山野中行走。访问学者在离开中心前，要做一次演讲，形式为午餐研讨会。不同背景、不同学科、不同题目的研究者在一道交流，机会难得。听君一席话，胜读十年书。越是学问高深的讲者，往往越少引经据典，越容易让人明白。内地学者通常问题意识强，希望对问题找出解决方案；而西方的研究侧重解释清楚现象，从不同层次剖析事物，探讨来龙去脉，将研究纳入某个理论框架，或者推翻什么理论。

钟源：您在中心这么多年，留下了很多“外号”，像“学术媒人”“熊猫饲养员”，这些称呼有什么渊源？

熊景明：当时《南风窗》的叶竹盛来访问我，他给我封了一个“中国第一号学术媒人”的称号。曾经有一位非常关心自己学生的内地老师，看漏了“学术”二字，误以为我有撮合姻缘的能力，向我推荐她的学生。我也试过为年轻学者介绍异性朋友，都没有达到预期结果。不过丘比特的箭在中心多次中的，著名学者傅高义和他的妻子就是在中心相遇而走到一起的。

所谓“学术媒人”和我的职务有关。我在中心的工作主要是两项：一是图书馆建设，即图书资料的收集整理；再是学者咨询服务（reference librarian，中文不知道是否叫“读者咨询馆员”）。二者密切相关，我需要从研究者的角度去搜罗图书资料，编目、排架都要考虑使用者的方便。学者来到中心，我要向他们介绍相关的图书资料。中心如何建成海内外最佳的当代中国研究资料库是一个很长的故事，我写过，也讲过，这里就不重复了。我只想强调，中心得到“中国研究的麦加”的美誉，绝对不是一个人的功劳。说到我本人，只因为日子久了，对资料熟悉，也了解到许多学者的研究方向，不仅内地、港、台学者，也包括西方学者。我刚到中心工作的年代，网络没有今天这么发达，这些存在头脑里的信息对学者很重要。即便到了今天，也不是所有信息可以在网上查到，我退休都这么多年了，“媒人”的工作未曾间断。

另外，我到中心工作之前，已经做了八九年的研究助理，养成了职业心态。学者来到中心，我就好像变成他们的研究助理。很神奇的一点是，往往别人找不到的资料，我不知道怎地就能够找出来，大概是和图书之间的心灵感应吧。此外我还爱管闲事，用香港人的话说，就是八卦。自来熟是昆明人的特征，很容易就和访问学者结识甚至成为朋友。按在家乡养成的习惯，朋友就要请到家里去。大家开玩笑说，我家是香港著名旅游景点。每年除夕，我会邀请留在中心过年的学者去参加我的“无家可归者晚餐”。

既然是朋友，我就会担心对方是不是吃得健康、有没有运动。张鸣在这里的时候，我和萧今努力帮他减肥，居然减去十多斤，不过回北京后，他很快打回原形。张鸣说我管理中心以及学者的手段是“温柔专制”，好像也对。也因为一些学者被看做国宝级人物，所以有人开玩笑称我为“熊猫饲养员”。

近年，我们编了一本介绍中心历史和现状的小册子。其中有2004年中心成立四十周年研讨会上傅高义的讲话，以下这段话很准确地将中心的历史总结出来了：

> 1963年我们谁都不清楚中心之后的四十年将何去何从。如果我们有远见卓识，恐怕我们会这样想：我们期望在中心做研究的这批学者对中国所发生的事有深刻的认识；中国学术研究领域能够发扬光大；我们希望中国能对外开放；而我们的研究能有助于中国人进入国际大家庭。我们希望有朝一日能与大陆的学者携手合作，加深彼此的了解。我们希望心怀喜悦地走过这段路。四十年后，时过境迁。经过无数的努力，有人说中心完成了它的历史使命。让我们祝贺中国研究服务中心，祝贺所有过去、现在、未来有幸于参加这一使命的人。

收集民间历史

钟源：您退休之后一直着力于收集民间历史，为什么要做这件事？

熊景明：2000 年初，个人回忆录、口述历史的出版越来越成气候。作者大多是经历抗战、内战，以及之后中国不平静的年代、穿越大苦大悲之人。他们的真实经历、故事常常超出作家的想象。第一次令我有了建立专项收藏的念头，是看到一位叫李乾的作者写的回忆录以后。他十七岁参加志愿军，一生受尽磨难。他在回忆录的最后说："我明白了为什么要让我受那么多苦，是老天爷让我见证这个时代，要我写下来。"出版社考虑市场，主要出版名人的传记，普通人的回忆录只能找小出版社，或者自己凑钱印，分送亲友。我们需要花功夫去发现，去收集。于是想到办一个网站，让人家知道有这样一件事情。多年过去了，这个网址收集了六千多篇个人回忆（经我们按内容和文字挑选过）。通过网站收集书的想法不成功，知道这个网站的人不多。

退休前，我就在想退休之后要找一件事情做到老死，"民间历史"看来是老天爷替我想到的。

一件事情发生，譬如民间回忆录的涌现，我们往往视为理所当然。仔细想想，这是技术和时代的巧妙结合，之前没有，今后也不会有。曾祖父写他的长辈、他的家人的文章，经祖父整理得以出版，我外公对未来结亲的家族最高的评价是"有书出版"。我爸爸、祖父都有故事，他们为什么没有办法成为民间历史呢？因为他们没有电脑，不能用现代的方式加以记录，所以当故事和电脑碰撞，就产生出了连小说家都想象不出来的那么多的民间故事。

将来到了你们这代人写回忆时，内容无非谈恋爱、找工作、交朋友……再没有惊天动地的故事，何等幸运。

参与民间历史项目，最有成效的不是收集了这些书、建立了这个网站，而是碰到适当的气候，融入了内地的同仁圈，共同去组织策划家史写作、家人故事的纪录片拍摄等活动。个人在历史中非常渺小，但我们可以用记忆和思考参与历史记录，识别真伪，认识现实，以史为鉴，走向未来。

从宏观的角度看，会面临两个问题。有一种主张是不提过去的错误，否则会引起思想混乱，动摇民众的信心。我个人觉得这是低估了大众的认知能力和判断能力。另一个问题是，长远来看，不直面历史，一方面，不能以史为鉴，从历史中获得教训；另一方面，长此以往会造成隐患。香港是个典型的例子，中小学不重视历史教学，结果许多青少年缺乏对国家的认同，缺少对历史较全面的认识，容易被某些势力煽动起来。

“民间历史”项目迄今收集了六七千篇回忆，而我看过的回忆录，有没有一本在宣扬仇恨，有没有一本说我们要起来斗争？没有。道理很简单，写回忆的爷爷奶奶、爸爸妈妈，无论他们经历过多少苦难，遭受过多少不公平的待遇，他们只希望子孙平安、国家不要重蹈覆辙、后代能够顺利成长。这些回忆文章传递的信息是和平与爱，而不是宣扬斗争与反抗。那些不堪的往事过去了，人们只希望不要再发生。

钱穆先生反对将中国古代说成漆黑一团、一概否定，他称之为“历史虚无主义”。但他本人或者任何历史学家，都不可能主张对给国家带来大灾难、大倒退的某个历史时期、某些历史事件不加检讨，不做反思。中国要往前走，需要排除不直面历史带来的隐患。希望这是一个和平的进程。